读客® 知识小说文库

读小说，学知识

落花时节

3

阿耐 著

江苏凤凰文艺出版社
JIANGSU PHOENIX LITERATURE AND
ART PUBLISHING

第三部

目录 Contents

第一章
扶 持

田景野自以为记性了得，可今天他都已经忘了走了几家店、试穿了几次衣服。后来他索性向无知妥协，宁宥拎出什么衣服，他便直着眼睛接着，问好服务员试衣间在哪儿，别的什么意见都没有，进去试穿便是。他出来后，也是什么意见都不表达。宁宥点头，他掏钱；宁宥摇头，他捂住钱包。以至于当宁宥嬉笑着问他"钱包还有余量吗"时，他看看空空的双手，疑惑地问："你指的是哪件？"宁宥大笑不已。

眼看差不多够一季的穿着，宁宥提议："今天就给你买这几件，不过我大致了解你尺寸了，以后看见打折时，再陆续替你收一点儿。下一站，做头发。然后我去把灰灰接来，晚上一起吃晚饭。"

田景野不解，摸摸头顶："我刚剪过。"

宁宥道："看得出，而且没超过十天。但你这……最好稍微烫一下，掩盖你的头型。"

"哈哈，人家锥子脸是锥子下巴，我锥子脸是锥子头顶。行行行，反正你怎么安排都对。"田景野见宁宥闻言一愣，好奇道，"怎么了？安排有冲突？"

宁宥摇头："想起我这话要是对郝青林说，他又该多心了。郝青林后脑勺有点儿扁平，我有次建议他这样做头发掩饰一下，他就猜疑我讥笑他脑容量小，智商不如我。我后来千方百计避开这种话题，他又觉得我做人太虚伪、不真实。人只要一自卑，就会觉得别人对他处处有恶意。"

"我坐牢前在你家躲那几天已经看出来了。他刚毕业时候多潇洒啊，我都想变性嫁他。变化真大，所谓的不进则退吧。哎，买衣服买得我晕头转向，差点忘记来上海找你的正事……"

"原来不是周末拜访好友？"

田景野转着脑袋哈哈笑："跟好友见面怎么能不嚼舌根？我忘记的是嚼舌根的主题。我们边走边说。"田景野拎起在这间店买的两袋衣服，另一只手开门让宁宥先走。

"别跟我说宁恕，我最近屏蔽这两个字。"

"哈哈，这两个字也让简宏成很头痛，不提他。我犯傻主动抢来一件麻烦事，简宏成把陈昕儿的家当打包送来，让简宏图交给陈昕儿。我怕简宏图那小泼皮为难陈昕儿，千方百计把那些东西抢过来，自己送。可是一看见小山一样多的家当，我傻了……"

宁宥会心一笑："陈昕儿光是那几只撑门面的包，就够塞满她爸妈家所有储物柜。要是再让她爸妈了解到那些包的价格，她耳朵得被念出老茧。是不是陈昕儿催着要，你却婆婆妈妈，替她犯愁她会不会更加不容于她爸妈？"

田景野点头："哎，你说她是不是脑袋有点儿问题了。好歹锦衣玉食那么多年，却什么固定资产都没攒下，只有那一大堆衣服、包包。如今饭票让她吓跑了，她总得为未来生计想想。可看她现在比高中时代还不如的待人接物能力，完全没法出来工作啊。我替她发愁啊，那么一堆小山似的家当给她送去，会不会把她最后的爸妈靠山也敲掉，然后我们街上多出一个女疯婆子。所以我拿到仓库钥匙后，一直没给她送去，差点被她骂死。"

宁宥感叹："简宏成要是脑袋能转弯，他得好好感谢你帮他解决后顾之忧。"

"哈哈，那是副产品。我是真看不下去，陈昕儿现在完全不懂见什么人说什么话，在什么场合说什么话，怎么把话说得婉转，让对方接受……她要是个刚大学毕业的，配一张张扬的漂亮脸蛋，那全天下都会原谅她，可她现在是奔四十的人了，谁肯让着她……"

"嘿！"

"嘿什么嘿，你不一样，你千年得道，逆生长，哈哈哈。"

"你想怎么救陈昕儿？"

"你得替我一起想。"

宁宥想了会儿："这事说来话长，可又不能当着灰灰的面说。"她拿出手机，给儿子发短信："训练结束，去小区东门的'食荤者'饭店等我，要个小包间。到饭店的时候给我一条短信。"然后跟田景野道："行了，我也去做头发，我们边做边聊。你先说你打算帮到什么程度。"

田景野非常干脆地说道："做个自食其力者。"

宁宥再度感叹："想不到，做个正常人竟会成为陈昕儿的难题。多年以前，我还以为应该是我的难题。谁的电话？你的？"

"你的！"

"哎哟，对，昨天灰灰手脚痒，又替我换了铃声，害死我。简宏成？"宁宥当即打开免提。

田景野抢在宁宥之前，对着手机一声吼："找宁宥干吗？她在陪我逛街、买衣服、做头发。"

宁宥一听，就扭脸笑了，掏出笔在手心写俩字："弯蜜。"田景野看了也笑，道："那土包子肯定想不到这一层。"

果然，简宏成轻度晕厥后苏醒，急道："你无耻吗？田景野？"

"这家伙，都口不择言了。你找宁宥什么事？宁宥说了，目前屏蔽'宁恕'这俩字。"

"哦，我不提那两个字。警察刚通知我了，似乎就是宁宥前两天提过的三宗罪。另外，两个逃跑的从犯也抓到了。我通报一声，是我掏钱给四个在押的请了律师，请原谅。"

宁宥尴尬地将脸扭向一边。田景野笑道："宁宥表示，关她屁事。"

简宏成再急："田景野，你滚一边儿去。"

田景野笑："我夏天衣服都是三年前的，稍好点儿的还都让我儿子他妈剪了当抹布泄愤，就不许我来上海买衣服吗？"

宁宥只得介入："知道了。但我没法确定我弟会不会去北京工作，他现在对我封闭消息了。抱歉。"

简宏成道："据我了解，他在设法留下。今天就这些事。田景野，陈昕儿的行李处理完没有？她开始疯狂找我熟人要她行李。"

田景野这回实实在在地道："我正找宁宥商量呢。我翻了一遍同学录，宁宥应该是最熟悉她的，而且还是不打不相识的那种熟悉，最深刻。你等我消息吧，反正你准备好一小笔专款，名目我替你想好了：扶持陈昕儿做个自食其力者基金。"

"行行行，只要别趁我忙得屁滚尿流时玩我就行。再见，宁宥，随时有消息通报。"

田景野关掉通话，呸了一声："通报？司马昭之心。"

宁宥收了手机，笑道："这例行通报是我提出的。宁恕现在对我生疑，放到我耳朵里的风声虚虚实实。可我妈身体不好，我又不能不关心，只好觍着脸问简宏成要情报了。"

田景野只是一笑，并无置评。他打开后备厢，让一后备厢的购物袋惊呆了，看了会儿，笑道："难怪陈昕儿有这么多箱子。哎，宁宥，我看陈昕儿从小到大一直在你手里克得死死的，你一定有办法。"

宁宥失笑，老同学面前没必要否认："简宏成给陈昕儿起的绰号一针见血——陈规矩。即使没人约束她，她也能把自己约束得死死的……"她说着，随手将车钥匙递给田景野。

"陈昕儿现在还规矩？她现在做的事哪件是规矩的？"田景野也是习惯性地拿了钥匙，去驾驶室，等坐进去才想起来，"我又不认识路，还是你来。"

宁宥又是失笑："忘了忘了，又习惯性依赖，反正能靠着绝不站着。"她只得接回车钥匙，打起精神开车。

田景野也笑："你这叫习惯性偷懒，陈昕儿那才叫习惯性依赖。"

宁宥开车上路，满脸不以为然："很多人以为陈昕儿那叫习惯性依赖，依赖上简宏成这棵大树，其实不然。陈昕儿曾经酒后吐真言，她说她妾身未分明，把我惊哑了。这个规矩人始终陈腐地认为，未婚先孕、未婚产子是很不规矩的事。因此她未婚生子之后不敢见人，只能失去工作，失去经济来源，不得不接受简宏成送来的钱物。偏偏简宏成不肯跟她结婚，唯独给钱给得还算慷慨，令她左顾右盼，将自己与那些二奶小三归在一类，觉得更难出来见熟人了。即使见生人，她也怕人家问起，只敢与旁人疏远地交往，自然是不敢领到家里来的。她那么压抑自己，久而久之……我觉得她现在有社交障碍。人真的是能改变的，像我，因为怕你们知道身世，一直压抑着，不跟同学多交往，省得同学没轻没重乱打听。然后你们编派我是什么？"

"文静，冷，空谷幽兰，哈哈。你这么一说，我心里有点底了。"

宁宥自嘲："其实我不是。陈昕儿应该就是我说的这么回事。她就是走不出'身份'这两个字，包括从牙缝里挤出钱来买那么多特征明显的包和衣服。她平常需要跟简宏成下面的职员接触。她试图用奢侈品营造出一个简太太的假象。她有一次来为难我，我戳穿了她，她急了。"

田景野听了，一边点头，一边笑："陈昕儿碰到你真是屡战屡败、屡败屡战。我这下有数了。陈昕儿是自我封闭，但这不是最要命，她只是走不出身份认知。想要让她走出来，必须提供给她一个她那种规矩人心里能认可的、见得了光的社会身份。"田景野看向车流中稳稳开车的宁宥："要是宁总工程师这样的专业人士头衔能拿钱买到就好了，陈昕儿就缺这个。可她中断工作那么多年，目前性格又古怪，还真难找什么体面工作。"

"岂止是给她找个工作那么简单，对于现在的她，你还得站幕后，扶上马，送一程。工程绝对是巨大的，你对简宏成是真有心。"

"帮简宏成是副产品，副产品，哈哈。"

"呵呵，难道我额头刻着'傻帽'两个字？"宁宥在红灯前斜睨田景野一眼，"再抵赖，有好事者要传田陈绯闻了。要不，你一个普通男同学起劲个啥？认吧。再说你必须拿简宏成挡在身前，省得陈昕儿万一脑子不清楚一下，转身吧嗒一下贴你身上来。"

田景野没笑，沉默了会儿，道："我不是有意骗你。但问题是我打帮简宏成的牌子，陈昕儿还会不会接受帮助？"

宁宥几乎是冷酷地剖解道："她还有选择吗？愿意帮，又有能力帮的人屈指可数。"

"就是这个原因。所以万一她对我逆反了，还有谁能救她？由我出面，几乎已经是陈昕儿恢复正常的背水一战了。"

宁宥不得不叹息："你这人，唉，你这人。又是为朋友两肋插刀，又是，你这不要命的。"

田景野一笑："我现在开始左脑头痛陈昕儿那一大堆家当，右脑头痛该给陈昕儿找什么工作。"

宁宥斜田景野一眼，专心开车，没有说话。直到洗完头，各自坐到发型师魔掌之下，宁宥安静地闭目了会儿，想到一件事，心头一震：

"田景野，如果陈昕儿有轻微抑郁症呢？"

田景野道："不是吧？要抑郁也该我先啊。我刚进去那一年，心情多阴郁啊。那时候要不是你跟简宏成轮流每周末来开导我，我真会想不开。但我再怎么也不至于跟陈昕儿一样……"

宁宥道："你正常。所以我才觉得陈昕儿那些言行是病态反应。这阵子几次接触，她给我的感觉经常是那种，'这是正常人能做出来的事？'或者'这是正常人能说出来的话？'之类的。哎，越说我越觉得有可能。要是陈昕儿真是抑郁症，或者其他的精神疾病，这阵子的事倒是都说得通了。"

收拾着两个人脑袋的两位"Tony"听得津津有味。

田景野道："要真是，那就不能只简单帮扶陈昕儿自立了，还得促成陈昕儿配合治疗。"

宁宥嘀咕："促成？我们说的是精神疾病啊。这种病谁都讳疾忌医。起码你得敢找陈昕儿父母，说他们女儿可能有精神疾病，需要治疗，看他们不把你打出去。可如果撇开陈昕儿父母，你一外人不可能逼陈昕儿去医院，陈昕儿肯定不配合。所以首要任务是跟陈昕儿父母培养感情，取得信任，让他们肯听你说他们女儿有精神疾病。这就得细水长流了。"

田景野愕然："我似乎接了一只烫手山芋。"他沉吟半天，"看来我还是把其他打算都放一放，先把陈昕儿的家当还给她。"

宁宥也是深思熟虑后道："看起来我得向陈昕儿道歉。她前阵子对我纠缠不休，可能也是身不由己。唉，我早该想到的。也是不巧，她前阵子招惹我的时候，每次我都正为郝青林的事心烦意乱，没深入为她想一想。"

田景野道："你这么说，我和班长就无地自容了。这事儿还得重新规划，我得好好想想。"

宁宥道："提醒你，我记得陈昕儿妈妈非常严厉，在家说一不二。你得先跟她妈妈打好交道。我看就从送行李这事开始跟陈昕儿妈妈培养交情吧。"

田景野头都大了："超高难度啊。不行，你得帮我想。"他决心锚定宁宥，"因为她妈妈认定班长是臭流氓，我则是臭流氓的狐朋狗友，我能行吗？我看你也别向陈昕儿道歉了，还是帮我行动吧。"

宁宥道："我自家的事都忙不过来。"

田景野道："我帮你忙你家的事。"

宁宥嘿嘿一笑，不肯轻易答应。可她坚持也不过一秒，很快便投降。实在是她亏欠简宏成太多，也就在陈昕儿这儿能还掉一些人情了。

为免夜长梦多，简宏成召集律师、会计师两套班子，在简明集团大会议室布置临时办公室，以最快速度整理文件、签署文件、落实文件，让张立新在最短时间内交出多年来从简家手里夺取的资产。大家都是没日没夜地干活，累了的在长沙发上睡一觉，比如简宏成的男助理正睡得旁若无人。

简宏成与张立新敲定了一份文件，看看明显挂着黑眼圈的张立新，道："要不要睡一觉？另一份出来还早。"一边招手让文员过来，一边指着文件道，"立刻照上面的修改内容重新打印一份出来，上一份的错字有些多。这份打印完你也去休息一下。女孩子去隔壁找个地方睡吧。"

张立新冷眼旁观，等简宏成说完，女文员拿了修改稿走开后，才道："我手机没电了，借你手机给朋友打个电话，有很多事要嘱咐一下。"

"不急。等我们这些手续都完成，我会给你一个星期时间安排家事，但会请两个人跟着你，省得你又逃走。按说这会儿你口袋空空，更难逃得远。我倒是不怕你再逃，只是上次出国追踪你，欠下的人情太多，不想再欠。看在我公平合理的分儿上，也请你对等对待我。"

张立新掏出一支烟，扬了扬："行，等这支烟抽完，我也睡一觉。"

简宏成打个哈欠，双手在桌上一撑，打算走开。张立新点着烟看着，忽然叫住简宏成："宏成啊……"见简宏成回头，脸上有吃惊神色，张立新道："早知道的话，以前没必要把关系搞得那么糟。如果有我支持，你现在会发展得更好。"

张立新没连名带姓一起叫，简宏成已经有些吃惊；等张立新把话说完，他更吃惊。但他实事求是地道："要不是曾被你们搞得落魄至极，我性格可能会骄横点儿，不是那么容易合作。"

张立新点点头，没再说什么。

简宏成的手机响了，他看是田景野，直接就道："不用汇报了，知道你们下一站是吃饭。"

宁宥修剪完头发，先走一步。田景野头上夹满发夹，正烫着呢，幸好可以走来走去，他就给简宏成打电话。他笑道："还忙呢？要不要报告你一个消息，让你提神醒脑？"

"好汉饶命，我累得只剩一格电了，要省着点用，闲杂人等的事不要听。"

田景野知道这闲杂人等指的是陈昕儿，他笑着呸一声，道："我刚才跟宁宥商量怎么帮扶陈昕儿成为一个自食其力者……"

简宏成立刻就提神醒脑了："哟，现在电力满格，究竟怎么回事？你详细说说。"

"这事是我多管闲事。我明天要在上海约见几位同行，特意早来一天，求宁宥帮我买几套出客衣服，再顺便跟宁宥讨教解决陈昕儿的事。"田景野一边说，一边在贵宾厅里打转，看别人做头发，"果然，还是跟陈昕儿睡了三年上下铺的宁宥最了解陈昕儿，她说陈昕儿可能有抑郁症，或者其他精神疾病。我越想越觉得可能性很大。"

简宏成半躺在远远的角落里的沙发上，忍不住插嘴："你们两个太书生气。一句话，人是会改变的，陈昕儿已经不是你们印象中的陈昕儿了。"

"你如果想让你的小地瓜有个体面的母亲，你如果不想陈昕儿捎上她爸妈一起走上绝路，跟你没完没了，你最好善意解决她这个人的问题。我知道你这几年被她缠毛了，所以不会让你出面动手解决。我只求你提供线索，并善意配合我们。尤其是宁宥决定百忙中抽空出来主导……"

简宏成只得再躺下，皱着眉头听田景野讲。那边，张立新吸完一支烟，过来找另一张沙发躺下，疲累得像只漏米的米袋。简宏成看着张立新，两眼很是专注。可那眼神从严肃而专注忽然变得欢欣鼓舞，仿佛有十七八只烟火在眼珠子里爆开。

"呃，宁宥是真有心啊，完全是为了我呢。"

"哈，好像我不是真有心。"田景野忍不住取笑，"我会操作好，你放心。好了，就这些，够醒脑吧，可以干活去了。"

简宏成却叫住田景野："别挂，虽然我非常感激，可我的女人只有我照顾她，怎么可以让她费心费力照顾我？这个方案我拒绝。"

田景野毛骨悚然："你再说一遍，你的女人？你们没边儿的事，别毁她名誉。"

简宏成呵呵一笑，并不解释："刚才我那姐夫跟我忏悔呢。但我感动归感动、得意归得意，原定该怎么做还是怎么做，不能动摇。田景野，跟陈昕儿怀柔是错误的，该做的我以前都做过，香港来的心理医生不是没请过。我已经尝试到焦头烂额。我还是得再一次提醒你，你完全不能给她任何发挥空间，她已不是你以为的中学时期的陈昕儿，她早已非常复杂了。这事你放手吧，等会儿我就让宏图给陈昕儿送家当上去。

我已经不在气头上了，不会让宏图羞辱她。"

"让我尝试一下又怎样？把用过的女人弃如敝屣，可并不是件光彩的事，臭渣男。何况，那是我的同学，是我们敬爱的曹老师的学生。是我在向你提要求，不是陈昕儿。"

"好吧，答应你。"

"还有啊，别把你的女人挂在嘴边，你会害死宁宥，她还在婚姻存续状态呢。再说，你们两家……"

简宏成打断田景野说两家的事："她已经是事实离婚，其他，都不存在。我当年只答应你不破坏她的婚姻，我做到了，以前一个电话都不给她打。但现在先决条件已不成立，我志在必得。"

田景野忽然也觉得两家的旧事对于两个成年人而言不算什么："算了，你悠着点儿。"

宁宥先走一步却是去见郝青林的律师。周末的茶馆人有点儿多，环境有点儿嘈杂，但不妨碍谈事。

律师坐在对面，宁宥轻声细气地跟律师讲："前两天差点儿铸成大祸。我妈急救，我顾不过来，自己也累得差点儿栽倒，昏睡的时候没接听到公婆的几通电话，公婆他们就胡思乱想了，赶去让郝青林另签一份律师委托书。我晚上跟他们例常通报才获知此事，急死了。"

律师点头："郝先生如果因此记恨，随便编派你一下，诬你个同谋罪名，即使最后能查个水落石出，也够你喝一壶。"

"是啊。公婆两位历经风雨，按说不会想到人受打击时会狗急跳墙，可那时候儿子优先，自然没工夫考虑到儿媳。但后来公公立刻不要老命地连夜弥补，竟然感动到工作人员替他传话了，简直是创造奇迹。他直接救了我，间接救的是他儿子。可我想到一个问题，如今彼此之间信任这么脆弱，再加上大家心提得高高的，等开庭，万一再有个风吹草动，会怎样？有没有办法纸面约定下来，代理人和律师不能变了，要变也是一审之后再说。我是真怕公婆又不知什么想不开，背着我另聘了律师，最后我肯定遭殃。"

"这种事靠立字据，就是按血手印都没用。关键是你要找出信任脆弱的原因，解决它。"

宁宥低头想了会儿，道："他们郝家一家应该是不相信他们全家个个都做了严重背叛我的事之后，我还能一心一意替他们儿子打官司。何况我也是恨极的时候动摇过，说明他们也不是风声鹤唳。现在他们一定在家里暗暗担心我随时可能宣布退出，打他们个措手不及，或者我在官司里面做手脚。我也担心啊，我怕即使我全心全意做了，判决稍不如意，他们还是会怪我不用心。"

"他们的顾虑不是没道理，类似情况实际中有不少。"

"我好像左右不是人啊。"

律师微笑道："你有办法的，很简单。但不可能靠我替你立字据做到。"

宁宥示意律师说出来，律师却笑而不语。宁宥低头想了会儿，不禁苦笑："行，倒是替我下了一个决心。请你带话给他，婚是必离的，但只要他乖乖的，我必然全力以赴替他打好官司，方便他早日出来，公平、合理、不伤和气地办离婚，这样不会伤害我们共有的孩子。我跟他拴在一条草绳上，他该不会再疑神疑鬼了。"

律师由衷地道："可行。宁总，要恭喜你一件事，你对这件事的怨气少了，态度务实、大度不少。"

宁宥一愣，旋即点头道："不把他当家人了。"

第二章

得而复失

宁恕是最悠闲的，仿佛激战之后的宁静。他闲得四肢发痒，索性动员妈妈去海边玩。

宁恕回家工作后，为公为私，几乎马不停蹄地忙于应酬，这还是第一次邀请妈妈出游，宁蕙儿开心得欢天喜地。人老了，求子女在身边，还不是图个陪伴、依靠。

周末的海滨人山人海。母子俩租了一顶大太阳伞和两把躺椅。宁恕双手受伤不便，能开车却不能搬重物，只得帮着妈妈做些轻松的活儿。而宁蕙儿虽然前两天还在上海一晕再晕，此刻却像充了电似的，干着重活，还能高兴地哼着小调，扎太阳伞扎得虎虎生风。

很快布置妥当，母子俩先后躺下。宁恕笑道："妈，你再忙活一会儿，有好打抱不平的就得往我脸上抡拳头了。"

"什么啊。"宁蕙儿不以为然，可侧脸看见儿子遮掩得严严实实的受伤处，不禁大笑出来，"可真是，你一个大小伙子还真舍得让八十岁的老娘干重活。"

宁蕙儿跟大多数老太太一样，出门旅行就是一路吃零食，此刻怎能安安静静地躺着，很快就起身翻出大塑料袋，抓出一包鱼片递给儿子：

"来，拿一片。"

宁恕懒洋洋地扭开身去："手不方便。"

"哎呀，我忘记了。"宁蕙儿连忙跳下地，将躺椅往儿子身边挪挪，又坐回躺椅，得意地伸手一抄，就将鱼片递到儿子嘴边，"张嘴。"

宁恕惊得辛苦挺身坐起，不得不提出抗议："妈，要是让熟人看到了传开去，你儿子成二世祖了，当心找不到对象。"

宁蕙儿听了笑笑，这才放弃，但又兴致勃勃地问："前一阵你提起过跟一个小姑娘在……"

"嗯，别提了。我身上发生这么多事，人家是好人家的女孩，缩回去了。"

"好像我们不是好人家……"但宁蕙儿赌气说到一半就咽回去了，将心比心，谁愿意找个复杂家庭的人陪伴一辈子呢？

"唉，都过去了，不急，我们慢慢找。"

"不急。现在这样的生活多安逸，呵呵，妈，你看我在你身边，你多开心。我也不想再离开，哪儿都不如家好。"

"是啊，是啊，可妈前阵子不是担心你吗？宁可我多吃点儿苦，也不愿你们受累。"

"以后这话让我说，我还年轻，担得起。妈以后只管安排晚上做什么好吃的、星期天去哪儿玩。我跟我老板说了我想留下，就是一直做我顶头上司的那个老板，他基本上同意，只差最后走一道程序了。"

"啊，那是真好，真好。"宁蕙儿拿出一片鱼片，又想递到儿子那儿去，仿佛儿子吃了她才真舒服，可手递到一半就醒悟过来，呵呵笑了。

简宏成从沙发上醒来，先看一眼手表，原来已经快中午了。他也不顾团得皱皱巴巴的衬衫，起身走到坐在电脑前的助理身边，道："我去洗把脸。你整理一下凌晨做出来的文件，我要看看。"

"老大等等，有个突发事件值得你洗脸时候不闲着。宁恕公司那个小童来电，他们上司让他把工作电脑交还给宁恕。他很悲哀地觉得宁恕回归公司的可能性极大了，他的职位会保不住。希望我们帮个忙。"

"工作电脑还给宁恕？那是真要让宁恕回原位置了。还真有点儿本事，赖着不走了。"简宏成忘了去洗脸，一手扒拉着乱发，站在助理身边深思。很快，他跟助理道："你去跟小童见一面，告诉他宁恕跟我这边的主要纠纷是宁恕告我们偷漏税，特别必须指出宁恕是如何智勇双全，最终没有证据也要告。让小童去转告他们上司，并转告业内人。"

助理有点儿犯疑："会不会令宁恕上司反而觉得他很能干，简直是赤手空拳降伏我们啊。"

"不会。任何一个老板都怕这种处心积虑、搜罗罪证往税务告发的人待在身边。你设身处地想想，税这件事很复杂，谁都难免有马失前蹄的时候，寻常有错，年底让审计筛一遍，弥补过去就是了。可万一有个处心积虑、有这种意识的人在身边，那就是万劫不复了。做人嘛，盗亦有道，做了打小报告举报税务这种事，以后就别想混重要岗位了，这是明规则。"

助理设身处地站在老板的位置上想了想，点头道："是，我知道怎么跟小童说了。老大你看完这些资料后，我整理一下，就去见小童。"

简宏成走之前道："这边的事告一段落后，我侧重让你多接触财务方面的工作，你也找书自学。你法律系毕业的，如果熟悉税务与融资，那是如虎添翼。"

助理听得熬夜之后布满血丝的眼睛雪亮放光。

宁恕最近心力交瘁，总算能把大事告一段落，即使身处周末嘈杂的海滨沙滩，跟妈妈说着说着就睡了过去，睡得呼呼作响，连小童来电都没听见。

宁蕙儿听到电话响一次，想到女儿说的，有要紧事一定还会来电，便拿出儿子的手机来看，看了显示，连忙推醒儿子："是你们公司小童来电，公司里有要紧事？来第二个了。"

宁恕蒙眬睁眼，听到是小童的，立刻一惊而起，手不小心用了力，痛得龇牙咧嘴。但他不顾疼痛，立刻从妈妈手里接过电话，回拨给小童，同时干咳一声，调整喉咙状态，显得精神焕发地道："喂，小童，好吗？……呵呵，跟朋友一起出游呢，很闹，你得大声点儿……电脑，啊，太好了，你放在你住的宾馆前台那儿，我立刻回去取。谢谢……不不不，就今天，现代人真是一刻都离不开电脑，尤其是用熟的那台……好，谢谢，麻烦你。"

宁恕放下手机，长嘘一口气，对妈妈道："成了。妈，不好意思，我们现在收拾回家！我得立刻回去拿回我的工作电脑。"

"这么要紧？"

"非常要紧。掌握那台电脑意味着掌握机密，也就意味着我该回到与那些机密对应的位置上去了。"

宁蕙儿连忙起身，收拾躺椅的时候，忍不住问："可万一简家的人熟门熟路，又找上你……"

"进攻是最好的防御。"宁恕自信地道，"我休息几天，下一步要打得他们只顾招架，无力对付我。妈，相信我，我有办法。"

宁蕙儿虽然胆战心惊，可还是在儿子的逼视下，狠狠点头。

宁恕飞快将车开回市区，中途都来不及下车吃饭，只好让妈妈喂食。紧赶慢赶，来到小童住的宾馆，宁恕却又变得没事人一样，悠笃笃地与宁蕙儿一起走进宾馆大堂，很是寻常地拿回电脑，请妈妈帮忙背着回停车场。

但回到停车场，宁恕忘了给妈妈拉车门，上车第一件事就是打开电脑查看。很幸运，电脑有电。宁蕙儿好不容易也赶到车上，见儿子略显焦躁地对着电脑，就笑着道："真是连一刻都不能等呢。"

"哈哈，是的，必须第一时间查看我的电脑。"可惜，电脑启动稍微有点儿拖，宁恕自我安慰似的解释道，"我这台电脑处理过很多文件，回头该清理清理垃圾了，要不重装一下系统。嗯……"

宁蕙儿看看清爽的电脑桌面，再看看儿子变得严峻的脸，小心问："怎么了？"

"桌面太干净。"宁恕忍耐着，又等了会儿，才点击鼠标进入D盘，查找文件。很快，他就将电脑掩上："小童玩得这么低级，好像删光我的电脑就能保住他的位置似的。妈，你先回家，我去电脑城找人把内存读出来。"

宁蕙儿忧虑地问："要紧吗？"

"看能读出多少。看样子，他格式化了我的电脑。但也不是太要紧，重要的是电脑回到我手里了这个事实，而不是电脑里的内容。"

宁蕙儿看着满脸镇定的儿子，也放下心来："那就好。你去电脑城吧，我自己乘公交回家。"

宁恕笑道："又不是赶去救火，当然要先送你回家。"

宁恕送完妈妈，就直奔电脑城。说是不急，其实也不是很着急，可毕竟这是他用熟的电脑，他还是很想找回文件的。

宁恕取电脑的时候，小童和简宏成的助理就站在二楼俯视他。小童脸上显露出遮掩不住的忧虑，对助理道："他手里的电脑刚被我删了一遍，可惜时间不允许，没格式化。"

助理道："其实没必要，反而给他口实，让他去领导那儿告状。"

"气不过。你刚才说的那些……可我还是觉得这办法有些一厢情愿。"

助理道："我也觉得悬。但老板有老板的想法，老板考虑的问题可能与我们不同，不如试试。"

小童叹道："老板们最喜欢手下分头向他汇报各种情况，让他纵观全局，可又不愿看到手下咬来咬去，影响安定团结。让我想想，怎么咬得艺术点儿，别让老板误以为我是个小人。"

助理状若漫不经心地道："刚才宁恕出现时的姿态相当稳妥老成，似乎早胸有成竹。如果不是他妈妈跟着暴露出他手臂受伤的隐情，让他的姿态稍微弱了一点儿……"

小童将手指掰得皮肤青白："看来老板心中的天平已经有倾向了。呃，你……"

助理以为小童有不情之请，忙从栏杆起身，自觉道："我走开会儿。"

"不不，请别走，请留下。我给老板打个电话，请你帮我留意着。如果有什么叙述不当，容易引发老板戒心的，请你立刻示意。"

助理留下，看着小童打电话。

"管总，我把手提电脑交给小宁了……嗯，是，是……但我删除了小宁电脑里的文件。是的，我自作主张……对不起，因为……对不起，请原谅我自作主张。时间来不及，我来不及格式化电脑。您听我说，因为我了解到小宁前不久动用向税务局举报这个手段来打击对手……是的……具体是这样的……"

助理看到，小童从开始通话时 25 度微倾，到更加大角度俯身，然后腰板慢慢挺直了，看过来的双眼变得晶光发亮。助理拇指一翘以示赞许，转身微笑着离开。

宁恕跟着头发如鸡窝的瘦高宅男走进一间堆满乱七八糟电脑的小房间，见宅男推开桌上所有杂物，将他的笔记本电脑往桌上一放，挽起袖子开始拆电脑，他奇道："不是说用软件就能恢复数据吗？不用拆电脑的吧？"

宅男本无表情，继续熟练地拆解电脑，完全拿宁恕的话当耳边风。很快，挖出一片绿绿的板子递到宁恕面前："这是内存。"然后，又拆了一阵，递出一只盒子："这是硬盘。看清楚了？内存和硬盘不是一个东西。你要恢复的文件在硬盘，不在内存。"说完，宅男继续酷酷地面无表情地操作，迅速将电脑恢复原样。

宁恕哭笑不得，忙道："啊，从来是只知其然，不知其所以然，这下起码不会串错门了。多谢，多谢。那号称心脏的CPU在哪儿？"

宅男飞快将装回去的螺丝旋走，拆开点给宁恕看："这儿。"宁恕几乎还没看清端倪，电脑又给装上了。然后，宁恕只能闷声不响，袖手旁观，看宅男的十根手指在键盘上舞动到几乎非人的速度。宁恕不知数据能恢复几成，反正死马当活马医了，他耐心坐等，见宅男干咳几声后，伸右手在桌上乱摸一会儿，什么都没摸来，又继续操作。他一声不吭起身，给宅男倒了杯水，放到宅男右手边，碰碰宅男的手。宅男什么都没说，接了水就喝，喝完，便有了声音。

"找出来的文件都放到一个叫Mummy Return的文件夹里。"

"好，我回去自己归类。"

宅男继续操作，脸上忽然莞尔一笑，有遇到知音的感觉，随即体贴地道："这些个爱情动作片，我另外替你建个文件夹。"

宁恕一愣："我这是工作电脑啊……哦，他们用了两天。好，放到……啊，能不能放一下，是视频吗？"

宅男麻利地打开视频，等视频一放，立马眼睛一亮："吼吼吼，偷拍！"

宁恕一看，也是眼睛闪亮，喜得恨不得连翻三个跟斗，再抱宅男亲个嘴儿："嘿，嘿，这是我前阵子忘了保存的公司仓库监控视频。太好了，居然这也能找出来。有几个？能全找到吗？"

宅男很是失望，郁闷地道："行，有几个找几个。工作电脑吧，这么好的配置，几乎没怎么用，真浪费。"

"是啊，是啊，幸亏不怎么用。"宁恕兴奋得坐不住，吊着两条伤臂在狭小的屋子里踱步。他想起当初那些视频的来历：存储卡的容量总归是有限的，宁恕需要卡着时间去仓库换好存储卡，然后立即将老卡里的视频读出来，清空存储卡，送回仓库备用。很多时候他趁中午做这件事，就在工作电脑上将视频导出来稍做处理，晚上回家再导到台式机上处理。就这么倒腾几下，居然还有视频给保存下来了，真是老天帮忙，让他未来的计划如虎添翼。

等宅男收拾完，利落地将电脑合上，宁恕又排出两百放到宅男桌上，由衷地道："谢谢你帮我找出最重要的文件。"

宅男见钱眼开，得意地道："小意思啦，只要不是格了三次的，找我，总能替你找到一些。"

"我家里还有一台电脑，台式的。但你看，我手臂不方便……"

"硬盘拆来给我……是不是还想问怎么拆？看着。"宅男抱来一只台式机机箱，看在多给两百的分上，以慢动作示范，"看懂了吗？以后电脑报废，你要是不懂格式化，只要拆下硬盘砸了就不会出事。"

宁恕简直是轻舞飞扬地出门。

这边宁恕将台式机硬盘上的文件也读出来，连夜开始重新加工。这回，宁蕙儿不再干涉。

那边，简宏成与张立新依然在忙碌。助理过来告诉他，小童来电了，正式决定让宁恕回总部先培训一个月后待用。简宏成不敢轻敌，摇头道："八成可能，那小子会拒绝安排，从此留在本地跟我继续作对。"可话是这么说，简宏成还是立刻起身，走到室外，赶紧向宁宥汇报。他无非找一切机会与宁宥通话。助理真是强忍着才能不做出一个鬼脸。

宁宥接起电话就道："我没有消息。"

简宏成活泼地道："我有。宁恕总公司的老板决定召宁恕回北京学习。这种学习，一般是工作不正常调动的体面说法。对不起，我推波助澜了一下。"

宁宥无奈地摇摇头："他不会走。"

简宏成道："那我只好继续头痛怎么水来土掩。田景野还在上海？"

"嗯，他今天去会见几个业内人士什么的，估计是把昨天买的衣服给穿上了，洗都没洗过就穿上了。上海人很考究，他要被笑话了。是不是我弟还有什么行动，所以你还得留在老家？"

"啊，不，不是。我跟姐夫张立新扯皮。"

"你姐夫是不是长国字脸？"

"是，你见过？"

宁宥犹豫了一下，道："小学两年级那阵子见过一次。你姐他们第一次打上我家来，我跟宁恕钻进床底下躲着，眼看家里被砸得稀巴烂。张立新看见我了，但他扯下棉帘子遮住我，谎称里屋没人，我才没稀巴烂。但以后就没那么好运了。"

简宏成一时不知怎么回答才好，只"啊"了一声。

宁宥也无话可说。两人沉默了会儿，宁宥挂断了电话。

两人天各一方，各自发呆。简宏成对着漫天星斗发了会儿呆，走回屋里，不禁一眼又一眼地看张立新的国字脸。连困顿不堪的张立新也察觉了，索性破罐子破摔，走过来问："还有什么？直说吧。"

简宏成摇摇头，自然不会说出原因，只是问："你怎么会同我姐结婚？"

张立新虽然吃惊，可还是道："你姐当年是厂里的公主，单身汉哪个不喜欢她的。只是没想到她后来越变越离谱。"

"但按说我并不离谱。我毕业时候为什么把我搞得那么惨？"

"厂里一帮老人都听你爸说过，等你大学毕业，整个厂就是你的，要老人们都辅佐你。老人们都信那套。如果不把你搞得不敢回家，趁机把厂子全部调整到我们名下，我们未来哪有活路。再说，看着你姐一掌权就残酷，真不敢想象你掌权后会怎么待我们。毕竟你们是一个娘胎爬出来的，一个种，不敢大意啊。"

简宏成想想，还真是这么回事："再说我姐变了态地想搞我，你就搭车上路了。"

"谁心里没点儿小九九？"

"其实都坦诚一点儿，把话说开，做事反而简单。"

"此一时，彼一时，不到走投无路，我不会见你，你没占优势时候也不会来见我，我们王不见王的。"

简宏成点点头，过了会儿，有点儿费劲地道："你以前救过一个人，基本上是救她一条命。"

"谁？"

"于你是举手之劳，于她是刻骨铭心。我替她还你一个人情。"简宏成抽出两份合约，让张立新过目后，当面撕得粉碎。

张立新大惊，那意味着他下半辈子温饱有望。他愣了好一会儿，才问："谁？"

"不用问了。"简宏成起身走了，虽然有点儿不甘心，可做了就是做了。他也没有再给宁宥电话表功。

张立新呆呆地看着简宏成，想不出究竟曾经救过谁的命。反正肯定不是简敏敏的命。但他不敢多嘴，怕万一简宏成后悔，更怕万一两下里一对照，发现救人的不是他，那么到嘴的肥鸭就飞了。

简宏成则是走出大会议室，一个人徘徊于长长的走廊。他想，该如何对待宁恕呢？他心里纵有七十二变，可下不了手，顾忌太多，那么所有都是枉然。而明天，宁恕必将获知出局，不知宁恕会如何行动。他头痛之极。

田景野周一睡到快十点，才穿着新衣服来到简宏成在上海的公司。不出宁宥所料，他身上的衬衫是簇新、没下过水的，不仅有笔挺的纵横折痕，更是洋溢着新商品的特有气味。当他走进大厦电梯的时候，一众白领纷纷注目。田景野被四周的眼光打得差点儿压迫性荨麻疹发作。但他也不知问题出在哪儿，走进简宏成的办公室，往简宏成面前一坐，奇道："贵大上海人民难道没见过世界名牌新衬衫吗？为啥像盯外星人一样盯住我不放呢？"

简宏成绕着田景野走一圈，看不出异常，但一拍脑袋，灵光一闪："哈哈，宁宥说过，你肯定新衣服洗都没洗就穿上了。上海人考究，必定笑话。"

田景野抓大放小，惊得眼珠子乱转："什么，你俩背着我发展到哪一步了，都开始背后议论我穿着了？"

简宏成鼻子里"哼哼哼"地再绕田景野转一圈，才回到自己位置上，得意地笑："你得适应这种转变。"但很快就严肃正经了："你好像又恢复到过去那种忙碌状态了，大赞。"

田景野笑道："几年不见，门道没怎么变，也不知是我过去的思维太超前，还是社会没发展，如今很多新出台政策只是除罪化。就是我觉得闲得慌，好像还可以多压一些事儿。最近郑总的资金陆续追加进来，他和陆行长又分别介绍朋友注资，不过还可以多，多多益善。"

"还老样子。前几个月你刚出来时，我向朋友推荐你，他们没当场表态，这也不能怪他们。这几天大概有听说到你的发展了，有两个人提出跟你见面。我先考察你一下，果然浑身漏洞多得筛子一样，你赶紧跟我回隔壁宾馆，加急洗衣服。我这边事情处理完了，也回去睡觉。"

田景野无所谓，笑道："行。哎，其实我缺的是老婆啊。"

"找个好秘书，中年妇女干净利落懂世故，比妈还管用。可惜我的好秘书上老下小，不能跟我来上海，这儿还得再找一个。"

田景野翻个白眼，嘿嘿一笑："少装纯洁，你早打上宁宥主意了。你也睡一觉吧，熊猫那俩黑眼圈都不如你的。家里的事怎么样了？要不要我回去替你盯着？"

简宏成一听，就像泄气的皮球一样瘫在椅子上："其他都是手到擒来，唯有宁恕那儿，我只能等啊，等他出招，他肯定会出招。还有我姐那儿，刑辩律师今天去会见，回头不知带来什么消息。真是一波未平一波又起。另一队非诉讼律师还在那儿替我收拾张立新呢。"

田景野道："宁恕那儿你等什么？等他迷途知返？不可能。等宁宥终于劝止宁恕？也不可能。你所等的只不过是在宁宥面前糊弄得过去。可人往往是置之死地而后生，宁恕那种人，你不如一举打倒他，打得他心服口服，以后再慢慢扶他起来，他反而能知道好歹、懂得敬畏，以后反而和平共处。"

简宏成道："对别人适合的，对宁恕不管用。"

田景野鄙夷地起身："那当然，他是谁弟弟啊，特殊。不管你了，自找。"

"哎，别走啊。"

简宏成跳起身，冲到门口才拦住田景野，却敲敲脑袋道："这事儿……怎么跟你说呢，你看看这段视频。我这几天也累蒙了，不知有没有给你看过，应该没看过，但梦里肯定给你看过。"

田景野将信将疑地坐下，看简宏成的 iPad 里面放出来的视频。这视频正是宁恕搬去公寓发现监控视频被席卷一空，自己又不是物业对手时满地打滚的一幕。田景野疑惑地问："怎么回事？宁恕这是装的，还是……"

简宏成摇头："不是装的，他当时就神志不清了，完全处于绝望之下，情绪过于激动。我就忍不住联想到他爸只是因为工作调动就急赤白脸地刺杀我爸，大概是一脉相承吧。这样的性子，你说他会善了吗？"

田景野道："跟你那个丧心病狂的姐姐倒是一对。"

"我姐到底是见识差了点儿，被宁恕送进去坐牢了，不是他的对手。走吧，回去睡觉。我现在是做梦都不敢想宁宥，就怕她弟弟从旁边蹿出来。"

田景野点头，将iPad收起："你把给你姐的律师召回。这种小案子还是交本地门道粗的地头蛇律师做更好。我替你找，替你盯着。"田景野说这话的时候果断得仿佛不是田景野，而是另一个人用田景野的躯壳说话。

简宏成听着，觉得田景野的口气有些异常，不禁注目了一下。田景野一脸夸张地愕然："看我干吗？是不是让宁宥揍伤一下，帅了很多？"

田景野专戳死穴，简宏成郁闷得只会说一个"你妈"，领田景野先去退了客房，再帮他搬到自己的长包房里住。

宁恕一早上从起床起就若有所待，他在等待手机响起，管总通知他正式回去上班。他想了很多，诸如届时怎么感谢管总、怎么处置小童、怎么通知大伙儿他回来了。因此他有点儿神不守舍，一直丢三落四。

随着时间推延，总公司的上班时间到了，早会也结束了，该处理的事都应该处理完了吧？何况是他的任命这么重要的事。通知怎么还不来？可能需要走程序吧，宁恕安慰自己。可他很快又疑惑了，即使是走程序，以管总雷厉风行的风格，如果确定他回原岗位，那么早一个电话过来，通知他回去了——程序反正随后可以跟上，为什么还不来电呢？

家里房子就这么大，宁恕的情绪很快传染了宁蕙儿。宁蕙儿看着眼睛发直的儿子，什么都帮不上，忍不住偷偷发了一条短信给女儿：弟弟公司的通知一直没来，电脑却在昨天还给他了，不知怎么回事。他很焦急。

宁宥看见短信，照往常，应该回拨一个电话了，可今天看了会儿，什么都没做。

这一下，宁家母子两个都因等待而焦虑。屋子一片死寂，而两人在屋子里梦游一样，总做错事。

女儿不回电，宁蕙儿想到很多原因，终于还是忍不住给女儿打电话，不是像以前一样打一下就挂断，等女儿回拨，而是接通了就不放，一直等女儿接起。宁恕无法坐下集中精力做事，无所事事，见妈妈打电话，有点儿习惯性地趋前来看，见是姐姐的号码，正要说话，提示音忽然断了。别说是宁蕙儿，连宁恕都是一愣，他毫不犹豫地道："她竟敢挂你电话？"

宁蕙儿心里也是这句话，可对着儿子充满指责的脸，只得道："她上班呢，忙。你要不还是给你老板打个电话吧。"

宁恕被反将一军，只好道："老板可能也在忙。星期一事情最多。我们……还是看个电视吧，有什么好节目呢？"

宁蕙儿完全没心思看电视。她借口走到阳台浇花，可根本是对着花发呆。她想到女儿正面、侧面地微讽她重男轻女，难道现在不接电话就是这个原因？暂时，还是永远？女儿怎么可以这样对待她苦命的妈！她拿出手机，激动地给女儿发去一条短信：你到底是怎么了？你生气归生气，我到底是你妈。我以后还要你养老的。你打算不理我了吗？

宁宥本来还只是赌气，她也有脾气，可看见这一条，直接就把前面一条短信转发给简宏成。

那一年，宁宥大学毕业四年，宁恕毕业一年。那时家里的经济条件已经不错。因为唐英杰的暗中帮助，宁蕙儿竞得一块出租车牌，从此开着自己的车挣钱；自己不开的时候雇人开，收入一下子好起来，在有能力供养儿女上大学之余，每月还能有积蓄。

而宁宥大二时就不再用家里的钱了。她通过学生会，与另一位同学一起承包了一家小卖部，同学出钱，她出力，每个月竟是养活自己有余，还能给弟弟零花钱买吉他、买零食。于是，宁蕙儿每个月的积蓄数字就更大了。即使是在一穷二白的基础上积累，可有一辆出租车在身，再加车牌价格年年飞涨，即使她不开车，光是出租车牌给别人开，也能活得挺好。宁蕙儿的心终于安定下来，考虑买房居住。

买房是件大事，宁蕙儿自己选择，自己装修，虽然累得筋疲力尽，可终于住上了新房子。她这辈子从来也没想过，竟然还能住上新房子。房子虽然不大，两室一厅一过道，可明亮结实。她把房子改装成三室，这样每个人都有一间可住。宁蕙儿非常自豪。但她没知会唐英杰，已经不联系唐英杰很多日子了，自打经济宽裕之后，就疏远了唐英杰。

宁宥将孩子放到婆婆那儿，请假回来帮妈妈搬家。两人都没觉得宁恕没回来有什么异常。两个女人请搬家公司帮忙，将大家具全部搞定。

宁蕙儿实在太累了，一头扎在新房子里的新床上昏睡了过去，连床单没铺上都顾不得了。

宁宥于是一个人悄悄地再回老房子搬运细软，回新屋一一整理出来，该挂的挂，该叠的叠。整理收纳这方面，妈妈在她面前也是自愧不如的，她一向做得很好，因此也就自作主张，不等妈妈醒来了。

很快，整理到了一只包得密密实实的黑塑料袋。宁宥也没在意，照旧毫不犹豫地打开，一看是许许多多的奖状照片。打开时掉下来的正是她的数学竞赛一等奖奖状，纸面早已发黄、发黑，甚至锈迹斑斑，可宁宥看见时忍不住嘴角一翘，笑了。她也有点儿累了，干脆坐在地上慢慢翻阅。这一包资料的内容是如此丰富，宁宥很怀疑等妈妈醒来时能不能看完。她很快看到一本崭新的房产证。是新房子的吧？宁宥只是好奇地打开来看。自然，妈妈的名字列在其上，她想不到，房主一栏里还有宁恕的名字，却没有她的名字。她一时反应不过来。

宁宥几乎是本能地跳起身，想找妈妈问个为什么，可才走到新卧室门口，看见妈妈疲倦的睡姿，心里立刻自觉替妈妈回答了一句：我辛辛苦苦挣来的钱，我自己做主。是，妈妈挣的钱，妈妈自己安排怎么用，她凭什么多嘴？宁宥折返回来，将房产证放回塑料袋。可她心里没精打采地想到，虽然说，妈妈的钱，妈妈做主，可为什么只写了宁恕没写她呢？她给妈妈找了无数理由，诸如她结婚了，现在另立一本户口本，已经与妈妈是两家人，而宁恕单身，自然还是与妈妈一家人；再比如她好歹已经挣了好几年工资，还有郝青林稳稳的铁饭碗，够饱了，怎么还可以贪图妈妈辛苦挣下的资产？而宁恕才刚毕业呢，还是只饿狼，自然是要给他留点儿保障的……

宁宥越想越没趣，浑身也变得提不起劲儿来了。可她工作几年，已经学会成年人的狡猾。她什么都没声张，悄悄将塑料袋恢复原状，再看看疲倦的妈妈，继续打起精神，没事人一样地收拾屋子。

忙碌中，宁宥慢慢地想起来，妈妈从来一边倒地教育她有好吃、好用的要多让给弟弟，有苦活、累活则是要多担着，妈妈没时间管；弟弟闯祸时她担起守护不力的重责，而弟弟担负小责任；等等。可能这些与她一直以为的她大弟弟三岁并无关联，而是其他——她很难想象的其他原因。宁宥想等妈妈醒来问问妈妈。她继续收拾，还腾出手来煮好米饭。

天色很快暗下来，宁宥摇醒妈妈，让妈妈起床吃饭。

睡了一觉醒来的宁蕙儿看见屋里已清清爽爽，该归位的大多擦洗干净了归位，开心地笑道："我怎么会睡到现在啊？真过分了。幸亏你来帮忙，要不然我还得连夜收拾到天亮呢。哎呀，新房子里饭都闻着特别香。可惜今天没什么菜。"

"我到楼下小店买了榨菜、鸡蛋，做了一碗榨菜蛋花汤，今晚就将就一下吧。妈，你洗洗手，我们随便吃点儿。"

宁宥从厨房出来，让妈妈进去洗手。看着妈妈的背影，她还是犹豫要不要跟妈妈谈谈。她扭头看向妈妈，看到妈妈的右肩忽然一抽，好像触电了似的。宁宥忙折返进厨房，关切地问："怎么了？"

宁蕙儿将手伸给宁宥看。宁宥仔细看，粗糙得简直不像女人的手，手上布满了与这个季节不相称的皲裂。

"怎么会这样？碰到水很痛吧？"

"真是一点儿办法都没有，我不得不一步不离地盯着泥工、木工，跟在他们后面打扫。要不然地板下面全是垃圾，铺好的瓷砖上面沾满水泥刮都刮不掉。满屋子是灰，他们都敢刷新漆。他们才不管呢。本来还想到戴双手套的，可手套动几下就磨破了，算了，咬咬牙吧。总算装修完了，以后不用那样了。"

宁宥看着心疼："别有些建材是你自己扛上楼的吧？为了省钱，是吧？"

"呵呵，我平时开车，一整天都坐着，动几下也好。你别堵着门啦，我们吃饭。你怎么长大以后总是一点都不会饿的样子啊？"

"妈真是辛苦了。去年我们装修，力气活大多是郝青林做的。他大少爷推三阻四的，总想掏钱请人做，好像我们家老板多大似的，为此跟我吵了好几架。他真是不自觉，我又要上班、上硕士课，又要带灰灰，还要洗衣服、做饭，难道让我背着灰灰扛地板、搬瓷砖？咳咳，一想起装修，我又要骂郝青林了。可即便是他做了大多数体力活，等装修完毕，我还是觉得累死。想想妈妈全程一个人……"宁宥什么都不想提了，妈妈多么可怜，她怎么好意思在妈妈面前计较。

这一天的想法，宁宥一直不曾与妈妈提起，压在心里成了小小的块垒。

这会儿，宁宥又想到妈妈来回奔波，晕倒急诊的事。她叹了口气，发去一条短信：主持会议。她一个字都不愿多写。

可宁蕙儿拿到这条短信就安下心来，女儿主持会议呢，当然是不可能接电话、发长短信的，是她误会女儿了，也是她多心了。她又给女儿发去一条：我今天心惊肉跳的，老是定不下心来，前面话说急了，你别放心上。这条不用回了，你忙。

于是，屋里只有宁恕一个人在煎熬了。宁蕙儿让他出去走走，他不愿意。眼看着时间到了十一点多，宁恕等不及了，终于下定决心，一个电话打给管总。以往，除非管总开要紧会议，索性关机，要不然宁恕的电话是直达的。可今天的电话是响了好一阵子之后，由管总的秘书接起的。宁恕心里暗呼不妙。

果然，秘书在解释管总正忙，无法接电话之后，转入正题："手臂好些了吗？"

"好些了，谢谢关心。刚刚去医院换了药，正想请示老板，我吃完中饭后去报到吗？"

"啊，老板的初步意思是请你安心养伤，等伤好后先来一趟北京，再做商议，你看呢？"

宁恕心里咯噔一下，这是完全变了口风啊，他知道事情黄了。可他怎么都想不出来，前一天还周末呢，就心急火燎地让小童将电脑送还给他，仿佛一天都不能等，摆明了就是让他周一上班。可管总今天完全变了，不仅不接他的电话，而且秘书吞吞吐吐，大施缓兵之计。怎么回事？这期间究竟发生了什么？

宁恕的眉头打成了结。看到儿子脸色的宁蕙儿心知不妙，什么都不问，进去厨房躲起来，做菜，连切菜都轻轻的，不敢用力，唯恐吵到心情不好的儿子。

屋里又一片死寂。

简宏成在上海替田景野培养关系，拉客户，田景野则几个电话在老家替简敏敏找好本地呼风唤雨的地头蛇律师，由简宏图上门去签了委托。当天，应律师就速战速决地会见了当事人简敏敏。

接到应律师电话时，田景野正坐在简宏成大办公室的角落里，用他自嘲的说法，在等吃晚饭。他看到手机的显示，立刻起身道："简宏成，你中断一下，一起接电话。"

简宏成一愣，但依言遣走了同事。田景野这才打开免提，让简宏成一起听。

那端，应律师用不大标准的普通话说："小田，我刚刚与当事人简敏敏会见完毕。我有两个主要想法：一个是当事人对律师，我看主要是对帮她请律师的家人，表示极大的不信任，字里行间透露出担心你们落井下石的意思，因此比较不能良好配合；一个是从当事人的陈述来看，如果陈述内容全面、真实、无修饰，她的罪责不会太重。只要受害人不是穷追不舍，我们可以争取缓刑。可问题是这两条目前是矛盾的，当事人因不信任可能导致的不配合会影响她对律师陈述的可信度；我拿不到真实的陈述则影响判断，进一步加剧当事人的不信任。因此，我建议你们外面的人有必要采取主动，解决彼此间的信任问题。否则，我工作很难做。"

简宏成听了摇头："经典的简敏敏风格。"

好在有田景野，他既是简宏成的好友，也是应律师的好友，可以居中直言不讳："简敏敏就是那德行，死人都不信，何况活人。我跟她接触过几次，看不出她能相信谁。老兄，你有难度了。"他说话间看看简宏成，见简宏成皱眉不语。

应律师道："小田，你不能一句有难度就打发我。就这种案子，我要是取证栽在她手里，等于自砸招牌。你得跟他们家人商量，怎么有限地取信于她，不用让她相信得死心塌地，只要她在这个案子里跟我配合好，对她有利不利的都敢跟我说，就 OK 了。"

简宏成没有犹豫，道："我是简敏敏的大弟简宏成，我家二十几年前发生了一件事，让简敏敏对家人全无信任。目前暂时不是重建信任的好时机。您不如这么告诉她，我需要利用她专门对付宁恕，她越早出来越好。这话她能完全接受。"

田景野不禁一笑，类似的话，宁宥也跟律师说过，以取信于郝青林。

应律师道："好，这样她能跟我交底。这次会见，不论真实度如何，当事人陈述的经过与你们提供给我的有很大出入。我今晚会给你们一份报告。"

简宏成道："我们很大一部分认知是道听途说，甚至大部分是来自对方当事人。不如您先跟我们简单说几句。"

应律师说的也是分三部分：税务局门前的误撞，强行扣押上车，击伤手臂。简宏成边听，边在纸上记录。他听完就道："误撞那条，我想起前年我妈说过，我姐看见对街橱窗里有一套衣服很漂亮，就不知怎么一踩油门，一头撞进橱窗里去了。这事交警应该有记录，保险理赔也肯定有记录，但具体日期需要您问问我姐了。"

应律师一听就道："非常好！"

电话结束后，简宏成以手抚额，仰天道："难怪宁恕在医院里跟螃蟹一样地冲我举着两条伤臂，原来是这么伤的，可以想象当时是血肉横飞啊。新仇旧恨，完全的新仇旧恨，肯定没完了。"

田景野道："啐，你心里真实想法是，宁宥得知她弟弟是这么受伤，肯定立场不稳，站到她弟弟那边去了。"

"是啊，她是她弟弟半个妈，她弟弟再怎么不好，受了这种血肉横飞的伤，做妈的能不心疼？看来她弟弟还没跟她详细说，我得主动向她自首去。"

简宏成说完，又敲敲额头："可今天没时间了。"

田景野笑道："关心则乱。你以为宁宥不知道她弟弟的伤情？她弟弟不说，她妈妈会跟她说。"

"那……那……那她还没给我一刀子……哈，我明白了。"简宏成拍案而起，双臂支在桌子上，低头一径嘿嘿地笑。他面前的桌上，放着他的手机，手机桌面上正是早上宁宥转发给他的短信。他正愁呢，这下放了一大半的心。

宁宥下班就直奔律师事务所。律师没下班，在办公室里等她。宁宥心里清楚，这全是宋总的面子，而宋总的面子则取决于她的工作。

律师见面就笑道："不出所料，郝先生听了我转达的意思后，配合得很好，并且向我提出，以后再遇到他父母在惊慌失措下做的决定，都不会采纳。"

宁宥哭笑不得，只能点头道："看来是猜对他的脾胃了。"

律师又道："郝先生哭求转告，谢谢你依然仗义；请你原谅他的臭知识分子意气，更希望你念在多年夫妻情分上，可怜他从此失去公职，失去保障，失去身份，别再让他失去家庭，失去与孩子共同生活的可能。"

宁宥只会呵呵地笑了，除了笑什么都说不出来。

"我只负责传达，呵呵。"律师将手头文件交给宁宥，"言归正传，我们讨论一下案情。"

简宏图最近谨言慎行，天一黑就回家，严严实实地关上门，拉上窗帘，哪儿都不去。他自己在税方面被宁恕摆了一道，而简敏敏则直接被宁恕摆入监狱。宁恕的火力如此猛烈，让他胆战心惊，暂时不敢轻举妄动。

简宏图刚坐到饭桌边，就听得敲门声响。他不敢答应，但又好奇，就蹑手蹑脚地走到门边，偷偷打量门外的人。他看到这是一个三十几岁的男人，像是机关出来的，浑身散发着刚毅。他看着这不像是坏人，才敢在里面壮起胆子问一声："谁？我不认识你。"

外面的人将名片举到门镜前。

简宏图看清来人工作单位是公安局，都来不及看接下来的，腿就软了，赶紧打开门，无力倚门，哭丧着脸道："领导请进，请进。我又犯什么事了？"

来者站门外，看着简宏图皱眉，想了会儿，才径直进门，对关上门就倚着门背打摆子的简宏图道："你没犯事，别害怕。坐下来谈。"

简宏图听了，却软倒在地，差点儿以为税案的事又起波澜了呢——眼下哥哥又不在身边，他只有死路一条。等他听到没犯事，一口真气泄了，反而支撑不住倒地了。

来者皱眉看了一会儿，走前几步，将简宏图挽起，扔到沙发上，还是皱眉道："应律师怎么会答应做你姐的律师？"

简宏图连忙澄清："是……是我哥请的，我哥可能干了。他在上海，一时来不了，才让我到应律师那儿签了一堆文件。领……领导，您是来讨论我姐的案子吗？要不我给您拨通我哥的电话？"

来者没坐下，俯视着简宏图，目光炯炯地将简宏图五脏六腑都扫了个遍，斟酌着道："给我纸笔，我写个电话号码。"

简宏图心说，不能直接给名片吗？但他不敢提，赶紧连滚带爬翻出笔交给来者。

来者边写，边对简宏图轻道："我给这个电话，与职务无关，与工作无关，纯属私人事务，请你哥不用有压力，未必一定要打这个电话。另请转告你哥，我姓唐，了解二十几年前你们与宁家之间发生的事。记住了吗？"

简宏图转了几下眼珠子，心里默念一遍，才点头："全记住了。"

唐坐下写了一串手机号，折好，放到简宏图手里，然后和善地微笑一下，自己起身走了。

简宏图试图爬起来送客，被唐伸手一按，又腿脚一软，跌回沙发，只好目送。

简宏成接到弟弟电话就走出了包厢，因为听到了简宏图声音里的不正常。等听完简宏图的描述，他心里大惑不解，这是谁？他看着手机短信里唐的号码，这显然是个知情者，简敏敏出事之际来主动找他，绝非叙旧。可问题是他印象中没有姓唐的这么个旧人。这是谁呢？对他是有利，还是有弊呢？

简宏成皱皱眉头，按下不表。

宁宥回家刚停下车，就接到妈妈的来电。她立马又缩回车里，将车门关上，并未如常地按掉电话，由她打回去，而是直接按了接通键。

"宥宥啊，吃完晚饭了吗？"

"还没，刚刚到家。"

宁蕙儿停顿会儿，道："看样子，弟弟老板跟弟弟玩花活了，弟弟现在火气很大。我只好假装出门散步，才能给你打电话。"

宁宥道："嗯，今天是不是流年不利啊。我刚从律师那儿回来，郝青林纠缠离婚的事，我也烦得要死，可又不能不管他的官司。这一路也不知怎么开回家的，幸好路上没出状况，唉。"

宁蕙儿愕然，原本想好的话一时接不上去，想了会儿才道："郝青林还敢闹幺蛾子？别客气，他在里面也折腾不出什么花样来。你别理他，你该怎么做就怎么做。"

宁宥悠悠地回答："要是他在里面交代他贪污、我窝赃，我怎么吃得消？得罪不起的。"

宁蕙儿想想也是，果然闹心，又心疼手机长途费，忙道："晚上早点儿睡，睡足了心情会好点儿，最近你是太累了。有空你也帮弟弟留意一下工作，看看有哪家公司招人。好了，你赶紧吃饭，总之下刀子也得吃饭，别饿着自己。"

宁宥接完电话，冷着一张脸，因为她知道，这个电话下来，她妈妈脑袋里的烦恼中，她的事最多占百分之十。

幸好，她也有儿子。

宁宥一打开家门，儿子就风一样地扑出来，沿路大叫道："妈妈，我作业做完了，饿死了，又冷又饿还在翻前两章数学课噢，嘻嘻。"最终，儿子铁板似的站在宁宥面前，挡住她的去路。宁宥动，他也动；宁宥不动，他也不动。

宁宥看见儿子就开心了，假装甜腻腻地道："哟，还在主动复习前两章课程？真是太乖了，让妈妈亲一下。"说着就嘟嘴俯身过去。

郝聿怀不是对手，赶紧飞窜回书房："妈妈，我可以让你查一下今天做的作业，要是有做错，任打任罚。"

宁宥看着在书房里挺胸凸肚以示无比骄傲的儿子，心里很是欣慰："行。但我可以抽语文前两章的题目考你吗？"

"不要，查数学，查数学。"郝聿怀又扑出来，在宁宥身边顶来撞去地打转，想说什么，又忍住不说，两只腮帮子一会儿鼓、一会儿瘪的。

宁宥被顶得做事不利索，可她乐意。她一边做菜，一边跟儿子道："刚才跟律师见面了，看起来你爷爷奶奶心急而制造的麻烦已经平息了，你爸爸心情平静许多……"

"我正想问呢。这下放心了。"郝聿怀着急地打断妈妈的话。

宁宥惊讶地看向儿子："那你怎么不问呢？"

郝聿怀钻在妈妈背后，轻轻道："你前几天一直不高兴，我看得出来。我怕一问起爸爸的事，你更不高兴。"

宁宥听着辛酸得想哭，可她是妈妈，还是得字斟句酌地道："别担心，其实你像个大人一样地跟妈妈谈话，是我最乐意的。虽然最近麻烦事不断，可看到你会理智地思考问题，会勤快地帮妈妈做事，会独立自觉地处理自己的学业，尤其还能心疼妈妈，替妈妈着想，我欣慰高兴都来不及呢。我们灰灰迅速长大了。而且你看，今天爸爸那儿的事刚有个眉目，我就跟你通报了，妈妈多乐意跟你交换情报啊，是吧？"

郝聿怀仰头想了想，猛力点头："是！但妈妈，你漏了一条我的优点哦。"见妈妈一脸疑惑，郝聿怀挥臂，奋力挤出肱二头肌："瞧，妈妈，我还能保护你。"

宁宥看得大笑，与儿子握手，转移战场，两人到饭桌上掰手腕。她没作弊，可她真的输了。不知从什么时候开始，儿子的手劲居然轻而易举地击败了她。

宁蕙儿与女儿通完电话，一个人呆呆坐在小区绿化长廊上，情绪激动。她不敢回家去面对情绪更加激动的儿子，免得惹出更大是非。她命苦，她认了。原指望儿女能够平平安安，争气地生活，不承想，儿女比她的麻烦更多。一个失业，一个离婚，哪件不是大事？往后还有个好吗？越想越难受，一个人坐着，滴下了眼泪。

坐了会儿，宁蕙儿的心渐渐平息下来，也渐渐意识到，女儿电话里说离婚，纯粹是拿话堵她，女儿不想听她一再说弟弟闯的祸。宁蕙儿一向了解女儿的能耐，郝青林闹离婚？恐怕她早想好了千百条计策来应对。再说两人闹到今天，早已没了感情，女儿怎么可能心烦？

再想起她在急诊观察室过夜，女儿竟然没留下，而是雇了个完全不认识的护工陪她。她呕心沥血将两个孩子拉扯大，个个出落得有出息，可别说反哺，飞出去的鸟儿连回头看看都没有，反而嫌她烦，拿话堵她的嘴。宁蕙儿越想越心酸，又低头抹起了眼泪。

家里的气氛一直很压抑，宁恕想做些什么，可只要一回头，就能看见妈妈忧心忡忡的眼睛追随在身后，他就什么都做不出来。好不容易妈妈吃完饭，出去散步，他虽然纳闷妈妈什么时候有了散步的习惯，可他好歹是自由了。他悄悄走到窗边，看妈妈走出楼道，朝着绿化区走去，走远了，才拿出新买的手机，给总部的朋友打电话。

但凡是个奔前途的人，都会舍得下血本在总部插一个楔子，何况是长相英俊的宁恕。他稍微下点儿本钱，就在总部各部门各有几个帮得上忙的好友，且都是女的。宁恕找的是在人事做的朋友。

朋友一听是他的声音，就道："唉，你怎么回事，早上我们这儿都已经调出你的档案了，上头忽然下命令，让我们给你办辞退手续。"

"辞退？"宁恕大惊，"直接就辞退？"

朋友也惊："啊，你还不知道？"

"我不知道啊。前天还赶着把没收的电脑还给我，我还以为……"

"对，你想想，是不是撞邪了。前天我们头儿本来接到的命令是要把你放回原处，今早忽然变卦。大家都在议论是怎么回事。"

"辞退总该有个理由。"

"还是原来把你调回总部的那几条理由。你想想，得罪谁了？在我印象里，出现这种事情，一般会把你吊着，接受培训，拿基本工资，吊得你自己受不了，辞职了事。像这种干脆利落的处理很少。"

"再问一个敏感问题，谁下的指令？如果不方便，尽管拒绝。"

朋友清晰地道："正是你的顶头上司管总。以上说的请保密。估计很快会通知你办手续，你心里有个底。至于劝慰的话我就不费劲说了，你不需要。我们几乎每天都在追着猎头挖人才，行情门儿清，以你的材质，绝对是稀有级。如果需要，我这就发个消息给要好的猎头。"

虽然宁恕也认为他是稀有级人才，可忍不住大声问："非常需要。可是为什么啊？到底为什么二话不说开了我？我要个说法啊。这么不明不白，往后去新东家时，我这老脸往哪儿搁？"

"别执念啦。向前看。"

宁恕无话可说，颓然坐下。可是，管总究竟是什么原因，忽然，不仅是放弃他，甚至是放逐了他？究竟是什么天大的原则性的原因？

宁恕胸闷，仿佛屋子太小，阻挡了他的呼吸。他也开门出去散步，可出门就在楼道里遇到一个楼上的邻居，那邻居看他一眼，就赶紧扭开脸去，很不自然地擦肩而过，可在擦肩而过时又偷偷打量了一下宁恕的伤臂。宁恕又后悔出来了，可再退回去又不甘心，愤愤地在心里默念一句：赵家的狗何以看我两眼呢？这才稍微释然。

即使走到开阔的空地，宁恕依然百思不得其解，究竟为什么，一手培养了他、视他为心腹的管总一刀切割了他？可即便是宁恕心事重重、心不在焉，依然一眼看见了不远处低头抹泪的妈妈。那背影被旁边稀疏的芙蓉树遮了一半，显得如此孤寂。宁恕呆住，想不到妈妈出门是来这儿偷偷地哭。他无法再举步，心如刀绞。这阵子，他连累了苦命的妈妈。

好一会儿，宁恕才走过去，低低地蹲在妈妈面前，低声道："妈，对不起。"

宁蕙儿一愣抬头，想说什么，可看到宁恕的眼睛，那种又迷惘又狂乱的眼神，她急了，一把抓住儿子的肩膀，道："你怎么也出来散步？你老板来电话了？还是简家又闹事？"

宁恕摇头不肯说，怕再惹妈妈伤心："没事。我看你好久没回家，急了，出来找你。妈，对不起，都是我害你操心。"

"别逃避，你妈不傻，看得出来。你怎么了？别让你妈猜谜了。你告诉我，别怕我操心，你不说我才更操心。"宁蕙儿依然抓着儿子的肩膀，手指劲儿大得都快掐入宁恕肩膀上的肌肉里了。

宁恕依然不肯说，但想办法将话题岔开："我真是出来找你的。唉，妈，我有时候怀疑，是不是我身上来自爸爸的基因多了点儿，才会一再害你操心……"

宁蕙儿几乎是大吼一声，打断儿子的话："放屁，你跟你爸一点儿不像！"

宁恕被妈妈的突然爆发惊得一屁股坐在地上："哎，妈……"他怎么都不会想到，宁蕙儿看到他在酒店公寓满地打滚时，心里满满的恐惧，那就是，他太像他爸了。

宁蕙儿连忙起身："别动，手别用力撑地上。我来扶你。"她绕到儿子身后，从后面扶起儿子。趁着儿子看不见她，她由着自己哀伤的目光在儿子的背脊上打转。

宁恕在前面道："妈，别哭了，我已经无地自容了，我怎么能学我爸……"

"不是。"宁蕙儿连忙打断儿子，"是……你姐。"

"她怎么了？"

"她……还是不想跟我说话。算了，宁家麻烦事太多，她离远点儿也好，她毕竟是有了自己的家庭。"

宁恕这才放下一头心事，转身面对妈妈。宁蕙儿也赶紧收起哀伤，强打起精神。母子俩都装作没事人一样，往家转。

简宏成看着他介绍的朋友们渐渐被田景野吸引，纷纷从他身边围坐到田景野身边，知道自己留着也是多余，便悄悄退出。

简宏成告诉田景野的是，他先回暂住的酒店公寓。可他在回去的路上，绕了很大一圈，绕得司机都不知道老板究竟要干什么。在司机忍不住提出抗议，问老板是不是路痴发作的时候，车子顺路到了宁宥家所在的小区。简宏成打发司机回去，自己走进小区，站在楼下，望着那幢楼，打了个电话上去。

宁宥正在检查儿子今天的作业，果然是每道题都对，心里欢喜着呢，见到电话，不知怎么，嘴角一翘就笑了，走出书房去接。

简宏成见电话被顺利接听，开心地道："晚间通报啊……"

宁宥"嗤"一声就笑了出来，太明显的借口。

简宏成没听见，继续道："你弟被他总公司辞退了，已经发文了。"

宁宥一下子笑不出来，脑子里自发自觉地飞快闪过二十多年前那些可怖的画面，哑口无言。

简宏成没听到搭腔，奇道："信号断了？"

宁宥勉强道："没想到是辞退，原以为会是降级、调用什么的。"

简宏成听出宁宥语调中的异常，自以为了然地道："直接就是辞退。我在背后使了一把劲……我就在你家楼下，要不要下来谈谈？"

宁宥犹豫了一下，答应了，知道这一下去就是某种象征意义上的一大步。可她忧心忡忡，需要找个人说说。

简宏成看着宁宥出来，知道要挨骂了，可心里依然欣喜，只是有点儿奇怪，宁宥怎么这么容易就被他叫出来了？唯一令他不快的是光的物理特性，光为什么不能转弯呢？他现在无法看清背光走来的宁宥的脸。虽然他不用看也清楚，这肯定是一张臭脸。毕竟他俩是姐弟，尤其是这个姐姐曾经像半个妈。

可等宁宥走近，简宏成看见的是一张充满焦虑的脸。简宏成迎上去道："怎么回事？问题比我想象的严重？"

宁宥皱眉问："你背后使了把劲？能详细说说吗？"

"就这么站着说？"见宁宥一脸你还想怎么说的样子，简宏成立刻妥协，"行行行，就这么说。我跟宁恕的竞争者有口头协定，他帮了我很多忙，我有义务帮他把原来属于宁恕的那个位置坐稳。他向总部告发的弹药是我提供的，像宁恕前阵子拿着一些不属于原则性犯罪的税务问题对我弟穷追不舍，是犯了所有经营者心中的大忌。别说他老板听了不敢重用他，消息如果传出去，整个行业都不敢用他，除非他隐姓埋名，或者从此只做一些外围的、底层的工作。"

宁宥无话可说，人家既没栽赃，也没编造，宁恕完全是咎由自取。可她忍不住问："这么一件事就让宁恕失去工作？"

"是。"

"宁恕知不知道这与你有关？"

"他暂时不知道，但日后找工作碰的鼻子多了，慢慢会知道。"

宁宥长叹。

简宏成看宁宥犹豫的样子，道："想骂我，就骂好了，不过我不觉得我有错。对宁恕，我想不出更好的办法，对不起。"

宁宥抬眼，眼珠子在简宏成脸上转了一圈，道："确实不是你的错。我是难以启齿，你别心急。"

简宏成摸不着头脑，只好看着又低下眼去的宁宥，着急不来，倒是乖乖地一句话都不说，静静等待。

宁宥内心挣扎了好一会儿，才终于抬起头，道："我妈前几天亲自开车，大清早就赶来找我，是因为前一夜看到宁恕在公寓里的那一幕……"

宁宥说到这儿顿了顿，两眼定定地注视简宏成。简宏成立刻理解："我知道那一幕，他们发录像给我看了。"

宁宥道："这就对了，要不然我妈不会豁出老命，赶来找我。她吓坏了，说她仿佛看见……看见二十多年前的那个……那个……"宁宥不想在简宏成面前提起那个特定名词，可看见简宏成似乎没完全领悟，只得沮丧地道："我爸。"

"噢，嗬。"简宏成也无语了。

"那天我妈正跟我说的时候，传来消息，宁恕被停职了，我妈就昏倒了。因为这一幕与二十多年前何其相似，当时那个……也失去了工作。"

宁宥不必再说下去，简宏成已经明白，这就是宁宥被他轻而易举地叫下楼的原因，真正的原因完全不轻松：与宁宥爸性格相似的宁恕不仅是失业，而且看起来全无前途，会不会也铤而走险，走上二十年前的那一步？

两人默默相对。沉重的黑夜压得人透不过气来。

宁宥几次想进一步提示，可话到嘴边又说不出来，再想想，话都说到这地步了，简宏成完全应该想得到即将面临怎样的局面，不需要她反复提示。最关键的是，她以什么立场来反复提示呢？宁宥想来想去，只能道："没别的事了？那我上去了。"

"嗯……慢点儿。还有件事，有个陌生人今天忽然冒出来，说了解我们两家二十几年前的事，要我联系他。我完全摸不着头脑。不知道你认不认识这个人，姓唐，三四十岁，呃……"

简宏成没说下去，因为看到宁宥如遭五雷轰顶，扭开脸去，闭目不语。他心里立刻明白了，这个姓唐的显然是个要紧人物。

宁宥只觉得胸口闷得快爆炸，脑袋空白一片。简宏成则已知道答案，不再询问，只默默看着宁宥。宁宥好不容易有点儿知觉，看了一眼简宏成，想求他不要联系姓唐的，可说不出口，只是干瞪眼。

简宏成看着不忍，道："你说吧，有什么要求只管跟我说，我会做到。"

简宏成不说则已，一说，宁宥的眼泪立刻开闸。可宁宥终究是什么都不肯说，咬紧嘴唇，看着简宏成，摇摇头，闷声不响地走了。

简宏成在身后叫了声"宁宥"，但没追上去，眼看着宁宥脚步不稳地回去大楼，不，逃回大楼。简宏成不禁摸出手机，看了看唐的号码，但一想到宁宥刚才的样子，不忍心按下通话键，又将手机收回兜里。

宁宥扑进家门，立刻擦干眼泪，拿起手机冲进主卧卫生间，严严实实关上门，一个电话打给家里。

是宁蕙儿接的电话，宁宥哽咽着道："妈，让宁恕接电话。"

"什么事？跟我说也一样。"宁蕙儿知道儿子不肯接电话。

"你跟他说，他不想接也得接。"

宁蕙儿将电话递给旁边坐着看电视的宁恕："你接一下吧，好歹接一下，假装你们姐弟还和睦，假装给我看。"

宁恕不接，只是伸手按下免提，对着麦克风干咳一声，算是回答。

宁宥哭道："我求你一件事，你立刻收手，以后再也不要提起，行吗？"

宁恕不应，也不说话，只是勉强听着，算是对得起妈妈。

宁宥再激动，还是小心地问了一句："你有没有开免提？妈妈有没有听着？"

宁蕙儿见儿子依然不肯吱声，只好回答一句："我听着。"

"妈，关掉免提，你让宁恕一个人听，你别听，最好再走开点儿，一点声音都不要听到。"

宁蕙儿一愣，虽然不情愿，但还是想依言关掉免提。可她老花眼，摸索着怎么快得过宁恕？宁恕一脸不耐烦地将电话搁了回去，顺便切断通话。宁蕙儿怒道："怎么连话都不肯跟你姐说？"

"无非是先出卖我，不成之后，威吓。明摆着，她没法向姓简的交代。"

"她还什么都没说啊。她在哭呢，你也不问问为什么。"

"妈，你放心好了。简敏敏在牢里，现在没人危害她。她是无中生有，装给我看。"

宁蕙儿瞪了一下儿子，不理他，试图自己回拨过去。可恰巧电话又响，是宁宥焦急不过，不敢赌气，只好再拨。可宁恕如法炮制，再度按掉了电话。然后，宁恕索性拆了电话，收进自己房间里。

宁蕙儿无奈，关进自己的卧室，拿手机给宁宥打电话。可宁宥怎么敢跟妈妈说姓唐的找上简宏成，她只能哭着，一遍遍地跟妈妈说："妈，你让宁恕罢手，千万放手，离简家远远的。要出事，出大事。"

　　"到底什么事？"

　　"我还没想好要不要跟你说。但宁恕只要再有举动，一定出大事。"

　　"是不是跟我有关？"

　　"无关。"宁宥拼命摇头，不敢说出真相。她想到妈妈两次在她面前晕倒在地的场景，她非常确信，这个炸弹扔过去，妈妈一定也会晕倒。

　　"妈，你做做宁恕思想工作，让他接我电话。"

　　宁蕙儿看看卧室门，摇头道："我们全家一样的脾气，慢慢来吧，今晚肯定不行了。"

　　宁宥无奈地挂了电话，坐在浴缸沿上，捧住脑袋，浑身无力。

第三章

钻 戒

早上送儿子上学，是宁宥最热衷的事，一者说明这一天平安无事，二者可以一路与儿子说话，这是母子最好的交流时间。

果然，郝聿怀上车就问："我还是感觉你昨晚哭了，可你又赖掉。"

宁宥只好脸皮一红承认："呃，有的。当时情绪有点儿激动，就赖掉不想承认了。"

郝聿怀赶紧热切地道："我以后心情不好时，能不能赖掉？"

宁宥闲闲一句："我什么时候逼供过？"

郝聿怀刚要回答，又立刻刹住车，然后眼睛一弯，笑眯眯地道："我现在情绪激动，不高兴回答你。"

宁宥只好给儿子一个白眼："只想着以后可以赖皮，都不关心我为什么哭。"

郝聿怀道："我在逗你高兴呢，而且昨天睡前让你抱了！而且我知道，肯定不是我爸，就是你弟。"

"这回是担心你外婆。有个人很意外地现身，我想提醒我弟别再轻举妄动，可他不接我电话。怎么办？难道我得发无赖邮件给他？"

"什么叫无赖邮件……哦，知道了，是你把内容都发在题目上，连续发好几个邮件，他不能不看，即使删掉，也免不了看上几眼。"

"是啊，我还打算刷屏，每个内容发三遍，他没法不看清。"

"嘿，你弟几岁啦？"

"问得好！"跟儿子一通话说下来，宁宥不得不想方设法通知宁恕的郁结自然消融了。

宁恕起床前习惯性地从枕头底下翻出手机，刷一下邮箱。当然，他一眼就看到满屏的来自他姐姐的邮件，想不看也不成，宁宥就是冲着他用手机收电邮的习性刷的屏。他看清内容，眉头锁得更紧。唐！满屏都是这个字，即使宁宥不点名，他都能一下猜到是谁。

宁恕什么都没说，收起手机，起床，走出卧室，看见妈妈在厨房里忙碌。他前几天也没仔细看，今天瞧着，只觉得妈妈的背佝偻了许多，背影真的像个老太太了，不再坚强。宁恕攀着门，看了好一会儿，直到妈妈似有转身倾向，才喊了声："妈，这么早起。"

"不早啦，都八点半了。睡得好不好？"

"不好。想了点儿事，结果很晚才睡着。妈，你今天别出去买菜了，眼皮肿得跟核桃一样了。"

"嗯。你快点儿洗脸、吃饭，等一下不是说去警察那儿催催嘛，别等人家快下班了才去。"

宁恕看着妈妈灰白的头发和黑肿的眼圈，以及眼圈里布满血丝的眼白，做了一个重要决定："不去了，我们大方点儿，适可而止吧。我等下还是去律师那儿咨询一下，看看案子里我能做什么、不能做什么，免得到时候应付错了，有理变成没理，把自己裁进去。"

宁蕙儿吃惊："也……好，好！"

宁恕都能听到妈妈呼的一声，长长地喘息，显得大大地松了一口气的样子。宁恕心酸，觉得自己的决定做对了："接下来好好在家休息几天，把手臂养好；把有些东西整理出来扔掉；嗯，再把自己捂白点儿，哈哈。"

"嗯，好，好。"宁蕙儿除了叫好，都不知该说什么。她这下才放心了。只要儿子不再惹事，家里应该不会再有麻烦。

宁恕看着妈妈脸上由衷的笑容，不禁也笑了。他心里也觉得一阵轻松。为了妈妈，他选择放弃。他为自己所做的牺牲叫好。

宁恕穿着长袖衬衫，在这炎热的天气里，与环境格格不入，但走进律师所在的写字楼，有人还穿着西装呢，他才不怎么显得突兀。他忘了，他平时夏天上班时，也爱穿笔挺的长袖衬衫，而且也是再热都一丝不苟的，从不挽起袖子，即使下工地依然如此。那时，他从不在乎别人的眼光。

很快，律师出现在会谈室，热情地伸出手道："宁总，好，好，手臂好些了吗？握手方便吗？"

宁恕忙站起来笑道："还行，只要你别跟我掰手腕就行。呵呵。"

两人握手后坐下，宁恕刚要开口，律师伸手做个压下的姿势，道："宁总，我有句肺腑之言。我的咨询费是按时间收费的，标价不低。您付这么高价的律师费，咨询的只是一些程序方面的问题，性价比太低，我斩不下手。不如我给您推荐我们兄弟所的另一位律师。"

宁恕一愣，但还是微笑道："我付得起，不用换了。"

律师也是状若平常地笑："以前那个报价是友情价，是我作为家和房产特聘律师给总经理的友情价。现在得涨二十倍。对不起，宁总。"

宁恕心里明镜似的，微笑着收起刚刚放到桌上的资料，起身道："你不如实实在在地跟我说，你不愿因为给我咨询而得罪小童。"

律师依然微笑："童总不会那么小气的。对不起，宁总，我要养家糊口，没办法。"

宁恕真想坐下来拍案告诉对方，他付得起，可都已经站起来了，没有坐回去的理，只能在律师的笑容中离开。他原本只不过是来咨询一下程序方面的小事，想不到吃了一肚子的气。宁恕愤懑，坐在滚烫的车子里生了好一会儿的气。

楼上的律师透过窗户看着宁恕的车顶，给小童打电话："童总，他有些激动，或者，您是时候跟他谈谈辞退手续了。"

小童笑道："非常感谢。我就让他自由发挥吧，这就给他打电话。"

宁恕接到小童电话，毫不犹豫地道："公司会议室够用，公司谈。"

他将车倒出去，打算往家和房产走，可刚倒出车位，就见停车位上有只扁扁的织锦袋子，映着强烈的阳光，闪烁着土豪的强光。他跳下车刚捡起，就闻到一股浓烈的香水味。他看看周围，没人问他要这个，也确信自己绝无可能拥有如此女性化的用品，就将锦囊往车里随便一扔，开车上路。很快，香味激烈地弥漫了整个车厢空间，香味分子的浓度迅速增大，直扑宁恕的鼻子。在车子开出不到百米时，宁恕打了第一个喷嚏。

宁恕一路上也不知打了多少个喷嚏，总算有惊无险地到了车库。按说，他得将车停到更下面两层专为外来人员准备的停车库，可他手头的卡既然还可以用，就刷了卡，停到原先的位置，然后拎起锦囊，泪眼婆娑地逃出车门。他不得不拎着这锦囊做证据，免得别人以为他是哭过。

可偏不凑巧，两只脚才着地，就听有人轻声轻气说"嘿"，宁恕抬头一瞧，是程可欣。又是在他最狼狈的时候遇到程可欣。宁恕只得将锦囊递过去："路上捡的，怀疑是什么化学武器，熏得我直打喷嚏。嫁祸于人，送给你。"

程可欣左手接了锦囊，右手递出纸巾："这香囊是在香奈儿5号汤里泡过吧，谁这么神经？"

宁恕抹干眼泪，道："我被公司辞了，来办一下手续。最近我麻烦事太多，公司终于不耐烦了。你出去？"

"嗯，刚下来就看见你的车进来。你看上去精神不错。锦囊还你，经高手鉴定，这不是化学武器。"

"到底什么东西啊？"宁恕对着程可欣有点儿张口结舌，正好有锦囊这玩意儿做挡箭牌，他借着锦囊才费劲地找到了话题。

锦囊做得异常精巧，但很容易打开，也很容易就掏出一个硬硬的物件儿，宁恕刚拿出来，就听见旁边程可欣一声惊呼，宁恕看清楚后也傻眼了，竟是鸽蛋一样的钻戒。钻石成色之好，两人谁都没有怀疑这可能是锆石。四只眼睛从钻石移开后，开始大眼瞪小眼。宁恕也是鬼使神差地，忽然一阵冲动，单膝跪地，将钻戒高高举起："程小姐，请问……"他后面的话说不下去，忙掩饰地大笑，当作一场玩笑，自己灰溜溜地起身站直。

程可欣抿嘴而笑，美丽的凤眼斜睨着宁恕，伸手道："说好的给我。"

宁恕将戒指与锦囊一起递给程可欣："不上去了。你忙吗？不忙的话，一起去派出所做个见证。"

程可欣没吱声，将戒指戴到自己中指上，举起手好好地欣赏。宁恕旁边看着，忽然有种不想做好人的想法升起，反正也没人看见他捡到戒指，要不，真的借花献佛送给程可欣？可这念头只是闪了一下，便过去了，他耐心地等在一边，看程可欣欣赏戒指，心中越来越温柔，仿佛这枚戒指真是他送出的，让程可欣欢喜不已。

可惜，戒指毕竟不是他自己的。当程可欣默默退下戒指递还给他时，宁恕有种心碎的感觉，竟是愣愣看着戒指好一会儿，才接过。程可欣也看着宁恕，但看的是宁恕的眼睛。等宁恕接了戒指，她便转身风一样地离去了。

一路上，宁恕无法不思考这个命题：如果我买得起这戒指……一直想入非非，到了派出所。这是他的三进宫。宁恕怎么都不会想到，这年头竟然进派出所跟出入餐厅一样频繁。

小童等来等去等不到宁恕，便一个电话打给他："堵车？"

宁恕将锦囊打开交给警官，自己随随便便地对着手机道："在派出所。"

小童立刻了然地道："噢，你忙，不急。"

宁恕苦笑，看来人们都看到他身上安了晦气模式，真正的流年不利。而在他身边，警察的眼睛瞪得比鸽子蛋还大。

宁恕看着警察，心里有一种一雪前耻的痛快。不管他是第一次被五花大绑，拎进派出所，还是第二次因为放火烧公共绿化，而被抓进派出所，虽然最终都平安无事地离开，可每次都颜面扫地，令他无地自容。这回，他都不用自吹自擂，捡了这种价值几百万元的钻戒，又没旁人看见，还肯自觉交还失主的，除了是好人，还是好人，好得无以复加。他在这家派出所里，终于解放了。

田景野载着陈昕儿父母来到他房子所在的小区。白天小区车位空，他将车停到树荫下的好位置里。车子里空调打得很足，可陈昕儿父母的脸比空调出风口的温度更低。田景野这一路上深刻体会到宁宥说的陈昕儿妈妈的严厉。他硬着头皮请陈昕儿父母下车。陈昕儿父母嘴上客气地说着谢谢，眼神里却都是提防。

田景野心里毛毛的。可他需要借这次行动拉近与陈昕儿父母的距离，不得不一路调节气氛，培养好感。他一面领着人走着，一面指着前面一栋楼，道："就是这栋楼，四楼，防盗窗特别粗的那一间，在我手指的方向，看见了吗？这是我工作后买的第一套房子，特别有感情。"

陈母只是默默地打量四周。陈父道："工作第几年买的？"

田景野道："工作第二年买的。很骄傲地说，花的全是自己挣的钱。我是全班第一个自筹资金买房子的，买的面积也是全班最大的。"

陈母瞟了田景野一眼。

陈父道："即使那时候房价没有现在高，那也是好大一笔钱啊。"

"是的，是的。"

说话间，田景野引着陈昕儿父母开门进了房子，进门，扑面就是硕大的纸箱堆成的小山，即使是成年人都可以在这里面捉迷藏。田景野表现得很坦荡，直接就介绍道："这一客厅的纸箱都是陈昕儿的，北卧室里的也全是。"

不出田景野意料，陈昕儿父母都惊呆了。他趁此时，艰难地翻越小山，找出三把椅子，请陈昕儿父母坐。

陈母终于迟疑地开腔："这是……把家具、家电也都搬来了？看着不像啊。"

田景野道："听简宏成说，家电、家具等大件都没拿来，这儿的全是陈昕儿的私人物品。像是衣服、鞋子、包之类的……加拿大那边的私人物品还得再等一等。"

不用田景野再介绍，陈母的眼睛已经捕捉到一个箱子裂缝中露出来的衣服。陈昕儿父母对视良久，脸色都有些不大好看。

田景野再请两人坐，陈父坐了，陈母却绕着小山细看，再往北卧室里细看，时不时伸手拍拍箱子，或者辨认某条缝隙中透露出来的蛛丝马迹。陈母越看，脸色越臭。

田景野觑着陈母的脸色，很是实诚地道："行李前几天运来了，他们卸货在郊外的仓库里。我看了之后……跟宁宥商量过，宁宥跟陈昕儿上下铺三年，比较了解陈昕儿，我找她咨询。宁宥说，陈昕儿伴手的贵重物品不少，光几只包就是单价上万的，让我一定要小心谨慎。我想那边仓库区交通不方便，而且比较乱，各色各样的人来来往往的，很不方便，也不安全。所以等我抽空，盯着人把东西全搬来这儿，才敢通知你们。这房子现在空着，我搬到酒店公寓去住了。这是钥匙，你们可以慢慢收拾，慢慢搬。"

陈昕儿父母一听到包包单价上万，就倒抽冷气了，而且陈母已经不再掩饰脸色。

陈母严肃地问："不是那个男人故意拖延？"

田景野断然否定："不是。是我先一看卸下车的有这么一大堆，我想这么多东西要一口气都搬去你们家，肯定不现实，家里放不下，需要你们亲自过去拆封、挑拣、整理。但仓库区太乱，光是我在仓库里拉下卷帘门，清点纸箱只数时，卷帘门就被不知什么人踢了好几脚，连我一个大男人都心惊肉跳的，更不好把你们扔那儿就放手。等我再听到宁宥说里面应该有不少贵重物品，就更不敢直接移交给你们。不熟的搬家公司我也不敢找，都是我有空了，跟熟人一次次地运过来的。也是我比较拖，不好意思。其间我又去上海出差了三天，还飞西北两天。最后还得把自己搬出去。所以昨天才搬好。而且……我又纠结了一天，最终决定还是绕过陈昕儿，直接找您二老。"

田景野说话入情入理，也没掩饰他的拖延。陈母听着听着，就再也不好意思对着田景野挂严肃脸。毕竟田景野不是简宏成，而且田景野连住的房子都腾出来放纸箱了，老两口不好再敌视他，而且还为过往的敌视有些小羞愧。只是陈母性格太刚硬，跟田景野说"谢谢"有点儿费力。

幸好有陈父弥补："你们跟昕儿非亲非故，你和宁宥两个这么帮忙，还替我们考虑得这么周到，我们心里很过意不去。"

田景野道："老同学了，应该的。尤其宁宥跟陈昕儿上下铺三年，感情又跟别的同学不一样。我在上海出差期间跟她商量，她一再叮嘱我一定要安排妥当。而且她让我物色一个跟财务有关的出纳工作给陈昕儿，她觉得这种工作现阶段会比较适合给陈昕儿起步用，毕竟陈昕儿脱离工作比较久，手生。宁宥尤其让我先跟您二老通一下气，觉得由您二老促成此事会比较合理。她建议陈昕儿还是应该出去工作，多跟社会接触会比较好。"

陈昕儿父母都不免想到自家女儿现在的状态，心里清楚田景野有几处语焉不详背后的未尽之意，不禁相对叹息，对田景野的态度更是缓和了三分。

可陈母还是谨慎地再问一句："你们做这些，真的跟那简宏成无关？"

田景野笑："无关。"

陈母沉吟一会儿："一定不要让简宏成插手，他是个流氓。"

田景野想笑不敢笑，又怕示好太多，反而引发陈昕儿父母的疑心，交代完毕，就很干脆地留下钥匙走了。

防盗门一关，陈母脸上挤出来的冷静再也挂不住。她拍拍纸箱，挑那只有裂缝的纸箱，一怒之下，力大无穷地撕开，里面哗一下散开，全是色泽亮丽的真丝衣裙，粗粗一看，就知价值不菲。陈母抓起一件小礼服状的衣服，气道："昕儿这十来年都做了些什么？家不回，工作不做，就光攒这些衣服了？她怎么……她怎么……"

陈母将衣服扔回去，这真丝的衣服就柔滑如水地散漫开，慢慢地，跟有生命似的滑出箱子，滑到地上。陈母恨不得踩它两脚出气，又不舍得，只能恨恨地捡起衣服。

陈父再也坐不住，长长叹息着，拿起门口鞋柜上田景野准备的剪刀，小心地剪开另一只箱子，里面，摞满的都是鞋盒子，各种各样。陈父沉着脸，抽出一只盒子打开，是一双保养良好的细高跟鞋，一看就很贵，而且是用来走在那种高贵的场合的。

老两口从这些箱子，认识到现如今的陈昕儿，都不禁大皱眉头。陈母又打开三只箱子后，叹道："小田和宁宥仁至义尽，真的仁至义尽。我最先还以为他说得有些夸张。昕儿，唉，我们昕儿……"两人大摇其头。

宁恕从派出所出来，几乎想都没想就往原路走，去家和房产找小童办手续。可他一路上越开车，越意兴阑珊，方向盘一扭，就回家吃中饭去了。

宁蕙儿一直在家提心吊胆，不知儿子去原单位办手续时，会遇到什么对待。人走茶凉是肯定的，更可能遇到的是伴随着辞退这个处分的羞辱性手续。宁蕙儿想到儿子最近的种种不顺心，再加上儿子手臂受伤，只能靠嘴皮子，一开始便天然落了下风；不知最终会不会起争执，争执起来会不会……宁蕙儿眼前总是飘过那天宁恕在公寓里满地打滚并号叫的场景。

这一早上，宁蕙儿几乎没能安安静静地坐上五分钟，唯有借助一块抹布，满屋子魂不守舍地擦拭、抹灰，才能避免时不时地发呆。

听到门钥匙响时，宁蕙儿的心跳几乎达到极限。她从正打扫的阳台冲出去，正好正正地面对刚进门的宁恕。宁蕙儿惊讶，儿子的脸色完全出乎她的意料。

宁恕也惊讶，因为一开门就见妈妈一动不动，瞪着眼睛站在他面前，浑身似乎处于一级战备状态。宁恕毕竟脑子转得快，一想就笑了，心情不错，笑得也很欢畅："妈在担心我？我差点儿发财了呢，好几百万，硬是被我推掉了。"宁恕一边说，一边弯腰换鞋。

宁蕙儿见儿子没再生气，先自放心了不少，便也笑了："长能耐了啊，敢跟你老娘寻开心。"

"真不是寻开心。我捡到一只钻戒，看钻石的个头和牌子，足有好几百万了。但我没多想就交派出所了。我出来一想到好几百万就这么轻易地一来一去，忽然心里亮堂了，再想想钻到那么小的办公室里跟小童算账有什么意思，吵出花来也就为了那么几块钱的遣散费，没劲！我就回来了。再说小童好不容易篡了我的位，正等着给我来一锤子狠的，以便他自己树威信呢。我今天就懒得理他了，等大家都消停了再说。"

宁蕙儿这才信了，更是惊讶："你真交警察了？"

"那还有假。我出来派出所时候一直在想，怎么就交了呢？多么值钱的东西啊。可好像当时说交就交了。反而现在脑袋里想法很多，有点儿晕。有饭吃吗？要不我们出去吃吧，庆祝我做了那么大的好人。"

宁蕙儿听儿子前面说心里亮堂了，后面又说有点儿晕，一时也不知儿子想要说什么，就直接问了："到底是高兴还是不高兴？还是后悔了？"

宁恕站在屋子中央发愣，过了会儿才道："我知道这一阵子大家都有些厌恶我，连我对自己也有些没信心。今天我事前想都没想就把钻石交了，事后反而想了很多。我现在心里很轻松。我不需要向谁证明自己。我是什么人，我自己心里有数了。"宁恕一边思考，一边说出这段话，说着，不禁鼻子一酸，连忙转开脸去，不让妈妈看见，走进洗手间。

宁蕙儿怎么会没看见，她追着儿子说："你怎么会不是好人呢？你一向是个好孩子。"

洗手间里，宁恕将脸埋入洗脸盆里。他在回想刚才在地下车库里在程可欣面前的失态。半跪送戒指失态倒也罢了，最让他无地自容的是程可欣当时什么惊讶表情都没有，也没有激动，或者害羞，什么都没有，显得他是如此卑微。宁恕心头微微不快。显然，程可欣完全不拿他当回事了。是因为哪件事？又从何时起呢？

宁恕擦干净脸，对着镜子淡淡一笑。毕竟这就是现实世界，捡一次戒指改变不了什么。但是，他更强烈地相信自己了。宁恕整理好衬衫的袖扣，对着镜子昂扬地抬一下下巴，走出洗手间，可刚开门，就见妈妈对着洗手间门发愣。

"怎么了？我挺好的啊。我们出去吃饭吧。"

宁蕙儿犹豫了会儿，抓住宁恕的手，叹了声，道："好，你做得很好。我心里一直有个结，一想起来就内疚。还是在我刚学会开车，开始开出租车那年，那时我们手上的钱还很紧，一边是又要搬家，房租要先付，一边是你们的学费要付，还有学车借的钱每月要还一点儿，逼得我团团转啊。当时夜班有个客人掉下一只钱包，里面有一千多块钱——那时算不少了，但我想都没想就掖下了。后来客人找到公司问，我借口说会不会是后座客人拿走了，一口咬定没捡到。那笔钱救了我的急，但我从来不敢跟你们姐弟说，怕教坏你们。第一次之后，还有第二次、第三次……我心想也是没办法，要不然一家三口没法活了啊。可话是这么说，我到底是心里有鬼，即使以后宽裕了，一直拾金不昧，每每想起这事来，还是心里不舒服，到今天经常想起来，还脸红。看到你捡到大钻戒都能眼睛不眨地交给警察，我放心了。你很好，很有志气，替我赎了罪。你很好，很好。"

宁恕怎么都想不到妈妈会昧下捡来的钱。他从小到大都以为捡钱上交是天经地义的事。他吃惊地看着妈妈。宁蕙儿在他的眼光下羞愧地扭开了脸，但还是坚持把话说完整了。宁恕忙克制住自己，收回惊讶的眼神，装出这没什么大不了的样子。可他忍不住想到宁宥发给他的刷屏电邮，唐，唐，唐……宁恕不知道，在妈妈心里唐英杰是怎样一个存在，而显然，在他眼里，妈妈与唐英杰的关系比捡钱不交要严重得多。不知妈妈心里怎么想，尤其是如果此事被挖出，妈妈又会如何面对。宁恕看着妈妈的侧脸，心潮起伏。当然，妈妈会比现在更难堪吧？妈妈从不知道他们姐弟已经知道内情。

宁蕙儿见儿子好久没声响，小心抬眼看，却见儿子直直地盯着她看，不知在想什么。她只好尴尬地道："不提了，你不是说请客去外面吃吗？呵呵。"

宁恕忙道："当然，当然。妈，过去的事别提了，你把我们拉扯大很不容易，别再去想那些事。我们都很好。"

"可这几天忍不住，想了特别多。我老了，管不住自己啦。唉，幸好……只要你们好就行了。"

这几天想得特别多？宁恕的脸红了。当然都是因为他将旧事揭开。而且，接下来会是电邮刷屏一样的唐唐唐吗？那也是他招来的。宁恕刚才归还失物的好心情被打断了，他除了连声对妈妈说对不起，就是保证不再碰触旧事。

而宁蕙儿最终还是那句话："我特别恨你爸。"

周五夜，简宏成却不得闲。他一路打着盹，从上海辗转回老家，还有简明集团和简敏敏的事等着他现身处理。田景野半路接上他，带他去应律师那儿，一路跟他说起移交陈昕儿私人物品给陈昕儿父母的事。简宏成听着，依然打瞌睡，完全不关心。

田景野看不下去了，道："即使没结婚，你也得给她一个离婚的待遇吧？"

简宏成道："你要我出钱，我会出，但别让我再见到她。我受够了。你那几年失去自由，不知道，她一会儿默默去跳个河，一会儿默默去屋顶上徘徊，还都是让别人看得到救得到的那种演戏，搞个毛，神仙也让她逼疯了。你小心，别说我没提醒你。"

田景野笑道："宁宥参与了很多……"

"她还没被逼疯？陈昕儿已经在她家屋顶闹过一次自杀了。你们闲的，慢慢玩。"简宏成又闭上不大的眼睛。

田景野道："我没让宁宥直接参与，但她得出谋划策。要不然女人的心思，你我都不会懂。起码，你看第一步走出来了，陈昕儿乖乖在我家住下，脱离了她父母。我们……"

田景野怒道："让我把话说完行吗？"

简宏成呼一声，闭住嘴巴不语。

田景野这才又道："好了，我废话不多说，只跟你说最后一句。你以为我和宁宥做这些都只是为陈昕儿？等你的气头过去，你总有一天还得回过头来管她的，谁让她是你儿子的妈。我们早介入，早替你解决。你可要记住宁宥的帮忙。行了，你去见应律师吧。"

简宏成没挪动，皱眉良久，才忽然道："你猜宁宥为什么费力帮我？不是你以为的那种。她……是不想欠我。我甚至怀疑她跟郝青林飞快结婚就是被我逼的，我毕业时追得太紧。"

田景野听得"嗯"了一声，最终也不知道该说些什么，只得道："快上去啦，人家应律师在等你。你得约束好你妈和你弟，人家牌子大，别让你弟胡闹。"

"你不陪我上去？我好害怕见陌生人。"

"滚！"

简宏成嘿嘿地笑："关了你的西三。"

"早跟你说了，我需要一个看得见、摸得着的事业给儿子看，扭转他心里的印象。"

简宏成道："对，忘了。我愁死了，我家小地瓜的教育该怎么办？我是真没时间，可总不能一直把他交给保姆带着。我们怎么都混得这么混账！想到宁宥像母老虎一样，一刻不离地管住儿子，我们都在做什么？"

田景野意味深长地看了简宏成一眼，嘿嘿一笑。简宏成了然，田景野这一笑的寓意极度复杂。简宏成便也嘿嘿一笑，不再提起。

为了迁就忙碌的简宏成，应律师破例在晚上接待简家三口：简母、简宏成、简宏图。

应律师向简家三口介绍了简敏敏案情的进展情况后，有些疑惑地问简宏成："你是不是为这件事找了人，而且是找对了人？"

简宏成立刻想到了那个主动联系上来的唐。他看一眼不大守得住嘴巴的简宏图，与应律师道："我们到外面单独说两句话？"

可简母大表反对："老三，你去车上玩会儿，等我们谈完了下去。老二，这件事我得全部在场。你们姐弟不和睦，我知道你不会使坏，但担心你不肯使劲。"

简宏成笑道："真是，我也不想想我是谁生的，我有几根坏肠子妈都清楚。宏图，你也别走了，一起听着吧。"简宏成面向应律师才正经地道："我到目前为止还没找过司法系统内部的人。但有个怪事，有人自己找上我，而且看样子不是司法腐败那种找上我，而是另有缘由。我暂时还没决定见他，是不是……"

应律师点头："见不见他由你决定。但先不提案情审理对令姐而言变得很实事求是，而且有朋友暗示我，似乎可以给令姐办取保候审……"

简母立刻欣喜地问身边闲着没事的简宏图："是不是花点儿钱就可以把你大姐办出来？"

简宏图的第一反应是看哥哥的脸色，见哥哥果然没有喜色，便装傻："这个，我不知道啊。我又没犯过罪。"

应律师见多识广，知道一般当事人的至亲听说能取保，一定会是简母的神色，而简宏成那脸色则是说明简宏成不愿简敏敏出来。于是他守口如瓶，不肯多说。

简母看了一圈，最终只能盯住简宏成："老二，拿我的钱，把你大姐办出来。要是我钱不够，你借给我。必须办出来！"

简宏成无奈，只好道："我等下就去见那个人，见了才能决定。"

简母立刻点头。简母如此好说话，应律师见了松了一口气。

但是，一家三口从律所出来，到了简宏图的车上，简母立刻发作："老二，你妈不识字，但会看脸色。在律师面前我给你面子，但你别想骗我，老大的事你到底办不办？"

简宏成为难地道："办是当然会办，但是首先那个帮忙的人要什么，我给不给得起，得当面接触后才能明了。然后是张立新算是比较配合地在替我办各种资产移交手续，办完之前如果让大姐出来，所有的事都得黄，张立新会不认账。还有，大姐这个人一向多疑，不会相信我会公平合理地对待简家每一个人，出来就搅局。所以我想等把事情都办妥了，再让她出来。"

简母干脆地道："前两条我认，最后一条不行。你再困难，也不能让你大姐坐牢。坐牢是什么滋味你懂吗？即使你大姐做了再多错事，你也不能让她坐牢。这是我的决定。"

反而是简宏图不耐烦地道："大姐那种泼妇在牢里不会吃亏的，多坐几天又怎么啦？还减肥呢！谁让她坏事做得太多。最近哥动作多，她要是出来逮不到哥，就肯定会扣住我做人质——她出来等于我坐牢。我不干！妈，你也不想想到底是谁更孝敬你，可别让更孝敬你的好人吃亏。"

简宏成在心里偷笑。

简母给堵住了嘴，看着最疼爱的小儿子，对简宏成道："等你大姐出来，你得保住老三，别让你大姐欺负老三。"

简宏图蔫毛了："老大一出来，我就飞出国，没二话，我怕她。"但简宏图坐在驾驶座里偷偷地一会儿打个左灯、一会儿打个右灯，就像他平时挤眉弄眼一样，将自己的态度及时传达给哥哥。

简母听了，不说了，因为平日里当然是简宏图最讨她欢心，陪她的时间也最多，关键是肯陪她打五毛、一块的小麻将。但，她坐在后座，狠狠戳了简宏成一下，同时给了个坚定的眼神。简宏成哭笑不得，只得点头。于是简母道："行了，这事让老二决定。老二啊，你爸走后，这个家就是你当家，你是一家之长。你一碗水端平，把一家人抱紧，其他的我不管了。"

简宏图一听妈妈说不管了，立刻欢快地打起了双跳灯，打了几下才启动，离开车库。简宏成只得摸摸被妈妈戳痛的腰眼，无可奈何。他最知道一点，他妈搬出一家之长这个大词儿的时候，万一不满意了，他妈会跪他，就像从前跪丈夫、当年跪简敏敏一样。他受不起。而且主要还是，他虽然很不喜欢简敏敏，对简敏敏咬牙切齿，可也不愿意见简敏敏坐牢。如果简敏敏真的无罪，他不想在简敏敏背后下黑手，到底是姐弟。

宁恕难得吃完晚饭，坐在沙发上陪老妈看电视。晚上还不算太热，但宁蕙儿高兴得非要打开空调，奖励孝顺儿子，硬是被宁恕再三镇压下去。但宁蕙儿只要到广告时间，便喜滋滋地给儿子张罗水果、零食。而当宁恕手机响时，她则以年轻人的灵活，立刻将电视声音调到最低，比当年开出租车时的反应快得多。

以前让手机此起彼伏、叫得很欢的那些电话最近都很势利地销声匿迹了，宁恕的手机非常安静，境况惨淡得很，境况惨淡得很！因此宁恕都忘了随身带着手机，直到手机叫时才听声辨出手机在他的卧室里，跳起身去接，一看，是程可欣的来电。已经不早了，她怎么会这个时候来电？而且，宁恕不由得想到早上在车库里，面对他情不自禁地半跪，程可欣冷静地不动声色，仿佛他已经被划入不值得深交的人范围。宁恕有点儿犹豫，过了会儿才接起电话。

果然，程可欣的声音与平常无异，大方平静，没把他宁恕当作什么特殊的人。

"嗨，不好意思，这么晚还打搅你。"

宁恕也只好平常地道："欢迎打搅，呵呵。早上忘了一件事，我想请你吃饭，来感谢你上回收留我。不知道你肯不肯赏光？"

程可欣道："举手之劳啊，谢什么？哎，打听个事儿，可能是我多事了。刚听我爸说他一个朋友——嘻嘻，当然不是真朋友，而是硬要高攀成朋友的熟人，我爸说他那个朋友掉了戒指，有十二克拉吧，正急得团团转。那位朋友是个女强人，事业发达后跟丈夫越来越不对付，离婚那天买了那只戒指犒赏自己，有点儿特殊的意义在里面，所以现在在重金悬赏。想问问看，那只戒指还在你手里吗？"

宁恕毫不犹豫地道："交警察了，早上就这么说了……"

宁恕还没说完，程可欣便截断他的话，婉转地道："不如我给你一个电话，你如果方便的话，可以自己联络她。"

宁恕听了，心里觉得不对劲，觉得程可欣怀疑他没交，便直接道："真交警察了，东门派出所，顾警官接警。呵呵，你可能也认识顾警官，上回正是他好心用警车送我到你车上。不如请你爸的朋友送面锦旗给顾警官，算是代我感谢他。"

程可欣惊了，好一阵子没说话。宁恕心说，还真怀疑他昧下了，可见他在程可欣眼里人品不怎么样。宁恕心里有些儿不舒服。

程可欣闷了会儿，才道："你太伟大了，超乎想象。那我立刻告诉我爸，让我爸做只喜鹊，沾点儿光。谢谢你。"

宁恕说完电话，见妈妈偷偷看着他，有点儿怏怏地道："对，就是我说起过的，前两天拔刀相助，收留我的女孩。"

"好好谢人家啊，怎么死样活气的？"宁蕙儿最恨儿子至今未婚，对女孩儿是捡到箩里就是花。

"她不需要。她是那种看得很透、活得很精，又养活自己绰绰有余的女孩，高高在上，距离感很强。"

"你也很不差啊。你怎么能这么说呢？"宁蕙儿恨铁不成钢，"借口，借口。"

宁恕呵呵一笑，终于忍不住脱口而出："她竟然怀疑我昧下了钻戒，把我当什么人？"

"昧下才是人之常情呢。她说你没有？她要是说你不好，才是拎不清呢。"

宁恕猛地一想到妈妈以前昧下过钱包，连忙道："她没说，怎么可能说。但她千方百计地给我留余地，告诉我即使昧下了，也没什么，她会保密，但对方有重赏，让我也可以考虑拿重赏，完全听凭我意愿。她太会做人。"

宁蕙儿惊讶地道："这姑娘不是很好吗？脑袋多清楚啊。你真是狗咬吕洞宾！到底想不想结婚啦？这么识大体的姑娘也舍得抹黑？"

宁恕心里在回想程可欣收留他那天和今早都表现得太落落大方，全都无懈可击，理智得全然无七情六欲，而他在危难时背出只几面之缘的程可欣的手机号，完全信任地展示自己的落魄，这种不对等的感觉至今依然令他心里不是滋味。可这些小心思怎么能跟妈妈说呢？他只得道："她那么冷静、理智，又是生活条件很好的女孩，大概不需要男人。逗她开心也应该很麻烦，我还是不迎难而上了。为过日子找的女孩还是简单点儿的好，省心。"

宁蕙儿听了一愣，没再说什么。

程可欣坐在女企业家赵雅娟的身边，前面坐着司机和程父，一起赶赴东门派出所。一路上，程可欣竭尽全力，有艺术感地美化宁恕。她口齿伶俐，说起话来娓娓动听。

"早上在车库遇见宁总，他说在车底下捡到一只钻戒，赶着去交警察，我还以为他开玩笑呢。等晚上在饭桌上听爸爸说起，才想起早上的事。可我最先以为宁总捡到失物交警察只是说说而已，打他手机问的时候还很小心地给他留了余地。我想这么贵重的物品，即使他动摇了一下，暂时保管也情有可原。可结果反而是我尴尬了，宁总原来早就交到了东门派出所。真让人意外呢。"

赵雅娟连连点头："意外中的意外。我回想起来，大概戒指掉在三个地方，你说的那个停车位是其中之一。我也去找过，还问过有没有监控，但那儿正好是盲区。没人看见，又没有监控，还肯主动把这么小的贵重物品交给警察，相当不容易。那位宁总是做什么的？"

"宁总是我们一中的高才生，中学时只知道他数理化成绩很好，偏科得厉害，长得像根绿豆芽，瘦瘦高高的。想不到前阵子见到，他已经做了家和房产集团派到我们市的总经理，只是……最近不大顺，不知道说出来算不算背后八卦他。他最近很不幸……应该说是无辜被陷害，丢了那个总经理职位。早上就是回家和房产办离职手续，在办公楼地下车库遇见我。我觉得宁总在这种心情下，还能第一时间把捡到的钻戒交给警察，更不容易。"

赵雅娟非常认可："是啊，办这种手续心里肯定不愉快，可还能想到失主很着急，立刻把失物交公，人品是相当好了。换我是做不到，起码得等我气头过了再说，是吧？"

程父在前面终于忍不住探过头来，看着女儿问："你们很熟？他多大年纪？"

赵雅娟的钻戒失而复得，虽然还没到手，可已经非常开心，闻言笑道："老程急了，哈哈。还用问多大年纪吗？中学时候认识，要差也差不了几岁啊。明天我死活把他拖来给你看看，我们一起吃个饭。你再忍一晚上。"

程可欣尽力平静地微笑道："宁总的女朋友是市发展改革委蔡主任的女儿，也是一中的。"

程父顿足："这把年纪的男孩只要稍微平头整脸，有个工作的就很抢手，更别说人品好、能力强的。蔡主任做梦都得笑醒了。"

赵雅娟倒是只呵呵两声，拉着程可欣的手道："老程不用急，令爱有才有貌，人品又是一流，我看你才是天天做梦都得笑醒。"

程可欣脸上虽然跟着笑，可心里很不是滋味。

简宏成与唐在电话里约定见面，地址在第一医院。简宏图见了地址犯嘀咕，怎么会在医院见面？车子一到医院，简宏成就让弟弟坐在车里别动，他单独去与唐会面。宁宥听到唐时瞬间变色，令简宏成决定隔绝简宏图与唐的联系，以免伤及宁宥。

简宏成到达约定地点，拿出手机打唐的电话。很快，便见一个高大男子微举手机摇动，示意着过来，他也忙迎上去。路灯光下，简宏成见男子浓眉大眼，虽满脸疲倦，仍不掩刚毅，忽然心里微生醋意：可别是宁宥的老情人。又想到郝青林英俊儒雅，宁宥一向喜欢英俊的人，而他简宏成其貌不扬，想起来不免沮丧。但他还是正常地上前与唐握手寒暄："你好，你好。本来应该早点儿联系，但我想电话里联系可能不方便，还是亲自拜会比较好。请原谅，这么晚还打搅你休息。"

唐一边说着没事没事，一边打量简宏成，道："是我不好意思，把你请到医院来见面，连个坐的地方都没有，好生怠慢。实在是抽不出身，我爸中风住院，我妈随即查出胃癌，要开刀，我一下班就在这住院楼里上上下下地跑，不敢走远。那我们长话短说？"

"好，好，我也不跟你客气了。令尊和……"

唐摆摆手，阻止简宏成的问候，直奔主题道："如果我没猜错，令姐简敏敏与宁恕的案子，应该是多年前崔浩杀人未遂案的延续。"

"二十几年前的案子是起因，而后是简敏敏与宁恕得了一样的毛病：念念不忘仇恨，认为自己是最大受害者。两人又不肯约束各自的行为，越斗越凶。他们斗的时候不听家人劝告，一意孤行，家人也受波及，可出了事，家人又不可能袖手不管。"

唐点头赞许："你说得很客观。呵呵，都忘了介绍我自己，这是我名片。"

简宏成当然知道人家是认可了他的态度之后才肯掏名片，也估计对方早调查过他，但还是殷勤地互换名片，而后才道："我刚刚从律师那儿出来，希望聆听唐处的指教。"

"指教不敢。既然你刚与律师谈过，再加上你对双方当事人的了解，对案子的经过应该已经清楚。这个案子不复杂，但如果你们想获得实事求是的判决，却也非常不易。一方面是令姐太自以为是，另一方面是宁家一贯以弱者面目出现，博取有利的倾斜……"

简宏成听到这儿，一边点头，一边忍不住笑了，他不由自主想到宁宥一贯柔弱的外表之下是一颗强悍的心："唐处才几天的观察就已经远远超过许多人一辈子的观察。确实是这个问题。与宁家正相反，我姐的蛮狠态度往往招致恶感。非常感谢贵局调查人员能排除干扰，厘清事实。"

唐点点头："行，看来我可以看到一场公道的判决了。对不起，我不可能违法乱纪，只能做到这些，害你为这点儿小事从上海大老远跑来一趟，过意不去。"

"唐处太客气，我还没感谢你给我指点了一条明路呢。我知道怎么做了。能请教……"

唐摆摆手，笑道："我离开得太久，我妈的吊针可能快打完药水了。简总，交给你，我就放心了。"

唐说完就走了。简宏成惊愕地看着他的背影，百思不得其解。兴师动众见一面，所求这么简单？只是为了考察一个担得起他善意提醒的执行人？不过话说回来，唐提醒得非常及时正确，这确实是他下个阶段必须为简敏敏做的事。但，就这些？唐图什么？

简宏成回到车上，对弟弟道："你明天准备上好的果篮和鲜花，两份，都送到……中风住院在哪个科？你打听一下，送到姓唐的病人的床头，病人有六十几岁吧，男的。不要塞钱。你态度恭敬一些。病人或者家属若是问起，你一问三不知，只说是唐处的朋友昨晚才得知的消息，赶紧送的。"

在哥哥面前，简宏图永远是好孩子，他拿出手机将哥哥的叮嘱记录下来："还有吗？"

简宏成呼了一口长气，给妈妈打电话："妈，我立刻着手把大姐办出来。但你要帮我一个忙，你要在大姐面前多说说我有多自觉地帮她，花了多少精力才帮到她。"

简宏图不得不捂住嘴，才能不打断哥哥的通话，等哥哥通话一结束，立马急了："你不怕大姐惹祸？"

"怕，可刚才唐提醒得对，如果不事先严格培训大姐，大姐的脾气会害得判决加重，我估计还不只加重一点点。我虽然不待见她，可也不能看着她承担不应承担的罪责，坐太久的牢。唐说案子很简单，估计很快移送检察院，再很快到法院。程序不等人，我们只有加急了。"

简宏图只得叹道："那……大姐出来时，我躲出去一阵子行吗？她给关了几天，肯定得出出气，抓起来最顺手的又是我。"

"她没空找你。她找宁恕。"简宏成说着，深深皱起了眉头：又得简宁大战，怎么办？

宁蕙儿睡不着，索性起身，靠在床头静坐着。失眠就失眠，她没当回事，反正退休了，晚上睡不着，白天可以补觉，又不会碍事。可她心里翻来覆去的是儿子说那个女孩儿的话："她不需要男人……逗她开心很麻烦……过日子，还是找个简单点儿的……"她不禁想起过去有一天，天气很好，崔浩身体大概挺舒服，就主动提出去修缮大门。宁蕙儿忙碌在锅台前，冷眼看丈夫卸下门板，开始动作，冷脸听丈夫长一声短一声地阻止她过去，说她总是意见太多，只会添乱。宁蕙儿只能忍着，不再走过去看一眼。

但过会儿，敲打声歇了，而且歇了足有五六分钟后，崔浩讪讪地出现在宁蕙儿面前，赔笑道："门板好像歪了，两片合页怎么都对不准，你来帮我扶一下？"

宁蕙儿从抽屉里拿出一只螺帽和一条粗棉线给崔浩，但不忘问一句："不是不让我靠近吗？"

崔浩尴尬地道："拿螺帽干吗？我只要装上合页，再不行只能矫正门板了。"

"是门框斜了。门框斜了，门当然关不紧。你拿螺帽当坠子看一下好了，拆门干吗？"

崔浩拿着螺帽，看向门框，看了会儿，道："你不会早说！你明明看见我要走错路，愣是让我错，害我费了半天劲儿。"

"不让你错一下，你肯承认我对吗？不让你错一下，你肯让我走近去看吗？你还不如老老实实地承认，听我的没错，起码少走歪路。"

"嘿，越说越能了。我修的是门板，你给我提门框，那当然你总是都对的。好吧，你什么都对！你既然这么能，还找老公干吗？你来扛门板啊！背得动吗？"崔浩将螺帽一扔，走出门去，继续修他的门板。但他当然知道自己是在乱敲，可不敲就得认错，他不肯认错。

宁蕙儿终于看不过去，破门而出，夺过崔浩手中的榔头，不让他再敲："再敲下去，本来就纸一样薄的门板都给你敲破了！"她将榔头一扔，开始动手装吊坠，测量门框的斜度。

崔浩无活可干，又不甘心去帮忙，一屁股坐在门板上，瞧宁蕙儿忙碌。他瞧半天都不见宁蕙儿看他一眼，更别说叫他过去帮忙，心头无趣之极，懒懒起身，擦着宁蕙儿走进屋去，躺下了，一边道："你知道吗？我这身病就是让你逼出来的。你自学成才，考药师那会儿，对我是左看不顺眼、右看不顺眼，逼得我只好也玩命干活，这不，真玩出病来了。我是不行啊，你放过我行吗？你太行了，我吃不消你，还是歇着吧。"

宁蕙儿听得火大："你说什么？"

崔浩在床上一翻身，背对着她："过日子简单点儿啦，门框斜了，关门声音重点儿就重点儿，死不了人。你这女人能不能少点儿事？"

宁蕙儿当时就想将手里的榔头砸过去，但忍下了，因为看到丈夫瘦得刀锋般的肩胛骨，一下子不忍心了，只有含泪自己修好门框。

刚才，宁恕说起电话里那个女孩子时的口吻竟然与他爸一模一样，再想起宁恕激愤时，仿佛灵魂出窍的就地十八滚也跟他爸一模一样，宁蕙儿只觉得心里越来越悲凉。养得好好的一个儿子，难道心里是个窝囊废吗？她甚至开始怀疑宁恕被辞退的真正原因。

宁蕙儿连坐也坐不住了，起身走来走去，走到儿子的卧室门口，默默地看着门，满脸悲伤，静默得像一尊雕像。

第四章
巧 遇

    周六的早晨，天才蒙蒙亮，宁宥已经起来收拾行装。她想拿本书在路上看，刚拉开书橱的门，后面郝聿怀就提着裤子，飞快地冲出卧室，蹿入洗手间，留下一串提醒："那是爸爸的书，不是你的。"宁宥一看，果然是睡眼蒙眬，开错了书橱，拿了郝青林的那些被她誉为只有风花雪月、没什么料的书。她以前曾戏谑地在这侧书橱上贴过一张大理四景的图片，但几天后被郝青林识破，如今图片犹在。

    宁宥盯着图片看了会儿，等到郝聿怀从洗手间里蹿出来，才回头道："这么早起？"她顺手将郝青林的书扔进出门带的双肩包里。

    "我替你说下半句：一说出去玩，连闹钟都不用了。"

    宁宥莞尔："我什么时候这么说过你？"

    郝聿怀从卧室里探出脑袋，眼珠子转来转去，想了会儿，坦然道："我冤枉你了。是毛毛妈妈经常这么说毛毛的。"

    "毛毛妈肯定还得说：你怎么上学时放四个闹钟叫，都叫不醒呢？后来妈妈知道了，你不是起不来，而是懒。她是这么说的吧？"

    "哈哈，你怎么知道的啊？啊，原来是我太自觉了，不用你唠叨。妈，你肯定是上辈子拯救了银河系，这辈子才能生出像我这么好的儿子，耶！"

宁宥看着儿子笑，等母子俩出门上路后，才对儿子道："那些放四个闹钟之类的话，妈妈也说过……"

"啊，毒害青少年！我这人真不记仇，竟然忘了。"

宁宥听了笑，笑完才不紧不慢地道："你当然不记得，我又没冲你唠叨过。我说那些话是冲着你舅舅。我那时候还小，自己早上还起不来呢，还得照顾弟弟的吃喝拉撒，他很皮的时候我就忍不住唠叨了。我弟大了，懂得反抗了，就跟我吵架，抗议，但被我一次次地镇压，他说不过我。直到有一次他火大了，好几天不跟我说话，我才意识到我得改。我既然改了，当然那种唠叨就轮不到你了。"

"难怪你弟记恨，老跟你吵架。"

"嗯，他怎么会记恨。吵归吵，每次吵完，谁错谁道歉，完了就照旧了嘛。"可宁宥此时心里隐隐觉得不对劲了，联想到最近这阵子宁恕对她态度的反常，难道……还真有记恨的原因？

"噢。可爸爸错得太大了，我还在恨他。"

"难免。他错得太大了，不仅影响了他自己，也对我们造成了很大、很深远的坏影响。但作为一个成熟的大人，恨归恨，自己的生活照过，好好地过。要学会克制自己的情绪，别让恨影响自己的学习、生活、工作。"

"可我还不是大人耶……"

"那你是……"

"哈哈，又来了，又想骗我说出'我是小人'，我才不上当。"

"可总不上当，多不好玩儿啊。"宁宥不动声色地将儿子从爸爸的话题那儿引开，变得一路欢笑。

虽然大考临近，可宁宥反常地安排周末活动，让儿子出门去玩，去开阔心胸。她找关系安排的是参观水库淡水鱼养殖户今年第一次起网捕鱼，那必然是新鲜热闹的景象，儿子一定喜欢。

果然，郝聿怀到了水库，立刻玩疯了。

宁蕙儿睡得很晚，却起得很早。她买菜回来，儿子才刚起床出来。宁蕙儿一眼就看见一部沉甸甸的手机塞在儿子的睡衣裤袋里。宁蕙儿心说儿子有什么急事吗，在家都要把手机塞在裤袋里。她没睡好，脑袋转得慢，好不容易才想到，对了，昨晚睡觉时，那只钻戒的主人没打电话来谢呢，今早该来电了。

但宁蕙儿还是好奇地问儿子："那女大款拿了戒指，都没来道个谢？"

宁恕刚启动电动牙刷，闻言立刻关上："昨晚他们找到派出所，核对无误，拿到戒指时已经很晚了，怕打扰我休息，只给我发了一条感谢短信。我早上开机才看到。"

"这还差不多。你姐有短信吗？"

"没有。她有什么事？"

"没事。"宁蕙儿皱眉，不快地道，"她是真跟我怄气了。每回星期五、星期六她总要给打我个电话，平时隔天一个电话，这回都好几天了，连一条短信都没有。"

"她跟你怄什么气？她是没脸打电话给家里了吧。在我最危险的时候出卖我，她真是我亲姐。"

"哎，你又来了，跟你说了，你姐不会的。她出卖谁，也不会出卖你啊。从小她对你多好。不会的，她一贯的人品摆这儿。"宁蕙儿看看儿子屁股后面将睡裤坠得变形的手机，叹道，"先不说你姐会不会出卖你，她即使有其他小小的、对不起你的地方，你也不该摆臭脸给她看，还一摆就是这么多天。你想想，你就是她带大的，我照顾你的时间都不如她的多。对一个素不相识的富婆倒是不必这么殷勤，又不是她捡了你的戒指。"

宁恕被妈妈说得脸色通红："她不也一星期没给你电话了吗？她还明目张胆跟你怄气呢，你还是她妈。"

宁蕙儿被噎住，气得钻进厨房。

宁恕愣了一下，将洗手间的门一关，钻进水龙头下洗澡。偏巧，这时候他的手机响了。一个声音有点儿低沉沙哑的女子道："宁总，非常非常感谢你。我叫赵雅娟，赵子龙的赵。不晓得你今天有没有空，让我能有机会当面表示感谢。"

"啊，赵总，客气了，客气了，拾金不昧是应该的。久仰赵总，一直想上门拜访，没想到会有这么巧的机遇。我当然有空。请问几点？我上哪儿去拜会赵总？"

"呵呵，既然你有空，我这就让司机过去接你，你发个地址给我。等下我把小程也接上，去一个朋友的山庄，吃刚捞上来的大鱼头。不如你把女朋友也叫上，我这人也爱玩，你们年轻人不会拘束。"

"行。好嘞。"

洗手间里宁恕接电话的声音颇为欢欣鼓舞，一点儿都不含蓄，即使隔着一道门，宁蕙儿在厨房也听到了。宁蕙儿不禁撇嘴，将锅铲扔进锅里，重重地将锅盖盖上。

但宁蕙儿很快想通了。过会儿宁恕洗好出来，才张口一声"妈"，宁蕙儿立刻道："知道了，知道了，去玩吧。好好玩。"

宁恕看看妈妈的脸色，挺好的，才坐到饭桌边，介绍道："那位赵总跟你差不多年纪，是本市，可能还是本省民办学校第一人。以前一直想拜访她，可不得其门而入。"

宁蕙儿搬出早餐，道："你做得好，我得脑子转好几转，才跟得上你。妈拼命干活，才够养大你，其他什么都给不了你，你怎么上进、怎么求好，都得靠自己做出来。等会儿跟赵总见了面，千万别以为自己是捡了她戒指的恩人，不对，你已经这么待她了，还是你反应快。"

宁恕不禁又是老脸一红，婉转地道："赵总是长辈，更是前辈、高人。"

宁蕙儿又是点头："你对。妈放心。"

宁恕有点儿尴尬地笑。幸好姐姐不在，要不然，恐怕会被她嘲讽到钻进地缝里去才作罢。

有些事只能做，不能说。宁恕直到接到电话出门前，在妈妈面前还有些尴尬，出门那一刻，就像放风一样轻松。

一般大人物与小人物见面，总是小人物苦苦等待大人物出场的可能性比较大。而宁恕才拐到小区直道上，就远远地看见大门外赵总的奔驰 R 系在静静等着他。宁恕不禁想到妈妈让他尴尬到出门的叮嘱，不要以为捡了她的戒指就是她的恩人，因此宁恕虽然已经是快步走了，至此，更是切换到一种在快步走的同时，能让对方看清他在快步赶的姿势，大步流星地赶往大门。

坐在前排的程可欣对后排的赵雅娟道："赵总，喏，穿长袖衬衫的那位便是。大概他前阵子手臂受了伤，不方便穿短袖。"

赵雅娟看着宁恕走来，在人来人往的小区主干道上显得卓尔不群，笑道："蔡主任家千金赚翻了。"

程可欣微笑，适时降下车窗，冲走近的宁恕笑道："早，赵总都等你好久了。"宁恕冲着程可欣笑。

司机替宁恕打开门，宁恕先探入脑袋，冲里面的赵雅娟伸出手来："赵总，劳您久等。"

两人握手，赵雅娟笑道："现在的年轻人怎么都才貌双全，人品又好呢？小宁快进来坐，外面热。"

宁恕这才钻进车门坐下。

前面的程可欣扭过头来笑道："昨天早上你说捡到一枚钻戒，我都没想到是这么大的，昨晚上跟着赵总一看，真是惊呆了。来，采访一下，雷锋同志，请问你捡到大钻石时在想什么呢？"

宁恕心里一愣，心说你都试戴了个痛快呢，但随即领悟过来，程可欣这是不着痕迹地提醒他，是她在赵雅娟面前替他表的功，意思是他在没有其他人知道的情况下，还把失物上交，那显然是人品更好，程可欣帮他可真用力。他冲赵雅娟笑道："小程比我心急，我还在比画呢，她就急着说钻戒大多对失主来说有纪念意义，失主肯定心急，都没等我掏出来给她看，就把我赶回车上，去派出所。"

程可欣见宁恕飞快领会到她的意思，并天衣无缝地接上，这才放心，于是笑道："你还不如推说是我捡的，有这么推卸功劳的吗？"

赵雅娟一直弥勒佛似的在一边儿笑眯眯地看着，直到司机等不及问了一句"还有一位住哪个小区"时，才果断地道："没有了。去水库。"

司机"哦"了一声，起步上路。宁恕和程可欣心照不宣，都不做说明。

宁宥将车开入水库车道，扑面而来的是水雾缭绕的满眼青葱，顿时觉得遍体生凉，暑气全消。旁边的郝聿怀先忍不住"噢"一声叫出来。

宁宥忙问一声："凉快了吗？"

郝聿怀大声雀跃着道："凉快！"

宁宥忙伸手将出风口都转向自己，让冷气吹她冷汗淋漓的头："哎哟，可以帮我开手机了。"

"刚才是高速路，现在是山路，都不好开。还是等看到停车场后，我再替你开吧。"

"到山路就没问题了，你妈每天上下班时开的城市路更难开，只要不快，就不怕。"

郝聿怀这才帮妈妈打开手机，然后伸手关空调，开车窗，操作得非常熟练。宁宥只需要稳稳地把住方向盘就行了。很快，停车场便出现在眼前了。郝聿怀等车子一停下，便率先跳出来，在空旷的水库边拳打脚踢，舒活紧张了一路的筋骨。宁宥则是翻出化妆镜，拭汗擦油，赶紧收拾脸面。

郝聿怀眼看着水库上面已经有了动静，而妈妈还在臭美，急得大叫："妈妈，快，那边已经有人抱着网上船啦！"

宁宥不紧不慢地收拾自己，一边吩咐儿子："把后备厢里那件救生服穿上，你先去，妈妈会跟管事的打好招呼。"

郝聿怀立刻翻出救生服，边跑边穿，飞一样地离远了。

宁宥连汗湿的头发都弄干了，才戴上帽子与墨镜，轻巧地走出车子。而小渔船已经离岸，郝聿怀兴奋地站在船头与她打招呼。宁宥索性不走了，坐在岸边石头上，看儿子打鱼，顺便摸出手机给简宏成打电话，因为手机显示有三个未接来电来自简宏成，不知他为什么事这么心急。本能地，宁宥想到那个唐。她刚刚擦干的冷汗又细细地钻出来了。

简宏成接起电话就笑道："至于周末这么懒吗？"

"带儿子出门玩，高速上不敢开手机，怕分心。又有什么事了？"

"以后出远门给我打个电话嘛，我让司机过去接你。"

宁宥见简宏成废话多多，心怀侥幸地问："你一早打我电话……就是瞎聊？"

简宏成忙道："别别别，千万别挂我电话。我不是瞎聊，是真有事。"

简宏成不知宁宥是巴不得没事，因此可以容忍他的瞎聊。他一说真有事，宁宥的冷汗又下来了。

"昨晚我回家见了两拨人：一拨是我姐的律师，一拨是唐处长。见唐处的原因是律师感觉到他在案子中得到了莫名其妙的帮助，而我怀疑来自唐处。与唐处的见面很简短，就在医院见的。我俩的言谈中没有违法乱纪行为，他也不打算违法乱纪。他没有透露为什么帮我，但确实给我提供了很好的思路。因此我打算把我姐保出来……"

宁宥听得心跳都停了,先是唐的种种作为之不可思议,其后面也透着诡异,而后,简敏敏要出来了?

"慢点慢点,我不想听了。"

简宏成连忙道:"你可以放心,我已经想好对策,绝对不会让我姐伤害到你和你儿子。"

"还有我妈。"宁宥拿树枝在地上画了四个字,却不好意思说出来,惊慌之下,选择了做鸵鸟,"简宏成,拜托,我们的通气电话到此为止。我……你有难处,不可能不帮家人,也不用向我解释。我呢,对发生的一切无能为力,躲又躲不过,还是选择做鸵鸟吧。我不想听了,行吗?"

"行。但是……请帮我分析一下唐处的动机。我感觉他来者不善。他对你家很是了解,又似乎打算针对你家。我看看能不能替你化解。"

宁宥不知怎么回答才好,想了半天,闷声不响地将通话按掉了事。

简宏成的脑袋里一边是宁宥眼泪汪汪地欲言又止,另一边是唐处英俊挺拔地欲言又止,急得发疯,进一步怀疑,唐是宁宥的什么人,肯定,无疑……

简宏成正内心无比抓狂,简宏图欢欢喜喜地走进这原本属于简敏敏的办公室,东张西望了一番,才走到背对着门的简宏成面前,开心地喊一声"哥"。简宏成立刻凶猛地问:"不是让你早上送花去医院吗?怎么来这儿了?"

简宏图忙道:"早送去了,真的,哥,只要是你吩咐的事,我办得可麻利了。我大清早就去水果批发市场,盯着他们从冷库里给我拿出两箱莲雾、两箱黄心猕猴桃,送到医院时还冒着冷气呢。我也会说话,说得唐大叔很开心……"

"中风的唐大叔,看上去还行吗?"

"精神很好，我还问了他是不是很快能出院了，要不要我在他出院那天来帮忙。他很高兴，说不用我那天帮忙，但让我今天就帮忙把水果搬到他老婆的病房里去。我搬就搬呗，结果偷听到唐处跟他妈在小声说话。哥，我完全是为了你才把这辈子的脸皮都豁出去了，都不怕人来人往盯着我瞧，就趴在门口偷听呢，想听听他为什么帮大姐。结果也才听到两句清楚的。"

简宏图见哥哥在他的浓墨渲染之下果然有了兴趣，忙干咳一声，站直了，模仿唐处的说话声："妈，别哭了，求你别哭了，你不说我也懂，小心压到输液管。"然后他侧身在桌上一歪，又模仿微弱而苍老的女声："老天爷……为什么……为什么这么待我？为什么？"

简宏成愣愣地看着弟弟，想了半天，问："你说的是什么意思？"

简宏图抓抓头皮："真不知道啊，我真的只听清楚这两句。然后他们隔壁床的家人走出来，我没法再偷听。"

简宏成摆手让简宏图出去，自己一个人慢慢地清理脉络。

宁恕那一车，一路上净是扯一些不着边际的话题。但到了水库边，车子停下，一行人刚下车，赵雅娟便道："小宁，你过来，我有几个问题想请教你。"

程可欣一听，忙乖巧地道："我去那边亭子看捕鱼，吃饭时别忘了喊我哦。"

宁恕一边忙与程可欣笑着说几句，一边赶紧走向赵雅娟，忙乱中都没注意到在他们的车子旁边停的是他姐的车。

赵雅娟单独与宁恕谈话，站住了便直奔主题："小宁，虽然你一再表示不要回报，但我做人有我的原则，不能不上道。你要么给我银行卡号，我打酬金给你；要么接受我提供给你的工作，帮我规划一块'退二进三'地块的开发。你必须选一条，要不然就是看不起我。"

宁恕几乎没想到赵雅娟会如此单刀直入。他习惯的办事风格，比如他的顶头上司管总一向被认为是一个有决断的人，可要是管总起用一个重要岗位的人物时，起码也得做个全方位的背调，有个方案，而不是三言两语就拍板。不，赵雅娟甚至没有三言两语，之前两人根本什么正事儿都没谈一句。宁恕愣了一小会儿，谨慎地道："我只是做了一件我认为正确的事，谈回报不是我的本意。"

赵雅娟依然笑眯眯地道："不急，你慢慢考虑。几年前市国资委急于甩掉几家亏损工厂的包袱，找我和郑伟岗几个接手一批烂嗒嗒的老国营厂，其实最主要是甩给我们一批指着这些厂过上一辈子的工人，让我们这些企业用工慢慢消化，省得工厂倒闭，把这些人推到社会上，制造不稳定。现在人员消化了，城市也扩大了，这家我赔钱背了好几年的工厂终于可以规划'退二进三'了。但目前这个项目我只有大致的想法，还没计划。你要是来，先做这个。看样子你早已了解过这块地？"

赵雅娟点到为止之后，轻易地把可能拧成死结的话题引开，又打开一个可以让宁恕滔滔不绝的话题。宁恕果然眼睛一亮，道："我刚来那几天开着车，把全市拉网式地跑了两遍，见过您说的那家工厂，当时就想……"

"那工厂主是傻瓜，哈哈。"

"哈哈，怎么会！我当时就想，这是谁家如此巧妙地储地呢？又打算开发什么呢？"

"真的巧妙？按照规划局给我的容积率算下来，土地成本已经达到1.7万元每平方米了。"

"听赵总刚才一说，才知这土地成本看似不高，实则这几年的用费杂七杂八地算上去，最终不会比从招拍挂那儿拿地低多少。如果那块地建联排别墅，根据目前周边价格推算，大约3万元一平方米。算上雷打不动的纳税0.35万元每平方米，但中央控制开发贷款，财务成本只能控制到 0.67 万元每平方米左右，反而建安成本最低，不会超过税收。这么反推过去，如果想保本，赵总可能还得在容积率上下功夫，具体负责的人员则需要严格控制销售周期。"

赵雅娟依然笑嘻嘻地道："一听就是内行人，如数家珍啊。余智术浅短，迄无所就。唯先生开其愚而拯其厄，实为万幸。"

宁恕好一阵晕。而赵雅娟则手一伸，道："我们边走边说吧。这一段是刘备三顾茅庐时对诸葛亮说的话。我年年求贤若渴，当年教书时熟读的这句话被我抄在手边，几乎倒背如流了。我对人才有两条最基本要求：一条是能力强，一条是人品好。我看到这样的人，不管三七二十一，先拿下，跟储地一样储备人才。你刚才大概在怪我太轻易发邀约吧？不是。当然，你更特殊。"

宁恕不禁停下脚步，沉思了会儿，道："非常感谢赵总美意，虽说恭敬不如从命，可……还是请赵总给我的手机充值一千元吧。我能跟赵总出来见世面，又能与赵总单独交谈，已经赚到了。"

赵雅娟终于收起了笑容，奇道："宁总给我个理由。"

宁恕长吸一口气，略微犹豫了一下，道："我辜负赵总美意，是因为怕耽误赵总。我现在不是什么宁总，而是失业人士。我失业的原因说来话长，得追溯到二十几年前的一桩血案……"

赵雅娟早知宁恕已经失业，但她没提，免得伤及宁恕的自尊。可宁恕的开场白还是让她目瞪口呆了。

简宏成思来想去，觉得唐对他们简家的帮助可能与唐母的那句话有关。可是为什么有关？怎么相关？他却猜不到。结合宁宥的态度，他隐隐觉得可能是与宁宥家有关。因此虽然宁宥说不想再听，简宏成还是厚着脸皮，再拨宁宥的电话。当然，一当两便，他的不可告人之用心就是想尽一切办法跟宁宥说话。

宁宥与主人聊几句后，郁郁寡欢地踱到竹亭子里躲起来，一边可以看儿子在船上钓鱼。主人也没打扰，以为她的不高兴是因为丈夫系狱。宁宥手里捏着郝青林的书，可怎么都看不进去，对着白纸黑字发呆。甚至连程可欣轻轻走进来，占据亭子的另一角坐下，她都没注意到。

简宏成的来电打断了她的胡思乱想，她拿着手机看了好一会儿来电显示，才接起。

那边，简宏成松一口气："真怕你不接。"

"怎么办？不敢接，可又怕耽误更大的事。"

"还是接的好。我弟传给我一句他偷听来的唐处他妈妈对唐处说的话，'老天爷……为什么……为什么这么待我？为什么'，我希望有助你发掘原因，找准对策。"

宁宥一听，不禁惊惶地坐直了，想起那次陪妈妈去医院探望唐英杰，那时候唐妻还是客客气气，礼数周全。而再之前，十几年前，唐妻即使在盛怒之下赶到他们租借的新居，把她教育一顿，可依然言行节制。想来，致命的病魔终于逼出她隐藏在心底多年的委屈。原来，唐的愤怒来自唐英杰的太太。想想宁恕现在都能报复得不依不饶，那么面对缠绵病榻、苦不堪言的母亲，唐又会怎么做？混乱中，宁恕报复到狰狞的脸仿佛变成了她从未见过的唐。

"宁宥？"对方一直没声音，简宏成等不住了。

"在。"宁宥不由自主地应了一声，又长叹一声道，"我这些天想得有点儿多。我想一个人一辈子总做过几件亏心事，运气不好的人可能为生活所迫，做得更多一些。所以人这一辈子，经得起追究吗？我是越来越觉得，对他人应该宽容点儿。唉。还是谢谢你。"

程可欣原本一直冷眼旁观着远处宁恕与赵雅娟的谈话，听到这儿，不禁扭头看了一眼宁宥，轻咳一声，提醒亭子里有外人在。

宁宥循声看去，又自顾自地打电话。

至此，简宏成心里豁然贯通，明白唐的出现又是因为上一辈人惹的事，只能道："等你孩子考完，早点儿出门散心去。如果有进一步的消息，放心，我不会忘记通知你。"

"可我还是不想听。"

简宏成却听得笑了。

宁恕将最近发生的事大致讲了一遍后，言简意赅地总结道："我一时意气，竞聘了家乡的项目开拓，想不到有人还是不能放过我这个我家唯一的男丁。我估计，要么我再度背井离乡，如果坚持留在家乡，还是会被骚扰得无暇工作，贻误赵总的大事。我已经害一手培养我的上司在董事长面前无法交差，不能再影响赵总。"

赵雅娟认真地听完，笑道："影响我？呵呵。小宁，你只需要考虑我提供的机会适不适合你的发展。我还是第一次从事房地产项目，需要你过来帮忙。我是在认真诚挚地邀请你。"

宁恕立刻领悟那声"呵呵"后面的意思，欣喜地伸出双手，握住赵雅娟的手："我……感谢赵总赏识！"

高处的程可欣远远见了，松了一口气，觉得她的使命结束了。

而不远处，郝聿怀抱着一条小娃娃一般长的大鱼，呼啸而来，兴奋地大喊："妈妈，看我抓的鱼，我亲手抓上来的鱼。"

宁宥忙打起精神站起来："哇，这么大，这是什么鱼啊？"

"叔叔说是胖头鱼，还说中午就让我吃用这条鱼做的鱼头汤。"

宁宥小心避免去看儿子身上的鱼鳞和黏液，依然笑道："赶紧拿去让叔叔称一下有几斤重，我们发到微博上。"

"对了，妈妈，帮我拍一张。"

宁宥赶紧拿起相机，左一张，右一张，心里早愁死了沾一身鱼腥味儿的儿子该怎么清洗。

郝聿怀抱着大鱼要走，忽然想起来，一个金鸡独立，转回身："我刚才看见你弟。"

"我弟？有没有看错？"

"没看错，我还以为是你叫他来玩的呢。他跟一个嬷嬷在说话，在那边。"

程可欣不由得看过去，指的正是宁恕的那个方向。她心里诧异，留心再看宁宥，果然五官立体，与宁恕一个长相。

宁宥也是朝着郝聿怀指的方向看去，太远，看不清楚。她不知道宁恕愿不愿见她，又不好跟儿子明说，只得道："你继续玩，别打搅我弟，他可能在忙正事儿呢。"

"行。"郝聿怀点头，他也不想见宁恕呢，"妈妈，我可以再抱一条青鱼吗？我觉得青鱼的线条很刚劲有力。"

"主人叔叔的鱼要拿去街上卖，不能多抱。"

"其实我只是想玩抓鱼，恨不得跳到渔网里去，可惜被一个叔叔拉住了。另一个叔叔说，渔网里有太多鱼，我跳下去的话会被鱼踩死的，好好笑哦，鱼又没有脚。那位叔叔还说，青鱼尾巴打起巴掌来可痛了，所以青鱼尾巴最好吃，哈哈。"

宁宥听了也笑："快去，快去，叔叔们快卸完鱼了，肯定又要上船捕鱼。"

郝聿怀一听，连忙抱着鱼，又赶去凑热闹。

母子嘻嘻哈哈的当儿，程可欣已经翻出手机里存着的宁恕发表在网上的那篇文章，文章情真意切地说起他如何爱姐姐和姐姐的儿子——也就是眼前这个抱着大鱼的男孩，如何抽时间满足这个男孩打真人CS的愿望，以致被误会为贼。可程可欣听着母子的对话，怎么都感觉不到宁恕与这对母子的深厚感情。她心中升起一团疑云。程可欣偷眼看去，另一边的"疑似宁恕姐姐"正在打手机，等"疑似宁恕姐姐"放下手机，她一眼看到宁恕掏出手机，似乎在看短信的样子，然后操作一番，很快，这边"疑似宁恕姐姐"的手机提示收到短信了。显然，姐弟在短信对话呢。

宁宥考虑到最近与宁恕的关系不佳，但她思虑周到，怕宁恕在众人面前贸然撞见她时手足无措，影响了形象。毕竟，姐弟不和不是什么太有面子的事。因此她给宁恕发去一条短信，提示她和灰灰也在水库边看捕鱼，询问要不要见面。

宁恕见到短信，心里一沉。如果他和宁宥见面，绝不可能只是寒暄几句，便各自走开，在这种特定场合里，主人一定会把宁宥与他叫到一桌吃饭，那么宁宥就会认识赵雅娟，然后就会把这消息传到简宏成的耳朵里。宁恕不清楚自己与赵雅娟的关系能走到哪一步，但毫无疑问的是，目前的关系还很脆弱，经不起折腾，任何可能的风吹草动都必须被扑灭于未然。自然，他不能让宁宥与赵雅娟搭上话。因此，他给宁宥一句短信："我在公干，就当不认识吧。谢谢。"

宁恕的反馈不出宁宥的意料。她冷淡地将手机放回包里，依然思索唐家的事该怎么解决。

旁边的程可欣看得疑窦丛生。她自己没有亲姐妹，但如果得知有不经常谋面的亲友在附近活动的话，那是说什么都要过去打个招呼的，不管对方有没有正事。程可欣觉得姐弟俩的关系很反常，只是不知是谁的原因。程可欣觉得在这儿待着不方便，容易引起尴尬，虽然好奇心重，很想探个究竟，可到底还是离开了亭子。

没有陌生人在场，宁宥这才放松了身形，靠着柱子想了会儿，决心还是给妈妈打个电话。

"妈，我看到老二了……"

"还不打算喊回弟弟？"宁蕙儿立刻抢上一句。

"我在朋友的水库边看到老二，发短信问他想不想见个面，他借口工作忙，不见。我想跟他谈的是请你住到上海来，我把最早分的那套房子收回来，给你住。妈，来上海住吧。"

"弟弟昨天……"宁蕙儿一说起来就眉开眼笑，但立刻想到了什么，刹住不说了，岔开话题，"我不去上海住。我到上海人生地不熟的，你又忙，又要看管儿子，我孤鸟一样去那儿住着干什么。不去，我也要看管儿子呢。"

"妈是气我前两天在你留急诊观察时没陪夜，还是气我指责你偏心？我统统道歉。"宁宥咬了一下嘴唇，接着道，"妈，你原谅我这边近来兵荒马乱的，没能妥善安排，统筹兼顾，很是顾此失彼。你给我个机会，让我改进，也让我弥补。"

宁蕙儿忙道："哎，说什么呢，一家人说什么两家话呢，我什么时候怪过你？你已经够不容易了。我不是为了气你，才不去上海，我是在这儿住惯了，出门要买菜，交个水费、电费什么的，闭着眼睛都不会摸错门，不想到上海重新开始啦。"

宁宥早知道妈妈肯定拒绝，只好扯了一个谎："关键是我还想请你过来帮忙。我跟郝家的关系基本上已经撕去温情脉脉的面纱了，这会儿他们想照顾灰灰，我怕他们对灰灰洗脑。我呢，也不好意思再无条件地麻烦他们照顾灰灰。但我一个人顾不过来，总不能经常让灰灰一个人在家。我最近已经屡屡推掉出差了，再这么推下去，事业得毁了。所以我想请妈妈过来上海帮我一阵子，度过这阵子的兵荒马乱就好。"

宁蕙儿听了，不禁拉了一下嘴角，但还是问："你看大概要多久？"

宁宥也不知唐家打算折腾多久，只能凭空想了一个时间段："大概到灰灰初中毕业，他高中时应该可以寄宿了。两年，妈，过来两年嘛。"

"两年！太久了，跟把我连根拔起差不多啦。宥宥啊，花钱能办到的事，可能服务不会像家里人做得那么周到体贴。可只要心里想通了，还是能适应的，主要还是看过不过得了心里那一关。我前几天在医院里躺着，让护工看着就想不通，但等身体一好，回到家里一想，就知道我对你们要求过多了。你看，妈真是一点儿没怪你。你工作忙，现在又是特殊时期，我真不会来麻烦你的。"

宁宥被堵得哑口无言，这真是自己掘好了陷阱，自己直愣愣地往里跳，一点儿不想想，妈妈一点儿不笨，哪儿轻易蒙混得了。她想到再请宁恕出力把妈妈搬到上海，可一想到两个人都是妈妈一个人教大的，几条肠子妈妈都清楚，还不如直说了："好吧，妈，都骗不到你呢。是这样的，我从简家老二那儿获得可靠消息，唐叔叔的妻子动手术了，手术后一直在病床上对儿子叹老天对她不公。唐叔叔的儿子子承父业，也在公安局做，目前已经主动联络上了简家。妈，夜长梦多，你来上海住吧。我昨天已经跟老二说了，但不知道他什么想法，本来现在遇见他，我是很想跟他讨论一下这件事的。"

宁蕙儿一下子愣住，但本能地摇头道："都有什么事儿啊，你瞎操心。别提了，我不会去上海的，你也别想方设法地劝我。还有别的事吗？我挂了。"

宁宥看着被挂断的手机，差点儿噎气。这会儿妈妈还闹什么脾气啊？

田景野到周末也没自由，虽然饱睡了一顿，可还得回老宅，办陈昕儿的事。他走进小区的老年活动中心，还没等适应里面的光线，一位坐在麻将桌边的老太太就喊："小田，这边。"田景野忙笑眯眯地走过去。

一桌"正义"的老太立刻七嘴八舌开了。

"哎，小田，你那房子是不是出租了？我们看到有时候有一个女人进进出出的，有时候是一家三口，只好去敲你家的门……"

"里面那个女的连门都不开一下，问我们是干什么的——我们两个老太太能干什么？我们告诉她是楼道小组长，来登记一下流动人口情况，可她硬是不开门，说我们没权利查她。我说这是规定，她就跟我们说她只认法律、不认规定，就是不开门。"

"更滑稽的还在昨天，我们在树下乘凉，眼看一个陌生女人出来扔垃圾，便客客气气地问她是不是小田房子的租客，结果她那是什么态度啊，穿得这么体面，人却像个做贼的，我们一问她，她就木着一张脸，飞一样地蹿走了，过会儿又飞一样地蹿回楼上，还穿着那么高的高跟鞋呢。我们追都追不上她，只好问物业要到你的电话，找你来了。我们又不是坏人，只是想做好我们的工作。"

"是啊，我们都退休了，想发挥余热，帮街道做点儿好事，帮邻居看好家门，她当我们是上门敲诈勒索啊？什么叫不合法？什么叫她只认法律？哎哟喂，真把我气死了，她倒是合法地申请了暂住证没有？"

田景野听了直笑："还有这种事？哈哈，还有这种事？她胆子这么小？哈哈。那是我高中同学，她从外地搬过来，行李太多，家里没地儿放。正好我又买了新房子，这儿空出来，就让她把行李暂时堆在我那儿，她得一件件地整理好了，再往她爸妈家搬。她没住那儿，不用给她办登记。"

"哎呀，又是帮朋友。小田，那事过去了，你也已经出来了，我现在跟你说说没事了。你出事那阵子，有人来找我们调查过你，连'大盖帽'都说你这个人对朋友没说的，是好人。那既然是你同学，今后她进进出出，我们会照看她的，你放心。你带话过去，有什么要帮忙的，尽管来敲楼下我家的门，跟自家人一样就好，别扯什么法律。"

田景野笑嘻嘻地应了，等走出门外，忍不住笑得打跌。陈昕儿竟然退化到跟两个街道大妈使劲较真？果真是不大正常，陈昕儿高中时都不会这么傻的，还是宁宥看得准。田景野大步穿过强烈的阳光地带，敲响自己旧宅的门。

门里面什么动静都没有，但田景野看到猫儿眼黑了一下，很快，门锁一响，门开了。陈昕儿脸色苍白地站在门后。田景野进去，见小山一样的纸箱都拆开摊平，放到一边。而他的家具上面满山满谷的，都是衣服、鞋子等物，真是琳琅满目。

陈昕儿请田景野坐下，她也坐下，但欲言又止，一张脸开始变红。

田景野当没看见："上次跟你提起过的工作，正好我朋友今天出差回来，我想着工作的事最好速战速决，就跟朋友约好今天带你去面试。刚找到你家去了，但你妈妈说你一早就来了这儿。我想正好也看看你收拾得怎么样了，干脆电话不打，直接找上门来。怎么样，我们现在就出发？"

陈昕儿一个劲儿地犹豫，嘟哝半天，却道："能不能求你一件事？"

"别想用我手机给简宏成打电话。为了安置你，我在他面前攒的人品快用光了。"

"他星期天肯定跟小地瓜在一起，我想跟小地瓜说说话。"

田景野一下子也闷声了，过了会儿道："我也很想见见我儿子，随时想见。但他妈不乐意，见了之后他们家会鸡飞狗跳的，我看，反而影响我儿子适应单亲家庭的生活。我还是忍忍。你也得想开点儿。"

"可我……"

田景野见陈昕儿眼泪汪汪的，便立刻打断："赶紧换衣服，利索一点的，像职业女性的那种，我们还得去人家公司呢。我楼下车子里等你。"说完，田景野赶紧溜了。他相信陈昕儿会听话地换了衣服跟下来，因为找工作这事是陈母大力赞许的。

可田景野车里的空调都已经打凉了，陈昕儿还没下来。他等不住，只得再跑回去问："怎么啦？"

陈昕儿已经一身利落装扮，但低头郁闷地道："波希米亚风格的手镯与正装搭不起来。"

田景野听得一头雾水，怔怔地看着陈昕儿撒在桌上的几只花花绿绿的造型夸张的手镯，道："那就不戴手镯好了，就戴手表。"

陈昕儿摇摇头，伸出左臂给田景野看，手表已经戴着了。

田景野更是摸不着头脑，哀声道："非得戴手镯不可吗？你们女人咋这么多事呢？"

陈昕儿哀怨地看着田景野："你这么快就忘了？那天晚上在宾馆的卫生间……"

田景野吓得条件反射地往后退："我可从没跟你在宾馆里……嗯！"他这会儿终于想起来了，同学聚会那晚，陈昕儿在宾馆卫生间里割腕。田景野也才终于醒悟过来，陈昕儿为什么要戴桌上那种夸张的手镯，原来是遮伤疤呢。

"要不，手表戴右手腕？"

陈昕儿摇头，摇完头还是低着头。田景野又想起简宏成说的，陈昕儿要死要活无数次，估计手腕上左右开弓，都留着伤疤。他无奈了。幸好，陈昕儿终于跳起身，又进屋去了，过会儿，手腕上缠着一条漂亮的深蓝和深绿夹条的丝巾出来，看上去又委婉，又醒目，很是漂亮。田景野忍不住想提几句忠告，可忍了，反而大声叫好："漂亮，怎么想出来的？原来布的东西也可以做手镯。"

"啐，这是真丝，什么布的东西。"陈昕儿垂首而笑，但总算是笑得比较由衷了。

其实，为了陈昕儿顺利复出，田景野提早一天跑到朋友公司去做足准备，就差跟朋友对台词了。可此刻他装作什么事儿都没有，当着大办公室里加班员工的面，向朋友介绍陈昕儿："陈昕儿，我老同学，高中时的团支书，后来替我管财务。那次我出事，唯独她不肯出卖我，这三年吃了点苦头。"

田景野的朋友也是个七窍玲珑的，立刻很配合地伸手相握："久仰，很钦佩，真的很钦佩。我今天之前还在钦佩田总为了朋友义气，不惜赔上三年；今天开始钦佩巾帼英雄，女同志这么做，比男的更不易。"

陈昕儿丈二和尚摸不着头脑，但心里又觉得田景野找的这个理由，忽然一下子解决了她很多难以启齿的社会身份模糊的问题。她此刻难道会立刻否认田景野的说法，而换作一五一十地说出真相？她又不真傻。她微笑着有些僵硬地握手，但不知开口说什么才好。

田景野松了口气，忙道："昕儿，你到这边坐会儿，喝口水。我跟朋友说个事，完了一起吃饭去。"

陈昕儿微微一笑，婉约地坐到田景野指的位置上。

而田景野的朋友一把将田景野拉进屋，道："你没弄错？全身上下都是香奈儿家的货色，能安心在我这儿工作？"

"放心啦，此一时彼一时，她现在要挣钱买吃喝。人你是看了，答应吗？"

"当然答应啊，只要你照顾我生意。"

"OK。你尽管给她压工作，她的底子和潜力都不差，压得出来，也学得起来。但你得给她理顺与同事的关系，千万别让她辞职。拜托，拜托。"田景野是真的打躬作揖。

"跟我客气什么。一定做到。我们这儿的员工只要三个月试用期后做的工作拿得出手，我都当爷爷一样供着，你又不是不知道。"

田景野大笑："奶奶！"他开门出去，招呼陈昕儿离开。

等进电梯，田景野装作不经意地道："这间公司的环境怎么样？"

"不大，但看上去装饰得很豪华。"

"老板是我带出来的，现在青出于蓝，发展得非常快，每次见面都要问我有没有好手介绍给他奴役……哎，看我尽瞎说大实话。"

陈昕儿听了笑："果然是大实话。"

田景野道："你不反感就好。反正选择是双向的，我朋友觉得你看上去不错，有我打包票，他认可你的人品。你看看要不要到这儿上班？"

"我？我什么都不懂。"陈昕儿一想到办公室里那帮男女抬起头看向她时，那齐刷刷的精明的眼神，先是慌了。

"你是注册会计师！我朋友这一行学校不教，找人纯粹看底子，看智商够不够，看学不学得进去，都愿意找原本一张白纸的人进来自己培训。你行的，注会证就是你的底气。"

电梯到了地下一层，陈昕儿却面红耳赤地站在电梯里无法挪窝。田景野扶着电梯门，疑惑地问："怎么了？再不行你把注会证找出来给我，我替你去朋友的事务所里挂个名，你每月领钱就是。多大点事儿，有我在呢。"

陈昕儿更是快将脸埋进胸口出不来："我还差一门……没考就去深圳了。"

田景野愣了一下，但立刻若无其事地道："哦，那也没什么。走吧，吃饭占位置去。我饿得快前胸贴后背了。"

可陈昕儿不肯挪窝，期期艾艾地非要把话说清楚："那时……那时宁宥一边怀孕生子，一边气贯长虹地在职读研，拼下硕士文凭和工程师职称，我却被公司开除，一张脸没地儿搁，就跟她谎称我拿下注会了。当时大家都知道我在考，都没怀疑。但我自己心虚，怕他们问起，也怕他们帮我找新工作时总提到注会，而且……你也知道的原因，我索性跑去深圳了。田景野，楼上那家公司太高档了，我不行的，还是算了。"

田景野继续耐心地回避问题，道："跟宁宥竞争很辛苦的。"

陈昕儿激动了："是啊是啊，为什么老天不公平，要三千宠爱在一身呢？脑袋好，长得好，谁都爱她，甚至她做坏事都从来不会被戳穿。

人真是越活越不得不信命，什么都是命中注定。命不好的人再努力又有什么用呢？老天只要拿手轻轻一拨，努力全去了反方向，越努力越过得差。我这几年什么都努力过了，认命了，认了，好不好？"

田景野听得哭笑不得，朗朗上口地冲出一句口水话："你一直长得很好……"他说话时不由得仔细看向灯光亮堂的电梯里的陈昕儿，赫然发现如今的陈昕儿鼻子两边高耸着两团颧骨，一张脸充满着令人不忍直视的晦气相，早已不见当年阳光灿烂的一根筋的骄傲。田景野无法睁着眼睛说瞎话，再违心地赞美，只好拐了个大弯，道："你认命，那我这种吃过三年牢饭，又妻离子散的人情何以堪？我还没认命呢。走，吃饭去。呵呵，这话我都说第几遍了啊？"

陈昕儿不由自主地走出电梯，电梯在她身后急速关上，夹缝里灯一闪，逃命似的上去了。陈昕儿顾不得这些，只追着田景野道："我们怎么会一样？你浑身都是本事，到处都是朋友。我呢，招聘广告上已经不要我这种年龄的人了。我又除了大学文凭没别的证，个人简历拿不出手，个人工作经验完全落后，如果单位深入调查一下，我还是个被开除的，完全就是个拿不出手的人，除了结婚当家庭主妇，还能做什么？可又有谁还会要我这种人？同学都在笑话我，是吧？我现在出门都不看人，省得看见熟人，还得打招呼。可惜我没能力搬走，去别的市。我在这儿出门，浑身如芒刺在背，如过街老鼠，更不用说上班。本市不大，本地人在工作中熟悉了，牵来扯去，唠叨几句就能发掘出我是谁、我做过什么……"

田景野听得头大如斗，开始理解了简宏成的厌烦。不过他不断在心中默念"陈昕儿有精神疾病"，这么一想，当即心平气和，依然很绅士地替陈昕儿打开车门，请陈昕儿跟太后似的坐在后面。田景野以为陈昕儿会谦让到副驾驶座，可陈昕儿二话不说，钻进后座妥妥地坐下了。田景野不由得微微摇头。

陈昕儿等田景野一上车，便继续她的唠叨："真的，现在在办公室里做事，跟我那时完全不同。现在什么都要证，什么都要持证上岗，连去办张信用卡别人都要问你社保号，真是稍微落后一下就寸步难行。我在家里关了那么多年，现在走出来……"

田景野再怎么催眠自己，也还是听得不耐烦了，将刚点火的车子熄了，扭头道："你不想在这家公司做？"

陈昕儿一接触田景野严肃的脸，就有点儿蒙，忙道："这家太高级，对技能要求一定很高，而且大办公室里人多嘴杂，员工又普遍年轻，我看跟我同龄的只有清洁工阿姨……"

"那就算了。"田景野打断陈昕儿的话，"我送你回去继续收拾衣服，不请你吃饭了。"

陈昕儿吃惊，看了田景野会儿，幽幽地叹息，道："我狗肉包子上不了席，让你讨厌了吧？全班这样的人只有我一个了。我那天真不应该请曹老师办同学聚会……"

田景野继续催眠自己："不，既然你不要这份工作，我就得趁今天有空，赶紧帮你奔下一家。今天的事我会告诉你妈。"

陈昕儿忙道："别跟我妈说，我妈会骂死我的。"

田景野道："你让你妈妈骂骂也好，骂通了，可能我也替你找到合适工作了。陈昕儿，认真跟你说，你得工作养活自己，你是成年人。否则，真会让人看不起的。"

田景野怕陈昕儿继续唠叨，赶紧开车出去，一路上装车技差，不敢打岔说话，紧紧封住自己的耳朵。

宁宥一边眯着眼看宁恕的动静，一边在心里着急老妈那边的事儿。她太清楚她妈妈了，只要妈妈一口拒绝去上海之后，她就别想再劝说了，没用。但还有宁恕可以出马。为了妈妈，宁宥怎么都得尝试一下。

她再发一条短信给宁恕：刚跟妈妈谈了一下，破裂。我要立刻找你谈话。宁宥发完短信，便起身走向水库边。

宁恕这回很警惕，收短信收得非常及时，看清短信，正好程可欣也慢吞吞地走近。他立马对赵雅娟道："赵总，我有个熟人正好也在这儿，我过去打个招呼。"等赵雅娟点头后，他随即又周到地向程可欣赔个罪，匆匆走开。

熟人？程可欣听得清清楚楚，心里加倍不解。

赵雅娟看着程可欣，而不是看向宁恕的方向，不动声色地微笑道："看来今天这偏僻地方来的人还挺多。"

程可欣忙收起狐疑，笑道："刚才在亭子里看捕鱼，还真想也上船试试呢，好新鲜有趣。大家都冲着这个来的吧？"

"我就知道你们年轻人会喜欢。小宁很有才，我刚请他来我公司帮我，他答应了。我也很想请你来帮我。我跟你爸说去。"

"谢谢赵总垂青，不过我做外贸闲散惯了，想睡懒觉就迟到，想好好做就加班，都不用跟谁去解释、去争取，可能到大公司做会拘谨死，怕怕。"程可欣一边说，一边做了个鬼脸。

赵雅娟看着笑："已经活出境界了，比我们这把年纪的人都想得明白。小宁这个人怎么样？"

程可欣小心地道："能力很强。"

赵雅娟笑眯眯地道："我问的是人品。"

程可欣竟是无法一口咬定"人品很好"，小心地回答："我跟宁总接触不多，只是校友，不过他拾金不昧，已经够说明的了。"

赵雅娟从前后两个截然不同的回答方式里听出了区别，一笑而过。程可欣到底着了更老的人精的道儿。

宁恕大步赶去，速度几乎赶上竞走运动员了。他总算是离赵雅娟她们远远地截住了宁宥，然后，什么都不说，就看着宁宥。

宁宥也看着这个弟弟，尤其是看着他冷漠的眼神，一口冷气直透心底。她便也什么寒暄都不讲了，直接道："昨天清早发刷屏邮件，告诉你唐叔叔家开始动手了。但你没给我回复。今天又得到更进一步的消息，是唐叔叔妻子胃癌动手术，心情不好，惦念旧事引起。既然如此，我想……"

宁恕冷冷地问："谁告诉你的？"

宁宥冷笑："呵呵，明知故问。你是不是想接着问我跟简宏成是不是交换了情报，出卖了你，方便简宏成整你？No，你把自己想得太能干了，简宏成收拾你还不需要从我这儿拿情报。接着说，怎么安置妈妈？你昨天想过了没有？"

宁恕被宁宥戳得差点儿跳起来，可不由得回头看了赵雅娟那边一眼，不得不忍住，压低声音怒道："你不是不管妈妈了吗？你跟简家走一路去好了。妈妈我会管，你少插手。"说着，宁恕就转身要走。

宁宥没追，知道追也追不上，站原地冷冷地道："话没谈完，别急着走，这是做人最基本的修养。难道要我当着众人面恶形恶状？"

宁恕几乎是刹车片冒着青烟地收回了脚步，打死他都不敢再走开一步，因为不远处赵雅娟看着呢："你还想说什么？我说完了。我会管着妈。"

宁宥冷笑："我一不信你有能力护住妈，二不信你有这人品先护住妈，再逞你的意气。可妈刚才电话里明确表态不肯搬来上海，我无可奈何，只能找你来商量。我不要你的许诺，只要你说出你的办法。"

宁恕被戳得心里暴跳如雷，却连身形都不敢摇动一下，唯恐被赵雅娟她们看见。他忍不住低吼："要不要这么卑鄙？你是不是也这么对待郝青林，才逼得他找外遇？"

"对啊,我这么卑鄙,才养出你这么个弟弟。"宁宥说着,迈步往宁恕总是探头探脑张望的方向走去,"怕你心存幻想,我卑鄙给你看。"

宁恕立刻服软了,想不到宁宥今天不仅是来真的,而且是完全不肯让着他。他又不能伸手拦截,怕被赵雅娟她们看出不正常,只能服了软:"拜托,我错了好吗?我道歉。但你让我当场拿出办法,我怎么能够?你不是为难我吗?"

宁宥不知怎么的,看着这样的弟弟心里一抽:"我昨天已经通知了你。"

"还是我的错,行吗?那你要我怎么办?"

宁宥心头的异常一点儿没消失。她盯着宁恕的脸,像盯一个陌生人一样,终于意识到自己错了,错在还把宁恕当弟弟、当可以托付的家人。这么重大的事,从昨天到现在,整整超过二十四个小时,宁恕什么方案都没有,已经说明问题了。她扭开脸,往回朝亭子走去:"忙你的去吧,打起精神来,抹一下刘海儿。"

宁恕一愣,但立刻转身飞奔回赵雅娟那边去了,中途匆匆将垂落的刘海儿抹回去。

宁宥听着身后的脚步声,等脚步远了,才停住,但没往回看。在夏天的骄阳下,她满脸秋风萧瑟。

田景野狠狠心,将陈昕儿扔到小区大门口,自己赶紧驾车,拔脚就溜,溜到一个陈昕儿看不见的地方,才找车位停下,给宁宥打电话。可他一听宁宥的声音,先放下陈昕儿这头,关切地问:"你碰到什么事了?怎么声音里有种金属刮玻璃的森冷感觉?"

"宁恕,我养出来的宁恕,一定是我们小时候妈妈没时间教他,我又很小,不懂事,不知道怎么带他,教育他,他怎么变得……变得……没人性。"说到这儿,宁宥再也憋不住,哭了出来。

田景野道："说句不中听的，他又不是你生的，你对他没有责任。他变成怎么样，关你屁事。你从小把他拉扯大，我们背后都说你像个小妈妈。你对得起任何人。"

"可是……可是……心绞痛！"

"哈哈，没事，没事，认清事实也好。"

"你也觉得宁恕不对劲？"

"既然你已经看清楚了，那就放在心里吧，别再提了，以后遇到他，心里有打算就行。不管怎样，他都是你弟弟，这辈子都没法改了。"

"可他小时候……"

"一说小时候，我快被陈昕儿唠叨疯了，她简直是十倍于祥林嫂啊。我后悔死了，早该听你的话，找个工厂出纳的工作给陈昕儿起步用。你不知道，我带陈昕儿去朋友公司面试，她一看见貌似精英毕集的办公室就自卑坏了，一路上跟我检讨她现在如何朽木不可雕。果然还是你懂她。"

宁宥道："我就说她自闭得不像话，情绪非常负面，这不正常。但你给她找新工作，也只能顺着她的自卑感去找，宁可起点低点儿，也要让她找到存在感。"

田景野道："这回去坚决不自作主张了。唉，她似乎完全放弃挣扎了，觉得自己一无是处，而且觉得没脸见人……"

"知道，知道，她那天喝醉后跟我说了很多。这是个大问题。我们耐心点儿，别操之过急，一步步来，把外围理顺了，再顺利送她去做治疗。"

田景野看宁宥自己也遇到了烦心事，不好意思再拉住宁宥多说。虽然他惊诧到爆，心里有滔滔不绝的感想需要找人说说，还是主动结束了通话。

宁宥气闷心烦，又原路折回去，去水库边找儿子。儿子还没上岸，她一个人找石头堆砌起一口土灶。主人过来招呼："宁总干吗呢？"

　　宁宥忙笑道："索性让我儿子疯玩到底。问你借口锅，我跟我儿子在水库边自己捡柴火，烧鱼汤吃。"

　　主人道："怎么可能这么简单。我们到里面吃去，今天好几拨朋友呢，大家都认识认识。"

　　宁宥一口苦水吞肚子里，笑道："我贪清静，还是让我跟儿子玩吧。"

　　主人走后，宁宥苦笑。她要是上桌，宁恕就完了。她能管住自己的嘴巴，灰灰的嘴巴她可管不住。她只好找风雅好玩的借口帮宁恕一把。她很不争气，最终又忍不住帮了宁恕一把。这仿佛是她的自觉。而此时，宁恕正在不远处拿她当仇人呢。

　　程可欣见赵雅娟又拉住宁恕谈工作，便赶紧找借口走开，帮主人拎了一口大锅，送给宁宥。她当然一眼看见宁宥哭过的眼睛，心里的狐疑再添一分。宁恕看见，吃了一惊，可又不敢有所行动，脸上的肌肉都快僵了。

　　程可欣走到宁宥身边时，郝聿怀又抱了一条大青鱼跳下船，经过宁恕身边。小孩子到底是演技差，他慢下脚步，好好看了宁恕几眼，可想到妈妈的嘱咐，再说宁恕装作没看见他的样子，不跟他打招呼，便心里嘀咕着跑开，很快就跑到妈妈身边："妈妈，大青鱼来啦。"

　　宁宥强装笑脸，从程可欣手里接了锅，道了谢，又看着飞奔而来的儿子，笑道："还真让你捉到大青鱼啦？怎么捉到的？"

　　郝聿怀做龅牙笑，不好意思地坦白："叔叔们都已经把鱼倒到船舱里了，我连抱三条，他们都说不是，直到第四条，才抱对青鱼。可我刚抱起来就被鱼顶翻了，掉到鱼堆里，好滑溜，好臭啊，哈哈哈。可终于让我捉到最大的青鱼了。耶！"他全心全意对付着怀里正不断挣扎的大青鱼，都没看见妈妈的红眼圈。

宁宥见儿子果然浑身黏涎，痛苦得耷拉下了眉毛："妈妈是洗鱼好呢，还是洗你好呢？"

郝聿怀却一眼看见了土灶，兴奋地将鱼一放："我们野炊？哇，我捡柴去。"

"你别急啊。"宁宥想抓儿子回来洗，可一想到儿子浑身黏涎，就抓不下手，眼睁睁看着儿子滑溜得像鱼一样地逃走了。她无奈地冲还站在原地的程可欣笑道："小男孩很皮。"

"好可爱啊，男孩子这样才好呢。"程可欣沉吟了一下，坚决地道，"刚才主人称呼您宁总，我们一起来的也有一位宁总，可真巧。"

宁宥抬眼看见程可欣了然的眼神，呵呵一笑："可真巧，姓这个的不多。"她忍不住细细打量漂亮的程可欣。

偏偏郝聿怀跑出几步后想起一件事，忙尽责地赶紧跑回来，跟妈妈道："妈咪，妈咪，我刚才很近很近地碰到你弟了，可他没理我。喏，就在那边。"

宁宥脸上尴尬，忙笑道："我也看到啦。你别跑，我给你洗一下，太臭了。"

"我还得抱柴火呢，反正又得弄脏，还不如回来一起洗。"

宁宥想想也有道理，挥手道："去吧去吧，现在是鲜鱼味，回来是咸鱼味。"

郝聿怀哈哈大笑："晒鱼干去喽。"他疾驰而走。

宁宥放走儿子，看向虽然脸上挂着笑容，但明显若有所思，又坚持不肯识相走开的程可欣，心里揣度这个女孩与宁恕的关系不一般。她只得笑眯眯地冲程可欣道："糟糕，穿帮了。"

程可欣也笑，凤眼细细的，很是妩媚："对不起，我不是故意的。"

宁宥也笑，笑得眼睛弯弯的，特别柔美可亲。

宁恕看着程可欣与宁宥交谈，果真是急得嗓子眼冒烟，很神奇地，嘴巴里的口水忽然干了，一时说话声音都没了，更是将注意力全集中到了那边，无法跟赵雅娟对答如流。

赵雅娟笑着调侃："小姑娘和小伙子的感情问题真好玩啊，还都死不承认。"

宁恕无法解释，只好尴尬地赔笑。而更大的恐怖伴随着程可欣回头的脚步，一步步接近，一步步紧张，仿佛小美人鱼每走一步的刺痛都痛到他宁恕的心里。他心惊肉跳地等待聪明精灵的程可欣回来揭穿，又不敢在脸上有丝毫表露。

程可欣回来，却笑嘻嘻地道："那边母子真是好心思，大青鱼活杀现做，小孩子高兴得都手舞足蹈了。"

赵雅娟看着宁恕，笑道："我等会儿介绍你们认识这家水库的主人，以后你们自己过来捞鱼活杀现做，我可玩不起来了。年轻人真有意思。"

宁恕忙笑道："我对这个也不是很有兴趣，从小不适应河鱼的腥味，还以为小程也想在水库边野炊呢。"

程可欣笑道："哈，你的死穴？跟阿基里斯的死穴在脚跟一样好玩。"

宁恕忙道："人不能这么没同情心好不好？"

程可欣依然笑道："我有限的同情心不是给你们这种强者的。"

赵雅娟听了笑道："小程，你一回来，我们这儿的气氛就轻松，可别再避走了，我还欢迎你听着呢。"

程可欣依言留下，但她美丽的丹凤眼此后一直偷偷地在宁恕身上探究式地打转。

宁宥一向是个完美妈妈，但她今天在水库边破功。

宁宥从小到大伺候过煤油炉、煤球炉、煤气灶，自以为生火这种事小菜一碟，可想不到烧土灶有这么难，用了好几把松针，都没把树枝点燃，即使稍微点燃了，也顷刻熄灭。

宁宥看着再一次熄灭的火膛，焦虑地自言自语："会不会是只有一个口子通风，空气无法产生对流，导致燃烧缺氧呢？对了，农家大灶都有烟囱拉风，制造强制对流。挖掉一块石头试试。"

郝聿怀撅着屁股，趴在地上，看着送料口，也自个儿嘀嘀咕咕地动脑筋："不是说煽风点火吗？没扇子，要不我做人肉吹风机？"

郝聿怀说干就干，一口真气沛然而出，直奔炉膛。对面，宁宥正好抠出一块不大的卵石，于是一股真气夹带着细灰，密密地覆盖上她的脸。宁宥反应快，当即闭上眼睛，跳开身，庆幸地道："幸好没伤到眼睛。"她说着，赶紧伸手抹去脸上的灰。不料那些灰都是燃烧不完全的产物，倒有一半是炭黑，一抹之下，立刻成了黑脸包公。郝聿怀趴在地上，本来还忐忑自己干了坏事，一看见妈妈变成黑脸，笑得满地打滚。宁宥气得不顾儿子反抗，拎起臭烘烘的咸鱼干儿子，扔进水库清洗。

再一次，幸好有儿子，宁恕带给她的不快只在心里打了个旋儿，顷刻烟消云散。

宁宥母子屡败屡战，终于在失败中摸索出经验，火势平稳地将一锅水煮开了。两人早饿得前胸贴后背，抢着烫鱼片吃。青鱼刺少肉紧，烫一下，打个蘸水，便鲜美无比。郝聿怀吃得十分钟内没抬一下头。

宁宥吃下几片，就有精力笑看儿子的吃相了，心说以后这小子见丈母娘之前，得先饿他一顿，他才会有良好表现。

屋子里，主人和客人很顺利地吃完一顿鲜鱼大餐，在水库边的母子俩刚开吃时，便抱着肚子结束了。赵雅娟与主人告辞，领两个年轻人回停车处，打算回家。程可欣提出："我跟那边的母子俩道个别。"

赵雅娟笑道："顺便打个秋风？去吧，不急，多吃几筷，我们车上等你。"

程可欣心里希望宁恕提出一起去，可宁恕笑道："那段路很晒，戴上帽子。"

程可欣抿嘴，飞起凤眼一笑，没有答应，一个人跑开了。宁恕都没看到，他的注意力今天落在赵雅娟那儿。

程可欣来到宁宥母子俩身边。宁宥早看见了她，起身笑迎："嘿，幸好你又来一趟，这下我儿子不是臭小子了。看，很帅。"

郝聿怀拿筷子比画个 V，艰难地从鱼锅里抬起头来，说声"你好，姐姐"，继续埋头苦干。

两个大人都看着郝聿怀笑，程可欣道："很高兴认识你们。我们回去了，你们好好玩。"

"我也很高兴，希望以后有机会一起玩。"

程可欣坦率地摇头："可能不会再有机会了。很遗憾，拜拜。"

宁宥心里自然知道为什么，却无可奈何。

而赵雅娟则对宁恕道："小程时髦美丽，又重感情，还很懂分寸，美好得我是个女人都喜欢她。"

"我跟小程只有几面之缘，可她已经伸手帮了我好几个大忙。"

赵雅娟笑道："你是不懂小程啊，呵呵。"

两人走到车边，宁恕抢在司机面前，伺候赵雅娟上车。等赵雅娟坐下，宁恕这才有时间回头一瞧，见程可欣已经快走到跟前，看来说再见真的只是简单说个再见，没有别的。宁恕心里舒了口气。

宁宥看着宁恕所坐的那辆车子离开水库，回头对郝聿怀道："灰灰，跟你商量个事，我们晚上不住原定的度假村，改回妈妈老家好不好？我想找外婆说件事。"

郝聿怀眼睛鼻子皱成一团："不住外婆家行吗？"

"行。"

郝聿怀大惊："真行？你不怕教坏我？"

"真行。我得帮我妈妈，替我妈妈做事。但我们也要表达我们的不满。妈妈不一定都是对的，老师也不一定都是对的。所以你们老师错误地对待你，你不能认为是你的错，而且你还得坚持做好自己。"

郝聿怀想了会儿，做呕吐状："可是我不能对老师表达不满。"

宁宥只得道："师生关系嘛，又跟家人不同。总之，你把你自己做好，不要辜负同学们对你的信任，问心无愧就行。"

郝聿怀嗷嗷直叫："好难哦。"

"当然难，连妈妈都还在学习着怎么做好呢。你再添一根树枝，好像火不旺了。"

郝聿怀趴地上伺候火堆。他学得很快，已经能把火烧得挺好。因此他心里蛮得意的。等起身，他建议道："我们要不吃快点儿，免得天黑了，你在高速上更不好开车。"

宁宥做低能状："你老妈就这么差劲吗？"

郝聿怀笑得很灿烂："有些地方很差劲，胆子真小，还真爱哭。嘻嘻。"

宁宥大言不惭："这是你老妈的优点。不信你长大后再看。"

"怎么可能！"

母子俩又吃，又说话，难得地轻松。

第五章
重新开始

简宏成带简宏图到妈妈家吃中饭。饭后,简母跟哄小孩一样地哄简宏成兄弟两个在客厅里吃水果,见儿子们将一盘甜瓜吃得精光,开心地道:"我就知道你们爱吃,幸好多买了两只,再去切给你们吃。"

简宏图跳起身,抱住老娘,按她坐下:"早吃饱了。你不睡午觉吗?"

简宏成则按住活泼好动的简宏图,对老娘道:"我跟应律师说了,请他尽量趁案子还没移送到检察院之时把大姐保出来。"

简母问:"为啥?"

"程序方面的问题。程序走得好,大姐就可以少坐好几天牢,妈也可以早点儿放心。"

简母道:"嗯,刚刚老三也跟我说了,我只是问问。反正你会把事情做好的,我放心就好了。"

简宏成老皮老脸地道:"那倒是。"

简母听了,老太君一样地笑:"早上接了老三电话后,我在想啊,以前还担心你能不能打回来,回来能不能摁住老大,把简家的事管起来。现在我放心啦,我看我们以后过日子全都不会有问题,你爸留下的基业只要到了你手里，就不会倒。我有靠了，老大、老三也有靠了，你很行的。"

简宏成有点儿惊讶，难得谦逊地道："我现在只能保证简明集团不倒，但集团能不能赚钱，要看老天赏不赏饭了。"

简母道："我晓得。但现在是你一手管着简家了，只要是这样子，我就放心了。这是你爸的意思，他早看准了你，不会看错的。"

以前如果听见这种话，简宏成都是心安理得地接受了，可这回听着，心里却有别扭感升起，不禁想到简敏敏指控当年爸爸遇刺后在急诊室发生的一幕。他虽然没有在场，可心里竟能毫无死角地模拟出那一幕：爸爸浑身在滴血，妈妈跪在血泊里，而鲜红的血张开獠牙，缓缓扑向简敏敏……爸爸对他的全方位扶持，是基于对简敏敏的全方位剥削。

简母一边说，一边起身进卧室翻找。简宏图小声道："又翻什么好吃的？真吃不下了啊，为了让妈高兴，我都快成填鸭了。"

简宏成有些心不在焉，没搭理简宏图。简宏图于是讪讪的。

简母很快出来，手里捧着一只一尺来长的长方形木匣子，匣子盖上写有烫金大字：新开河参。简宏成见了，对简宏图笑道："这盒子有年头了，好像是装过爸爸吃的人参。"

"妈什么都不舍得扔，这么大房子，竟然有本事每只抽屉都装得满满的，什么陈年八百代的东西都藏着，怎么劝都不听。"简宏图控诉。

简宏成也笑道："别里面的人参都已经蛀掉了。"

简母笑道："这可扔不得。这是你爸生前偷偷交给我的，让我存着不要动。他说我没工作，老了没退休金，看样子老大做定了白眼狼，不会给我养老，万一到时候真没饭吃了，把这些东西拿出来，就不会饿着。"简母一边说，一边抽出木匣子的盖子，里面竟是黄灿灿的一大堆粗壮的金镯子。

简宏图吃了一惊，却道："怎么不买金条？收着也容易点儿。"

简母白儿子一眼："那时候买金条得去香港。这儿一共有二十只，反正我肯定是不愁以后的生活了，你们给我的钱，我都用不完，还存了银行。这些镯子再收着也没用，都分给你们吧，你们自己用，或者送人，随你们的便。"

简宏成将弟弟拿在手中掂量的镯子收走，放回匣子："我们都够吃够用，妈，你收着，没事拿出来滚铁圈玩，哈哈。"

简母笑道："一共二十只。给，你们兄弟各八只，剩下四只等老大回来，我再给她。"

简宏图不敢拿，先拿眼睛瞟哥哥。再说，一只金镯子，再重，满打满算也不过一万元。简宏图自诩是见过世面的，对八万块钱还不会太踊跃。

简宏成心里又生出点儿别扭，果然，老妈对待儿子和女儿有太明显的区别。他不动声色地道："我钱多，妈要是非给不可，不如十只给大姐，十只给老三。"

简母道："你钱多归钱多，但这些金子是我的心意，你得收着，不许推，再推就是嫌我给得少。"

简宏成道："那我拿四只吧。"

简母郑重其事地道："儿子与女儿不一样，女儿是别人家的，有一半拿已经不错啦。"

简宏成也严肃地道："妈，儿子女儿都一样，都是你生的、你养的。要不这样，我掏钱再买一只，我们三个每人拿七只镯子；也或者加上妈，四个人每人拿五只。就这样吧。"

简母嘀咕："这镯子是你爸买的，你爸肯定不答应平均分。"

简宏成无奈之下，只得使出撒手锏，算是以毒攻毒："现在我当家，怎么分，听我的。"

简母一愣，却真的利索地动手，从简宏图面前拿回一只，再从简宏成面前拿回两只，赌气地道："给你六只，另一只你自己掏腰包补足。"

简宏成笑道："行，妈说咋办，就咋办。"

简母指着儿子的鼻子道："不要脸，连我都听你的呢。"她一边说，一边笑起来，掖着匣子回去卧室，欢喜地道："可还真有模有样的。"

简宏图看不懂哥哥究竟是什么意思，但知道这时候可以收起手镯了。他开心地将手镯一只只地往手臂上套，笑道："收金子比收钱兴奋多了啊，妈，等我结婚时你再送我七只，我让我老婆两条手臂都套满，学福建人。"

简母走出来笑道："啐，别胡乱送给不三不四的女人，要是让我知道，我让你爸去找你。"

简宏成笑着，听着，看着，心里开始盘算怎么对待取保候审出来的简敏敏。本来他有心让妈妈充当主要角色，来感化简敏敏，现在看来此路不通。重男轻女得厉害的妈妈只会唤醒简敏敏心底的魔鬼。

宁宥又满头大汗地开车，经高速，来到宾馆住下，先安顿好儿子的晚餐，才一个人摸黑，敲响妈妈家的门。

是宁恕来开的门。宁恕一看见门外的姐姐，愣了一下，默默让到了一边，让宁宥走进来。

宁宥也没说话，一直盯着宁恕，即使步入大门，依然盯着宁恕；与宁恕擦肩而过时，依然盯着宁恕，直至听到妈妈的惊呼。

"你怎么会来？"宁蕙儿擦着湿手从厨房走出来。

宁宥扭头深深地剜了宁恕一眼，才对妈妈道："我实在不放心，越想越不放心。妈，我想绑你去上海。今晚就收拾吧，我帮你一起收拾。明早一起走。"

宁蕙儿不由得看了一眼儿子，宁宥立刻抢着道："我中午已经跟宁恕讨论了，他拿不出办法。妈，你先跟我去上海，等宁恕想出办法再说。"

"我……"宁蕙儿的脸一下子红了，紧紧地抓住女儿的手，激动地道，"你这么做，我已经很开心了。我真开心你不生我的气。"

宁宥趁妈妈不好意思地低头时，赶紧对宁恕使眼色，要求宁恕插手，嘴里还得道："这什么话啊？我是你女儿，你怎么不说你十几年前还骂过我呢？啊，从小骂到大是不是？苦大仇深呢。"

宁蕙儿听得扑哧一声笑了，可脸依然红着。宁恕却皱眉，无法开口，不知说什么好，只好扭开脸去，避开姐姐的眼神。

宁蕙儿道："我暂时不会去上海。但我知道我有地方可去，心里就有底气啦。而且我还很开心，真的很开心，你为我急成这样，还不怕辛苦，来跑一趟。我给你拿毛巾，你洗把脸。我给你铺床，你早点儿睡。"

宁宥只好放弃对宁恕的暗示，改为明示："宁恕你表个态。"

宁恕躲无可躲，道："妈，你先去上海住几天吧，等我想出怎么解决问题了，你再回来。"

宁蕙儿虽然一脸尴尬，但依然咬定不放："我不去，我有什么好怕的。真是。宥宥，你洗脸去。"

宁宥看着妈妈，见妈妈一脸坚决，只得道："妈别忙，我立刻就走。我还得找人谈话，晚上住宾馆。还有……"她又转向宁恕，盯着宁恕道："你照顾好我们的妈。"

宁恕"嗯"了一声，提出："我送你。"

宁宥吃惊，连宁蕙儿也吃惊了，一齐呆呆地看着宁恕从卧室里拿来车钥匙。

宁恕送宁宥到楼下，走离这幢楼好几步了，才道："妈如果现在答应立刻跟你去上海，等于变相承认以前与老唐的关系不清不楚。她怎么可能在你我面前承认？你死心吧。"

"所以我最初才不敢告诉她原因，试图骗她去上海啊。你最好也给我注意点儿，别让唐家人有可乘之机。"

"切，你躲一辈子，麻烦还不是照样找上门。我们的道不同，你不用教育我，我懂得怎么做。"

宁宥在夜色中看了宁恕会儿，道："记得照顾好妈。你不用送我，小区里兜儿圈再回吧。"

宁恕果真"噢"了一声，止步不前。

宁宥也没有回头，直直走了，脸上先是冷笑，而后又拧起了眉头，不知道妈妈的事究竟该怎么办。

简宏成由简宏图领着，来到简敏敏的家。他还是第一次上简敏敏家，若不是简宏图，他会完全摸不到简敏敏家的门。

可明明屋子里有灯火，窗帘后有人影晃动，敲门却无人应。兄弟俩在门外对视，简宏图笑道："别'山中无老虎，猴子称大王'，保姆一家子都免费住豪宅来了。"

简宏成一听有理，便大喊一声："我是简敏敏的弟弟，你再不开门，我就报警了。"

屋子里一阵静默之后，大门呼啦一下打开。可探出脑袋的是简敏敏的两条宝贝大狗，而后才是手持菜刀、虎虎生威的保姆。简宏图吃过两条大狗的亏，吓得"妈呀"一声，很不道义地扔下哥哥逃窜了。简宏成也害怕，可谁让他是哥哥呢，只得硬着头皮喝止道："你干什么？违法的知不知道？把狗拖进去，我找你谈些事。"

保姆却威武地道："你想干什么？我问你，你想干什么？"

简宏成一边安抚保姆，一边道："简敏敏，我大姐……"

保姆断然道："简总早说过，她的兄弟都死光了。"

保姆的声音太铿锵，简宏成忍不住笑出来，扭头对逃得远远的简宏图道："你倒是有点儿爷们儿味儿啊，回来。"

简宏图看看两条狗，愣是不敢回。

简宏成只得一个人对保姆道："最快星期一，我把大姐取保出来，所以来找你预先准备一下。首先你做好大姐周一早上到家的准备，以往她出远门回来爱吃什么，你就给她准备什么。然后你收拾一套衣服给我，因为据说有人嫌从那里边出来带晦气，得先找个宾馆房间洗掉晦气，烧掉旧衣服。我不知大姐忌讳不忌讳那一套，反正替她备着。"

保姆见这个她从未见过的、号称是简总弟弟的人说话在理，态度诚恳，便收起刀子，插在腰际，双手使劲将两条狗拖开："进来吧，慢慢说。"

简宏图见两只狗头缩回去，便像走太空步似的，试探性地慢慢走回来一大步，那只脚刚从半空落地，就见哥哥冲他招手，他才大步跳回台阶。

保姆道："我以前大意，对敲门的人都好，结果之前被一帮找张总的人冲开门，翻了个底朝天。"

"张总坐牢了。"简宏图进门打量，简敏敏的房子装饰豪华，却是十年前的豪华，由此可见简敏敏这些年的处境。

保姆有种"山中方七日，世上已千年"的感觉："什么，张总被抓回国了？简总知不知道这件事？"

简宏成道："张总是被我诱回国，再送进去坐牢的。你抓紧一些收拾衣物，具体的等你们简总回来，你问她。"

"哎呀……"保姆欣喜，很想表达一下她家女简总不知多想弄死张总，得知张总坐牢，一定非常开心的意思，忽然又一想，眼前这个男简总轻而易举地做成了女简总求而不得那么多年的事，说明这男简总比女简总跟张总加起来都厉害。想到这儿，保姆心头一紧，再不敢轻举妄动，赶紧一声不吭地上楼收拾去了。

简宏成扭头问弟弟："你带钱没？给大姐两千，明天买菜、买水果什么的，不要让大姐掏自己腰包。"

"哎呀要不了这么多。两百就够了，我知道简总爱吃什么。"刚走到楼梯的保姆赶紧表态。

简宏成道："多出来的你收着，我这几天忙，都没来这儿跟你说明一下最新情况，害你一个人担惊受怕，守着这大房子。你应得的。"

一个厉害人物平易近人一下，往往很容易收买人心。保姆立刻被收买了，贴心地道："看起来你跟简总是真不熟。你说的晦气什么的，简总肯定信的。我跟你说啊，你最好弄支笔记下来……"

简宏成当然手向弟弟一伸，要纸笔，可怜简宏图这个人包里别的东西很多，唯独没纸笔。简宏图挨了哥哥一个白眼。幸好保姆翻出纸笔，解决难题。

于是，保姆吩咐，简宏成认认真真地，像个好学生一样地做笔记。简宏图在一边看着挺迷惘，哥哥这是怎么了？为啥对大姐的事情这么上心了？保姆见简宏成对她家女简总的事这么上心，这颗心更被简宏成收服了。

宁宥选的宾馆离家不远，当然不用打车，就步行着走去宾馆。

她一个人孤寂地从黑暗中走出来，即使投入亮堂的宾馆大堂，依然浑身有挥之不去的清冷。

她一个人在大堂里站了会儿，好好将宁恕的言行回忆了一遍，终究还是叹了声气，发短信跟简宏成通报了一下：宁恕看上去又准备投入战斗。似乎与他刚刚结交到的一位本地女大款有关。大家都好自为之吧。

很快，简宏成回复：我大姐大约下周可以保释。唉，头痛。

宁宥看着这短信，头上的伤疤还真开始吱吱地疼。可以预想，鸡飞狗跳的日子又要回来了。而更让宁宥心惊肉跳的是，简敏敏如此迅速地被保释，其中有没有唐处的手笔？认真说起来，唐处即使明着对他们一家出手，舆论也会一边倒地为唐处叫好的。而世界总是平衡的，有叫好声，便有喊打喊杀声，必然会被拎出来喊打喊杀的宁蕙儿可怎么活？当年唐处的妈妈好心放过了宁蕙儿，如今看着自家亲妈做了一辈子好人，却得了癌症，躺在病床上吃苦，唐处还能宽宏大量得起来？

宁宥背着手，束手无策，亲妈不肯听她的，不愿跟她去上海逃避，她也没招了啊。

简宏成同样忧心忡忡。上半场他与宁恕的交战，宁恕还只是作为一条外来强龙，如今，宁恕加强了自身实力，是不是在积极地为下半场做准备？

所谓的"天涯同命鸟"便是这么来的。

人既然可以做天涯同命鸟，自然也可以做其他的鸟类，比如鸵鸟。

周一早晨是一周的开始。头痛了整个周末的宁宥终于决定做鸵鸟。宁宥起得很早，洗漱，做早餐，一顿忙碌之后，发现已无事可做。她兜着手在厨房里转了两圈，忽然冲动地拖出两个大行李箱，拉进主卧里，一边在梳妆台上分门别类地写上行李明细，一边动手收拾起来。

她正有条不紊地忙碌着，郝聿怀敲门道："妈，你没叫我。"

"不是设了手机闹钟？"

"声音太轻了，根本白搭，幸好我警醒。你要出差？"

宁宥嘀咕："手机闹钟还轻？楼上手机闹钟响，我都听见呢。我这是收拾我们去美国的行李。"

"8月才走，这么早收拾干吗？"

"我打算等你考完就走。我请几天假，加上年休，我们先在美国玩一个月。从8月开始，我读书，你自习，好吗？"

郝聿怀懵懵懂懂点头，点到一半忽然想起："那我们是不是不管爸爸了？"

"我已经妥善安排好了你爸的官司，爷爷奶奶那边答应不会再节外生枝，你爸也与律师配合良好。即使有点儿小事故，我和律师随时可以通话解决。你看，我们不会扔下你爸不管的。"

"可是……我听说开庭时可以见到爸爸。"郝聿怀说到这儿，低下头去，"会不会正好是我在美国的时候开庭呢？"

"未满十八岁儿童不能进入法庭旁听啊。"

"啊，真的？"郝聿怀抬起头，"可是，爸爸那时候很可怜，我们如果都不去支持他……"

宁宥的脑袋飞快转动了，该如何拒绝儿子才能让他顺利接受？

可郝聿怀看见了妈妈肌肉僵硬的脸，低下头去，嘀嘀咕咕地道："算了，爸爸是自作自受，妈妈不用支持他。"郝聿怀说着，垂着脑袋去了洗手间。

宁宥内疚地想叫住儿子，都已经张嘴发出了半声模糊的"灰"，可硬是将后面的半声咽了下去，默默看着儿子进洗手间。她这才发现手里还拿着一条准备放进行李箱的毛巾。她将毛巾放到行李箱里，坐在床尾想了会儿，吞下憋出内伤的老血，毅然走到洗手间，敲敲门。

宁宥知道里面的儿子听得见。她对着门板字正腔圆地道："灰灰，妈妈跟你像跟大人一样对话。爸爸第一次背叛我的时候，我原谅了他。可我没想到他会再次背叛我，而且还做出违法乱纪的事。我已经没法再爱你爸爸了，对不起。我克制了心里对你爸爸的恨和愤怒之后，仁至义尽地帮他请到最好的律师，替他打官司，而且尽量不麻烦他年老体弱的爸爸妈妈，也就是你爷爷奶奶。但我做不到再从感情上支持你爸爸，他对我而言已经是不相干的人了。你能理解吗，灰灰？"

郝聿怀站在洗手间门背后，头顶着门板，纠结无奈地道："我知道，我说他自作自受。"

"可灰灰，你跟妈妈不一样。爸爸依然是你爸爸，即使他做错了，甚至犯罪了，你依然可以从感情上支持他。我认为你做得很好，很有情有义。你如果想他，可以给他写信，等他可以收信的时候，我们把信寄给他，好吗？"

里面的郝聿怀站直了，皱着眉头想了会儿，拉开门，长大后第一次自觉拥抱了妈妈："不，我恨他，我不爱他。但我可怜他，希望他振作。"

宁宥想跟儿子解释这其实也是爱。可她想儿子正逆反呢，越解释这是爱，可能儿子越拧巴着，收敛这种纠结的感情，反而更郁积。她只好加重语气强调："反正，妈妈爱你。"

田景野大清早跑到陈昕儿父母家，约好的今天带陈昕儿去另一家朋友的公司见工。不料，他刚找地方停下车，就见到陈母急急地跑过来，后面还跟着陈父。田景野最尊老爱幼，连忙一带手刹，跳下车，迎上前去。

陈母喘着粗气，一脸惭愧地跟田景野道："昕儿昨晚宿在你家，我怎么打电话过去她都不肯回来，后来她索性不接我电话了。我又不敢大清早的打你电话，怕要么吵醒你，要么害你开车不安全……"

田景野忙笑道："您这一大早就等在这儿，我可太过意不去了。没事没事，我这就去接陈昕儿，也不过多踩几脚油门的事儿。"

陈母怪不好意思地："重点是昕儿竟然住在你家，这像什么话，虽然你早已搬了出去……"

陈父跟着点头，犹如和音："不像话！"

田景野这回严肃道："这种情况，可能跟陈昕儿现在的性格有关吧。她似乎跟以前很不一样了，变得不大愿意见人，不仅怕见陌生人，也怕见熟人，即便是日夜跟你们在一起，也觉得不自在。正好，我那儿现在空空荡荡，她一个人待在那儿舒坦。"田景野抓紧时机引导陈母认识陈昕儿的心理问题。

陈母愣了一会儿，但最终还是肃然摇头："小田，你别替她找借口，她只是没脸见人而已，尤其不想见到了解她黑历史的人。唉，不说了，不说了。小田，你这次帮昕儿找的工作，我跟昕儿爸爸商量了，真的是方方面面都适合她，几乎是替昕儿量身定做的。我们感谢你，尤其感谢你对昕儿的这份心意，你真的比我们考虑得更周全……"

田景野忙摆手："我不敢居功，给陈昕儿找个什么样的工作，是宁宥定的大纲。循着大纲找，才是我做的事。我没出什么力，给朋友打了一圈电话就成了。伯父伯母既然有空，不如一起去看看陈昕儿的新工作？"

陈母忙道："不能去，不能去，我们跟去，会被人误会昕儿还没断奶呢。小田，拜托你帮我们盯着昕儿，千万别由着她的性子挑三拣四。只要你看着工作可以，一定要押着昕儿签下来。后面的事我会盯住。"

田景野道："我就等着您这句话，这也是我无论送行李，还是找工作，都先接洽您二老的原因。那我先走，回头有消息，立刻联络你们。"

田景野匆匆上车走了。

陈父与陈母立在原地，都一脸感动。他们觉得田景野这人实诚、周到，尤其可信。有田景野做对照，陈母越发对陈昕儿如今的状态不满。在她眼里，陈昕儿是一错再错，人生失败，没脸见江东父老。

田景野这回终于摸清了套路，上楼到了自己的老宅，一边敲门，一边就大喊："是我，田景野。"果然很快，门就有了响动。田景野见到门缝里露出一角的陈昕儿，刚要招呼，门却猛然砰一声关上了，惊得田景野好一阵子瞪着眼睛发呆，一颗心差点儿跳出嗓子眼儿。

没等田景野回过神来，身后有人道："老田？你搬走啦？"

田景野忙扭头看，见对门的女主人不知什么时候出来的，手里拎着一袋垃圾，正好奇地看着他田家的门。田景野笑道："搬了，现在这房子借我同学住几天。"

"男的还是女的呀？介绍认识认识，以后对门对户，可以关照。"

田景野道："女的，老同学。"

对门女主人立刻恍然大悟地笑："啊，好，好，我倒垃圾去，我倒垃圾去。"

田景野于是也恍然大悟了，敢情陈昕儿开门时看到对门有动静，才立刻又将门合上，只有他不知情。他只得又拍门道："好啦，人走啦。"

陈昕儿却是稍微打开门，客气地道："大清早的不方便，你在门口稍候，我这就出来。"说完，防盗门再度被关上。

田景野哭笑不得。不过现在了解了陈昕儿这是病态，他也就不会计较。但田景野不得不继续拍门叮嘱："你今天得换套那种一个月两三千元工资的人穿的衣服，最好 T 恤、长裤那种，别穿前天那种名牌货。我在楼下车子里等你，行吗？行的话再拍一下门。"

好歹，陈昕儿拍门回应了一声。田景野这才放心下去等，可转身，就发现女邻居不知什么时候又出现在身后，手里依然拎着那袋垃圾。两人尴笑着擦身而过。田景野心说，过几天如果传出他金屋藏娇，那一定是缘于今天，谁让陈昕儿的举止这么鬼祟。

很快，田景野便看见陈昕儿下楼。她将烫得精美的头发扎成马尾，穿件半新不旧的短袖格子麻纱衬衫，一条七分裤，看上去……当然不是工资两三千元的人的扮相，但总算低调了。田景野给陈昕儿打开车门，笑道："你现在是微服私访，别人问起，你就说是我请来帮忙的，OK？"

"行。"陈昕儿上车坐下，习惯性地坐在后座。田景野就当没看见，若无其事地将车启动。

车上，田景野给陈昕儿介绍："昨天我在电话里没说清楚。今天与其说是见工，不如说是请你去江湖救急。我有个朋友，原本用的出纳忽然趾高气扬地来一个电话，宣布不干了，说是找到富二代男友了。朋友急了，全公司千把号人，每天进进出出的流水，没个结账跑银行的出纳怎么行？可合适的人上哪儿找去？又要本地人，又要稍微懂点儿财务知识，能记流水账的，还得耐得住寂寞，一个人守得住小小的结账室，口风还要紧，不能把客户资料透露出去。朋友只好托我们这些老朋友帮忙，我一想，嘿，你最近正有空，要不先去帮我朋友几天？就算是你帮我一个忙？就是比较远，中午不能回家，那边公司包中饭。"

　　听田景野这么说，这根本就不是一本正经地去见工，陈昕儿就松了口气，不再全身绷紧："你早说。我还以为今天要多严肃呢，紧张得……咳，我爸妈也紧张，我昨天不想听他们一个劲地念叨，就避到你家，住了一晚。幸好我的薄被子、衣服都还在你那儿。"

　　田景野心说，原来昨天陈昕儿是紧张得不敢面对父母。再想想她在同学聚会上"勇敢揭发"简宏成，就这胆量，恐怕当时真的是拼了，难怪揭发得毫无章法。田景野不由得在心里骂一句"臭渣男"。

　　尔后一路上，田景野"帮我忙""帮朋友忙"地催眠，终于顺利将感觉良好、觉得蛮有面子的陈昕儿送进朋友工厂里上了班。

　　因为是田景野所托，田景野的朋友——那工厂的总经理亲自过来陪陈昕儿熟悉环境。工厂需要每天流水一样地结算小笔货款，因此专门用隔离板从财务室里隔出一个小房间，小房间里开着一个装满铁栅栏的结算小窗口，陈昕儿就坐在里面结账，几乎与大办公室隔绝。陈昕儿是真不笨，再说以前做的可是正宗会计的工作，即使财务软件有所更新，一上手翻腾两下便搞清楚，毕竟换汤不换药。田景野看着她两笔账结算下来便气定神闲，才放下心来。

　　连田景野的朋友都不敢相信，走远了后，抓着田景野说，还以为这是个笨得砸不出渣渣、需要手把手教的蠢妇，才值得田景野卖巨大的面子，万千拜托，提前一天踩场子、对口径，花老大劲儿过来安置，原来这是个好用的。田景野有苦说不出，只好编派陈昕儿是他高中时的梦中情人，所以才万分小心地伺候，笑得田景野的朋友满脸肥肉抖得快化成油水了。

田景野想打个电话给简宏成汇报一下，却打不通。他也没在意，赶紧告辞了，回去做他自己的正经事。

而小屋子里，陈昕儿一个人如鱼得水。因为财务制度约束，没人敢轻易进这间小屋子，来去结账的人都与她隔着一道墙，彼此不需要套交情。陈昕儿甚至都不需要抬头看外面结账人的脸。在别人看来这是份枯燥的工作，对陈昕儿而言则是正中下怀。

宁恕与赵雅娟有约定，今天周一去赵雅娟那儿报到。宁恕知道是什么职位在等着他，也知道今天第一次亮相的形象必然成为未来同事们的第一印象，因此一大早就自觉起床，打理自己。

宁蕙儿也起早，做出丰盛的早餐，一边忙碌，一边眼见着儿子收拾得越来越玉树临风，心里那些儿子满地打滚的印象渐渐淡去，仿佛夏日大清早的已经火热的阳光都不讨人厌了，只觉得南窗一片亮堂，充满活力。

等吃完早饭，宁恕进卧室，穿上雪白衬衫出来，见妈妈停下手里的收拾活计，看向他，便笑道："回家住了以后，我的衬衣穿出来都特别挺括。"他一边说，一边扣上衬衫袖扣的扣子。

宁蕙儿看得眉开眼笑："是啊，我是一只手捏热熨斗，一只手捏一只不通电的旧熨斗，火热熨过的地方再拿冰凉的旧熨斗一压，衬衫变得特别服帖啊。"

宁恕笑道："啊，原来还有秘诀。妈，我走了。"宁恕一边应和妈妈，一边迅速从桌上捡起拎包和车钥匙，最后整理一下领带，走向大门口。

宁蕙儿笑眯眯地看着儿子英挺的背影，眼睛却被挺括的长袖刺了一下，忍不住嘀咕："你穿这一身，好看是真好看，可这天气，穿这一身看着还是怪怪的。"

宁恕看看为了遮掩手臂伤口而穿的长袖，倒是无所谓："我们的售楼处不管冬冬夏夏，都只穿衬衫、西装，这天气还得穿西装呢。"

宁蕙儿见儿子不在乎，顿时放心了，就笑着道："我还以为这么穿有些儿娘娘腔呢，都这么穿就好。"

宁恕已经走出门，闻言不禁回过头来一笑："哪有的事，我走了。"

宁蕙儿只觉得儿子迎向新工作的身影充满阳光。

赵雅娟并未在她的大办公室里会见宁恕，而是让接待员将宁恕领到七层楼办公室背面的大露台。此时大露台背着阳光，凉风习习，绿植摇曳，非常舒服。宁恕一进门就见赵雅娟对面还坐着一位与他差不多年纪的男子。赵雅娟站了起来，该男子没起身，淡淡地看着宁恕。宁恕忙冲该男子一笑招呼。

赵雅娟与宁恕握手，请宁恕坐下后，介绍那位年轻男子道："我儿子，赵唯中。"

宁恕忙又屁股离座，与赵唯中握手。这回赵唯中也抬了抬屁股，但不是很热情。宁恕心说女强人真是厉害，厉害到连儿子都跟着她姓。她儿子跟母亲姓的原因肯定与宁家的不同。

赵雅娟盯了儿子一眼，对宁恕道："前天你说的那些思路很对我胃口。但唯中依然坚持不肯改容积率，认为目前本市的那些联排别墅都是鸡犬相闻的改善型安居房，绿化空间之小，离真正的别墅相差十万八千里。我只好不管他了。这个房产项目本来唯中在监管，今天起，由你全权领导。我先给你一笔启动资金，等一下唯中开车领你去新办公室，你听财务汇报。你必须想尽一切办法把原先的容积率改掉。如果遇到难啃的骨头，你可以随时找我协调。收入方面，除了前天你要求的之外，我另外给你项目最终结算利润的提成，这些都写入了人事聘用合同，你看怎么样？"

赵雅娟说话时，赵唯中悄悄按下了口袋里的录音笔，他心里满满的不满。

宁恕心里明白了，原来这个工作是赵雅娟不满儿子表现之后，才交给他，看来他一进门就已经得罪了太子。但此时他唯有点头道："一切都听赵总吩咐。"

赵雅娟笑道："房地产项目方面，你是老手，都听你的，你全权。再说……"赵雅娟把脑袋转向儿子："唯中，我跟你说了，小宁能捡了那么贵重的小东西而不贪，我的启动资金还不如那只戒指的价格，我完全不担心小宁卷了那几个钱跑路。为了方便行事，我授权小宁全权动用房产公司的资金，不用时时刻刻向我汇报。"

宁恕忙笑道："赵总太信任我了。可我还是汇报吧，毕竟才开始替赵总办事，不熟悉程序，还需要有人把关……"

"不用。你以后会知道的，你不可能时时刻刻找到我汇报资金动用事项。万一你紧急用钱，而又联系不到我，该怎么办？既然我用你，自然是用人不疑。还有啊，唯中……"赵雅娟看着儿子虽然名贵却穿得不够利落的衬衫，本想教训几句，可她看到了儿子眼中的不满，做妈的细心，立刻将教训吞进肚子里，起身道，"唯中，你送小宁去新办公室。小宁，我不陪你去了，我要去市里开个会。唯中宣布任命，跟我出面一样的。还是……等我明天陪你过去？"

宁恕也忙跟着起身："赵总忙您的。"

赵唯中这才起身，顺手按掉口袋里的录音笔。两人目送赵雅娟走后，赵唯中一改刚才的态度，诚恳地请宁恕坐下："宁总，我是房地产门外汉，但我不满我妈提高原规划容积率的思路。我也想听听你的意见。我们先不急着去？我让秘书送咖啡过来。"

宁恕道："行，不急。请问一下这边的 Wi-Fi 密码？"

赵唯中写了一个密码给宁恕，宁恕拿出 iPad 立刻连接上，找到一个网页，递给赵唯中看："赵总你看，这是我前公司做的一个别墅项目，据说比较有名。"

赵唯中一看便知，点头道："你参与的？这个的容积率相当低。"

"这个项目所在城市的地价比我们市的更高，成本并不允许它奢侈地调低容积率。这个项目的容积率并不低，可是设计出众，使得看上去的容积率比较低。那时候我刚出道，在这个项目里只是个跑腿，觉得做这个项目简直是在实现我的理想。我前大老板将这个项目立项，也正因为他的理想。他是那种大院子弟，从小跟着父母游走中外，眼界开阔，比我这种刚毕业的小土包子看得远、看得高。他看不起当时市面上的别墅，也说那是农村的集体宿舍，说一帮从小住火柴盒公房长大，从未住过别墅的建筑师能设计得出什么真正的别墅吗？不可能的。他要做一个项目让大家开开眼界。"

宁恕大老板所言，正是赵唯中所想，赵唯中"哈"一声笑了出来："然后他找谁设计的？"

宁恕见赵唯中入巷，便心安了一些，继续道："是我前公司的设计院做的设计，但当时设计院的大头目几乎白天黑夜地挨大老板骂，这个别墅项目，就是这么骂出来的，至今大家都还认为是经典，可是当时不仅没赚钱，还让大老板亏得差点儿做不下去。问题就出在预售上，样板区完全无法凸显整个项目开阔的中心大庭院的整体效果，无人肯为这么高价的房子买单，那房子的销售拖了超常的时间，导致资金成本居高不下。我具体算给您看。"

宁恕拿出纸笔，深入浅出地解释给赵唯中听。赵唯中听着听着，坐得越来越近，脸上的表情也越来越认真。

等听完，赵唯中沉思了会儿，道："品牌未打响之前，盲目上高附加值的产品会有巨大风险。"

宁恕虽然早已清楚——这道理大家不知总结多少回了，可顺着赵唯中的意，拍案做恍然大悟状："对啊，抽象出来就是这个理儿，看起来也对我们房地产行业有效。"

赵唯中开心地笑道："宁总客气。你才是给我这个门外汉好好上了一堂入门课。走，我们去你的新办公室。"

宁恕这才放下心头的一颗大石，与赵唯中勾肩搭背地离开露台。

简宏成认定周一早上简敏敏那儿会有进展，因此就没回上海。果然，周一上午，上班时间过了没多久，应律师的电话打过来了。手续办得非常迅速，一个小时后，简敏敏坐到了简宏成的车上，浑身散发着汗酸味，车子不得不打开车窗。

简敏敏上车就双眼瞪着简宏成，简宏成假装没看见，友好地打个招呼："还好吗？"

简敏敏干脆直接地回答："废话。送我回家。"

简宏成并不意外，笑道："我们这么安排：我先送你去宾馆，这个行李包里是你保姆替你整理出来的衣物，你先在宾馆里沐浴更衣。然后就看你的安排了。你可以选择回家休息，保姆已经安排好了你的食宿。你放心，你不在的时候，你那个保姆非常忠心地守着你的家。你也可以选择去简明集团。我已经把张立新捉回坐牢，事前，他已经态度良好地配合我办好了集团公司的股权转让，目前是我的一批行家在管理着简明集团。你回头有空可以听听我具体做了些什么。你还有一个选择，就是去妈妈家。妈为你这次的事操碎了心，连去律师楼都要跟着，怕我和宏图不肯尽心，还表示要掏私房钱，为你做保释，当然我不会让妈掏钱。但妈拿出私藏了十几年的金镯子，打算等你出来，分给你……"简宏成耐着性子说了半天，不见简敏敏有反应，只好伸手在简敏敏眼前摆动，试图唤醒简敏敏。

简宏图反正一看见大姐，便自觉做哑巴，乖乖坐在前面驾驶座上，等大姐开口，下指令。可他听了半天只有哥哥一个人在说话，便小心地回过头去看，果然见到直着眼睛的简敏敏跟傻了一样。他心直口快地问："怎么啦？吓傻了？"

简宏图话音刚落，原本直着眼睛的简敏敏忽然伸出九阴白骨爪，准确无误地一把抓住简宏图的头发。简宏图立刻知道事情坏了，几乎是条件反射地大喊："大姐饶命。"

简敏敏哼了一声，松手之际，还不忘眼明手快地给简宏图一个后脑勺，然后才对旁边看热闹的简宏成道："你说半天，我什么都没记住。你先送我去宾馆，然后去接我保姆到宾馆帮我。其他事等我睡醒再说。"

简敏敏这个态度出乎简宏成的意料，简宏成小心地道："不问问张立新？不问问简明集团当前的股份安排？"

简敏敏有气无力地看着简宏成，没有答话，当着简宏成的面，闭上眼睛睡觉。这一招更是搞得简宏成丈二和尚摸不着头脑，只好吩咐简宏图开车，送简敏敏去宾馆。可车轮才滚了几下，简宏成实在憋不住，又道："不问问张立新偷走的钱收回了几成？不问问我怎么处理刘之呈的？不问问……"

"闭嘴！"简敏敏终于被简宏成唠叨烦了，猛然睁开眼睛一声吼，吼得简宏图一个急刹车，怔怔停了会儿才又自觉一言不发地开车。幸好车没被追尾。

而简敏敏完全不受突然刹车的影响，冷静地道："这么巧？我一坐牢，你就把张立新抓回来了。我一放出来，你又把张立新送进去了。以你的能耐，这么一大段时间够你做足手脚。你不把手脚做得跟铁桶似的，能把我放出来？我出来单枪匹马的，又能拿你怎么样？还是你想听我一句感谢？哎呀，我谢你，我谢死你啦。"

简宏图在前面听得心惊肉跳，不得不将车开得缓缓的。这速度终于被警察怀疑了，警察驾摩托追上来，询问是不是驾驶员在开车打电话，警告了之后才放行。简宏图甚至怀疑大姐说得在理，可能真是这么回事。

而简宏成则很没脾气地笑了。"好了，好了，我终于可以放心了，看起来你很正常。要不然我还真怀疑你给关傻了。"简宏成看着简敏敏将头转开去，依然笑嘻嘻地道，"那就别装睡了，我们抓紧时间说话。这是妈给你的金镯子，是爸生前偷偷给妈买的，爸怕万一以后没人给妈养老，意思这些金子够妈用了。但现在妈很放心未来生活，就决定把这二十只金镯子拿出来，分给我们仨。你和宏图各七只，我比较富，分到六只。你的七只你收着。"

简敏敏听到一半就扭回了头，将简宏成递来的盒子一把抢过来，打开来看，果然是黄灿灿的七只。她一把攥住，道："老二闭嘴，我只问老三。老三，你什么时候拿到的金镯子？"

简宏图从后视镜看看哥哥，见哥哥暗示他随便说的样子，才道："星期六。前天啦。"

简敏敏问得别出心裁："拿什么装的？"

简宏图道："一只木头盒子。"

"木头盒子多长、多高？你比画一下大小。"

"大概一尺长，我小手指那么高，十厘米宽吧。哥，是不是这么大？"

于是简敏敏看着手里的金镯子冷笑："盒子这么大，才装二十只金镯子？你们给我听着，凡是藏宝贵的东西，都是盒子越小、越不起眼，越容易塞角落里，越不招眼。一尺长的木盒子才装二十只金镯子，你还不如在门口贴一张纸，上书：我家有金条，快来偷，快来偷。骗谁呢？老二不许说，老三，你再说，盒子里到底多少只金镯子？"

简敏敏理由充足，一时简宏图都怀疑了起来："是啊，妈为什么拿这么大木匣子装？"他看到路边有车位，连忙停下，免得开车不专心被撞。

简宏成知道自己不能插嘴，一插嘴老大疑心更重，可又憋得要死，只好眼不见为净，闭上眼睛假寐。

简敏敏看一眼简宏成的动作，确定没打信号、使眼色，又继续迅速问："你看着妈从哪儿拿出的木盒子？"

"她房间。"

"她房间的哪个柜子？"

"不知道啊，我坐在客厅里。"

"还有谁一起去妈房间？"

"就她一个人，我坐在客厅不高兴动弹，哥忙着吃香瓜。"

"老二儿子拿到的金条比你多几根？"

"小地瓜什么都没分到，就是分给我们三个的。不是金条，妈说那时候金条要去香港买，不方便。"

"你拿到的金镯子比我多几条？"

"跟你一样啊。不是七只吗？到底金镯子论条、论只，还是根？"

简宏成心说，这是老大搞老三脑子呢，知道老三脑子不灵。

简敏敏冷静地道："废话少问。老二比老三多拿几只？"

"老三不是我吗？哥比我少拿一只啊。哎呀，我给你绕死了。我跟你这么说吧，前天妈拿出金镯子，我和哥一人八条，你四条。妈说你是嫁出去的女儿，是别家人了，该少拿。哥说不行，儿子女儿都一样，该平分。反正他们吵了半天，妈总算肯听哥的，说是让哥出钱，再买一只来凑数，算二十一只，这样每人分到七只。反正哥缺的那只自己花钱去补足啦。我的妈啊，大姐你别绕我了，我凡知道的都说给你听了。你慢慢想，要是还有问题，我去刷一下咪表，咱多停会儿。"

简敏敏想问出的答案是老二、老三隐瞒了实际拿到的金条数，可想不到问出这样的结果，大大出乎她的意料，又想不出词儿来反驳。她不由得看向简宏成，见简宏成微微睁眼，斜睨着她，就道："你可以张嘴了。"

"爱信不信。但要真是四只、八只、八只的分配，妈也不会瞒着你的，爸妈从来不怕你知道他们重男轻女。"

简敏敏却眯了一下眼睛，精明地指出："妈不会瞒我，但你会瞒我。你趁我坐牢期间做足手脚，又想小恩小惠收买我，省得我闹事。"

简宏成听了又笑："说到闹事，还真要跟你说一下，你从今天起，到一审判决结束，这段时间里必须老实，不要惹事。万一闹出事来，不仅又要回去坐牢，我替你交的保释金也全部罚没，你还得被从重处理。"

"别扯开话题！"

"你别不服。我特别提醒你，离宁家人远点儿。他们只要稍微不舒服，报一个警，你就很有麻烦了。"

简敏敏黑着脸，不响。

简宏成又道："再说简明集团那边。管理层已经全部换成了我的人，你可以进去听汇报，但不能干预经营。我已经授权他们，如果你有任何干预经营的行为，立刻武力把你架出大门，再禁足三天，不许踏入简明集团一步。你仍然占有 40% 的股份。如果你有任何意见，可以在董事会上提出。另外三名董事分别是妈、我、宏图，各占 20% 的股份。你有数了吗？"

简敏敏嘿嘿连声："我真没看错你。难怪你可以少要一只金镯子。别装大度了，你抢了大头呢，妈和宏图的，还不都是你的。"

简宏成只是哈哈一笑，一脸的无所谓："宏图，可以开车了。这只信封里是应律师的所有联系方式，以后你自己找他。他是很有名的律师，在本市的公检法很吃得开。你在他面前要当心。你要是得罪了他，我可没办法帮你挽回，我脸面还不够大。"

简敏敏本来还打算骂几句出气，可一听说是应律师的联系方式，立刻出手抢来，打开信封看了一眼，点点头，将信封紧紧抓在手里，但不语。

简宏成只是冷眼看着，并不嘲笑，又接着道："把你送到宾馆后，我回上海。这边的事如果有麻烦，你可以打电话给我，也可以找宏图和妈商量。如果很紧急又找不到我，可以去高教园区，投奔西三数码店，田景野在那儿。还有张立新那笔钱，追回来一半，不够的部分我替你补足，已经连本带利地还给了阿才哥，省得夜长梦多。你还有疑问吗？"

简敏敏认真听着，却又一眼都不看简宏成，只两眼迷惘地看着窗外，见问，又是不说话。

简宏成直至最后，才扔出一句狠话："我把你保出来，是押上了我的信用。为了保证你一审之前不惹事，我雇了一班人马日日夜夜盯住你。你别试图报复宁家以及做其他出格事，只要让我知道，我亲手把你送回牢里，让你罪加一等。"

简敏敏猛然回头，盯住简宏成："你趁早把我送回牢里，只要我还有自由，我一天都不会放过崔家那个死杂种。"

"哪个？"

"崔宁恕！"

简宏成笑道："唯独你惹这个，我对你网开一面。反正即使我不送你回去坐牢，也会送这个。"

简宏图这个大快活是个好了伤疤忘了疼的，听到这儿，忍不住叽的一声笑。好在简敏敏现在的注意力全在简宏成身上，没抓他头皮。

简敏敏气得一张脸全红了，闷声不响地盯住简宏成。

简宏成也看着简敏敏，心知简敏敏心里有无数不服，肯定不会善罢甘休。他毫不犹豫拿出手机，一个电话打给朋友："忙吗？我姐出来了，你开始盯住她。"

朋友道："行，从宾馆开始。对了，宁恕进了翱翔教育集团，待了会儿后，与翱翔教育集团的小K一起出来了。"

"噢，翱翔的老板是男是女？"

"哈哈，你对老家太不关心了，这位女老板可以在本市排名前十。"

简宏成立刻想到宁宥说的宁恕结交到重要的女大人物，果然是大人物，对上号了。简宏成谢了之后，放下手机，对简敏敏道："看来你这边我都不用派人盯你了，宁恕已经靠上大人物，翱翔的女老板……"

"赵雅娟？"简敏敏立刻惊呼出声。

简宏成心说原来叫赵雅娟，但脸上丝毫没有表露，一边点头，一边阴阳怪气地道："看来你还是回看守所待着更安全。"

前面简宏图也听到了，忍不住插嘴道："那个赵雅娟早离婚了啊，宁恕会不会为了借她的势力报仇，贴上去做小白脸？哎呀，那我等一下立刻收拾行李跑路。哥，我还是跟你去上海吧。"

简敏敏那张脸都黄了，简宏图所惧的，也正是她所害怕的。

翱翔集团的房地产公司不在翱翔大厦，而是离得远远的，位于一处可以看得见他们即将操作的地盘的大楼里。赵唯中向公司里寥寥几个员工介绍了宁恕后，打开总经理室，请宁恕进门，摘下钥匙递给宁恕，道："这间房原本我偶尔来一下，以后就你专用了。"

"这怎么使得，我另外找间办公室就行。"宁恕很是客气地谦让，正说着时，口袋里的手机响了。

赵唯中见宁恕拿出手机看的时候脸色一凝，还伸出指头按掉，便忙道："你接电话，我们不客套，以后都是同事了。我到财务室去看一下。"

赵唯中主动离开，宁恕才接通原公司总部 HR 朋友的电话："不好意思，刚才在跟新上司说话呢。"

"啊，你这么快就落实工作了？我早说你不用担心工作的。什么职位？"

宁恕打量着宽敞的办公室，又站到窗前，看向那家即将拆除以开发房地产的老厂，笑道："还是差不多的职位，老本行，在一家集团里创立房地产公司，没有大的突破。"

"哎呀，恭喜恭喜，那可不一样啊，独立性强太多了，以后发展也不一样。害我白担心一场，往后来北京出差，你得请客压惊。"

"你不说，我到北京也得觐见您老人家啊。是什么事吓着你了？"

"你听了别生气。我多事替你找了相熟猎头，咨询有没有好工作，结果那位姐姐透露说，你被公司开除的真正原因是捉到人家逃税问题往死里打，犯了老板们的大忌。这事儿已经传开了，谁用你之前心里都得掂量掂量，如果让你手握重权的话，万一哪天合作不愉快，会不会也被你揪住税收小辫子，往死里打。谁家的账本儿都是不传之秘啊。我想可能是谁在背后搞你吧。我赶紧提醒你设法消除影响，现在看来是多虑了。"

宁恕听得一张脸红一阵、白一阵的："我才明白跟了那么多年的管总为什么会对我下手。小童！你一说，我心里所有的疑点都串起来了。原来是小童在做手脚。"

"你不说，我们也知道你肯定是被小童陷害了。人总得有点儿本事才能立足，不是做事的本事，就是搞人的本事。不过好在你更上一层楼了，而且再没有比你更上一层楼这件事，更能清除小童的造谣对你名誉的伤害了。我替你发散出去。"

宁恕对着远处的项目呼一口长气，道："算了，放过他，他的陷害帮我找到更好的工作，我没空跟这种人计较，忙着向前看呢。"

正好赵唯中拿着手机过来，听到这两句，微微点了点头，又转身走开，对着手机里的妈妈道："看起来小宁是被他的接替者撬了位置，有人唯恐天下不乱，小宁的意思是放下那事，向前看。他度量不错。"

赵雅娟笑道："你一下子变得对他赞不绝口，再也不反对我的仓促决定了？"

赵唯中道："呵呵，我怎么能追得上妈的眼光。我特别喜欢他事事拿数据说话，那是硬碰硬的真功夫。好了，他打完电话了。"赵唯中走过去，对宁恕笑道："太后大人开会间隙来查岗，非要栽赃我在欺负你。你得替我洗冤啊。"

宁恕接了手机大笑道："哪有的事，我和小赵总谈得非常投机。"

赵雅娟笑道："那就好，要不然我开会都坐立不安呢。你们继续交接吧，我不打扰你们了。"

宁恕想到刚才前同事的电话，有点儿激动地道："赵总，我一定要郑重其事地再说声谢谢。本来我被服务多年的原公司辞退，是非常没面子的事，刚刚才得知同行里面传闻很多，影响很不好，但赵总委以重任，足以帮我挽回声誉。我唯有尽快做出成绩，一不负赵总对我的器重，二也是借赵总提供的平台，重建我的声誉。"

"你不用谢我，这是你的为人帮你找到的新工作。你不要压力过大，我找的是千里马，你不要时时刻刻保持一百米的冲刺速度，我们来日方长。"

宁恕结束通话后还很激动，对赵唯中慷慨激昂地道："眼下两场大战：一是设法修改容积率，能改最好；二是完成厂区周边的拆迁。"

赵唯中问："套路你熟？"

"熟，但这是最硬的骨头，我长年在外工作，对本地人事不熟，需要动用你的社会关系。"

"你主导，我随时配合。但关键是你主导，再趁此机会建立起你的社会关系。这是我家太后用人一贯的原则。她一向这么说：'我从事教育事业，不仅建设学校，培养学生，我的企业也要成为员工的黄埔军校，全方位地发掘提升每一个员工的潜能，培养他们独当一面的能力，那样我就可以清闲地做甩手掌柜了。'"

宁恕听了简直有些不敢相信，有这种好事？一边办事，一边还能顺手接过赵家凭借多年根基才有的扎实的社会关系？

见宁恕这样，赵唯中笑着拍拍他的肩："很怪异？你会看到的。"

简敏敏从地下车库走进宾馆电梯后，一直面壁而立，不愿被人看到她的落魄样子。简宏成则背对着简敏敏，拦住所有靠近的人。等电梯到楼层时，简宏成遮挡在简敏敏面前，伸手护着简敏敏出来。简敏敏一声不吭，低头走路，也不管走的方向对不对，反正有简宏成鞍前马后。但简敏敏一路紧紧抓着她的 LV 旅行包不放，也不要简宏成效劳。她知道自己目前的形象，需要这只名牌包支撑底气。

等走进房间，简宏成将门一关，简敏敏才将旅行包扔到厚厚的地毯上，环视一下套房的客厅，对简宏成道："说吧，你的动机。"

简宏成一愣："什么动机？"

简敏敏叉腰道："又是平均分金镯子，又是一路护送我。说吧，你想干什么？我不会让你白演一场好戏的。"

简宏成哭笑不得，只好道："记账，总有要你还的一天。你还有什么需要的？如果没有，我这就回上海去了。"

简敏敏一愣，竟然无端踉跄，退了半步，虽然焦急但依旧霸道地道："急什么急，等着，我保姆来了你再走。万一要付钱，要查房什么的，我现在哪有？"

"查什么房？你以为这是招待所啊。行，等着就等着，我再记一笔账。"

简敏敏瞪一眼，拎包走进卧室。她拿出换洗衣服，都已经走进洗手间了，又忍不住蹑手蹑脚地返回卧室门口，脸贴着门框偷偷张望了一眼，见简宏成果真乖乖坐着，拿出手机，神色凝重地不知在干什么。简宏成脖子稍微一动，她连忙隐身退后，这才放心进去洗手间。

简宏成其实看见了简敏敏的鬼祟举动，但不知她是什么意思，就继续给宁宥发短信。他最恨这种考验手指灵巧度的行为，可此时不得不亲力亲为："老家的事暂告段落，我很快回上海，希望找时间面谈，很多事。"

宁宥的回复差点儿让简宏成跌下沙发："下午六点之前都在办公室，随时。"

简宏成急得要找人报喜了：宁宥让他去她公司了！他首先想到的是田景野，想到田景野才想起还有一个田景野的电话要回。他连忙给田景野打电话："你找我？我刚在保释我姐，不能接你的电话。"

田景野正在西三店里忙碌，一听惊讶："你姐真能出来？有没有人跟你提什么交换条件？"

"谁都没跟我谈条件，我姐也没提到谁，我只好揣着一肚皮疑问回上海。我就明刀明枪地告诉我姐，我派了人二十四小时盯住她，不许她再胡来。"

"你回上海？等等我，我去银行开张汇票，也要赶去上海。你到市公安局旁边的那家中行等我。正好一路上跟你说很多事。"

简宏成喃喃地道："你也有很多事？我们俩这算什么古怪关系？"

半个小时后，田景野拎着三套盒饭，坐上简宏成的车，坐上就将一套饭盒递给前面的司机，笑道："我这人懒散惯了，可为了蹭你们老板的车，只好跟着你们老板的套路办事。本来你们是打算到高速服务区买面包啃是吧？我吃不惯。等会儿我吃完替你开，换你吃饭。现在你转个向，从东入口上高速。"

简宏成奇道："干吗？还要捎上几个人？我赶时间。"

田景野拆着饭盒道："不会耽误你的。总算替你把陈昕儿安置好了，从这个方向上高速能经过那几家公司，你鉴定一下。你先吃饭，死工作狂。"

简宏成接了饭盒，想了会儿，奇道："那边好像都是工厂？会不会是我路盲记错了？"

"没错，就是工厂，而且是那种劳动密集型的出口食品加工厂，百分之九十九的职工是外地人。陈昕儿在那儿做出纳，一半时间跑银行，一半时间跟蔬菜大户结账，如鱼得水。"

简宏成大惊："有没有搞错？"

"要不是宁宥提醒，我死活都想不到她想去的是这种地方。我原先给她安排的是咨询公司，在金融中心里办公。我跟朋友割地赔款，谈好条件，给她铺设了最体面的前程，结果她……"田景野看简宏成一眼，将埋怨吞进肚子里，"我白惹一肚子气，真想扔下她不管。"

简宏成了然地道："是不是找各种理由逃避？"

田景野塞了一大口饭到嘴里，省得回答。很快，他伸筷子往外一指："那边，三长排蓝色铁皮屋顶。"

简宏成捧着饭盒往外看，一句话都没说。田景野指了之后也没再说话，也捧着饭盒，默默看着那厂，直到那厂子很快消失在车后。有关陈昕儿的话题也随之消失在车后，两人不再提起。

"宁恕找的新老板是赵雅娟，翱翔教育集团。"简宏成冷不丁地扔过一句。

田景野一愣："赶紧让你弟弟关掉公司，出国避风头。凭着赵雅娟在政府机关的关系，宁恕要是想翻旧账，你弟一定被从重、从严还从快。"

简宏成点头："我也这么想的，办教育的，没点儿关系能办得起来吗？所以让宏图收拾行李，先跟我去上海，看风声不好就出国。唉，偏我还清楚宁恕绝不会放过我们。"

田景野问："你姐就能放过你？"

"都不省心。所以我还得找宁宥商量。宁宥让我六点前到她公司找她。"简宏成状似轻描淡写地说出来，却得意扬扬地留意着田景野的表情。

田景野已经见怪不怪了，只是道："哦，难怪你急赶着回上海。"

简宏成仿若一拳打在棉花堆上，好生急躁，不得不特意解释："这是不是意味着宁宥向我开放朋友圈、同事圈？"

田景野好不容易从饭盒里抬起了头，看西洋镜一样地看着简宏成，道："自作多情了，你这长相太安全，没人会把你和宁宥往花边新闻里想，所以宁宥才会在办公场合接待你。而且在办公场合里公事公办，省得管不住嘴巴，说不老实的话。"

简宏成不受打击，奋勇道："男人长相不要紧。"

田景野撮克地笑道："这话你跟宁宥说去。而且我还告诉你宁宥的那些臭规矩：你长裤两天没换了对吧？头发离上回修剪时间超过十五天了？你头发这么油，居然早上没洗头就敢出门？唉，你能不能约束一下你全身的脂肪？……"

简宏成简直被打击得体无完肤了，才刚起步奔向上海呢，他的信心已经严重受挫。

简宏成的车子到了宁宥的公司楼下。他看一眼高大巍峨的大楼，心怀忐忑地对司机道："你看看附近哪家店卖的长裤比较好？"

司机强忍着笑，道："听说高手最见不得人穿簇新的没下过水的服装。"

简宏成左右为难，抓破头皮，迈不出步子。

司机只好道："简总，要不我再转一圈，您慢慢想？不然我在这儿暂停，得变违停了，警察要找上来了。"

简宏成"嗯"了一声，才开门下车，艰难地迈出第一步。

简宏成从进电梯起，便一直很在意地留意人们怎么看待他找宁宥这回事。他刚走出电梯，看见面无表情的接待小姐一看见他便展开笑脸，心里迅速地一阵温暖，似乎吃了一颗固本培元的大补丸。于是他走过去，抛出第一个试探气球："我叫简宏成，与宁宥有约。"有约？简宏成心里飞快地衍生出许多意思：有约定，有邀约，有要约，以及，有约会……他小心地看着接待小姐脸上的反应。

那接待小姐看了一眼柜台底下，立刻笑容满面道："简总这边请，宁总的办公室在走廊尽头左边一间。"

简宏成脑补得沸腾了：简总？为什么接待小姐称呼他简总？这说明宁宥把他以客户的身份交代给接待小姐，而不是同学，更无可能是朋友。简宏成心里微微纠结，再回头看接待小姐，人家早没再看他，对他一点儿好奇心都没有。显然，被田景野说中了，他的形象太安全，人家完全不会把他和宁宥联想到一起。

简宏成还在一步三回首地留意着接待台那边小姐的反应，耳边只听得有人温柔地问："看什么？"简宏成忙回头，见宁宥站在办公室门口看着他。他连忙赔笑，站住，唯恐一走动，裤子比较招摇，被宁宥识破他没带长裤回老家，以至于大热天的，两天半没换长裤："没看啥，那个漂亮的接待员居然叫我简总。"

宁宥看着心里不舒服，淡淡地道："那女孩子是很漂亮。里面坐。"

简宏成见宁宥往边上一让，是让他先走的意思。他一想到将从宁宥眼皮底下，两腿扇着风地走过，觉得那是万万不行的，立刻道："你先，你先。"他都忘了去关注在一个女人面前说另一个女人漂亮乃是犯了大忌的。

宁宥见简宏成如此语无伦次、举止失常，大为不快，便扔下简宏成，走进自己的办公室，大摇大摆地坐在大办公桌后面，看着简宏成进来把门关上，一言不发。

简宏成自己挑了一张离宁宥最近的沙发坐下，还没来得及打量整个办公室，已经感觉到了空气中的不对劲。他这才想到犯忌了，可又想到他犯忌竟然惹出宁宥的强烈反应，又开心得意起来，仔仔细细地审视着宁宥的表情，唯恐遗漏些许情报。

宁宥实在受不了简宏成的鬼祟反常，不客气地将面前的文件合上，啪的一声巨响，拍在旁边桌上。但她也不作声，让简宏成自己开口。

简宏成笑了，也放心了："我跟田景野一起回来的。那小子一路打击我，说我的长相很安全，来你公司谁都不会往其他方面想的。我下电梯起就一路留意，还真是被他说中了，恨得我垂头丧气的。"

宁宥听得一张脸绯红，随手一捞，又把那本资料拿回来，啪地扔回到面前的桌上，眼睛不看简宏成，又翻到原来在看的那一页。

简宏成又是会心地笑了，散漫地往沙发背上一靠，慢吞吞、笑眯眯地打量整个屋子，又打量宁宥，顺手拿出手机关了。

宁宥被他看得烦躁，脚尖一点，椅背转向。她藏在椅背后面，背着简宏成问："你要说什么？"

简宏成当然是来前就想好要说什么的，可是被宁宥一问，又不想说了，微笑着看着椅背，举重若轻地道："没了，我会办好的。"

宁宥眼皮一跳，椅背微转了一下，想了会儿，道："噢。"

"你忙你的，不用理我。我坐会儿，等你下班。"

宁宥眉毛一挑，缓缓转了半圈，露出半个脸，干脆地问："你姐呢？"

"她早上办好了取保候审，我找人轮班二十四小时盯住她。我本来想给你和你孩子配保镖，但觉得还是困住我家的那个不安定因素更有效。"

"唐呢？"

"苍蝇不叮无缝蛋，困住了我姐，试图借刀杀人也找不到刀子了。他那种有公职的人不敢自己出面。"

宁宥垂眉想了会儿，道："我管不住宁恕，他是我家的不安定因素。"

简宏成道："我刚想好，我替你管。"

宁宥惊讶，吊起了眉毛，看着简宏成。

简宏成解释道："我以前心里有顾忌，对他不知怎么处置。现在我变了，你看我的。"

宁宥听得莫名其妙，想来想去，想不出为什么。她想问，可是看着简宏成亮晶晶、水狗一样的眼神，又不肯开口，沉默了会儿，一扭身，又背对着简宏成了。

简宏成看着又笑了。

两人沉默半天。宁宥藏在椅背后面，忽然也微微地笑了。

两个人什么都没说，就这么坐了半个小时，直到有人来找宁宥。

第六章

挑　拨

　　赵雅娟携集团主要人员与赵唯中一起举办宴会，欢迎宁恕入伙，其实就是趁此机会让宁恕与集团主要人员见个面，混个脸熟，以后接触办事时可以有个头绪。虽然赵唯中一口一个太后，可赵雅娟在席上是当仁不让的皇帝。

　　一顿饭结束，大家在大厅里分手。作为新人，宁恕被灌得微醉，赵雅娟关切地道："你还行吗？让唯中送你回去。"

　　正说着，宁恕手机上一个电话进来，他一看是宁宥的，便按掉不接。很快，便传来短信提示。宁恕依然没接，虽然有点儿醉，却深知此事的轻重缓急，得先应付眼前的赵雅娟。他忙道："不碍事，我妈家就在不远处，走过一条马路就是。"

　　赵雅娟想起来了："噢，你看我这记性。那路上小心点儿。"

　　宁恕一边应着，一边送赵雅娟他们去坐电梯下车库，然后才自己穿过大厅回家。

　　夜晚的大街还很热，路上来来往往，还有很多人，路边绿化带上甚至躺着乘凉的人。宁恕在树荫间穿梭，认真回想着刚才宴会上每个人说的每句话，尤其是赵雅娟的欢迎词。他好一会儿才想起宁宥不久前的短信，这时候，过街就到妈妈所住的小区了。宁恕皱了一下眉头，这才掏出手机来看短信。可短信一显示，宁恕从头到脚全醒了：简敏敏已取保候审。一时间，宁恕风声鹤唳，只觉得周围来来往往的黑影都是简敏敏的人，每一簇矮小灌木丛后面都埋伏着简敏敏监视的眼睛。宁恕一时想不过来，立刻发足狂奔，从车流中险险地穿过去，以百米冲刺速度飞奔入小区，又飞奔到家所在的楼梯口，累得气喘吁吁，恨不得躺倒，可还得扶着树，他警惕地向四周查看，看清周围没可疑的，才小心地走进楼道。宁恕像个私人侦探似的，走一截楼梯，靠墙壁上观察一下，再往上走一截楼梯，好不容易才看到家门。他又轻轻停住，仔细观察了会儿，没有任何响动，也没见墙壁上有任何刻画，才掏出钥匙，摸出防盗门的那把，三步两跃地跳上去，飞快开门，钻进门去。

宁蕙儿揣着一肚子忐忑，等第一天去新公司报到的儿子回家，却等来的是飞快蹿进家门的惊慌失措的儿子。她吓得一下子从沙发里跳起来，顾不得头晕，大声问："怎么了？怎么了？"

宁恕关上门，靠上门背，才觉得安全。他还想调整一下呼吸，而妈妈的疑问已经逼到面前。他忙挤出一个笑容，可满脸肌肉紧张，他的笑容狰狞之极："没，没啥，我好像喝多了。"

宁蕙儿不肯相信："到底怎么了？工作？"

"没，工作没问题。"宁恕靠在门背上，渐渐缓过气来，脑子也清爽起来，看着妈妈，想了会儿，道，"刚才路上接到姐的短信，她说简敏敏取保候审了，也就是，简敏敏出来了。"

"什么？杀人犯还能放出来？还有王法吗？"宁蕙儿大惊大叫，完全不敢相信，"你会不会看错？杀人犯怎么能放出来！啊，这么要紧的事，宥宥怎么不打你电话？一定是她打字打错了。"

宁恕将妈妈按到沙发上坐下，接通宁宥的电话，等对方声音传来，立刻开成免提，对妈妈道："妈你问问。"

宁宥晚上始终挂着笑，可接到家里电话时就笑不出来了，尤其是明明来电显示是宁恕的电话，宁恕却不肯说，让妈妈开口。她就主动道："是简敏敏出狱的事吗？是的。"

宁蕙儿焦急地问："简敏敏是杀人未遂啊，这样的人怎么可以保释出来？简家花钱了是吗？那我上公安局告去，我就不信！"

"是唐叔叔的儿子。"

宁蕙儿闻言呆了，瞪着眼睛，说不出话来。

宁恕只能开腔："你确信是老唐的儿子？"

宁宥警惕地问："你是不是想去举报唐叔叔的儿子？"

宁蕙儿立刻挣扎着清醒过来，对着儿子低喝一声："不行，不许举报。"

宁恕大声道："可是妈，我，你儿子，差点儿死在简敏敏手里。你忘了吗？不举报姓唐的，我怎么把简敏敏绳之以法？"

宁蕙儿怔怔地看着儿子，好一会儿，坚决地道："不行！只要是唐家做的，我们就得忍着。你要是有气，冲我来。"

宁恕不愿忤逆妈妈。可他气闷得胸口起伏，只好冲手机里吼道："你怎么确定是唐家干的？"

宁宥没搭理宁恕，道："妈，简敏敏是个疯子。你来上海吧。你整理好行李，说个时间，我让人去接你。"

宁蕙儿道："可是你弟弟怎么办？他才进新公司上……"

"妈！"宁恕立刻打断妈妈的话。

宁宥当然清楚宁恕依然想对她保密，她不能点破，争论的结果令妈妈为难，无法做出搬迁的决定。

"妈，我这两天去打扫房子，你过来吧。"

宁蕙儿看着儿子。而这一回，宁恕也帮腔了："妈，我送你去上海。今晚就整理行李。"

宁蕙儿满怀期待地看着儿子："就是说，你也一起去？"

宁恕想着简敏敏疯狂的脸，想着刚才狂奔回家时心里的恐惧，满脸都是冷汗，却清晰地道："我送你去上海后就回来。我留在家里。"

宁宥一听，就朝着天花板翻了白眼。果然，她妈妈在电话那端也表明了态度："宥宥，那我也留在家里。我就不信没有王法。"

宁宥只得道："反正我把房子清理出来，你随时可以来。"

结束电话后的宁蕙儿与宁恕两个人默默坐在沙发两头，各怀心事。宁蕙儿坐了会儿，似乎是自言自语地道："我还想，你们两个已经够苦了，从小摊上那样的爹，起码我不能再给你们添麻烦，害你们受苦了。结果，唉，结果……"

"妈，说什么呢？什么害不害的。"宁恕不得不将思维从简敏敏那儿转出来，"要不是你，我们怎么有今天？不过既然简敏敏出狱了，你最近还是少出去，买菜什么的，我下班带回来。等我搞清楚怎么回事再说。"

宁蕙儿勉强点了点头，可心事重重。她担心，担心死了，唐英杰的儿子能这么有针对地做出放简敏敏出狱的事，往后还会做什么？肯定是一波比一波更强烈。宁蕙儿虽然信誓旦旦地说不去上海，可心里早想逃了，只是放不下儿子。她看着愁眉苦脸的儿子，心怀侥幸地想，儿子撑不过几天吧，简敏敏也不会让儿子撑多久，只要儿子动摇，母子立刻就可以一起去上海了，儿子在上海也一定找得到好工作，这是唯一不用愁的。

宁恕抱着头想，究竟该怎么办？酒气趁机席卷而来，侵袭着宁恕的思考，宁恕走进卫生间打开冷水龙头，都忘了脱掉衣服，默默让冷水冲着，冲出稍微清醒的大脑。他在水帘里发誓，必须拼命工作，唯有拼命工作，才有翻身机会。

简宏成心情上佳，几乎是吹着口哨，风卷残云般地连夜处理积压下来的工作，全无困意。他半夜零点多接到阿才哥电话时，像看到同好似的笑道："哈哈，你也是个夜猫子啊。在上海吗？要不约个地方吃宵夜？"

阿才哥说话有点儿大舌头，显然是喝多了："简总，好人啊，你汇来的钱今天全部到账了，我这下可真放心了，领兄弟们出来好好洗脚、唱歌放松一下。我做融资这两年，就这笔钱借得最惊险。你说，谁不想好好做人啊，可那混账宁恕害得我前阵子茶饭不想的，要不是你出来揽下这件事，我……你知道吗？我前几天已经跟兄弟们布置好了，我说看来得为了讨还兄弟们看得起我放在我手里运作的钱再坐一回牢了。我是真打算好要二进宫了，没办法啊，我是大哥，我有责任。还好，简总，你救我了。其实我心里清楚，从法律关系上讲，你在这事上完全可以撇清不管的，谁都找不上你！我原先对你也没指望，以为你只是嘴巴说说，哄我别为难你家人。直到收到你打过来的第一笔借款，我服你了，你真是说到做到！简总，我下午一直打你电话，要亲口告诉你，钱我全收到了，可你关机了。简总，我这几天就去上海找你，你哪天在？我要好好谢你。"

简宏成笑眯眯地听着，让阿才哥抒发完了才道："说得我都要照照镜子看看自己是谁了，哈哈。阿才哥，这件事如果不是田景野居中调停，我原先在不知道有宁恕插手时，是拿你当仇人的；要不是有田景野这几天帮我调动资金，我即使小有家财，暂时也拿不出这么一整笔钱来及时还你，谁家的流动资金都不充裕。田景野这人不声不响，可他是真兄弟。以前这么跟你说你未必信，今天我可以说了。"

简宏成话还没说完，阿才哥就抢着道："谁说我不信，我兄弟们都知道小田，谁都知道他是我兄弟，看见他，就等于看见我。这都不用说了。啊对了，宁恕那小子投靠本市第一富婆赵雅娟了，你得小心着了。"

简宏成道："我听说了，已经担心上了。宁恕不会放过我家的。"

阿才哥踊跃地道："先别担心，宁恕要是靠本事攀上赵雅娟，咱有办法。可要是他凭一张小白脸攀上赵雅娟，那你就真要担心了。我去打听看看。从今以后你的事就是我的事。我跟小田是朋友，小田这个人有良心，即使做人最倒霉时也不肯害人，我最清楚，小田的好朋友简总肯定也很好很好，我跟着小田走就是。哈哈。"

简宏成听了哈哈大笑，仿佛也老酒喝多了，心情好生畅快，但挂断电话后一张脸便严肃了下来，立刻招呼助理给田景野发条短信：阿才哥这个人近则不逊、远则怨，得罪他万万不行。前阵子你为我家的事，立场鲜明地站在我这边，恐怕他心里对你会略有不满。我刚刚趁借款还清，他开心，就你俩的关系稍事弥补，但你还是得小心着他。

田景野也是个夜神仙，半夜才应酬结束，开车回家。他才看到简宏成的短信，看完走出车门，被猛扑上来的阿才哥抱住。醉醺醺的阿才哥非要与田景野做两国元首见面的那种假惺惺的贴面亲吻，惊得田景野浑身不敢动弹，直呼非礼。阿才哥依然抱着田景野，环视跟他一起来的朋友，威严地说："田总是真兄弟，我的最好兄弟。"

田景野怔怔地想，简宏成究竟跟阿才哥说了什么啊？让阿才哥反应这么大。不过田景野已经接到提示短信，因此一味厚道地笑。

推推搡搡间，阿才哥接到一个电话，听得眼睛滚圆，听完就满嘴酒气地凑到田景野耳朵边轻道："我刚让人打听出来，宁恕进翱翔集团，做赵雅娟亲信，是因为他无意中捡了赵雅娟的宝贝钻戒，还交了派出所。"

田景野大惊："当真？这么巧？"

阿才哥点头："是啊，像不像以前跟我们一屋住的小骗子设的仙人跳？可据说这事千真万确，是在今晚他们欢迎宴上，赵雅娟亲口说的。"

田景野拧眉想了想，道："这事得弄清楚，我也去打听一下。"

阿才哥却搂着田景野的肩膀，忍不住噗地笑了出来，拍着脑袋道：

"这事怎么搞得清楚啊……"阿才哥说着，又压低声音，附耳道："人家一对狗男女，为凑一起找个理由，你上哪儿找证据去？哈哈，傻了吧？套路，这叫套路。"

田景野却摇头："虽然宁恕这家伙现在鬼心思多，可我好歹是看着他长大的，小白脸他不会做的。"

阿才哥拍拍田景野的肩膀："你是厚道人。可这事我无论如何要搞清楚。你这么早睡什么？再喝酒去。"

田景野只好又被阿才哥拖出去喝酒。但他心里好生嘀咕着，也全然不信捡戒指这等巧事，可所谓捡戒指背后的事实又是什么呢？他又不忍如阿才哥般毫无顾忌地猜测。

接到阿才哥即时报信的简宏成也不信捡戒指一说，转着铅笔想，"捡戒指"一说要真是赵雅娟为了某种目的对外编出的借口，不管这目的是当狗男女，还是其他，都说明宁恕在赵雅娟面前的地位可能比较特殊，那么未来会产生什么更大的影响呢？简宏成觉得问题很严重。

所谓纸包不住火，何况是当事人根本就没打算隐瞒，很快，宁恕拾金不昧的事迹传开了。

宁恕上班先着手整理和检查现有的工作，再与同事开会商量下阶段工作安排，又挑灯夜战，制订计划，恨不得在一天之内就把内部工作全部理顺。被他拘住回不了家，一起工作的同事怨声连天，但一旦获知他的光荣事迹，都心痒难耐，恨不得问个究竟。有人借送晚餐进去，小心问宁恕："宁总，老板的钻石有多大啊？"

宁恕抬头一笑："很大，以前没见过这么大的。你们还在？很晚了，下班吧，明天继续。我这个计划表做出来也下班。"

同事忙笑道："谢谢宁总。你也早点儿休息。"

宁恕一笑，等同事走了，挂个电话给在家里待着，躲简敏敏，不敢出门，闷了一天的妈妈："妈，我还得一个多小时才下班。经过超市带些什么回家？"

"不用带，冰箱里的还够吃。你工作这么忙？"

宁恕叹道："我总得做出点儿成绩来，才好求老板帮忙。妈，回家再聊。"

宁蕙儿也叹息："你别太晚了，太晚小区路上就没人了，危险。"

宁恕不禁打一个冷战，如果再次被简敏敏绑架，又是黑天黑地的，而且简敏敏肯定吸取了上次的教训，他小命还会有吗？他有伸手收拾桌面，立刻回家的冲动。可他还是忍了，忍住心中的恐惧，将鼠标点在"尽快办理容积率变更"一条上，加粗加红，然后另起一页，起草办理容积率变更的办法意见，连夜赶工，发给赵雅娟审核。

阿才哥用一天时间，把宁恕捡戒指这件事打听得清清楚楚。他很是惊讶，事实就是这么巧。为了报答简宏成，他再度知会简宏成："你信吗？还真是捡戒指捡出来的。"

简宏成想了会儿，却依然坚决地道："不信。"

阿才哥急了："你不信也得信，我还问了派出所那边的人，不是演戏。"

简宏成斩钉截铁地道："还是不信，这种巧合的概率太低。我看这件事不是宁恕，就是赵雅娟单方面策划，制造出的偶然事件。"

阿才哥听了一拍大腿："让我想想。简总，我得还你一笔人情债，这件事上，你看我的。"

简宏成一愣，不知阿才哥要做什么，但想想阿才哥也做不出什么来，这种小老板还上不了赵雅娟的台面，应该不会坏他简宏成的事，便作罢。

他招呼男助理进来："找小童了解过了？"

"是。童总很熟悉宁恕的风格……"

"行，你简要说一下宁恕到了翱翔集团房地产公司，最急切要做的是什么事，或者说，他打算凭什么站住脚跟。"

男助理被问得一愣，张了张嘴，可又明白他了解到的情报不是老板想要的，只能道歉。

简宏成耐心地道："等你独立主掌一个公司，你就会意识到所有的主要活动都是围绕一个钱字展开的。启动资金怎么来、多少？成本怎么算？利润怎么取得？怎么最大化？资金怎么周转？等等。那么你揣测那个负责人动向的时候，只要循着钱这条线摸索就行了。你再好好想想怎么问小童。"

阿才哥说到做到，一边想，一边行动，下午就出现在一个慈善现场。台上，赵雅娟慈眉善目地在做报告。

赵雅娟说的不过是些老生常谈，大场面过得去就行，这又不是个非常重要、影响非常巨大的活动。但赵雅娟很快就发现台下有个热烈的听众，那听众仿佛听的是偶像的演唱会，鼓掌叫好得异常。于是赵雅娟讲完下来时不能免俗地看了一眼还在冲她热烈鼓掌的阿才哥，礼节性地微笑点头，再坐回她的主宾席。

虽然奋斗到如今地位的赵雅娟早已习惯鲜花、掌声、阿谀奉承，可人总归是千穿万穿，马屁不穿，她坐着无聊之际，忍不住回头又看了阿才哥一眼，却发现阿才哥正直着眼睛想心事。她也没放在心上，继续一本正经地开会。

其实这一切都是阿才哥的设计。他等简短会议结束，早早等到停车场赵雅娟的车子旁边，见赵雅娟过来，便一脸诚挚地迎上去："赵总，您好！这是我名片，您叫我阿才就好。我很佩服您。"

因为阿才哥刚才的热烈反应，赵雅娟不免颇给几分面子，停下来看了名片，微笑着与阿才哥握手："你好，你好。"

阿才哥用两只手与赵雅娟握手，但并非真粗鲁，握一下便老实地放手，道："即使没脸也得说出来，我这次没捐款，是让人逼来听听的。可赵总那句'想想自己小时候吃不饱和读不起书的苦，再想想自己现在有能力能帮助多少人'，我听懂了，将心比心是不是？"

赵雅娟微笑道："对，将心比心。"

阿才哥道："我从来就晓得，有良心的人才会将心比心。赵总，有件事我要向您坦白，不能让这件事害了您，您是好人。"

赵雅娟不由得回想了一下刚才阿才哥热烈的掌声和若有所思的发呆表情，觉得眼前这个中年老板可能真是因为看到她是好人，而思想挣扎了一下，决定帮忙。人总归是以为自己有点儿万能的，她便让身边跟随的两个人离开，道："什么事？"

阿才哥这才轻道："我这公司最早是街道小运输队的，每年要配合政府接收一些二劳释放人员，发展到今天，手下一大帮鸡飞狗跳的人……"

赵雅娟这个教育行业出身的人忍不住笑着纠正了一下："不是鸡飞狗跳，是鸡鸣狗盗。"

阿才哥眨了几下眼睛，没学会，笑道："反正又是鸡又是狗的。"

他这么一说，赵雅娟心里亲近感又增加几分："你管理这些人不容易。"

阿才哥笑道："反正我也不是什么好东西，也是二劳释放的，我管他们正好是以毒攻毒，哈哈。但我手下有个以前做三只手的，前阵子拿钱替一个小白脸做了件小事，他从小白脸指定的苦主手里偷出一些小东西交给小白脸，小白脸再拿这东西去苦主那儿冒充雷锋叔叔。照以前，这种事反正你情我愿，谁都没损失，我才懒得管。但今天听了赵总的讲话……"

阿才哥点到为止，拱手作别，其他什么都不说、都不要，洒脱地走了。

　　留下赵雅娟脸上骤然变色。

　　就像简宏成，越是心思复杂、见多识广的人，越是死活不相信巧合。更何况因为手中握有太多资源，每天层出不穷的所谓巧合被他们身边的人制造出来，以博取他们的手头一松，漏出些许钱财，他们心中不知多警惕。阿才哥正好轻轻地挑动了一下赵雅娟心里的那根弦。当宁恕将电灯泡一般大的戒指反常地轻易地失物交公时，赵雅娟并非没怀疑过，只是无证据支持她的怀疑。她唯有信任，并感谢宁恕。可而今，阿才哥忽然出现，虽然没有指名道姓，赵雅娟早被他一点，就知道他说的是哪件事。

　　人只看得到自己愿意相信的所谓事实。

　　赵雅娟黑着一张脸，闷声不响了一路，回到办公室，先一个电话打给儿子赵唯中："上星期一你第一次跟宁恕见面时偷偷搞录音……嗯，我没怪，没怪你。你赶紧过来教我怎么用。我下班前跟宁恕有个会，要用。"

　　赵唯中目瞪口呆。

　　简宏成接到阿才哥的电话，连呼高明。阿才哥扬扬得意地道："我这人有恩报恩、有仇报仇，直性子，藏不住。你的人情不赶紧还上，我晚上都睡不香。好了，这下看起来帮到你了。"

　　"我有什么人情？本来就该还你的钱。阿才哥太客气了。"

　　"什么叫客气，你别推了，反正我虽然还了人情，可还是一辈子记你的情。再说，我不得拿宁恕稍微出口气吗？这本来就是我的事。宁恕要是仗了赵雅娟的势，我也在他清算名单上。"

　　两人哈哈大笑。结束通话，简宏成立刻让男助理进来："小童那儿打听得怎么样了？"

男助理将手中的 iPad 送到简宏成面前，道："童总说，宁恕进入翱翔地产首先要做的是这个'退二进三'项目，在地图上红色标注的区域。目前童总也正在观察，看宁恕下一步做什么。具体的分析在这个文件里。"

男助理征得简宏成同意，将页面点进文件里。两人几乎是同时道："有数据采集，有数据分析……"他俩说完，简宏成先笑出来。这是他的习惯，也是他对同事们的要求。他一目十行地看下来，点头道："你领悟很快。你回头把实创集团的资料找出来看一遍，我打算委任你与实创谈判，你替我分析决定究竟是把简明集团卖给实创，还是与实创合作，做加工。顺便你帮我梳理目前简明集团的高层管理人员与简敏敏的关系。这个助理位置……你明天推荐五个人给我，我挑到好的才放你单飞。"

男助理兴奋得摩拳擦掌："谢谢简总，我一定做好。今天不下班了……"

"什么，已经下班了？"简宏成忙看手表。

助理道："还没，还差半小时。"

简宏成都没等助理说完，把几件要紧东西扒拉进包里，飞快冲出办公室，让助理帮忙关门。他去找宁宥。

助理愣愣地看着，心里早想到老板要去见谁了。他不由得一个人放声大笑。再说，他这不是刚升级了吗？高兴。

宁宥接到简宏成电话，只得皱眉早退，赶紧驾车，半路拦下简宏成，省得简宏成走进她工作的大楼。

简宏成只得遗憾地看看前面不远处的大楼，笑嘻嘻地钻进车里，坐到副驾驶座上，又笑嘻嘻地解释："我在附近开会，你知道的，这个点根本打不到车……"

"借口还能再蹩脚些吗？去哪儿？"

"哪家饭店好吃？我请你吃饭。"

"不行，儿子这几天期末考。"

"那……你慢慢开，我们一路上说说话，你把我扔你小区门口就行了。"

"喏，前面地铁口……"

"不好不好，作为一个有公德心的胖子，上下班高峰时期我尽量不去挤占地铁珍贵的空间。其实我有正经事……"

"不要听。"

"宁宥的……"

"不要听。"

"好好好，不过这件事你还是听一下。我姐出来后我一直派人盯着，她至今都蛮老实的，没怎么出门走动，你们可以放心。我今天把知道我红线的助理派去那边主持工作，如果我姐又蠢蠢欲动，他会就近出手控制。"

"啊，好。"宁宥顿了顿，才想起道谢，"谢谢。"

"应该的。怎么这条路今天不堵车？"

宁宥哭笑不得，可又不能笑出来，免得正找不到漏子的简宏成顺杆子爬上来。她只能依旧一本正经地道："可是……有个不情之请……"

简宏成忙殷勤地道："你随便说，尽管说。"

宁宥怒道："我说话，你别打断好不好？"

简宏成哈哈一笑，果然不说了。宁宥也意识到自己态度嚣张。可她忍不住呢，当然是不会道歉的，又若无其事地继续说下去："你主动约束你姐这件事，最好别外传，只能小范围的有限几个人了解，可以吗？"

简宏成听得没头没脑，疑惑地问："这个小范围是指你我两家？那当然，传出去我也没面子。"

宁宥满脸纠结："不是。"可她磨蹭了好一会儿，幸好简宏成不急，他巴不得宁宥磨蹭，以延长两人相处的时间。

"我不想告诉我妈和宁恕。你懂的，宁恕跟你姐相当于美苏两国的核威慑……"

"明白了，我也拿宁恕诡计多端，擅长利用政策搞人来威胁我姐。我们想到一起去了。"

"谁跟你是我们啦？"

简宏成又哈哈地笑，是打不还手、骂不还口。

宁宥听得出简宏成笑声中的了然，只好白他一眼，装作专心开车，不理简宏成。简宏成也无所谓，笑眯眯地看看前面的路，又笑眯眯地看看宁宥，他知足了。

等宁宥将他扔在小区门口，简宏成到下车关车门前才悠悠地道："你扣住你弟，不让他来烦我，你跟我不是我们，还是谁们呢？哈哈。"他说完，赶紧关门溜走。

宁宥虽然一点儿辩解的机会都没有，可忍不住一笑，简宏成走后她终于可以笑了，她一直笑进家门。

她一开门，书房里本来好好在做作业的郝聿怀就蹿到沙发上，像条沙皮狗一样地趴下，等宁宥摸索到书房，郝聿怀才有气无力地道："妈妈，我不想做作业。"他一边说，一边偷偷瞧妈妈的脸色。

"饿坏了是吧？我赶紧做饭。"宁宥挤坐到沙发上，摸摸儿子额头，探知没有热度，才放下心来。

"不是，嗯嗯，不是。"

宁宥心里了然，一边问"那是什么呢"，一边伸手轻轻替儿子在背上挠痒痒："是这个吗？"

郝聿怀舒服得像只猫，脸贴到宁宥手臂上，眯缝着眼睛道："妈妈，我都复习好了。我感觉很好的。"

"要不要我等一下找题目考考你？"

"不用。"

"这么自信？"

"当然。嗯嗯，真舒服。"

"可我手里抓得满是汗臭呢。"

"没有，才没有。"郝聿怀拱了妈妈一下，可依然舒服地闭着眼睛，像小猪一样噘着嘴。

宁宥笑眯眯地替儿子抓了会儿，才收手，道："好了吗？"

"好了。可是我更不想做作业了，更懒了。"

宁宥哈哈一笑："那就不做了呗。"她说着，起身去做晚饭。

郝聿怀虽然舒服地瘫在沙发上，可声音追了出来："妈妈，我一听你开门的声音，就知道你今天心情又很好。你这几天都开心，我也真开心。"

宁宥听了心里感慨。她最不愿让儿子也受到影响，可终究还是影响到了儿子。但她脸上依然笑眯眯地道："所以你今天摆好姿势让我抓痒吧？"

郝聿怀哈哈地笑，笑出这几天里难得的开朗，笑了会儿，满足地一跃而起："妈妈，我替你捶背。"

宁宥心满意足，恨不得抱抱儿子。可她知道，现在儿子自以为是个成年人了，不让抱了。

宁蕙儿趁着下班时节路上人多，抓紧时间出门，去菜市场买菜。人多就难免磕磕碰碰，可只要有人碰到宁蕙儿，她就惊吓得脸色大变，等站稳看清了，才敢再走。这次买菜她都没精力讨价还价，还嫌人家菜贩子动作慢。很快她就鸣金收兵，一路逃窜回家，关上了门，才放下心来，靠着门板呼哧呼哧地乱喘。

宁蕙儿以为很快就能平息心跳，可足足平息了有十分钟，依然腿脚酸软、呼吸急促，回不过神来。宁蕙儿终于撑不住了，软软地滑坐到了地上，拿出手机给宁恕打电话："弟弟啊，妈身体撑不住了，这几天吃不好、睡不好，刚才出趟门买个菜，半小时了，心跳还缓不下来。弟弟啊，你能放手吗？我们不要争气了，妈争不起了。妈年纪大了，吃不消了。"

宁恕刚刚走进翱翔总部大楼，准备与赵雅娟开会，冷不丁接到妈妈的电话，听妈妈哀哀恳求，脸一下子红了，说不出话来。

"弟弟，听着吗？算妈求你，我这辈子只求你这一回，可以吗？"

宁恕听得一张脸都拧在了一起。他还是第一次听到妈妈如此软弱地恳求，完全不知怎么应对，只会机械地道："妈，我开个会，完了立刻回家。你喝口水，静坐会儿，别胡思乱想。我很快回家。"

宁蕙儿叹息着放下电话，看向被夕阳照得亮橙色的北窗，没力气起身。她觉得自己的生命也像这夕阳，似乎很快就要落下了，可又想到女儿宁宥那儿的后路，对，女儿说过，已经收拾好给她住的房子，她随时可以过去，不怕。

想到这儿，宁蕙儿身上才恢复了力气，扶着门站起来，慢慢做事。

宁恕却被妈妈打的这个电话搅得心乱如麻，即使到了董事长办公室所在楼层，都没办法进去，找秘书报备。他拐到旁边的露台，不怕外面被夕阳晒得滚烫，大口深呼吸着灼热的空气，让心情平静下来。

时不我待，他必须加紧，再加紧，快马加鞭。

宁蕙儿也在深呼吸。她无法集中精力做晚饭，洗了会儿菜，便又开始发呆，又忽然惊醒过来，如抓救命稻草似的抓出手机，赶紧调出宁宥的号码，想跟女儿说说。可她无论如何都按不下通话键，而今这境地全是她自找的，女儿宁宥曾多次反对，可她回应的是黑脸。她眼下怎么有脸打电话求助、求商量？宁蕙儿尴尬地试试手机音量，已经是最高。她将手机放到桌上，以便有电话进来时可以最快听到。她心存侥幸地想，女儿有几天没来电话了，这会儿总该来电话了。她殷切地期盼着，今晚应该会有女儿电话。

赵雅娟也没闲着，她戴上老花镜，皱着眉头按下播放键，刚才按照儿子的教导录下来的一段话，这时清晰地播放了出来："有个朋友着了道儿，搞得我也心惊肉跳的，以后办公室里专门得备着这种东西，碰到重要谈话，就录一下，省得以后口说无凭。"赵雅娟听着这清晰的音质，满意地笑了："不错，效果不错。"

赵唯中不疑有他，继续认真地道："这支录音笔就给你吧，我把充电器也带来了。你隔三岔五充个电，别忘了。"

"嗯。"赵雅娟拿来桌上的记事本，在右上角写了一笔"充电，切记"，一边吩咐儿子，"这事天知地知你知我知，但让同事们知道不大好，会让他们以为我不信任他们。虽然我们……"

"防人之心不可无。"赵唯中点头表示理解。

"对，就是这句话。还有，你得给我抓紧啊，今晚就收拾行李，明天必须飞到北京，新学校批文你得赶紧给我拿下来。这回你必须给我拿到，拿不到就给我在北京待着，别回来了。"

"呃，妈，你不可以这么凶。"赵唯中试图嬉皮笑脸，争取主动，"起码房地产公司那儿小宁刚接手，我得带他一阵子啊。"

赵雅娟嘿嘿一笑："你带他，还是他带你？"

赵唯中被妈妈戳穿，只好笑道："我偷师嘛。房地产这一块我们以后总得好好抓起来，发展成一个重要利润点。"

赵雅娟笑道："你想法是对的，但小宁刚来，还没站稳的人多疑，你耐心等他心态调适好了，再偷师，有的是时间。再说我要求小宁从一开始就规范办公，他所有的作为都有书面材料给我，你随时可以调取。你还是给我赶紧出差去。"

赵唯中无奈，只好答应。赵雅娟送儿子出去，到门口见秘书给她使了个眼色，她点头不响，特意送儿子进电梯后，再回来找秘书，得知宁恕这么大热天一个人待在露台上，她感到奇怪，走出去看，果然，看得出宁恕很有心事。她当作没看见也没出声，回到办公室让秘书去喊宁恕，在宁恕来之前，打开录音笔。

宁恕进门的时候一脸若无其事，早恢复了平静。

赵雅娟推心置腹地道："对不起，我不准时。刚才跟唯中开会，我知道他这几天打着向你移交工作的名号，给你带来了一些麻烦，我把他支走啦。"

宁恕惊讶，更是惊喜，忙道："我不在乎的，领导督促指导工作是应有之义。"

赵雅娟坦荡地笑："什么督促指导，他想偷师，他对房地产行业运作有兴趣。"

宁恕也知道赵唯中的想法，见赵雅娟揭穿，笑了："我愿意与小赵总分享，真心的，小赵总多了解这行业一些，方便以后有效地协调管理，对我更有利。"

赵雅娟认同："你说得也有道理，让我考虑考虑。不过我虽然母子一起管理集团公司，却不想把公司办成封闭化的家族企业，还是愿意秉承用人不疑、疑人不用的宗旨，聘用得力的经理人，给经理人创造良好的创业经营环境，把公司办成规范化的即使脱离了我和唯中依然可以有效运转的现代化企业，你明白我的意思吗？"

宁恕点头："明白。"

赵雅娟道："所以你不用有顾虑。喏，这份报告原璧奉还。以后你只需要告诉我计划和结果，进度汇报自有集团定期会议，这正是我今天开会要跟你说的主要问题。"

宁恕感动，赵雅娟说出这种话来，得包含多少的信任在里面啊："谢谢赵总，我明白了。企业文化有不同，我会尽快适应翱翔的企业文化。"

赵雅娟卸下刚才有些公事公办的面具，转为和蔼地道："当然企业文化之外，还有管理中的因人而异。我没三头六臂，企业大了，我一个人管不过来，没法面面俱到，只好在几位可靠的经理人管理的领域偷个懒。小宁啊，你跟唯中差不多年纪，又是好人品，我待你有些特殊。我跟你明说，我在你这一块要偷点儿懒，你可得认真答应我。"

这一个小会，宁恕一路惊讶感动，至此达到高潮。他几乎是毫不犹豫地道："我尽我最大努力，不负赵总信任。"

赵雅娟将前两天宁恕交给她的报告递还给宁恕，笑道："那……早点儿下班回家。工作狂也得喘口气。"

"是，赵总，这下我心里有底了。回头立刻着手修改容积率和拆迁工作。容积率那个问题……"

"呵呵，当然是你全权。只有你摸不到门道，需要我引荐时再来找我。以后凡是公事和私事你找不到门道的时候，都可以找我。至于引进之后怎么谈、怎么操作，反正我还是不管，都你来。你长期在外地工作，这里人生地不熟，也该趁机培养培养你的关系了。但有一条必须说在前头，是原则，不可以做违法乱纪的事。尤其是不可急功近利，为了走捷径，非法输送利益。"

赵雅娟又特意语气加重，补充："不许！"

"是，赵总，明白了，非常感谢您。"宁恕调皮地敬了个美式军礼，在赵雅娟亲切的注视下，告辞离开。是，他是真的心里有底了。他走出门后如脚底生风，走得异常轻快。在所有谈话中，他一下就拎出了重点，赵雅娟说了"凡是公事和私事"——私事，只要他做事争气，赵雅娟也会管的。因为宁恕听到这一句之后心潮澎湃，就没有在意赵雅娟最后的特别提醒。

赵雅娟冷眼注视着宁恕离去的背影，等门关上，眯眼拿出录音笔，回放刚才的对话。对话声中，她细细回想她疑惑不解时给阿才哥打的咨询电话，阿才哥说到宁恕为了报复世仇，千方百计地寻找靠山，以借力打力，阿才哥还坦承他就是前一任的冤大头，虽然没什么损失，可被人蒙着头利用的感觉很不好。赵雅娟的感觉也是如此，但她默默地将一切咽下，连儿子都不告诉。她自然不会任由宁恕利用她。

宁恕迈着轻快的脚步回家，仿佛今晚的危险也消退了好多。他虽然下车后依然小心翼翼，可不再风声鹤唳，回到家里，看到妈妈已经做了一桌的菜。

宁恕洗手坐下，先夹了一筷子凉拌青瓜，却发现妈妈忘了放盐。他一抬眼，这么多天来第一次看清妈妈暗沉的脸色与浮肿的眼睛。他心里一揪，低着头起身，去厨房拿盐撒上。

宁蕙儿坐下后一直喝汤，见此才惊道："太淡了？别吃太咸。"

宁恕不忍说破，道："太淡了，大概夏天出汗多，想吃咸点儿。"他一边说，一边赶紧拌青瓜，免得妈妈发现自己魂不守舍下时犯的错误。

宁蕙儿好不容易等儿子筷子翻飞，搅拌结束，夹了一片尝尝："有点咸，还行。你多喝点汤。"

宁恕异常乖巧地喝了一口汤，道："妈，明天我送你去苏州玩，让以前的兄弟安排接待你，你去玩一个月。一个月后我这儿的事情差不多了。"

宁蕙儿惊恐地问："一个月！你打算干什么？"

宁恕冷静地道："在公司干活儿，可能连回家的时间都不会有。这一个月我会很忙，但会干出成绩，让老板非常倚重我。我不会有时间做别的。妈，你去苏州避避，谁都不用通知，就是去旅游。"

"真的？"宁蕙儿将信将疑。

"真的！我刚刚与老板谈好。新公司的房地产项目已经拖延了太久，我必须大跨步，把进度拉上去，这一个月要做很多事，有无数的章要敲，还要拆迁，要勘察、设计，几乎是相当于把三个月的活儿压缩到了一个月。可喜的是，老板全权授权给我，让我不用汇报得太细，放手去干。妈，我要做好，一方面回报老板的器重，另一方面是让老板更加器重我。但这期间，我没精力照顾你……"

宁蕙儿听了，放心了点儿，道："行，妈不会拖你后腿。你去忙，不用惦记我，我权当在家蹲一个月，哪儿都不去，猫着。我会让小区门口那家平价菜超市隔两天就送菜上门，最多加几个钱而已，饿不死我，别人也惹不上我。我会照顾好我自己的。"

"其实去苏州玩玩也不错……"

"这么热的天，到了苏州也不愿出去，宁可在屋里蹲着，那跟在家里蹲着有什么不同？你不用操心我啦。只要你好，我也不担心了。更何况想到你忙的时候只要一个电话，我就能给你备好热饭、热菜，给你做好大后方工作，我心里更踏实了。你姐让我去上海我都不愿呢，何况一个人去人生地不熟的苏州。就这么定啦。"

宁恕心酸地看到，妈妈如同做出了重大决定，又如释重负，说完便端起饭碗，大大地扒了一口饭，再一口吃下汤里的肉丸子，不像刚才，坐下半天都是喝汤，似乎别的什么都吃不下去。宁恕犹豫了一下，道："妈，刚才这青瓜里，你忘记放盐了。"

宁蕙儿尴尬地一笑："啊，是吗？你还骗我。不过现在不担心啦……"可话是这么说，宁蕙儿被宁恕这么一提醒，买菜做饭时惊恐眩晕的感觉又回到心里，令她不寒而栗。她心里不得不产生了怀疑，一个月后儿子真能把问题解决？真的能？自儿子长大后，宁蕙儿破天荒地深深地怀疑起儿子的能力。不，她不能再盲目轻信，得问清楚了。可她又不能直接问儿子是不是能相信他的能力。她将筷子搁下，问道："既然你这一个月的计划已定，我倒要问个清楚，你到底要简家怎么样？要他们道歉？或者不要道歉，只要他们吃苦头，不能只我们一家人吃苦头？还是打掉简敏敏的气焰，方便你从今往后在家乡无所顾忌地做人？还是替你爸报仇，也要他们一条命？还是其他别的什么？"

宁恕张口就来："这不是显而易见的吗。"

宁蕙儿咬紧牙关追问："显而易见什么？我怎么觉得你都不知道自己在做些什么呢？"

宁恕心情很好，很体谅妈妈因为紧张惊慌导致的神经质，轻松地一笑，张口要回答，忽然发现不知什么才是确切的答案。他举着筷子愣了足有三秒。可他反应灵活，当即似是而非地道："人活一口气，妈，我是个男人，男人更不能当窝囊废。"

宁蕙儿也发愣，对这个答案回不过神来。她嘀咕"你什么时候是窝囊废了"，又想着可能自己老一套的思想跟不上年轻人，人家精神需求更高。她只能把这个疑问埋进心里，再问："争气，一个月够用吗？"

宁恕终于不以为然了，简单，但加重语气道："妈，我有计划，你不用担心。"

宁蕙儿忽然意识到儿子可能完全不知道自己在做什么，既然如此，又怎么可能知道怎么做到最好呢？于是，漫无边际的恐惧席卷而来，再度将宁蕙儿浑身密密地笼罩。她再度无心茶饭，叹道："好吧，一个月。就当歇一下吧。"

宁恕想解释，可想到结果是最好的解释，便闷头吃饭，不说了。一个月后再看吧。

宁蕙儿心里悲凉地想，再一个月，再看一个月，再相信宁恕一个月。

第七章
谈 判

宁宥这几天的日子过得风和日丽。她原以为家庭遭遇这一系列变故之后，日子会变得非常艰难，可想不到她和儿子都有如此强大的韧性来承受与克服，更想不到没有郝青林的存在，她的日子过得更轻松快乐、自由自在。眼下儿子的期末考试结束了，虽然成绩还没揭晓，可她和郝聿怀两个都已经做好了心理建设，可以坦然面对任何结果，无论是好是坏。因此她只须按部就班地办理出境的各种手续。

宁宥从银行换了美元回来，看时间已不早，就不去公司，直接回家。她原以为郝聿怀会待在家里，打开家门就唠叨着："灰灰，我换了各种币值的美元，要看吗？"宁宥见没有回音，四处没找到儿子，也没惊讶，小区里就有他的几个同学，郝聿怀串门去了也有可能。

宁宥安顿好了自己，便打电话给儿子的手机，想问问他什么时候回家，想不到手机的叫声从书房传出，更想不到的是，很快手机里传来郝聿怀的声音："我在睡觉，请晚饭时间再联络。"宁宥疑惑地拿着手机进书房找，果然循声找到书桌抽屉里郝聿怀的手机。宁宥脸色变了。她急忙再度拨打儿子的号码，依然，手机里传来儿子的留言。

宁宥不傻，立刻想到儿子不带手机是因为不想被她从软件上用GPS

定位。可是，郝聿怀偷偷摸摸地特意避开她去哪儿了呢？

宁宥试图，也一直在努力做个通情达理、不急不躁的妈妈，可儿子才初一，准备上初二，虽然一向自以为成年，也确实颇为懂事，可毕竟还是个孩子啊，如今城市里人员如此复杂，宁宥怎么可能不担心。

正当宁宥急得团团转时，一个电话进来。宁宥一看是郝父的来电，寒暄一句后，立刻直奔主题："请问灰灰在爷爷奶奶家吗？"

郝父奇道："没在啊。灰灰没跟你说去哪儿？"

宁宥眉头一皱，委婉地道："灰灰没说，他手机也落在家里呢。等一下您如果见到他，请让他赶紧给打我电话，我很担心他。"

郝父静默了一下，道："灰灰真的没在我们这儿。你赶紧到另外的地方找找，我也去附近他爱去的地方看看，找到了我们互通消息。"

宁宥心急，没时间跟郝父解释，更是忘了问郝父打电话来有什么事，挂了电话后就走到窗户前探望，这么高，当然什么都看不清。宁宥心里莫名有种很不好的感觉，因为以前郝聿怀做事从不瞒她，即使是做坏事，也不会瞒、不会赖，因此，今天这种种小计谋的背后，宁宥感觉肯定有这阵子家庭变故对郝聿怀的影响。宁宥忧心忡忡地晒着夕阳，趴在北窗，不肯走开，希望看到儿子尽早出现。

简宏成的电话进来，他不知有异，笑嘻嘻地道："快下班了吗？我今天回老家，不会找你去蹭车，哈哈。"

宁宥欲言又止，"嗯"了一声，又有点儿心不在焉地道："好，多谢不蹭。"

简宏成听出有异，关心地问："怎么了，不高兴？"

宁宥憋得快爆炸，即使忍了足有五秒，可最后还是没憋住，说了出来："我今天早退……"

"哈哈，避开我？这不好。"

"别打岔。我回到家发现儿子不在，现在还没找到他。可他手机不带，不让我查出方位，还在手机里设留言，假装在睡觉。他从没这样过。我很担心他受最近家事的影响，性格变得沉闷。你看，他还没回家，都五点多了，要命。"

简宏成忙道："你千万别打电话给他的小伙伴，他会觉得没面子的。"

"是的是的，所以我只能干等。但我最着急的是，他现在花那么多心思跟我隐瞒，也开始跟我藏心事。尤其是现在这当口，我感觉很不妙。你有没有什么办法？"

"我？"简宏成不知该受宠若惊，还是该抓破头皮，连忙想了一下，依然老老实实地道，"我对小孩子教育真没心得。我在小地瓜面前也束手无策，还想请教你呢。"

"不是，我意思是，依你的性格，你小时候如果想对父母隐瞒，父母会怎么开解……"宁宥忽然意识到自己着急过度，说错什么了，忙掩饰过去，"咳咳，比如你平时怎么对待同事？"

简宏成被宁宥言语间的大转折提醒，欣喜地想到：天哪！宁宥跟他谈这么私人的问题呢，居然向他请教管教宝贝儿子的办法。他不由自主地在车位上坐直了，认真思考了一下，道："其实这话也可以跟你说。你告诉你儿子，心里藏太多秘密会很累，秘密只会越藏越多，藏一个秘密，必须用更多的秘密去掩盖，不仅增加心理负担，而且导致自己远离善意社会，久而久之压抑心理。你看，你如果早点儿跟我……"

"呃，我明白了。谢谢你，很好的主意。啊，我看见灰灰了，对不起，我挂了。"宁宥是真的看见了儿子，即使高楼，即使夏日黄昏，光线已暗，依然能一眼认出进入小区的那个小黑影就是灰灰，一点不会错。

简宏成虽然被宁宥过河拆桥，可并不生气，反而喜滋滋地想，宁宥竟然跟他商量教育孩子的事儿，这是两人关系多大的飞跃。他快乐得都没时间去想简明集团的那些破事儿了。

因此到了田景野办公室，他忍不住摩拳擦掌，蹦跶着问："你见过宁宥儿子吗？"

田景野奇道："见过，熟悉。盒饭还是快速面？我等你等得都饿死了，吃完赶紧办事。"

"盒饭。她儿子怎么样？"简宏成也知道后面有一屁股的事，可忍不住。

田景野立刻打电话叫了盒饭，再对等不及的简宏成道："很聪明，人也很好，我很喜欢他。"

"啊，那性格不像宁宥，像谁？"

田景野想了想，忽然反应过来："呸，少自作多情。"

简宏成只是忍不住，想多了解了解宁宥最亲密的人，被田景野呸得丈二和尚摸不着头脑。"我怎么啦？就问问而已……不会吧。"简宏成也反应过来了，"难道像我？"

田景野忙道："别胡说，给宁宥找事儿呢。"可田景野发现简宏成在发呆，根本没听他在说啥。

简宏成脑袋里正轰鸣着回放宁宥刚才脱口而出的一句话，当时不在意，可现在咂出味道来了。"我的意思是，依你的性格，你小时候如果想对父母隐瞒，父母会怎么开解……"结合着宁宥儿子的性格像他，那说明什么？宁宥早知她儿子的性格像他。难道宁宥是比照着他的性格教育儿子？这个猜测，不，这几乎已不是猜测，而是事实，惊得简宏成不由自主地旋转起来、大笑起来。

田景野当下伸腿，做一个绊马索，将简宏成掀倒在沙发上："发疯啊，转得我头晕。"

"必须发疯！宁宥今天脱口说出一句话，结合你说的她儿子的性格像我，我很确信她一直是以我的性格做范本，来教育她孩子的。"

"她今天怎么说？"

"她说：我的意思是，依你的性格，你小时候如果想对父母隐瞒，父母会怎么开解……原话，一字不差，我记性很好。"

田景野想了又想，慎重地点了点头，确实如此，却又如此意味深长，令他无法开口。

简宏成蹦了起来，拍拍田景野的肩膀："不干活儿了。"

"不行！"

"喝酒去。"

"干活儿啊，大哥……"可田景野根本拦不住简宏成，只能眼睁睁看着简宏成蹿出去，子弹一样地飞远了。田景野哭笑不得，再回想简宏成与宁宥之间的那些破事儿，只能叹息了。

宁宥看到儿子是跑着进小区，跑着回家的。她虽然知道儿子肯定无虞，可还是忍不住打开家门，等在电梯门口，急切地等儿子从电梯出来。终于等到电梯门开，她见到儿子看了看手表，又看到她，瞪大了眼睛，一时手足无措。宁宥见到儿子，早先的烦心早烟消云散，将愣住的儿子拉出电梯，拉回家中："赶紧洗澡，一身臭汗。"

郝聿怀知道大事不妙，即使妈妈没责骂，依然"妈咪"地叫着，不敢看妈咪脸色，赶紧蹿进卫生间洗澡。

宁宥关上门，坐在沙发上有点儿脱力，按说她不该这么焦急的。可最近家里事情太多，她太担心儿子的心理健康，不知不觉就风声鹤唳了。她拿起手机给郝父打电话："灰灰回来了，还是跑着回家的，大概是想赶在我下班前到家。我还没问他去了哪儿。对不起，刚才我心急了，说话欠考虑。"

郝父稳笃笃地道："别急，别急，慢慢说。灰灰回来就好。这年纪的孩子有点儿隐私了，而且还是你越逼他越逆反。你缓缓气，得跟他慢慢地绕。"

"是的，我也不敢多说，刚打发他去洗澡呢。还得再说抱歉，我刚才急躁了。"

郝父道："一方面是你心急，一方面也是我们最近自己牌子做塌了，在你面前信誉欠佳。灰灰都已经明确表态不要到我们家里玩。不怪你，应该怪我们自己。"

宁宥讪笑："好在灰灰回家了，没事了。您是不是有事找我？"

"是啊，我们等不及问问什么时候开庭。"

"我也问了律师，律师说检察院在补充调查什么的，还没交到法院去。可能还得拖个把月以上。您别急，我吩咐律师了，只要一有消息，他会第一时间直接通知你们，先电话，后复印件加急送到家。我也会在得知消息后第一时间知会你们，算是双保险。"

郝父叹息："有数了。谢谢你，你一向考虑得很周到，我们也是真等得耐不住了……"

"都一样的，儿子的事比自己的更重要。我也是做人父母的。"

郝父还是叹息，为难地道："还有灰灰。我们想他，可是我们在他面前已经尊严扫地了，没脸再跟他说大道理。你能不能劝劝他，偶尔来看看我们？"

宁宥想不到郝父这么说，可也只能叹道："他一时转不过弯来，得给他时间。"

郝聿怀湿漉漉地裹着浴巾出来，笑嘻嘻地蹿进自己屋里。宁宥看了笑道："又忘记拿衣服！"

"没关系。"

很快，郝聿怀穿上背心短裤出来，又抱着浴巾送回浴室，都是一溜儿小跑。

宁宥将做好的三明治递给儿子，这才追着问："先填填肚子。去哪儿了？"

郝聿怀摇头："不能说。"

"为什么？"

"你会生气。"

宁宥心说她会生什么气呢："可你又是设手机留言，弄装睡骗局，又是不肯说出为什么骗我，我这才会真生气呢。"

郝聿怀一下子愣住，是，冲突了："可是我告诉你了，你会更生气。"

宁宥也没紧逼，只是道："没关系，你自己决定了就好。但是有个问题妈妈得告诉你，成年人跟弹簧一样，你以为它被生气压扁了，不，你松手，它就慢慢、慢慢恢复了，甚至恢复得跟原来一样，成年人在生活面前自我调整心态的本事很好，那都是用很多年的阅历打造出来的。你看，爸爸的事情之后，我现在是不是不生气了？"

郝聿怀转着眼珠子，慢慢地点了点头："可是……再让我想想。我觉得你真的会生气。"

"行。妈妈做饭，你慢慢吃。妈妈以前高中的班长叔叔说，心里藏着太多秘密会很累，不仅自己累，还连累身边的人一起累、一起不愉快。有些秘密没必要藏着掖着，很多事真说出来了，其实没什么大不了的。有句话怎么说的？沟通增加理解，理解才能彼此万岁啊。"

郝聿怀依然眼珠子骨碌碌地看着妈妈，听到这儿，忍不住道："真的？"

"真的。我以前犯了一个大错，以为藏着秘密对谁都好，其实，我太自以为是。"

郝聿怀非常信任妈妈，因此终于下定决心说出来："我去闸北法院了，在法院门口守了一天。你看我做的记录，这是法院押送犯人的车子进出的时间和路线。"

宁宥完全没料到。她惊讶地看看儿子，再看看儿子做的记录，愣了会儿，才明白过来："你是不是想调查清楚闸北法院押送嫌疑人——法院判决之前得叫嫌疑人，不能叫犯人——进出的时间规律？就因为你是未成年人，不能上庭看你爸爸，所以你想在外面车子的必经之地等着，让他看到你？"

郝聿怀紧张地看着妈妈，抿紧嘴唇不肯说话，但点头承认。

"你是好孩子！"

"真的？不是安慰我？"

"真的！"

郝聿怀晒得通红的脸这才放松了："因为你生爸爸的气，而且是很生气，我怕去看他会惹你生气……"

宁宥忙再度申明："我早跟你表态过了，我跟你爸爸的关系，不影响他依然是你爸爸，没冲突。"

郝聿怀道："大人总是口是心非。我咨询过单亲家庭的同学，他们都这么说。呃，你不能恼羞成怒啊，我可是在认真地与你坦诚沟通。"

宁宥哭笑不得："我感情上当然会有些幼稚想法：最好你也跟你爸绝交。但幸好我绝大多数的时候还是理智占上风的，绝非口是心非。我保证。喂！我这么多年的信誉摆这儿，还不够说服你的吗？"

郝聿怀认真考虑了一会儿，才慎重地点头道："我信任妈妈。是这样的，我虽然很生爸爸的气，可我想他，还想给他打气。不知为什么，我又生气不想理他，又想见他。"

"你做得对。"宁宥早眼圈红了，觉得自己的儿子了不起，"你明天想去，可以继续去，但要带上手机。还有啊，瓜田李下的，要注意分寸，别被人怀疑你在窥探公检法的什么秘密。"

郝聿怀一下惊醒："可不，会不会被人怀疑我要劫囚车？啊，真的，可怕。"

沟通成效良好，可宁宥到底还是口是心非了，心里酸溜溜的，觉得太便宜了郝青林。面对儿子，为了儿子好，她自然不能纵容自己的愤怒与恨。但毫无疑问，她的儿子是好孩子，想到这儿，她什么愤怒都可以化解。

简宏成并未出去喝酒。他来到宁恕新公司办公楼下，一个电话打上去："宁恕，我是简宏成，在你新公司楼下咖啡馆，有事商谈。或者，还是我上楼？"

宁恕想不到简宏成会来找他，他怎能让这瘟神上楼，他只得道："我下去。"

简宏成拿出手机给宁宥发条短信：我打算给宁恕最后一次机会。

宁宥莫名其妙，不知简宏成什么意思，抓起电话问："婆婆妈妈？"

简宏成笑道："我怎么会？但他是你弟弟。"

宁宥只能无语了，好一会儿才给一句："没用。"

简宏成道："很多事并不取决于做了有没有用，而是我乐意。你弟弟来了，身体姿势很不友好。我挂了，不跟你汇报结果了，肯定只会有一个结果。"

宁宥哭笑不得，挂机后将手机交给了今天表现得异常殷勤的儿子。但她想到刚才因焦虑而差点儿忘了的事情，忙抱歉地对儿子道："灰灰，我去美国学习的行程无法改变，我今天刚换好了美元。但你爸爸的案子有反复，同案其他人又被发回去补充审查，开庭日期有变动，具体时间还没出来，有可能要拖延一两个月。"

郝聿怀问："会不会正好在你去美国的时候，爸爸那儿开庭？"

"可能两边日程的安排会发生冲突。虽然我试图把选择权交到你手里，但如果把你留在上海，我一个人去美国，我会很不放心，心里也会不舒服。"宁宥顿了顿，有点儿困难地道，"但我还是得把选择权交给你。你如果不想跟我去美国学习，我可以安排你住爷爷奶奶那儿，也可以请外婆过来管你。"

郝聿怀"嗯"了一声，举着宁宥的手机，一只脚在厨房里，一只脚在厨房外，一时说不出话来。

宁宥看着，叹道："我讨厌跟你这么公事公办地说话，可又担心你还小，做出选择之前对各选项了解不够，只好假装很理智公正地把各种选项都告诉你。其实除了跟我去美国这一项，其他都不是我情愿的。"

于是，郝聿怀毫不犹豫地道："我跟你去美国。"

宁宥早知肯定是这个答案，即使不是，她也会诱导到这个答案，可一想到得让未成年的儿子选择要爸爸，还是要妈妈，以及更受道德良心折磨地选择以实际行动同情爸爸的落魄，或者放着可怜的爸爸不管，跟妈妈出去享受高大上的生活，宁宥开心不起来，只能强打笑容。这样的环境下，所有的选择都是输。一想到这儿，宁宥又恨起郝青林，心里揣摩着待会儿怎么开解儿子。

果然，郝聿怀落寞了会儿，挣扎着道："妈妈，你别洗菜，听我说。我跟你去，是因为我更爱你，你也更爱我。我更不愿你难过，我也更愿意跟你在一起。我不是势利眼什么的。"

宁宥听着大喜，这才是真的笑容。她不管儿子可能会反对，狠狠拥抱了儿子。

郝聿怀有些疑惑，也有些纠结，但心里莫名地也有点儿骄傲，可终于还是疑惑占了上风："是不是我做对了？"

"你今天做的两件事都让妈妈为你感到骄傲：一件事是你虽然恨爸爸做错很多事，却依然爱他、关心他；另一件事是果断地、理由充分地做出选择，不管这个选择以后被证明是对，还是错，或者有什么遗憾，但你眼下在有充分理由之下做出果断选择这个行为是正确的。"

这回轮到郝聿怀拥抱妈妈："原来第一件事真的没让你生气，太好了。"

宁宥心里酸溜溜的，嘴上说："没生气，你有情有义，我怎么会生气。我是真高兴，也真为你骄傲。"

郝聿怀也大声道："我也是真的愿意跟着妈妈，不是拍马屁。"

宁宥忍不住吐吐舌头："我们都有点儿肉麻耶。"母子大笑。

简宏成舒舒服服地坐在宽大的沙发上，看着宁恕走进来。原先想到这个名字都觉得厌恶，现在看着，竟然也不碍眼了。他看着宁恕气势磅礴地走进来，而非上一次两人见面时的落魄，然后见宁恕也大马金刀地坐在他的对面，而且不知是有意还是无意，摆出了跟他一样舒适的姿势。咖啡馆装得很豪华，沙发很大，桌子也不小，两人面对面这么一坐，根本没法正常谈话，除非跟做报告似的，一说，周围全听见。

但简宏成若无其事地摸出手机，拨通了宁恕的手机，继续半躺在柔软的沙发上，如若平常地说话："你出手对付我们简家至今，简敏敏夫妻离婚，两人各自坐牢，并共同损失两千万元。不好意思地告诉你一下，绝大部分钱已经被我追回来了，还有，张立新以其个人资产填补损失之后，简敏敏个人损失并不大，不过为了甩掉张立新这个负资产，而花费几个钱，我看还是值得的。而我则一文不花地抓回简明集团的控制权。简而言之，简敏敏盈亏相抵，我大赚，只有张立新大亏。呵呵，让我说你什么才好？"

宁恕淡淡地看着简宏成，道："我很忙，你一口气说完。"

简宏成也看着宁恕，道："不过我家简宏图还是被你搞得关闭公司。其实简宏图开公司也是胡闹，以往他每月亏损不少，都是从我账上走，现在我直接给他生活费，比他过去亏损的数额更少，他到手的反而更多，他更舒心，我也更省心。呵呵。"

简宏成说到这儿，顿了顿，看着宁恕，等他的反应。但宁恕没有任何回话，只是静静地看着简宏成。

简宏成喝了一口为了减肥而不加糖、不加奶的黑咖啡，皱了皱眉头，继续道："从头到尾我都很被动，都是兵来将挡、水来土掩，因为我看在你姐姐面上，不跟你一般见识。但我已经很厌倦了，不打算继续跟你玩你设定的低级游戏。你无能得就像瓷罐里的一只蛐蛐，而我，以及其他几个人俯视着你，看着你拼命摸索，寻找机会。我们伸出蛐蛐草撩拨你，引导你，让你自以为得计，奋勇向前。但我说过了，你幸好有个姐姐。我今天找你来，给你最后一次机会，让你看清楚自身——你充其量只是瓷罐里的一只蛐蛐，俯视着你的每一个人都可以伸出一根手指捻死你，可能还轮不到我出手。你如果今天起收手，离开翱翔集团，三天内离开这个城市，我，祝你前程远大，前事一笔勾销。就这些，你可以走了。"

简宏成说完，很干脆地挂断电话，但继续看着宁恕。

宁恕听得心惊，简宏成拿蛐蛐描画的正是他的现状，但他只是一惊而已，很快嗤之以鼻。他还边打电话，边谋算，等待下一步呢，简宏成怎么可能看得清，无非虚张声势。他一声冷笑，也收了手机，看着简宏成道："我以后不想看到你出现在我身边。抱歉，我现在身边的拆迁啊、土建啊什么的包工头多，那些人手脚没轻重，你当心。"

说完，宁恕就起身走了。简宏成不由得歪着脑袋看着宁恕的背影，等宁恕走出咖啡馆门，扭头问坐在身后打瞌睡的司机："你看那人智商上没上 100？都几乎跟他明说了，他怎么还不开窍？"

司机迟疑着道："可能还是得明说。"

简宏成摇头："万万不行，明说缺乏美感。"

司机看着简宏成，很是莫名其妙。

宁宥在客厅茶几前席地而坐，把书房让给郝聿怀。反正暑假，任他在电脑前玩微信、玩游戏玩个高兴，书房里一会儿啾啾啾，一会儿天崩地裂,倒贴她都不愿待着。她忙着将送走房客后腾出来的老房子的钥匙包装好,填写快递单之后,想给妈妈写几个字,在写清楚空房子的地址、公交或者地铁怎么坐、附近超市怎么走之外,还想写几句话,可怎么都想不出来该写什么。正如她现在都不敢给妈妈打电话,打了也不知道说什么,唯恐又一言不合,吵起来,或者再三申明不管了,可又不得不继续管。

宁宥已经写到电费、水费她会在网上解决,以及物业的报修电话。书房里令人头痛的、震耳欲聋的游戏电音稍微小了点儿,很巧,她的手机响了,郝聿怀同时在里面大喊:"妈妈,老师说今晚能把试卷批完,明天去学校就能拿到成绩啦。你说我会是第几名呢?"

电话来自简宏成,宁宥毫不犹豫地"欺负"简宏成:"大人让小孩啊,我先跟灰灰说话。"然后她扬声道:"前三有奖。"

简宏成在电话里弱弱地表示不满:"远来是客嘛。"

"客随主便啊。"

郝聿怀同时在书房里大声道:"这学期最困难,奖金能不能提高?"

宁宥道:"好。要多少?"

简宏成依然孜孜不倦地插嘴:"可我说的是你娘家事,你不能亲疏有别。"

宁宥飞快还嘴:"要不要脸。"

郝聿怀以为说他,蹦出来看,见妈妈手里拿着手机,才释然,笑眯眯地伸出三根手指:"三倍。"

简宏成听见了笑:"小伙子敲竹杠。"

宁宥却如此回答儿子:"回答错误,究竟是再增加三倍,还是今年的奖金是原来的三倍?"

简宏成扑哧笑了。

郝聿怀吐吐舌头,厚着脸皮道:"既然不让变三倍,那我选是原来的两倍好呢，还是四倍好呢？四倍好像太多了，剥削妈妈，不太好。那就原来的两倍好了。"郝聿怀一脸纠结，最后倒真的没使劲敲竹杠。

简宏成听了道："不错，蛮讲道理的，又懂得赖皮，是长远之道。"

宁宥没理他，对儿子道："这学期特殊，你付出特别多的努力。如果拿到第一，奖金再增加两倍；如果是第二或者第三，奖金是原来的两倍。"

郝聿怀一声"耶"，飞回屋里，瞬间又游戏电音大作。

简宏成听了，又是笑："对，别太循规蹈矩，该玩的时候要疯玩。"

宁宥被音乐声吵得只得去自己的卧室，然后对着手机道："我儿子还行，从小开始学规矩，尤其是小学时，我几乎是一步不离地盯着他，陪读，目的是让他培养学习习惯。他现在已经不用太管了，已经有自觉意识了，只偶尔太出格时，提点一下就行。"宁宥一边说，一边一扇一扇地关紧身后的门，直到走进主卫。既然简宏成的话题绕着管教孩子转，她总得应付几句。她哪知道这话题现在是简宏成最得意的，简宏成听着，仿佛就在听宁宥下死劲儿地夸赞他。

"看起来家教最要紧。我儿子现在请着一个不错的家教，可平时负责他起居的是保姆，我没时间。"

"准确来说，是言传身教最要紧。这事不是爸爸，就是妈妈，总得有个人挤出时间来抓。指望保姆和家教，就像指望彩票中奖一样小概率。再说，保姆再负责，见识总归有限。"宁宥拎了几个要点后就打住了，省得简宏成打蛇随棍上，希望她去管教小地瓜，"宁恕那儿……"

简宏成笑道："我郁闷了两个小时，还是向你承认吧，这回见宁恕的效果是适得其反的。我本来想得好好的，见面跟他谈判，让他知道他已经对我造成了多少伤害，让他心理平衡，然后问他还想做什么，摆开来，大家不妨谈个价。可是……呵呵，见到他我心里一憎恨，嘴上就反着走了，然后就没法谈下去，只好侧面威胁两句，结束。他肯定以为我乱了阵脚，以为他现在的处境非常有利，这下会更放手更大胆。"

宁宥疑惑地问："我怎么听着像是你给宁恕下套啊？"

简宏成道："怎么你也这么说？田景野也说我存心是去撩拨宁恕。我哪有这么奸。我这回是真心想给宁恕最后一次机会。我高兴，我乐意，田景野又不是不知道。我好冤。"

田景野在一边，对着免提的手机冷冷地道："别装小白兔了，你这人初衷是你高兴、你乐意，等一见面，切，天性知道吗？藏都藏不住，就是奸。都不是外人，谁不知道你？"

简宏成被说得只能无奈地笑："都真给面子，硬生生地把我搞砸的一件事说成有组织、有计划、有预谋，哈哈。"

宁宥是真无奈，假笑都笑不出来的那种无奈："我下星期就出国逃避，暑假结束才回来。宁恕那儿我管不了了。田景野，我只担心我妈。我把你手机号写给我妈，行吗？"

"行。"田景野回答得很干脆。

"太谢谢了。我这边已经腾出一套房子，想让我妈过来避避，可她要守着宁恕，连房门钥匙都不肯收，好像收了，就是变节。我打算出发前一天傍晚将房门钥匙和生活备忘交给快递公司。听说快递公司四点收件结束，此后收的快递件得拖到第二天才能发，要隔天才能到我妈那儿，那时候我已经飞到美国，她反正无法退件，就只能拿着了。唉，你知道一下，到时候强行把我妈送来上海也是一条路。"

田景野听到一半，看向简宏成，简宏成也在瘪着嘴看他，两人都一脸无可奈何。尤其简宏成更是感同身受，也在耐心地等着宁恕发作呢，大家全都让宁恕拖下水。田景野等宁宥说完，道："一人尿床，全家不宁。宁恕到底要什么？说出来，简宏成一定愿意折算成钞票收买他。"

简宏成道："刚开始时我要是放低姿态，提出割地赔款，可能宁恕还会接受。可那时候我不愿意。现在宁恕吃了我们那么多苦头，你再跟他提谈判，他会暴跳如雷地告诉你他是男人，是男人就不会退。屁男人！"

宁宥问简宏成："那你还找他干吗？"

田景野看看尴尬的简宏成，帮忙回答："贱兮兮嘛。"

宁宥只好啐了一声，结束通话。

这边田景野才问简宏成："你们两个是不是约好的？一个出国，造成联络困难，一个在国内放手开杀？"

简宏成道："没约。你怎么现在看我做什么都是有组织、有计划、有预谋啊？"

田景野追问："阿才哥约你吃夜宵，主题是不是宁恕？"

简宏成点头。

田景野道："要死了，他出手，宁恕还有命在？到底是宁宥弟弟，宁恕真被你们搞得只剩半条命，你不怕宁宥恨你？不，你也无能为力，阿才哥通过我约你，你如果不去，他的怒气会落到我头上。阿才哥要搞宁恕，我只能干看着，你为了我也只能奉陪。"

简宏成叹息，闭上眼睛思索了好一会儿，睁眼肯定地道："我不是一个人，我背负着整个简家。"

田景野看着简宏成，没再说。

郝家父母今夜是儿子郝青林出事以来第一次展露笑容，因为宁宥又一次主动打电话告诉他们，孙儿郝聿怀"失踪"，是去法院门口探路云云。他们从中咂出许多味道来：即便郝青林犯下再多浑事，他儿子郝聿怀依然爱这个爸爸。他们一边替儿子放心，一边为孙儿的美好品德高兴。他们也欣慰宁宥肯把这件美事跟他们分享，这事若非宁宥打电话来，郝聿怀肯定不会主动跟他们说的，这说明宁宥也不反对郝聿怀亲近他爸郝青林，而之前老两口早就做好了最坏打算——从此孙儿是路人，他们于理有亏，自然不便强求。现在孙儿的行动无疑让他们有种捡到宝的感觉。

老两口吃完饭，破天荒地没出去散步，立刻戴上老花镜，钻进书房里写卡片，打算明天再热，也要跑去把这个消息带给儿子郝青林，给郝青林打气鼓劲，别在牢里自暴自弃。

郝母字体纤细，由她动笔，在一张卡片上可以写下更多字句。老两口先裁一张与卡片同等大小的普通白纸，字斟句酌地在有限版面上写下最多的内容，然后才誊写到卡片上。小小一张卡片，两人字斟句酌地整整写了一夜。郝母写完，时钟正好报夜晚十一点。

郝父拿起卡片，吹干卡片上的墨迹。郝母笑眯眯地揉着紧张到僵硬的手，道："明天你去看守所，后天我们一起去法院，替灰灰记时间。别让灰灰去啦，那儿进进出出的运囚车里又不都是青林那样的人，恐怕还有杀人越货的呢，别让灰灰看见那些人，不好。"

郝父听了觉得大有道理："哎呀，这是大事情，光是想想那些人凶狠的眼睛，关了那么多天，好不容易出来走一圈，他们还能不贪婪地盯着路人瞧啊？得立刻跟宁宥说。"可一说到跟宁宥说，郝父的声音小了下去。他总觉得亏欠宁宥，没大事，就没脸打宁宥的电话。

于是两人又凑一起，辛辛苦苦地给宁宥发去一条短信，躲在短信后面，不用直接接触，两人才有点儿胆量。

如今，陈昕儿父母与田景野在陈昕儿背后商谈决定，继续让她赖在田景野的旧宅里。这样，陈昕儿每天骑车上下班，虽然公司路途遥远，每天花在路上的时间足有两个小时，可陈昕儿居然甘之如饴。

陈昕儿现在刚开始工作，没钱买电动车，只好每天一身臭汗地骑车来回。她工作又忙，每天几乎没有喘息的时候，回到家里等洗完澡、吃完饭，就只剩下爬上床躺下的力气了。她近年来都还没这么操劳过。不过如此一来，倒是没了想东想西的时间，陈昕儿的脸色反而迅速恢复正常，多了几分日照晒出来的健康色。

今天睡得迷迷糊糊的时候，陈昕儿被手机叫醒。她的手机如今几乎可以一天不响，没人理她。工作也只有上班那阵子重要，但领导随时可以在小办公室里找到她，不用打她的手机，下班后便啥事都没有。她现在都忘了在晚上睡觉前将手机调成静音。

本来陈昕儿睡觉被吵醒就心里狂跳，等看清屏幕显示是来自上海的号码，更是心跳得都能蹿出胸膛。简宏成？这是简宏成的新电话？她赶紧接通电话，小心翼翼地"喂"了一声，眼神里充满希望。

电话里却传来一个小孩子压着嗓门儿问的声音："你是陈昕儿吗？"

陈昕儿一听，愣了："小地瓜？你是小地瓜？小地瓜，我是妈妈啊。"

"真的是妈妈吗？你的声音为什么毛毛的？"

陈昕儿忙捂住话筒，狂咳两声清嗓子，都不管嗓子好了没，急着赶紧跟儿子说话："小地瓜，这下听出妈妈的声音了吗？"

这回小地瓜听清楚了，毫不犹豫地喊一声"妈妈"之后，对着电话放声大哭，无限委屈。

陈昕儿听得泪如泉涌，大声喊着小地瓜，心疼得坐不住，跳下床来。可都没等她双脚落地，那边一阵嘈杂之后，电话断了。陈昕儿就跟心被揪走了一样，可无论如何，与儿子失去联络那么多天后，她终于知道了小地瓜的电话号码。她怎么可能放弃？她毫不犹豫地回拨过去。

一个女声接了电话后立刻客气地道："对不起，对不起，小孩子不懂事，这几天总趁我不注意往外面乱拨电话。对不起，打搅你了。"

"我是小地瓜妈妈，请你让小地瓜接听。"陈昕儿分明听见电话里传来儿子号啕大哭声。

那边的女子显然是惊了，"啊"的一声，挂断了电话。

陈昕儿哭得肝肠寸断，泪眼中，仿佛看到小地瓜趁保姆休息，摸黑偷偷翻下床，小小人儿一次又一次地凭记忆，试拨妈妈的号码，一次又一次地出错而失望，还一次又一次地被保姆发现、阻拦。可小小人儿不屈不挠，终于，今天打对了妈妈的号码。终于找到妈妈的小地瓜却被生生地从电话旁边抱走。他该多伤心啊，他会哭一夜吗？想着电话里最后传来的小地瓜的哭声，陈昕儿再也睡不着，眼泪将枕头打得透湿。可是，她除了哭，无能为力，现在工资没发，简宏成那儿又断了供给，父母也不支持，她连去一趟上海找小地瓜的路费都没有。

然而小地瓜撕心裂肺的哭声催着陈昕儿。她无法忍耐，熟练地拿起手机，径直找到宁宥的号码，可是刚拨通电话，就慌乱地挂断，她想到她的手机本身就是深圳的号码，再拨打上海的号码，异地了再漫游，一分钟就是好多钱，她现在没钱充值。可她不能坐以待毙，思来想去决定发短信，发给宁宥和田景野：小地瓜刚才打我手机，他哭得好惨，求你们救救小地瓜。

宁宥正洗漱，准备睡觉，郝聿怀忽然冲起来敲洗手间门："妈妈，你同学——那个陈阿姨打你电话，响了一下，就停了。你要不要打给她？"

宁宥奇道："你怎么知道我手机叫唤……啊，又偷拿我手机打游戏。这么晚了，睡觉去。"

郝聿怀明目张胆地笑："嘻嘻，我的手机内存不够啊……陈阿姨又发来一条短信，她说：'小地瓜刚才打我手机，他哭得好惨，求你们救救小地瓜。'她的小地瓜怎么了？"

宁宥想了想，冷静地道："她大概又喝多了。"

郝聿怀"噢"了一声，又龟毛地问："可会不会上两回又是跳楼，又是发酒疯是喝多了，这回反而是真的狼来了呢？"

"呃，你说得对。"宁宥心说她要是再不行动，就会在儿子眼里变成麻木冷血的成年人，只好赶紧抹一脸化妆水，拍着脸走出洗手间，给简宏成打电话。

简宏成与田景野正吃夜宵，是阿才哥非要请客。阿才哥见到赵雅娟听了他的挑拨后并无动作，心里无比忐忑，需要找同样的苦主壮胆。阿才哥这回选的环境很清雅，主客位置也不明显，大家都闲散地坐，吃一点儿精致的广式点心，泡儿壶好茶品尝。阿才哥打算等感情培养起来后，再说正事。

田景野收到陈昕儿的短信就一皱眉头，有点儿厌恶地直接递给简宏成让他自己处理。简宏成看到短信也是一样的表情，立刻打电话给上海的家里，想不到座机没人接听。这下简宏成的脸色变了，赶紧翻找保姆的手机号。他大老爷惯了，自己找号有点儿慢，于是被宁宥的电话钻了空当。

简宏成破天荒地不等宁宥说话，抢着道，"你等等，我回头打给你。好像小地瓜那儿有麻烦。"

宁宥忙道："我说的也是这事，陈昕儿发短信向我求救。你知道了就好，我没别的事。"然后宁宥转头就向儿子交代："小地瓜的爸爸去处理了，我们不用担心了。"郝聿怀这才点头走开。

简宏成一边翻通信录，一边跟田景野道："陈昕儿又是你们两个一起骚扰。我早说了，她会吧嗒一下地黏上你们的。"他总算翻到保姆的手机号，连忙拨通。

田景野看着"嗯嗯啊啊"着接电话的简宏成，脸皮皱成一团。他不知道是怎么回事，可说什么都不敢手贱，去打陈昕儿的电话，只好等着简宏成打完电话再问。

简宏成却在束手无策，电话那头是小地瓜的哭声，看样子没有中断的可能。他让小地瓜接电话，可是小地瓜这会儿完全不讲道理，对着电话喊一声"我要妈妈",就摔了手机,这下子连唯一的通话方式都断了。

简宏成扭头苦着脸对田景野道:"小地瓜模模糊糊地记得陈昕儿的手机号,一直背着保姆偷偷试拨,今天终于让他拨对了,现在哭个没完要妈妈,撕心裂肺的,我都不忍心听。你有什么办法?我真担心他这么哭下去会挨保姆的揍。"

简宏成同时拨通了宁宥的手机,让宁宥也听见。

田景野一脸为难:"你同事里面有没有已婚又稳重的女同事?"田景野一边说,一边想抢简宏成的电话。

简宏成没放电话:"你干吗?我打电话呢,问问宁宥,她有经验。"

田景野道:"我呸,你这不是大半夜赶宁宥出门,去管你的小地瓜吗?"

宁宥一听,只得又锁上主卧的门,钻进主卫,密不透风地接听电话,将两人的对话听得清清楚楚,只得硬着头皮道:"发我个地址,我过去。"

简宏成这才意识到自己错了,忙道:"不用不用,我让同事去。"

宁宥叹道:"这种事就别客气啦。还记得下午我说我儿子失踪了吗?他怕我生气,瞒着我偷偷去法院门口观察运囚车进出的规律,他人小,上不了法庭,只好推算时间,希望他爸开庭那天,进出法院大门的那一瞬间能见上一面。父子连心,他爸犯再多错,总归是他爸。你家小地瓜也是,这会儿啊,小地瓜心里什么都抵不过对妈妈的渴求,只能转移他的注意力了。我这就去,快把地址发过来。"

田景野横了简宏成一眼。

简宏成却长舒一口气:"你去当然我最放心。你收拾换衣服,我立刻让司机到你门口。司机没到,你别出门。"

"扯。大半夜的,别劳烦你司机了。我走了。"宁宥断了通话,走出主卧,敲儿子的门,"灰灰,起床换衣服,给妈妈做保镖,去帮陈阿姨的儿子。"

"根本不用换，我还没上床呢。"郝聿怀蹦了出来，立刻麻利地换鞋子。

宁宥将手机交给儿子："等一下有短信过来，你记下地址，找到导航，再帮妈妈一起看路牌，行吗？"

"行。"

"我换衣服，你从我包里拿一千元现金，再把行驶证、驾驶证、身份证找出来，都塞到你有拉链的裤兜里。再把你的棒球棍带上。啊，别忘带上整包纸巾，有小孩子在哭。"

宁宥一边吩咐，一边飞快地关门、换衣服。而郝聿怀则在外面做她的最佳小帮手。母子俩很快就收拾妥当，杀出门去。

夜半，外面虽然有路灯，可人烟稀少，郝聿怀虚张声势地舞动棒球棍，直到妈妈找到车子。夜色中，母子俩紧张得牙关紧咬，两颊绷得很不自然。

田景野讥笑简宏成："心里在欢唱歪打正着吧？"

"怎么会！"简宏成还是皱着眉头，跟阿才哥道个歉，拨打深圳那边女助理的电话，"陈昕儿的手机还在用原来的号码，你想办法停掉它。"

女助理道："那个号码是用我的身份证实名开户的，我现在就试办一下网上销号，如果不行，就明天一早去营业厅办理停机。"

田景野不以为然："别跟我前妻一样刻薄。"

简宏成一边给宁宥发送短信，一边毫不犹豫地道："刻薄不刻薄，看对谁了。"

田景野道："学学宁宥，你看她儿子爱她的混账老公，她肯定还在一边违心地叫好呢。"

简宏成道："别吵我，发错地址就麻烦了。"

陈昕儿发完短信后就在屋里流着泪踱步等待，看手机上的时针一秒一秒地走动，足足等了十几分钟，急得几乎胸口爆炸，还没等到来自宁宥或者田景野的电话。她手指颤抖着想查看手机里还有多少话费，忍不住了，混乱中冒出个想法，如果还有几元钱话费，豁出去改打语音了。可她找了半天，都没找到可免费使用的 Wi-Fi。而耳边小地瓜的哭声越来越响，响得她无法呼吸。窒息之前，陈昕儿忽然想到，管他还有多少话费呢，打了再说，救小地瓜要紧。

陈昕儿首先拨打宁宥的电话。可是，手机里很快传来女声提示：对不起，您的手机已停机。怎么回事？明明还有话费。她下意识地再试，手机里一次次地传来"您的手机已停机"。一次次的失败中，陈昕儿终于明白过来了，她的手机被以前替她买这只手机的人停机了。小地瓜正在哭叫着寻找妈妈，她却坐困愁城，无计可施。绝望中，陈昕儿野兽一样地大号，却号的是"简宏成"这三个字。

身处富丽堂皇之地的简宏成发出地址后，冲臭着脸的田景野一笑，又拍拍田景野的肩膀，之后挪坐到阿才哥身边，省得被田景野炮轰。

阿才哥忙趁机道："简总，你说，赵雅娟在听了我那番挑拨之后，不仅没起疑心，反而让她儿子彻底撤出，全权将房地产项目委托给宁恕，这表现出来的应该是绝对信任吧？难道我做错了？"

简宏成只得将放在小地瓜那儿的心收回，认真思索了会儿："房地产项目那儿的财务人员撤换了没有？"

阿才哥道："这些人没有调动。但这些人能盯得住？宁恕他们做房地产的只要一个带资进场，就可以直接绕开这些人。"

简宏成又思索了会儿，点头道："难怪我这次约见宁恕，宁恕的态度跟以前完全不同，底气十足。看起来他有把握从赵雅娟那儿获得支持。这个人，还是有本事的。"

阿才哥黑了脸："是吧，是吧，我就担心了。赵雅娟能耐不小。"

简宏成道："是的，宁恕也没避讳，直接跟我说，一个月，一个月后要我们所有人好看，连本加利地讨还。但我不明白，为什么是一个月？才总这儿有消息吗？"

阿才哥摇头。田景野也脑袋凑了过来听，听到这儿也摇头。但他们这是第一次听到宁恕明确划定时间线，大家都觉得这事儿一定严重。三个人都黑了脸。

但明显，阿才哥和简宏成都不是坐困愁城的主儿，两人都喜欢主动出击。这次聚会，两人沟通交流之后，意识到各自的处境不妙，虽然当场没有讨论出什么好的办法来阻止宁恕，但都把这事放在心上，重视起来。

结束夜宵，田景野开车送简宏成回简宏图那儿。他发动汽车前给宁宥打了个电话，接起电话的是郝聿怀。郝聿怀不等他说，就脆亮地道："田叔叔，妈妈开车，不能接你的电话，我给她开了免提。你可以说了。"

宁宥听了，得意地道："田景野，我儿子就这么三言两语，交代清楚所有事，周到吧？刚刚跟我儿子在商量见到小地瓜怎么办。"

田景野道："灰灰这是家学渊源，跟你一样。你路上注意安全。要不是你弟，你也不会揽下这等麻烦事，早跑得远远的，让陈昕儿找都找不到你。"

旁边的简宏成对田景野的每一句话都表示不满，只是憋着，因为那边有宁宥的儿子在。

宁宥听了叹息："所以这事儿只能你知我知，别宣扬开去。若让陈昕儿知道，她准拿菜刀剁了我。可是宁恕欠人太多，我心里真过意不去……我没办法。"

田景野道："一个宁恕，拖得这么多人鸡犬不宁。简宏成到现在还有意识地、想尽一切办法花言巧语地减轻对宁恕的损伤。我也是一样地不忍心，可再这么拖下去，拖死的是你们。"

简宏成只得道："你索性开免提。"

田景野眼睛一瞪："免个屁。"

宁宥道："我儿子在我面前提起宁恕，现在是一口一个'你弟'。我妈的身体也不知道还能拖几时。可……我说不出口。我滚出国去，眼不见，心不烦。"

田景野道："有数了。你小心开车。"

简宏成问："说些什么？"

田景野干脆地道："一个女人大半夜地出门帮你去管你儿子，既不是看在与陈昕儿多年老友的分上，也不是看在与你多年同学的分上，而是，替她弟弟还欠你的人情债。我现在很怀疑是你有意拖着，让她弟弟欠你的债越来越多，你趁机捆死她。"

简宏成听了一愣："胡说……"可他脑子一转，便知这个可能性极大。简宏成一张老脸可疑地红了。

田景野叹："我都想怂恿阿才哥对宁恕尽管力度加码，只要不犯法。宁恕那小子，越早了结，大家越早过安心日子。"

简宏成不以为然地道："你以为阿才哥会不做？他比我更明白，宁恕这种人只要翻身，他也是报复的对象。他再是地头蛇，也不敌赵雅娟伸一伸手。阿才哥才没我这么守法，他更是先下手为强的主儿。"

田景野皱眉，可最终也只能听之任之。他们能约束自己，看在宁宥面上，对宁恕手下留情，他们管不了阿才哥。

简宏成借着夜色掩护，感叹道："宁宥无论如何都会受伤。宁宥跟宁恕岂止是姐弟关系，宁宥几乎是半个妈。哪个做妈的忍心看儿子挨打，无论谁击倒宁恕，打得他以后再不敢胡来，都会让宁宥心里不舒服的。可不打宁恕，再拖下去，她后半辈子得被宁恕拖死，宁恕根本就是肆意地绑架她，来跟我作对。所以她最苦，说不出要我退让的话，也把我的再三退让看在眼里，只好使劲弥补我。"

田景野叹道："你也为难。幸好你皮糙肉厚，退得起。"

简宏成道："肉再厚，每一次退让也都是割肉放血，是痛。"

谁都知道办法在哪儿，可谁都无法放肆。毕竟跟阿才哥一样的人占少数。

而在遥远的上海，宁宥轻柔地抱着小地瓜安抚，郝聿怀根据两人车上商议的计谋，假装若无其事地靠在妈妈身边，掏出手机，大声玩电游，还故意将屏幕对准哭得嗓子都哑了的小地瓜。谁都没法给小地瓜变出一个妈妈来，唯有想方设法地引他分心了。果然，小孩子经不住勾引，哭声渐渐小了下去，后来挣脱宁宥的怀抱，全身趴到郝聿怀身上，"帮忙"一起打游戏。

宁宥嘘了口气，发短信告诉田景野。

田景野立刻打电话，试图告诉陈昕儿，可手机传来的是"对不起，您呼叫的号码已停机"。简宏成对陈昕儿倒是如此干脆。田景野不由得摇头。人跟人就是不一样。

第八章
风声鹤唳

陈昕儿不知道这一夜是怎么过的。她觉得自己没睡着，在床上翻来覆去，热出一身臭汗，没等手机闹钟叫唤，已早早起床。陈昕儿颠三倒四地收拾了自己，勉强吃了口泡饭果腹，耷拉着脑袋，出门上班。她是真不想出门，可是爸妈为了逼她上班，对她下了最后通牒——不上班就没饭吃。如今这阶段，温饱是最严重的制约，她不想上，也得上。

陈昕儿刚下楼，走出门洞，迎面便见到田景野叉腰站在正对面。她眼睛一亮，扑了过去："你找我？小地瓜，小地瓜怎么样了？"

田景野为了早早截住陈昕儿，没睡足，睡眼蒙眬的，因此一看陈昕儿扑来，毫不犹豫地斜刺里逃走，等一步跨出去，才清醒过来，连忙站住。但田景野见陈昕儿扑倒在他原来所站处后面一米来高的黄杨树绿篱上，心里又暗自庆幸反应迅速。只是夏天都穿得少，田景野不便去扶陈昕儿，就背手站一边道："别急，昨晚就解决了，只是打不进你手机，我只好一大早来门口等你。现在大概小地瓜已经醒了吧。他醒来第一眼就能看见他爸，简宏成昨晚连夜赶回家了。你手机怎么了？"

陈昕儿狼狈地起身，拍拍身上的灰，尴尬地借口道："刚楼梯口没看清台阶，脚崴了一下。小地瓜后来没哭？"

田景野避重就轻："小孩子嘛，哭几下就完了。你手机怎么了？"

"噢，哭几下就完了，还好……还好……"说到第二个"还好"时，陈昕儿呜咽起来。

田景野没劝，只是道："我送你上班去。"

陈昕儿摇头："昨晚小地瓜哭着要妈妈，妈妈不在，他没再要吗？有没有再提起我？"

田景野道："我不清楚，反正不哭了。"

陈昕儿茫然若失："小地瓜不在乎妈妈了吗？他会不会慢慢忘了我？"

田景野只是道："你把手机给我，我看看是不是要修。你跟我上车哭去，外面人来人往的，不好看。"

陈昕儿机械地跟着田景野走，心里想着小地瓜找不到妈妈也竟然不在乎了，没有妈妈在身边，竟然哭几下就算了，难道真的这么快就忘了妈妈？陈昕儿心如刀割，眼泪越来越多，还得田景野帮忙，才能坐进车里。

田景野上车后，借口修手机，拿到陈昕儿手机，又不由分说地将手机开盖，自作主张，替她换了新卡，然后递给陈昕儿："给你换了张本地的移动卡，选的套餐是每月本地通话 30 分钟、上网流量 50M。我给你支付了两个月的费用。你先用着，等以后经济宽裕了再换套餐。系好安全带，我开车了。"可陈昕儿完全是失魂落魄的状态，田景野只得帮她将手机塞进包里。他不便，也不愿替陈昕儿系安全带，只好忍着嘀嘀嘀的提示声将车开了出去。

陈昕儿只是一个劲儿反反复复地哭问："小地瓜不要妈妈了吗？小地瓜不要妈妈了吗？……"她问到后来，忽然想起手机已经能用，连忙掏出手机对田景野道："我要小地瓜，我要给简宏成打电话。"

田景野没吱声，自顾自地开车。

陈昕儿愣愣地看了会儿田景野的反应，又喊了一声："我要给简宏成打电话。"

田景野这才道："现在给他打电话最多是暴露你的新号码，方便他拉黑而已。"

陈昕儿激动地喊："可是小地瓜想妈妈，再见不到妈妈他会忘记我。你们可怜可怜小地瓜。"

田景野在陈昕儿反反复复的叫喊中沉默了会儿，道："有一条路，我看是你唯一能走的路。你好好工作，修身养性，等哪天能控制自己的情绪，不再今天割腕、明天跳楼、后天失踪，能靠工作收入养活自己，能堂堂正正做人，不仰赖别人提供食、宿、行，那时候即使你不要求，我估计简宏成也会主动放小地瓜来见你。"

陈昕儿激愤："不，即便我讨饭、睡大街，小地瓜还是我的儿子，我是小地瓜的妈。我有权要回我儿子。"

田景野道："又没人否认你是小地瓜的妈。"

"可你们为什么不让小地瓜见我，为什么？昨晚为什么挂断我的电话？你们为什么不让小地瓜跟我说话？为什么，为什么？"陈昕儿越来越激动，想到儿子的号哭，陈昕儿几乎是冲着田景野大吼。

田景野委屈地道："别你们你们的，我只是……"

"可你凭什么说我只有挣工资了，才能见小地瓜？你凭什么？我才是小地瓜的妈，你不是。你凭什么？"

田景野不跟陈昕儿争辩，闭嘴不语。可惜，他还没进一步取得陈昕儿父母的信任，不能提醒陈昕儿父母给陈昕儿看病。

陈昕儿见田景野不理他，更加生气，大声尖叫："我要小地瓜！我要小地瓜！……"

田景野烦得根本无法再开车，不得不找个地方将车停下，逃出车外，等陈昕儿安静下来。可陈昕儿满腔愤怒，闷了一夜，正无处发泄，怎么能放过田景野，她追着田景野下车，继续尖叫。田景野发现根本没法跟陈昕儿理智地谈问题，也可能他说话说错，不该触犯一个伟大母亲的母性，只得被陈昕儿追着，绕着车子跑，然后趁陈昕儿不注意，赶紧跳进车里，一踩地板油逃走。田景野逃出两个街口，才敢松一口气。

等静下心来，田景野后悔得要死，知道自己今早的事是多此一举，活该被陈昕儿责怪。可他还是给简、宁两位发去陈昕儿的新号码，让两位有所防备。简宏成拿到号码，毫不犹豫就送入黑名单。宁宥却打电话问田景野："你替她办的？"

田景野郁闷地道："对。她没钱，一个单身女人，手头没个电话不方便。"

宁宥却问："是不是碰壁了？"

"你怎么知道？"

"你声音不对啊。田景野，这件事你别代入，你前妻每个月只让你见一次儿子，你心里不快，但没必要跟陈昕儿同理心，你们不是同一种情况。我要开会，回头再跟你说，你得冷静地抽身。对陈昕儿的关心帮助，我们只要做到底线就行，做多了，比如送电话卡这种事，反而妨碍陈昕儿的独立。你更需要着力的是培养陈昕儿父母对你的好感。哎呀，我到会议室了，回头说。"

田景野捏着手机，好一阵子放不下来，恍然大悟。他当然不会去骚扰已经进会议室的宁宥，发去一条短信："可见人有朋友是多要紧，尤其是知根知底、站我一边、替我着想的朋友。我醒悟了，你不用再管我。"

田景野长吸几口气，抹一把脸，开车去找郑伟岗。他经过一个多月的努力，已经将郑伟岗的秘密资金配置妥当，开始向郑伟岗汇报收益。郑伟岗如今见到田景野不知多亲热，行家伸伸手，便知有没有，郑伟岗看到了田景野的能力与实力。等田景野走进两人约好的郑家名下的一处偏僻产业，郑伟岗起身迎上田景野，笑道："等会儿阿陆也过来。你昨晚说想约见翱翔赵董，我替你约了，赵董大概中饭时候能到。"

"哟，这么快？我还以为起码得排到下星期什么的。"

郑伟岗得意地一笑，那意思就是看谁约啦。田景野大笑，确实。

简宏成连夜赶回上海，累得稀泥一样地睡在小地瓜身边。保姆似乎在他耳边说了什么，可他只听清几个字，大约小地瓜睡着后，宁宥母子才离开。虽然保姆的言语中有"宁工"两个字，可简宏成对"宁工"太陌生，不如"宁宥"两个字对他有强心针似的作用。他睡得很沉很沉。小地瓜先于他醒来，小心地爬开几步，像看陌生人一样地看着他，然后确认无害，才又慢慢地、小心地爬回来他的身边，双手轻拍，想把他唤醒。大概简宏成的皮肉拍起来颇有肉感，小地瓜拍得爱不释手，越拍越来劲，拍出了力度，拍出了节奏，终于把睡得死沉的简宏成拍醒。

小地瓜意识到不妙，前面的庞然大物似乎动了起来，而且压了过来，多么可怕。他立刻毫不犹豫地钻进毯子里躲避。只是，圆圆的小屁股高高地翘在了毯子外面。

简宏成醒来翻身，很有不知此身在何处的感觉，转身看见高耸的小屁股，才想起昨晚回上海的家了。他看着儿子的屁股，笑了起来，一把连毯子带人都抱进怀里："小地瓜，叫爸爸。"

小地瓜乖乖地叫了，但是文静得令简宏成有点儿不舒服："想爸爸了吗？"

小地瓜小心地轻声说："想妈妈。我昨天找到妈妈了。"

简宏成早有准备，干脆利落地道："保姆阿姨跟我说了，你那是做梦梦见的。"

小地瓜在爸爸怀里待了会儿，适应了爸爸的存在，安心起来，就肯多说了："可是我昨天跟她说话了，在电话里说的。"

简宏成道："怎么会？她手机早停了。"他说着拿来自己的手机打开："你试试看。"

小地瓜满怀希望地伸出小手，按妈妈的手机号，可接通后，电话里传来的是"对不起，您拨的电话已停机"。小地瓜愣了，再度伸手拨打，可还是那个声音。

简宏成看着，不容小地瓜多想，立即道："爸爸今天还得出差，你跟爸爸一起去。爸爸出差很辛苦，经常会很晚才吃饭、很晚才睡觉。小地瓜跟着爸爸会很累，但只要你一想爸爸，就能看到爸爸，不会像昨天一样，哭半天，爸爸都不在你跟前。跟我去吗？"

小地瓜刚想说"想妈妈"之类的话，可都来不及悲悲切切，就被爸爸的提议吸引了过去，一想到可以跟着爸爸，随时可以看见爸爸，立刻重重点头："跟。"

简宏成满意地笑了，他懂怎么哄小孩了。昨晚宁宥从小地瓜身边出来后，他接到宁宥的电话，打开就是"您好，我叫郝聿怀，我妈妈是宁工。我妈妈在开车，我帮她拿着手机，开着免提，妈妈要跟您说话"，当时简宏成就笑了，道："好，谢谢你。但你妈妈不是宁总工吗？"

宁宥立刻插进来道："小地瓜睡了，你放心。不过今天我只是拿其他好玩的事引开了他的注意力，根本问题并没有解决。小孩子离不开爸爸妈妈，你们再忙，总得有一个陪在他身边，要不然小孩子会没安全感。这个年龄段的孩子，你得千方百计地用行动和语言告诉他，你爱他。尤其是小地瓜，现在你们一个已经忽然不见了，另一个如果也经常见不到，他会觉得没人爱他了，进而他心里的不安全感越来越强烈，会影响他的性格发育。对小孩子的爱不是靠送礼物，就能送出来的，你得拿出时间和耐心，要无微不至和察言观色地关心，而且一定要让他体会到，不能含蓄。你以为孩子都是风一吹就长的吗？都是靠捧在手心里，才平平安安养大的。"

郝聿怀听着，不禁"噢"了一声，小声道："幸好我很乖、很省事。"宁宥本来是特意一本正经地跟简宏成说话，听了儿子自诩很乖，忍不住笑出来。幸好简宏成隔着电话，听不见。

而简宏成被教训得连连点头："是，我这就回上海。宁可明天再赶回来，我在老家有点事要处理。"

"对了，做父母的随时要有这个自觉，为孩子而辛苦是必须的。我专心开车，不说啦。"

简宏成不失时机地道："好，今晚辛苦你和小郝，谢谢你，也谢谢小郝。小郝啊，我小时候也很喜欢跟着大人们做事，比你更小的时候就很喜欢帮爸爸拨电话。我记性好，我爸管我叫电话簿。等到我比你大点儿时，我爸做生意就带上了我，特意带上，让我在旁边跟着学，还让我帮他算账。我当时一边要读书，一边要帮我爸，虽然很忙，可心里特别有动力。因为我可以跟着大人学到书本里学不到的小伙伴们够不着的知识，又可以帮到大人，心里很有成就感。像你今天能帮妈妈做事，路上还能保护妈妈，是不是也很有成就感？"

郝聿怀胸膛一挺，得意地道："是的！这是我应该的。"

宁宥本来不愿简宏成与郝聿怀接触，但听了简宏成说的这些，就不吱声了，任由简宏成说话。

简宏成继续道："你这么想就对了。你可以问问你妈妈，我在高中一直做了我们班三年的班长，而且至今同学聚会大家还是脱口叫我班长，因为我有以事实说话的权威。我为什么让你妈，还有田景野他们心服口服？"

"因为你老早就跟着大人做事了。"郝聿怀积极回答。

"对，我比同学懂事，能跟大人一样地管理好整个班级，没人能替代我，老师都不能撤换我。"

宁宥心中一动，看向儿子，果然郝聿怀听得很专心。

郝聿怀道："班长叔叔，如果你爸爸……你爸爸不好了，老师会撤换你吗？"

简宏成道："不会。我是理所当然的班长，我的能力与同学的拉开一大截距离，由不得老师。"

郝聿怀若有所思，点头道："我知道了。"

简宏成道："你可以从过几天跟你妈妈出国做起，你要把'跟你妈妈'，变成'和你妈妈'——别看只有一个字的区别，却有本质上的不同，意味着你要像大人一样地做事了。你可以事先想好带什么行李，列出明细单，跟你妈妈商量好，确定最佳方案，然后再想怎么去机场，什么时间去，用什么交通工具，等等。大人解决问题就是这么具体而细碎，但每一个细小的环节都考验你思考问题的前瞻性。有兴趣'和妈妈'一起出国吗？"

"Yes, Sir." 郝聿怀答得气壮山河，又忍不住慷慨激昂地补充道，"班长叔叔，我下学期可能不能做班长了，但我会争取在下下学期做回来，而且是无可争议地做回来，做个理所当然的班长。"

宁宥听着，满脸欣慰地笑了。她本来担心儿子被剥夺班长竞选权之后想不开，连替儿子转学的心都有了。

简宏成也笑道："路最终都靠自己走。只要你走对了路，而且是不屈不挠地坚持走对路，谁都不能长久埋没你。班长叔叔等你下下学期的好消息。"

"谢谢你，班长。"宁宥由衷地开口了。

"互帮互助。"简宏成满意地结束通话，而且心里一直满意到现在，尤其是发现他现学现卖，能很好地照料小地瓜。他一把抱起小地瓜，两人一起起床，但起床后他发了一个不足五秒的呆：是把小地瓜交给保姆洗漱，还是他亲手来做？五秒之后，他把小地瓜扔进浴缸。虽然他笨手笨脚，洗得小地瓜没头没脑，还呛了水，可似乎小地瓜很乐意。

简宏成觉得自己又做对了。

他把保姆留家里，一个人带着把圆领小 T 恤穿反了的小地瓜出门。他们走高速公路离开上海，一路说着话，快到终点之时，正是陈昕儿尖叫了半天没人理，终于自己安静下来，发现大事不妙，已经迟到，赶紧抢起双脚，飞奔去公司之时。他们擦肩而过，一个在高架上，一个在地面公路，谁都没看见谁，也不会想到往对方的世界去看一眼。

简宏成抱着小地瓜，先来到简敏敏家。简宏图早到了，可即使外面太阳火辣辣的，也宁愿在树荫下躲着，不愿进去里面，等见了哥哥，才敢跟着进简敏敏家门。

姐弟仨见面没有寒暄。简敏敏这回的嚣张气焰被打掉不少，不用简宏成说，自觉喝退了两条大狗，让保姆牵出去溜达。

简宏成等狗出门了，才敢放下手中的儿子，放松抱酸了的双臂，对简敏敏道："气色好不少。"

简敏敏"嗯哼"一声。

简宏成问："战斗力恢复没有？"

简宏成此话问得出人意料，简敏敏与简宏图一齐瞪大了眼睛，简敏敏警惕地道："什么意思？"

简宏成道："我做了个计划，试图一个月之内把宁恕逼得狗急跳墙。我需要我们家派个强有力的人出面，给他施加压力，只有你称职。你不用动手，只需要叫上几个壮汉，到他们家门口去转转，敲敲门，就行了。"

简敏敏依然警惕地道："你把计划告诉我，别想拿我当猴耍。"

简宏成不应，只是道："这几天他们都送简明集团的每周报告给你，看得懂吗？有没有疑问？有没有反对意见？"

简敏敏脸部僵着，道："看了，还行。但不知道你们是不是说一套、做一套。"

简宏成道:"经历了这么多事,你还看不出我的为人?行,你慢慢看,假装信我。向宁家施压的事,反正你正好出门散散心,有点事做,又不会犯错,也不会累着你。就这么定了。宏图你不要跟去,你还是给我收敛点儿,别招惹宁恕。你是我的软肋,知道吗?"

"到底要做什么?"简敏敏问。

简宏图道:"听我的,不会吃亏。应律师再过几分钟到,我在旁边看着,你安心。你上去换一下衣服。"

简敏敏还想反抗一下,但一看自己穿的是居家服,对着两个弟弟倒也罢了,面对应律师可不好,只得上楼去换。简宏成趁机追上一句:"今天下午,就去宁家敲一下门。"

简敏敏哼了一声。简宏图等她身影离远了,问:"她会去?"

简宏成哈哈一笑:"你看着,百分之九十五的可能。她要是下午五点还没去,你来报告我。我今天都在简明集团。"

宁蕙儿这阵子做人一直惴惴不安。尤其儿子现在更忙碌,更没时间回家,她以前还能支着眼皮,做个粥什么的,等儿子半夜回家,坐儿子旁边说两句闲话,但最近身体明显吃不消了,儿子还没回家,她就不放心地睡了,等早上醒来,只够看儿子的身影飞一般地进出洗手间,然后飞出门去,都逮不到说话的时间。她又怕刚保释出来,估计正恨着宁家的简敏敏找上门来,一直不敢出门,连平日里在小区绿化带里打个太极拳、与邻居淡淡地寒暄几句的机会都没了,闷得慌。

同样是闷在家里好几天,差点儿闷出鸟来的简敏敏,即使死鸭子嘴硬,可终于获得简宏成允许,可以出门练几下散手,欢欣鼓舞得很。她等应律师一走,便召集过往的狐朋狗友一起吃饭,辣辣地吃了一顿川菜,一行人开了两辆车杀奔宁家。

宁蕙儿所在的那种老小区安保不严，对行人进出或许还注目观察一下，对车辆进出基本上是放任不管。简敏敏一行全都戴着墨镜，轻车熟路，直奔宁家楼下，浩浩荡荡、肆无忌惮地上了楼。简敏敏走在中间，到了宁家门口，大马金刀地站到门镜正对面，不怕宁蕙儿看见，唯恐宁蕙儿认不出。她冷笑一下，打手势让大家噤声，再用手中的遮阳伞柄敲响宁家的门。

宁蕙儿中饭后正无聊地睡午觉，听到敲门声，刚想应一声，忽然想到最近是非常时期，必须谨言慎行。她穿上拖鞋，轻轻地走去大门，几乎落地无声，轻功一流。她对着门镜一瞧，门外被墨镜遮住半边脸的中年妇女她看着眼熟，虽然一时没反应过来是谁，可一颗心已经不由自主地加速跳动，似乎外面女子眼熟得令人心悸。

在外面的简敏敏见到从门镜透出的亮光一暗，便知有人在后面窥看，当即很配合地轻蔑地笑着，将墨镜摘了下来，一张脸正对着门镜，瞪着眼慢慢靠近，直至一只眼睛几乎贴在了门镜上。

那眼睛通过门镜放大，犹如鬼怪，仿佛可以穿透防盗门的铁皮门板。已经认出这是简敏敏的宁蕙儿吓得连连后退，又感觉似乎能被简敏敏的眼睛从门镜里看见她的行踪，仿佛那眼睛能摄了魂魄。她强提着一口真气，如木偶一样地挪到了靠楼梯的墙边，紧紧贴着墙壁站住，不敢喘气，更别说吱声，惊恐得脑子一片空白。

下午时分，楼道寂静，外面男男女女的声音透过墙壁传了进来。

"里面有人，刚才门镜暗了一下，又亮了。"

"有人怎么不开门？"

"怕呗，杀人犯一家子做贼心虚。"

"里面不开门怎么办？"

"他们总不能一辈子不出来，做缩头乌龟。"

"哈哈，要不往钥匙孔里灌点儿蜡，不敢出来索性别出来了。"

"这种门别看是铁皮，男人踢几脚就能踢进去了，你们要不要让我试试？"

"呵呵，他们儿子现在在上班，等他们儿子回来，再一网打尽。楼道里这么闷热啊，我们楼下守着去。"

宁蕙儿在屋里吓得面无人色，死死地捂住胸口，似乎是不让胸口的心跳声泄漏出来。她听着外面的人嗵嗵地踩着楼梯下去，那些人似乎脚底很是用力，传来的震动一直从楼梯延伸到墙壁，再延伸到宁蕙儿身上，震得宁蕙儿心跳加速，差点儿喘不过气。

好不容易，那些声音远了，听不见了，宁蕙儿也一口真气泄了，一屁股坐在地上动弹不得，满头满脸都是冷汗。她什么都不想干，只想坐着发会儿呆。可她不知道这一坐就是一个多小时，整整一个多小时里她的脑袋一片空白。

等好不容易有了力气，宁蕙儿扶着一切能扶的东西，慢慢摸进卧室，从枕头下拿出手机来，软绵绵地靠在床头，给儿子打电话。她仿佛盼救星一样地等着儿子将电话接起。宁蕙儿从来就爱听儿子的声音，这会儿儿子的声音从电话那端响起时，更是充满了光和热，给了她力量和温暖。可儿子说完"妈，你等等"之后，便在电话那端不知跟谁说话，很急促，打算盘一般。宁蕙儿只好耐心地等。才一会儿，她持着手机的手臂就仿佛吃不消那沉重，微微颤抖起来。不过既然已经接通了儿子的电话，她的心稳了。

宁恕那边吩咐完事，立刻道："妈，晚上我有应酬，不能回家吃饭。"

宁蕙儿攒足力气，尽量平常地道："嗯，知道你没时间。刚才简敏敏敲门，把我吓坏了。"

宁恕听得一惊，原本翻着鼠标的手停了下来，也不再一心两用，还看电脑："简敏敏？不会看错？"

"没看错。"

"除了敲门，还做什么？"

"只有敲门。"

宁恕放下心来，道："妈，你放心，她现在不敢乱来，她取保候审呢。她稍微犯点儿事，就得再回去坐牢，而且罪加一等。"

宁蕙儿心里有不满缓缓升起："他们来了好几个，那好几个可没套着枷锁。"

好几个？宁恕也是心里一颤，想到那个夜晚，好几个人包围了他们的家，他正好没带手机，而电话线被外面的人切断。他现在想起来还后怕，可今天不一样。

"妈，不怕，不怕，你立刻用手机打110啊，派出所就在不远处，警察很快会过来的。妈，遇到这种事要镇定。你其实不是怕外面的人，而是怕简敏敏怕惯了，一看见她，就什么都吓忘了，其实不用怕，有危险，找警察，手机一拨就行。"

宁蕙儿心里更是失望，道："我当然懂，可我年纪大了不中用。你晚上就别回家了，那些人说，等你回来一网打尽什么，太危险。"

宁恕听得毛骨悚然，脱口而出："行，我晚上开个房间。妈，你千万别开门，哪儿都别去。再有人敲门，你要么打我电话，要么打110，记住了？"

"记住了。"宁蕙儿没再说，挂了电话，抹了一把脸，也不知是汗水，还是泪水，满手的水。她一直等儿子说出他过来看看这种话，却一直没等到，很失望。她唯有自己替儿子解释：他忙，走不开。

宁恕并没闲着，立刻一个电话打给宁宥。

宁宥看着宁恕的号码，迟疑了会儿，硬是让铃声响了四遍，才接了起来："什么事？"

宁恕道："简敏敏带一帮人敲家里的门，家里只有妈妈在，她很害怕。你知道一下。"

"什么？"宁宥一听，蒙了，心里冒出许多想法，最先一条自然是简宏成答应不伤及她妈的。可宁宥很快从许多想法中捞出一条，扔给宁恕："我知道了。你有空劝妈妈来上海住，但别指望你拉了屎，我替你擦。我知道一下？让我知道一下，然后找简宏成吧？你可真卑鄙。"

姐弟俩几乎是同时将电话挂断，宁宥生气，而宁恕的心思正好被宁宥戳中了。宁宥太清楚弟弟有几根肚肠了。但宁宥既然知道了家里的事，又怎能不急，然而她终究没有联络简宏成。她哪有这么大的脸。

宁恕气呼呼地挂了姐姐的电话，坐在椅子上转了几下，匆匆起身，赶回家去。他在小区门口叫上了一个保安，可驱车到了自家楼下，也没见有闲杂人等，从停在路边的几辆车子看进去，也都是空车，宁恕松口气，保安的嘴巴唠叨起来："我说没事嘛。我们有监控，没见有坏人。"

"还监控呢，上回害得我烧床单示警，警察都来了，也没见你们从监控里看到什么。你跟我上去。"

保安听了讪讪的，跟着宁恕上去，但继续大声说话壮胆："不会有人的，白天跟晚上不一样。你看，有人没？"

宁恕其实也心慌，但没说话，小心地走在前面，到每个转弯处都看准了没人，才继续上行，很快到了家门口。果然没人。但他指着地上的烟头道："三个……四个烟头，看见没？你们每天打扫的楼梯，哪儿来的烟头？"

保安一看，果然有四个新鲜的烟头，就不吭声了，主动继续上楼，查看有没有外人。

里面宁蕙儿听得是儿子的声音，那喜悦简直翻天了，原来儿子没有甜言蜜语，而是用行动来表示对她这个做妈的爱护。她原本一直怕，极度害怕，害怕得冷汗满面，可见到了儿子，人立刻轻松下来，眼泪代替了冷汗，流得满脸都是。

宁恕心疼："妈，立刻去上海吧。我让人送你过去。"

如果是半个小时前有人劝宁蕙儿去上海，宁蕙儿可能会很动摇，冲动之下就去了。可这会儿儿子特意为了她赶回来，她不怕了，即使怕，可更想跟儿子在一起。尤其是她在这儿，还能帮儿子分担简家射来的火力。她走不得："不用，你教我的话很对，不开门，他们敲急了就报警，他们总归怕警察的，我干吗还害怕呢？我不要去上海，以后你别再跟我提啦。"

宁恕想到宁宥刚才的态度，这会儿如果真送老妈过去，少不得要听宁宥奚落。既然妈妈不肯走，而且妈妈已经有了经验，懂得怎么对付，那么他就放下了此事。

两人正说话着，又有敲门声响起。宁家母子都浑身一震，宁恕走到门边，看出去，见是一个穿同城快递黄汗衫、晒得黝黑的男子。他这才开门，签字收货。那快递男转身就走了。

宁恕掏出钥匙，刮开封箱带。宁蕙儿一看就道："家里有刀子，有剪刀，拿钥匙刮干吗？"宁蕙儿一边说着，一边进厨房拿剪刀。

宁恕早三下两下地将封箱带割开，打开一看，手中的箱子差点儿滑落，里面是一只不知死了多久的老鼠。他忙将箱子合上，佯笑着对刚取了剪刀出来的妈妈道："是给我的，呵呵。妈，以后再有快递来，我如果不在，你一定要问清楚是什么快递公司、谁寄来、寄给谁，要问得清清楚楚，才能开门。如果没问清楚，千万别开，宁可快递不要了。"

"知道，知道。唉，现在要你们教我了。"

"家里吃的呢？"

"都有，这你放心。你来过，我就好了。你忙去，晚上别回来。"

宁恕答应着走了。他很不放心，尤其是看到妈妈苍白的脸色，更不放心。可他只能走了。他必须工作。他相信自己的策略，相信主动应战才是最好的防御。他走得一步三回头，都忘了自己眼下可能面临的来自简敏敏的袭击。他心里的压力更大。

走到楼下，他找个隐蔽处，忍着恶心，翻看装死老鼠的盒子，什么线索都没有。他将盒子扔了，但坚信，这一定是简家所为。看来从昨天下午简宏成找他面谈威胁后，简家新一轮的攻势发动了。

不怕！宁恕握紧拳头，全身如紧绷的弦，蓄势待发。

郑伟岗的家里。赵雅娟是冲着陆行长而来的。郑伟岗并未透露他是为田景野而约的赵雅娟，只在见面时稍微介绍了一下，之后就任田景野坐在一边，微笑观察。

等四个人在饭桌边坐下，田景野作为在座最年轻的人，起身替大家倒酒。赵雅娟见郑伟岗与陆行长都对田景野很客气，以双手扶杯，她也照做。

田景野坐下后，端起酒杯向赵雅娟敬酒："我是小辈，该我先敬酒。谢谢赵总向我们一中捐献教学楼。"

赵雅娟微笑着碰杯："噢，你是一中的？"

田景野见问，先嘻嘻地笑了出来："是啊。因为真找不出什么健康向上的理由向赵总敬酒，哈哈，只好搬出一中。"

大家听了都笑。郑伟岗笑道："赵总是有名的才女，向她敬酒还真难找词儿，我一向怕她在心里笑我大老粗。"

"怎么可能。你和陆行长都是收藏界的行家，我一向自愧不如。"赵雅娟冲田景野道，"你果然是一中的，我说呢，刚才听你替陆行长解释我的资金去缅甸的途径，就知道你不简单。我公司几个本地的专才都是一中的，都好用，脑子都灵得不得了。"

陆行长道："小田以前是我左膀右臂，我不知道他怎么长的嗅觉，无论什么新政策下来，他都能顺藤摸瓜，想出新的赚钱思路。啊，听说赵总刚招了一个做房地产的专才，也是一中的？我听说这事很传奇……"

"是啊是啊。"赵雅娟几乎是赶着掐走了陆行长的话头，自打阿才哥跟她透底之后，她对这个话题有些儿反感，不愿别人多说，"你说真是缘分哈，这故事就叫一枚钻戒。田总认识宁恕吗？"

"宁恕？原来这几天大家说的是他。很巧，他是我一个同班同学的弟弟。"田景野说到这儿，就打住了，一脸不予置评的样子，笑容也淡了。

赵雅娟察言观色，偏是追问："哦，这么巧？都老相识了。过几天我请客，你们一起喝酒。"

田景野谨慎地道："宁恕……以前认识，他上半年刚回来的时候，我请了几次客，介绍我的关系给他，后来就不大往来了。"田景野说完，充满歉意地笑。

陆行长奇道："还有跟你处不下去的人？"

田景野笑道："我当初递辞职报告，你也差点儿翻脸杀了我。我又不是百搭胶。"

"哈哈，陆行长，你也有暴躁的时候，说说，怎么回事？"赵雅娟没继续冒昧地问下去，但田景野的三言两语在她心中生了根。

等饭吃完，田景野喝了点儿酒，只能坐陆行长的车子回城。陆行长才问："那个宁恕？能让你介绍你的关系给他，原本交情不浅啊。我该不该记住这个名字？"

田景野道："有必要记住。"

陆行长了解田景野为人，不用多问，也懒得多问，记住就行了。

赵雅娟坐在车上，闷闷地想了会儿，让司机停住。她特意跳下车，去给儿子打电话，都不怕外面有多热，就怕被别人听到。

"唯中啊，你还是乱插手。又打宁恕的电话了？又是问东问西？人家客气，你怎么可以管不住自己？万一人家起疑，做事给你留一手，你不是吃亏死？我跟你说啊，宁恕才进公司，处在最多疑的时候，你别给我捣乱了。"

赵唯中酸溜溜地道："妈，到底谁是你儿子？"

"废话，你多大了？"

"妈，不是我一个人这么说，大家都在风言风语，说你给他的权限太大。你知道还有不怀好意的人怎么说吗？"

"嘿，你难道也跟着别人怀疑你老娘？听着，既然你都疑神疑鬼成这样，我也不能瞒你了。今天老郑，郑伟岗，他做房地产好多年了，跟我透露，市里分管规划的那个人，这些年心养大了，手指太长，迟早出事，我们申请容积率的话，可能现在不是好时候，还是等换届后再议。但我们那块地不能再拖，每天的银行成本我背不起。你说，如果加快审批，宁恕得做什么？我特意支开你，省得你沾手，免得以后闹出来，你洗不清。我过两天去缅甸谈个矿，这边的容积率审批全权交给宁恕。你明白我的意思了吗？"

赵唯中这才恍然大悟："明白了，明白了。"

"你去北京了没？赶紧出发，别拖着了。我以前不敢告诉你，就是怕你一张脸关不住心事，全给我露在外面，放风声给宁恕。"

"哟，我赶紧，我赶紧。"

赵雅娟呼出一口气，刚要说再见，忽然又想起："你记得，万一跟宁恕通电话，一定要开录音。反正他跟你请示钱怎么用，你只要说我不让你插手，让他全权决定。"

赵雅娟打完电话，黑着脸回车里，继续坐着思索哪里有漏洞需要填补。

等儿子走后，宁蕙儿平白地觉得浑身充满勇气。她敢走到阳台，靠近玻璃窗，看向楼下的道路空地，不再害怕简敏敏等人在楼下埋伏的车里看见她。可她还是寂寞，还是想与人说话。

如同往常，宁蕙儿拨通宁宥的电话，响一会儿之后挂断，等女儿打过来。以往这么做，是为了给宁蕙儿省电话费，这是母女两个的约定。但这回又添了其他内容，宁蕙儿担心女儿还在生她的气，不接电话，这样子不算很直接地联络，可以避免打过去的电话有直接被挂断的风险，即使最终女儿没回电，还可以不失面子地用女儿没看见来电显示来搪塞过去，不影响母女关系的和谐。

可宁宥一看见妈妈的来电，就回电了："妈，还好吗？宁恕告诉我了。"

宁蕙儿心里一热，忙接通电话，开心地道："好了，没事了。是我太紧张，一看见简敏敏，就脑子不够用了，只知道害怕。这种时候啊，家里真需要一个男人。刚才弟弟跑回家，两三句话就把问题解决了，呵呵，我怎么就糊涂了呢？"

宁宥听了，不知说什么才好，只能笑道："那就放心了。妈，还是来上海吧。"

宁蕙儿道："不用了，你弟弟有主心骨，靠得住。你说话有点儿急，是不是很忙？"

"郝青林的案子有了些动静，律师让我过去开会。我在路上，不多说了。"

女儿也惦记着她，这下，宁蕙儿心里更踏实了。她活泛了身子，开始满屋子地忙碌，首先拆下空油瓶上的盖子，钉在门镜上，不用的时候就能盖上盖子，遮住那一块玻璃，省得再看简敏敏那嘴脸。

宁宥此时满心不快地赶去律师楼，也不知郝青林又闹了什么幺蛾子，搅得家人鸡犬不宁。但她到了律师楼后，并未直接上去，而是从地下停车场升到一楼门厅，等待郝家父母的到来。如今两边已生龃龉，她做事之前就得先想到避嫌，宁可耽误几分钟，凑到一起去见律师，省得被猜测她是不是预先给律师施加了什么影响。

郝家父母也很快到了，大约是打车来的，脸上不见油汗。两人依然衣着体面、举止得体，到哪儿都令人心生好感。宁宥快走几步，迎了过去。

郝父见面就笑道："灰灰今天在家吗？"

宁宥道："他今天去学校，拿成绩，拿暑假作业，然后说是和同学一起去外面撮一顿，再到篮球馆打会儿篮球，可能很晚才到家。"

郝父道："灰灰是我们见过最好的孩子。万幸，他是我们家的孩子。我们俩今天一大早就去看守所递卡片，把灰灰昨天在法院门口守望的事儿告诉了青林，让他知道，家人依然是他的家人，希望他不要灰心。看守所的同志很帮忙，他们上班忙着呢，就替我们把卡片送进去了。不知道……会不会律师约见与这事儿有关？"

宁宥听了大大地松了一口气："要是这样，阿弥陀佛。"

郝母见此，才好意思开口："昨天你告诉我们灰灰做的事，可真有心，我们开心一整晚呢。人心真得在患难时才看得清。"

宁宥呵呵地笑，请二老一起上楼。

律师时间宝贵，到会议室坐下后，便开门见山："郝先生不知为什么，忽然今天找检察院反映了新问题，而后才通知我们律师到场。原本我们估计这个案子一个月后开庭，这下可能得拖后了……"

宁宥一听到这儿，就问郝父："你们在卡片里写了我到暑假要带灰灰去美国？"

郝父一愣之下点头，但解释道："写了你去美国。我们只知道你要去，不知道你要带上灰灰一起去。"

宁宥立即对律师道："是这样的，昨天我儿子开始放假，他记得我提起过未成年人不能上法庭，可他想看见爸爸，就去法院门口记录囚车进出的时间规律，以便不错过开庭那天他爸爸所乘囚车的进出，他可以看上一眼。爷爷奶奶知道后很感动，写了卡片，今早递进去看守所，以鼓舞他的信心。他很了解我教育孩子方面从不肯假手他人，我出国，肯定也会带上儿子。他找检察院反映新情况，大概是想拖延开庭日期吧。"

律师道："可能性很大。同案律师和同案嫌疑人一定很不高兴，大家都盼着早日开庭、早日宣判，走出最难熬日子的看守所。建议你们不要把这个原因与同案家属交流。然后我们交流一下，郝先生新反映的，或者直接说举报的，会是什么问题。我这儿可以提前做出准备，有备无患。"

郝父先摇头了："青林出事我都觉得意外呢，其他的真想不出来。"

宁宥道："我看了他目前交代的受贿数额，我们把它算作进项之一吧。进项之二是他问灰灰的爷爷奶奶借的二十万元。而从我接触他的那个外遇来看，那位外遇是个讲钱伤感情的女文青，郝青林在外遇身上花的钱不会多。而且检察院这回也没查到他有其他的固定资产，或者银行账户。也就是说，进出不平衡。所以我一直有个疑问，他的钱都去哪儿了？会不会新举报的问题与我的疑问有关？"

宁宥一说外遇，郝家二老都有点儿尴尬，开不了口。

律师想了会儿，道："难道新交代了行贿？为了重启调查，拖延开庭日期，以便看一眼孩子，却付出交代行贿，增加刑期的代价？这可能性太小。"

宁宥看向郝家二老，二老都摇头。她说："要不我们回去再想想，但都已经想了那么多天了，应该不会再有新意。"

律师道："行，有新情况我们再交流。打电话不方便，还是面谈。"

宁宥起身，随手扶起郝母，看到郝母与郝青林相似的两个旋头顶，忽然心中一动，一时愣在当地。郝母起身后，见宁宥如此，拍拍她的手臂道："别想太多了，气着自己犯不着。"郝母以为宁宥是想起第三者而不快。

宁宥没答应，直着眼睛，使劲捕捉心里一闪出现的念头，试图看清是什么。郝父拉住郝母，不让郝母多说，免得触霉头。律师虽然收起了桌上文件，可也坐着耐心等待，让宁宥想出来。他和助理见多识广，家属经常是灵光一闪，将潜意识里藏的念头捕捉出来，一下子提供了很有价值的证据。

宁宥想了会儿，回过神来，看看大家，讪笑了一下。"我想出一个可能。不过这个可能会比较丑陋。"她扭头对郝家二老道，"您二位是不是别听了？"

郝父道："都已经进看守所了，再大的难堪还能比得过犯罪？你说吧，我们需要知情。"

宁宥依然讪笑道："可能那些钱真是行贿了，他这回交代的是行贿罪，并检举受贿人。律师，你请照行贿处理，八九不离十。至于他忽然这么做的原因，我还是不说了。"

律师不便多问，郝家二老不敢多问，大家匆匆结束这个会议。

宁宥出来后，就与郝家二老道别，拐进旁边一家小超市，买来一本记事本，拿到车上狂撕，撕得满车都是花生米大的纸屑，直撕得手指僵硬，才铁青着一张脸罢手。

等她开到洗车店，车门一打开，伙计都惊呆了。可此时宁宥已经恢复了冷静，抱臂，闲闲地看洗车，仿佛什么事都没发生过。她已经习惯将愤怒压进心底，到哪儿都不说。

宁恕与宁宥一样，将家里下午发生的事压在心底，如常地工作应酬，在酒店餐厅应酬结束后，上楼开了个房间休息，跟同事的借口是他喝酒了，又烦叫代驾，还是到酒店开房更方便。

可是一个人进了房间后，千头万绪瞬间包围上来，压得宁恕呼吸艰难。他在房间里待不住，可又不敢出门溜达散步，拉开窗帘，看到酒店对面有间酒吧，想起来，他与程可欣、蔡凌霄她们见面就在这间酒吧，是个不错的地方。程可欣？才几天不见，忽然这名字变得好遥远。每次他落难的时候总是能获得程可欣的倾力帮助，而且程可欣总是做得不着痕迹，令人感觉自在。他忽然很想程可欣。夏夜漫长，即使黑夜里总是暗藏杀机，宁恕还是身不由己地走出门，去对面的酒吧。

宁恕虽然是身不由己地出门，也在应酬时喝了些酒，可走出大堂时，还是小心地站在玻璃大门口，环视了一下四周，确认无危险人物之后，才缓缓开步，走向对面。但宁恕不经意间看见远处他的车子，前风挡玻璃上似乎贴着一张纸。纸挺大的，任何罚单都不会这么大。宁恕心里一凛，回身叫出行李生，问："你们停车场还贴罚单？"

行李生奇道："怎么会！是不是您熟人贴的？"

宁恕看着那边一辆辆黑魆魆的车，都是好掩体啊，谁知道那些掩体后面有什么牛鬼蛇神。他说什么都不敢一个人过去，只好显得鲁莽地扯上行李生的手臂，道："我才来这儿呢，哪儿来的熟人！你跟我去看。才贴上的，刚才还没有，你们宾馆算怎么回事？"

停车场本不属于行李生的职权范围，可行李生看着宁恕满嘴酒气、气势汹汹，就乖乖地跟着去了。

宁恕这才有点安心，可依然小心地巡视着四周，小心地接近他的车子。即使只有微弱的灯光，宁恕依然看得清那白纸黑字：7 月 23 日！宁恕心里咯噔一下，7 月 23 日是开庭审理简敏敏的日子，果然有人盯上了他。谁在盯他？怎么盯梢？人在哪儿？还打算干什么？宁恕慌乱地环视，可又不敢一辆辆车地搜过去，也不敢在黑暗中久留。他撕下白纸，就大步逃回宾馆。被他扔下的行李生莫名其妙。

这是简敏敏的节奏！宁恕毫不犹豫地认定，简敏敏今天开始出动了。

宁恕关上房门，放下保险，赶紧给妈妈打电话："妈，晚上有没有响动？"

"没有，没有，你放心。"见儿子惦念，宁蕙儿很开心。

"那就好，你再检查一遍门锁，把所有窗户都关上，准备好蜡烛和火柴，手机充足电。有备无患。"

"行，行，我还准备了一桶水呢。你也小心，早点休息。"

听说妈妈那儿没响动，宁恕放了一半的心，但随即想到，这是他给宁宥打的那个电话起作用了，宁宥果然去约束简宏成了。这都什么事儿啊？遍地内奸。

宁恕气愤地再检查一遍门窗，然后拿起两罐啤酒，坐上床喝酒。他更进一步联想到上一次，妈妈那时也一直在的，可无论是简宏成，还是简敏敏发动的攻势，全都落在他头上。他自然宁愿攻势落在他头上，而不连累妈妈，可这也太精准打击了，简家姐弟似乎如此体贴地顺应民心，招招式式全都落在他头上，而完全避开妈妈，巧合吗？不！比如今天，简敏敏刚出手时误伤到了妈妈，可随即到晚上就只瞄准他了，只因为他在当中机灵地打了宁宥一个电话，可见，绝非巧合。

想到这儿，宁恕气得将喝空的啤酒罐一把捏扁：简家人攻击他得到了宁宥的默许。一个做姐姐的，竟然因为意见不合，默许仇家攻击弟弟！

宁恕简直气疯了。他又拉开一罐啤酒，咕嘟咕嘟地大口喝了下去。连亲姐姐都害他！宁恕更觉得危机四伏。他下意识地、警觉地环视房间，看到一半才想起这是房内，外人进不来。可紧张感挥之不去，令他时不时地走神。

7月23日。他们给出日期了。

第九章
离 婚

　　宁宥眼看着渐暗的天色，虽然着急还没回家在外疯玩的儿子，可也无可奈何，孩子大了不由娘，娘得学会一年比一年多地放手。宁宥想到以前管着宁恕的时候，肯定不等天黑，就到处找弟弟，让弟弟赶紧回家。那时候她头顶上还有个妈妈，她得一丝不苟地完成管教弟弟的任务，以向妈妈交代。那时候宁恕肯定抱怨她管得宽，伤自尊，但她从来不以为意，还反驳弟弟为什么不能自觉，非要等她来管。

　　好在郝聿怀总算在天黑之前回家了，一身的油汗酸臭，自己刚掏钥匙进了门，就阳光灿烂地喊道："妈，第一！啊，我累死了。"他坐在鞋凳上，懒得弯腰，试图拿脚踢掉两只臭鞋子，一看见妈妈过来了，这才顽皮地笑着，弯腰解开没踢出去鞋子的鞋带，老老实实地脱鞋。

　　"哟。"宁宥特意从厨房里出来，与儿子面对面。

　　郝聿怀得意地笑："老师说名次的时候都不肯看我。哼。我忍啊忍啊，才不在电话里跟你说我拿第一了。我得演给你看我们老师当时是什么样儿的。"他站起来，装作翻开前面本子的样子，低头含糊不清地道，"第一名，郝聿怀……"然后他才抬起头，干咳一声，"第二名是朱博年……"

宁宥看着儿子笑，宽宥地道："老师大概也没想到你能在逆境下取得好成绩。我们既然拿第一了，就把老师上回说的当作是他的激将法吧。"

郝聿怀怪里怪气，但骄傲无比地拖个长音："算是。"

宁宥故意道："怎么办？就连我都没想到你拿第一，上学期顺风顺水的你还满试卷的粗心大意，没拿到第一呢。这笔第一名的巨额奖金怎么办？巨额啊，现在银行提取巨额现款都得电话预约呢，我都没准备啊。"

郝聿怀踊跃地道："要不我陪你去 ATM 机取？我做保镖。"

宁宥笑道："哈哈，小财迷，我准备着呢，等一下你自己从我钱包里拿。第一名赶紧洗澡，臭死了。臭衣服扔出来，我立刻洗掉。"

郝聿怀拉开一个架势："这是第一名的气息，不臭。"他说完，笑嘻嘻地进了洗手间。

宁宥耐心等待，等儿子将衣服扔出来，听到反锁洗手间门的声音后，偷偷摸摸地翻看儿子的书包和裤兜。她没看试卷，那还不是她最关心的，她翻的是儿子书包夹层里的钱，加上裤兜里的零钱，果然，只剩下不到十元了。宁宥叹了口气，将所有的东西恢复原状，假装若无其事地走开了。

等母子坐到饭桌吃饭，宁宥才跟儿子交流郝青林那儿的新情况："下午律师召见我，说你爸向检察院交代了新问题。这样一来，案子又要重新开始调查，你爸开庭的日子就得延期到我们从美国回来后。你不用纠结了。"

"爸爸新交代了什么？"

"还不知道。爷爷奶奶说他们把你昨天去法院看囚车的事告诉你爸了，可能你爸很感动，想出交代新问题，延后开庭日期的办法跟你见面。"

郝聿怀"啊"了一声，但并无喜悦，反而有些接受无能，停住思考了会儿，问："爸爸新交代的还是犯罪吗？"

"肯定是啊。"

"既然是犯罪，他怎么早先不说清楚呢？他都已经坐牢了，还想干吗？他不觉得犯罪可耻，应该赶紧改进吗？"郝聿怀越说越生气，将筷子拍到桌上。

宁宥惊讶地看着儿子忽然发火，很想火上浇油。可她都不用犹豫，依旧克制地道："我也越来越看不懂他。"

郝聿怀道："可他这么做，不是为了做个好人。他依然没打算做个好人。我很生气。"

宁宥叹道："原来大人以为自己足智多谋，其实他们的所作所为可以被孩子一眼看穿。你问得很好：他都已经坐牢了，还想干吗？我也不知道。我们往下看吧。"

郝聿怀问："可我们拿他怎么办？他没有向好之心，明摆着的。"

宁宥头痛得想打电话向简宏成搬救兵，念头一出来，立刻悚然惊醒——她在想什么啊？她借着咀嚼拖时间，想好后才道："可经过你的努力，事情都在朝着好的一面发展呢。"

郝聿怀摇头，不以为然："才不。我从小学到中学，已经有经验了，有些人是脑子不好，不知道什么是好坏；有些人是知道好坏，但故意干坏事；还有些人是不小心干坏事，或者偶尔做点儿坏事，但会改正和道歉。第一种人你拿他没办法，老师也不管的，我觉得哄着、骗着，让他不敢做坏事最好。第二种人拿做好事跟别人交换，给他想要的好处，他才干好事——爸爸现在就是这种人。可这种人是最坏的。"

郝聿怀说完，放下碗筷，噔噔噔，蹬脚走到墙角，埋头笔挺站立。这姿势，是从小到大家里唯一的体罚：面壁。宁宥看着这样的儿子，眼睛濡湿。她知道儿子在自罚说爸爸坏话呢，可那样的爸爸……必然连累儿子。

"灰灰，你没说错。"

213

"我说爸爸坏话了。让我站着，妈妈。"

宁宥无语，泪眼盯着壁柜上的年历，恨不得拿来再细细地撕了。她此时的心里比下午时更恨，她恨郝青林一再地伤害她儿子。

简宏图刚准备乖乖地准时睡觉，不小心听见楼下传来门铃声。他当然不指望哥哥会去开门，只好认命地下床，不料，出门就见哥哥简宏成也出来了。简宏图一看，就机灵地道："来找你的？那我继续睡。"

"是大姐。你也下去听听。这么晚不知道又有什么好事。"

简宏图真不想下去，可只能蹑手蹑脚地跟在哥哥后面。此时，门铃声早已不耐烦地响成串，简敏敏焦躁地按着不放，简直有把门铃按得烧线的打算。

等简宏成打开门，简敏敏看一眼微微呼哧的简宏成，一脸厌恶地道："该减肥了，跑这么点儿路也喘。"

这真是亲姐姐，一刀戳中要害。简宏图无奈地一声不吭，让开半个身子，让简敏敏进门。简敏敏进门后环视一眼，挑了个最中央的位置坐下，右手搭到茶几上，拿手中的车钥匙嗒嗒地敲桌面，很是悠闲的样子。简宏成忙一步冲过去，抬起简敏敏的手臂："大姐，高抬贵手，上面小地瓜在睡觉。"

简敏敏收了车钥匙，但"切"的一声，斜睨着简宏成道："装什么二十四孝，告诉你，不管养亲兄弟，还是养亲儿子，都是养白眼狼。"

简宏成没理她，坐到她对面，问："这么晚了有什么事？"

简敏敏伸了个懒腰，不经意地道："休息得太好，晚上睡不着，跟我两个白眼狼弟弟聊聊。我们说说崔家那小子的事。你先说，你都做了些什么？"

简宏成道："我想明天请一下唐处，你作陪一下。中午还是晚上？我看晚上吧。"

简敏敏一愣，一下子坐正了，坐正了才想到这不是该死的看守所，忙干咳一声，假装拨弄一下头发，不自在地道："我还是不去了，免得被人看见，对唐处不好。"

简宏成笑眯眯地看着坐立不安的简敏敏，道："宁恕那儿你自由发挥，只要不犯法，随便你，不用跟我说。"

简敏敏郁闷地道："听着，今晚宁恕不敢回家，自掏腰包住宾馆，还连宾馆大门都不敢出。你明白这是什么状况吗？这叫吓破胆。"

简宏成偏不让简敏敏将详细经过说出来，知道简敏敏半夜来找，肯定是战果辉煌、得意难耐，非要找人说说才行。他只是淡淡地道："行，你这边第一天达到预期。回头崔家的门可以不用敲了，专注盯住宁恕，偶尔在他身边出现一下就行。"

简敏敏道："崔家门不敲怎么行！让崔家那小子以为安全了，可以回家住？不行！你说他害我损失多少钱？要不是追回了张立新，我要损失近一个亿。现在虽然追回了大半，可还有一小半呢……"

简宏成道："敲崔家门的事只能侥幸做一次，我调查过，崔家老太太今年已经因为心脏病住院了两次，你可别给我吓出一条人命来。"

简敏敏立刻惊了。"啊，今天她没死吧？"她问出来就知道自己问错了，又闲闲地靠回椅背，"既然崔家小子还能上班，老不死的当然没死。"

简宏成想了想，道："崔家大女儿，你有一次打得她差点丢命，你还记得吗？"

简敏敏又惊："你怎么知道？"

"宁恕告诉我的。我这么跟你说吧，我找宁恕麻烦，主要是他不给宏图活路，我只能削弱一下他的战斗力。但你……"简宏成摇摇手指头，"放开我们两家的恩怨不提，你个人欠他们家不少，宁恕这么对你，最多你们两个扯平。我看你差不多适可而止吧，你也一把年纪了，别每天肾上腺素太高，到处找人斗气。"

"慢点，崔家那小杂种说什么，你就信什么？我打过崔家大杂种，那大贼种躺地上，叫得杀猪一样起劲，怎么死得了？胡说。"

简宏成听得脸上肌肉一抽一抽的："除了宁恕说，我还调查过其他一手资料。既然崔家大女儿只是普通摔倒，你又逃什么？"

简敏敏道："不是跟你说了吗？她叫得杀猪一样，别人以为我杀她，都围过来，我只好好汉不吃眼前亏喽。"

简宏成严肃地盯着简敏敏："真话？"

"那还有假？要真差点把她打死了，他们还不趁机找派出所来抓我？你信我，还是信崔家小杂种啊？你要不要这么吃里爬外？"

简宏成点点头，放松了原本紧握的手掌，严肃地道："崔家那女孩被你打得头骨碎裂，大量出血，好不容易抢救过来，至今仍有后遗症。我们得把账算清楚，相比一条人命，你损失的那几个钱不算什么，何况那损失的一大半是你逼得张立新鸡飞狗跳造成的，宁恕最多只是促成了一把。但他已经差点儿被你玩死了，你对他的报复到此为止。你记住，你现在是作为一个姐姐，在帮弟弟，帮宏图，我让你出手，是让你出口闷气，省得坐牢坐出病来。你认真做好了，算是报答我替你追回巨款的恩情。"

"放屁，公司让你霸占了……"

"你长点脑子。你还是董事长，你有否决权。只要你开口，我立刻抽走我的资金，抽走我的人，把公司交还，归你管。问题是你接得住？千辛万苦找个小狼狗给你看家，还是个三下两下就被我买通的。你不如老老实实地记我的情，跟宏图一样老老实实地做人，再多去看看妈。我会继续做冤大头，出董事长的力，拿小股东的分红。"

简敏敏兴高采烈地来，结果被简宏成连连浇冷水，浇得她脸色僵硬，当然不肯轻易答应。她想了会儿才道："崔家那个女儿的伤要是真这么严重，当时即使我跑了，派出所也找得到我，即使我不坐牢，也得罚医药费，怎么从没人来找过我呢？谁跟你讲故事呢？这就跟唐处说的一样，那家人人品不好，说出来的话不能信。虽说见血三分亏，但老二你是见血全糊涂，哪有偏听偏信崔家那帮杂种的？"

简宏成惊讶："唐处这么对你说？"

简敏敏瞪眼想了会儿："让你一问，倒是把我问糊涂了，唐处倒是没直接跟我说过，但我怎么记得唐处有这么一句话呢？谁跟我说的？"

简宏图掩嘴窃笑，小声道："给审糊涂了呗。"他说完就发现姐姐哥哥一齐冷眼唰一下地杀过来，连忙一笑，拍哥哥一句马屁："哥这么早的事情都查得出来，真神了。"于是他又惹来简敏敏横眉怒目。

简宏成听了简敏敏解释后，看简敏敏就顺眼了点儿，想了会儿，耐心解释道："站在你的立场，你以为派出所没抓你，就意味着是小伤，这话也对。但我得到的情报是确切的，不仅来自宁恕的单方面口述。我想想崔家当年为什么不找你，主要是孤儿寡母，又没个正经工作，盯着派出所做事，就得放下手头工作，他们没时间，不挣钱谁养活一家三口？再说他们本身心知理亏，又被你打怕了，即使报了案，你是失手，人也没打死，最多到大牢里走一遭。但我家财大势大，一家人又得寻上门去，砸崔家一个稀巴烂，他们权衡一下，即使警察去了，都未必肯报警。大姐，你设身处地想想，你当年把对爸妈对张立新的怨气全撒到了崔家家属身上，无法无天，崔家两个后代对你是有多深仇大恨。所以我让你最近别太惹事，省得你那案子有波折。"

简宏成这回说得入情入理，简敏敏也听得耐心，但听完后，简敏敏道："你不懂，人这东西最犯贱，人靠打服，讲理没用。"

简宏图非常公正地认理不认人，附和道："对，这回宁恕就是靠大姐打服的，本来他一直……"简宏图见简宏成横了他一眼，立刻闭嘴刹住。

简敏敏得意地道："看看，看看。但我就不出面了，不想被重判了坐牢。"

简宏成道："你今天露面一下，已经威力无穷了。以后你再手痒时，就想想你三十年前造的孽，做人适可而止吧。崔家后代没犯着你，你就别主动。"

简敏敏道："那怎么行！宏图刚才不是说了吗？崔家人就是犯贱，犯贱你懂吗？我时不时敲打他们一下，省得他们以为我是病猫。"

简宏成既不能说出他的私心，怕简敏敏顺藤摸瓜，找出宁宥，捎带上对他的怨恨，一并对付较弱的宁宥，又得说得理直气壮，让简敏敏心服口服，只好挖空心思地道："不行，我不许。现在宁恕好歹有工作、有体面，还处在明面，真要是被你打急了，丢了工作，转到地下放冷枪，我们家大业大，怎么防得过来……"

"打服！"简敏敏不耐烦了。

"宁恕不是老弱病残，打不服的。"简宏成在这件事上不屈不挠，"简明集团是个活靶子，大姐你做事一向顾头不顾尾，别影响到简明集团。我还是干脆以简明集团管理者的名义命令各位股东，在对付崔家的事情上，一切行动听指挥。这是命令，不是要求。"

简宏图觉得无趣，但还是很捧场地应了一声："知道了。"

简敏敏不语，抬头看着天花板。

简宏成只好继续循循善诱："姐，你有空照镜子看看你的面相，你这面相说明了你日积月累的怨气和霸道。以前爸妈有错，害你生活不顺，你有怨，我理解，我知情后，愿意放下对你的怨恨，替他们补偿你。但你自己也很无知，太蛮狠，在张立新刻意的纵容下，没头没脑地做了张立新肃清简家人在简明集团势力的刀子，最终兔死狗烹，你以后的不幸怨不得别人。现在我把公司里的关系都替你理顺了，以后生计方面你不用操心，跟宏图一样拿现成。既然你不用再奓着毛，虚张声势，时刻提防了，是不是该考虑活得正常一点？你好歹当年也是高中班里的翘楚，成绩好，爱看书，爱唱歌，我从小拿你当榜样。可你看看你现在这样子，换一身行头，就是街头上坑蒙拐骗、卖假药的泼妇。你执意活在怨恨里，已经让怨恨毁了你，你醒醒。你还有下半辈子的路要走。当然我最喜欢有傻帽冲锋陷阵，替我做犯法坐牢的事，我能在后面捡现成。但你是我姐，即使你想冲，我也得拉住你。我劝你不如有空多关心关心你的一双儿女，别让他们以后像你怨恨爸妈一样，怨恨你。"

简敏敏头朝天默默听着，等简宏成说完，依然沉默，沉默了好一会儿，低下头来平视着简宏成，冷冷地问："我能信你吗？"

简宏成道："也是，你这辈子信谁，谁就在你脚下挖坑。"

简敏敏点头道："好嘛，你前头不就是放屁吗？"

简宏成道："但以前有没有其他人给你预设过保障机制？比如即使你在羁押期间无发言权，我依然在简明集团保留你的大股东身份，你有否决权，背靠国家法律，可以兵不血刃地开个董事会，就把我的管理权收走。这是我交给你的信任，不是口头许诺，而是白纸黑字的公司章程。"

简敏敏听着，慢慢坐直了，圆睁双目，盯着简宏成："呵呵，转移利润太容易了。"

简宏成笑道："对的，跟懂行的人容易说话。你替我想想，我名下公司不少，一个人没有精力面面俱到。最简单的管理办法是让所有名下公司的财务公开合法，经得起各种事务所过筛子一样的检查。我但凡有转移利润、偷税漏税、做两套账或三套账的想法，恐怕转移的利润大半先得落到那些分管经理人手里，而不是到我手里。我还得被他们捏一辈子偷税漏税的把柄。你说，我会做这种因小失大的傻事吗？"

简敏敏听了不语，又靠回沙发背。

简宏成道："好好做人。天不早了，宏图，你开车送大姐回家。路上小心。"

简敏敏起身就走，依然不语。简宏图在她身后跟着，满脸悲壮，招手求哥跟着去壮他的胆，可简宏成飞奔上楼，管儿子去了。简宏图自怨自艾："关键时刻，儿子比弟弟重要。"

简敏敏冷冷地道："你长这么大了，他还能认你弟弟，供你、养你，你爹娘都做不到。知足吧，你。"

简宏图忙连连称是，殷勤地替大姐拉开后车门，可不敢让大姐坐在说话、动手都太方便的副驾驶座。等大姐坐进去，他绕到驾驶座，打开车门，不急着走进去，道："信不信哥哥这事，其实你只要看看我就行了。我没用，哥哥还对我这么照顾。"他说完见大姐理都不理他，才敢闷声不响地坐进来，赶紧开车上路。

但身后很快传来简敏敏阴森森的声音："我手里的宝贝多，我要的也多，情况就不一样了。"

简宏图在前面翻了个白眼，不敢答应，老老实实地开车。简敏敏觉得没趣，也就闭嘴了。难得的是，这一路上，简敏敏破天荒地没把简宏图怎么样。

这个夜晚显然很热闹，很多人夜不能眠。宁宥关上卧室门，关了灯，用手机上网查询离婚的方法。简敏敏坐在床上，将高球一下一下地砸向墙壁，又弹回来落到面前，竟是落点精准，显然是训练有素，做多做熟。而宁恕坐在床上，面对着不知在放些什么的电视发呆，直到想上厕所了，才看了眼手机，发现已是凌晨一点。他愣了一下，看看房间的门，将灯全关了，这才敢将窗帘拉开，俯视已经安静了的城市。人影罕见，显得灯光好生荒芜。

宁恕看了会儿，返身收拾行李箱，下楼将房退了。结账时被提醒还有两罐啤酒的消费，他忙用手掌对着嘴巴哈一口气，觉得没有酒味，估计不能算酒驾，才拎起行李箱出去。他依然很谨慎，走得左顾右盼，确认身边身后没有跟踪，即使有跟踪，也别被砸了脑袋。宁恕上车将车门一关，简直是大喘气，仿佛干了一件重体力活儿。

然后，宁恕开着车在市区绕来绕去，绕了几条最空旷的高新区马路，以确认没有跟踪之后，才绕进一家宾馆，登记入住。他这才能睡得安稳。睡时仿佛全身虚脱了，睡相很是疲惫。

虽然只睡了几个小时，可宁恕还是闹钟一响就起了床，一丝不苟地梳洗打扮，即使睡眠不足，依然浑身清爽地出门去餐厅吃饭。

清晨的大餐厅里除了服务员外，几乎空无一客，唯独正对着进门通道的大桌前坐着一个人。所有进餐厅吃饭的人都必须看见这个人，而这个人也仿佛有意检阅进餐厅吃饭的每一个人。这个人面前只放着一杯咖啡，其余全无。

宁恕将早餐券交给服务员后，才一抬头，便看见这个人。他的脸一下子僵住了，这不是阿才哥是谁？他几乎是本能地立刻拿出手机放到耳边，假装接起电话，说话着，转身就往外走，头都不敢回一下，也不敢坐电梯，径直从很多人看得见的大厅里的旋转楼梯走下去，直奔出大门。外面正是上班高峰，天气很热，人来人往，无比嘈杂，可宁恕觉得前所未有地安心和踏实。他冲出门二十几步，都快到了人行道，才想起他的车子停在地下停车场里。

宁恕不敢肯定阿才哥是否在等他，但毫无疑问，阿才哥一定在等人。慢着，宁恕又想起来，匆忙之中，他仿佛看见了阿才哥脸上的诡笑。真的是冲着他来？宁恕坐在车里，一时没力气开车，只顾着平息呼吸。他昨晚不是没看见有任何跟踪吗？究竟阿才哥专程来找的是不是他？他会不会是风声鹤唳了？宁恕安慰自己可能是巧合。他幸好反应迅速逃得快，可依然魂不守舍，这一天的工作须强打精神才能做好。

谁都看得出宁恕脸色不佳。

宁宥家里到早上总是兵荒马乱的。临出门，宁宥问儿子："要不要替你检查一下有没有漏带东西？"

郝聿怀打开手机，取出一个文件给妈妈看："这是我写的去跆拳道馆的必带用品，我以后照着这个文件整理就行了，不会忘带。"

"哟，这办法好。那我们下去吧。"

郝聿怀答应着，先蹿了出去。宁宥换上鞋子出门，刚锁好门，郝聿怀又将手机递到她面前："你看我拟的去美国的行李，我的行李。"

"哦，太好了，发一份到我邮箱。"宁宥欣喜地想到，原来是简宏成的教导起作用了。

"我能不能不给你看，就开始整理我的行李呢？"

"你有没有把握解决什么洗澡出来没替换衣服啦、手机充电器没法插进美国制式的电插座啦……"

"妈妈，你不会见死不救吧？"郝聿怀一边说，一边赶紧手机搜美国制式插座是怎么回事。

"所以要你发一份到我邮箱啊。"

郝聿怀摇头："要不你发一份你的到我邮箱，给我参考？"

"行。"宁宥立刻掏出手机，翻出去年去日本时做的备忘文件，发给儿子，"去年出差去日本前做的，给你参考。"她发好了才想起来，那些妇女用品让儿子看见了可怎么办，立刻拿来儿子的手机，道："你看着电梯，我删掉几项你不方便看的再发给你。"

"我又不是小学生。"

宁宥呵呵一笑，背转身去，不让儿子抢，硬是收了邮件，再删了邮件，抬眼一看儿子在做鬼脸，也鬼祟地回一个笑脸，快手进入系统设置，将闪存清空。不出所料，宁宥听到儿子"嗷"一声长叹。宁宥闷笑。

"我们先去银行取你第一名的奖金，留一百块给你零用，其他的放到你的卡里。"

"行，行。但九百的零头不要存定期，行吗？我那些压岁钱都被你存定期，拿都拿不出来，还要你的身份证。"

宁宥看了一眼儿子企求的眼神，将警告吞了进去，只是道："虽然是奖金，你可别花得太大手大脚。现在家里只有我一个人在赚钱。"

郝聿怀想了想，点头，却没回答。宁宥看着，也不点破，但知道儿子听进去了。

宁宥送走儿子后，直接奔到律师那儿，跟律师道："我准备跟郝青林离婚，请帮我介绍贵所的离婚律师。"

律师道："郝先生还在刑事拘留期，不能协议离婚，你只能起诉离婚，会比较麻烦。其实也多等不了几天，判决后就能协议离婚了。"

宁宥道："是的，我昨天查了一下相关法律，可是……被这个人恶心死了，一天都不能忍了。"

"是昨天谈的郝先生补充交代的原因？"

宁宥点头："是的。不忍心当众打击他爸妈，就让他们以为他交代新问题是被我儿子感动的好了。"

律师道："都已经需要完全依靠你了，还变着法子恶心你，这做事真缺点儿理智。我替你问问张律师有没有档期。"

宁宥点头，坐等律师拨电话。可她真是忍不住，一时又只有律师在眼前，见律师找不到人，就道："郝青林有小聪明，但又很自以为聪明，他最聪明，做事总忘记别人也有脑袋。看他做的蠢事我已经不会生气了，但非常恶心。"

律师道："郝先生知识面很广，这几天在里面待着，广泛深入地接触了各路人才，估计各种程序法已经速成，不试试手多难受。"

宁宥哭笑不得，总算将一肚子怒气化解了开来。

律师笑问："还起诉离婚吗？"

宁宥点头："离。关键是我昨天查了，我儿子可以不出庭听那些丑陋争辩。只要不影响到我儿子，就算我给个机会让郝青林速成婚姻法吧。"

律师这会儿一下子拨通了张律师的电话。宁宥看出律师拖延时间让她深思熟虑的良苦用心，不禁又是心里一热，毕竟是善意的人居多。

旋即，律师放下手机道："张律师正好有半个小时的空当，你先跟他谈谈。"

宁恕忙碌了一阵子，想起一件事来，忙上网替妈妈订了KFC，然后打电话给妈妈："妈，昨晚有没有人来骚扰？"

"没有。我倒是担心一夜呢，都想好了对策，结果一觉睡到天亮。你呢？"

"呵呵，我能有什么问题？宾馆里到处是监控摄像，还有保安。妈，我给你订了肯德基的鸡翅，目的是让你实战演习一下怎么接快递。很简单，你问清楚是谁订的、电话多少，再看清楚，是不是穿着工作服，然后才能开门，最后一道关口是打开快件，看里面是什么。有数了吗？"

宁蕙儿其实恐慌得一夜几乎无眠，上了年纪的人这么折腾几下，脑袋晕晕乎乎的，走路都是飘的。可她不敢告诉儿子，怕增加儿子的负担。再说宁恕的周到体贴让她着实开心感动，什么困难都可以抛到脑后去了。她忙道："你这样安排最好了，我先学着做一遍，等万一真有别的快递过来，就不会慌了。哎呀，现在要靠儿子了。"她一边说，一边趁机赶紧戴上老花镜，找出纸笔记录，"先看，啊不，先问，谁订的，给谁的，里面是什么……"

"里面是什么不用问，真快递员不会知道。妈，你在记录？"

"是啊，好记性不及烂笔头，人一慌更没记性了，还是记录一笔的好，你别心急啊。"

宁恕的同事进来找他，宁恕只得请同事稍等，继续耐心地再说一遍怎么辨认快递员和检查快件，要拿着剪刀或者刀子出去看，快递员很忙，心急，不肯多等，带着剪刀开门，就可以快速拆箱，顺便，也可以防身。

宁蕙儿听得啧啧称好，即使宁恕没时间听，说完就搁了电话，都不妨碍宁蕙儿叫好叫出声来，除了儿子，谁能替她想得这么周到呢？宁蕙儿心中踏实了几许，脸上终于松弛下来，想到儿子，她也有了笑容。她心情敞亮地去厨房找来几粒饭，将记录的要点贴在门背后的门镜旁边。

很快，KFC送餐员前来敲门。宁蕙儿有条有理地、根据要点一条条地对照执行，满意地完成了一次实战演练。等送餐员离开，宁蕙儿笑眯眯地站在门口，伸了个懒腰，呼吸了一会儿与屋子里不一样的空气，直等楼梯上响起脚步声，才进了家门。

在遥远的上海，宁宥到了公司，也收到一个快递。接待台的姑娘吃力地搬出一只有棱有角的、挺括的箱子，放到台子上："宁总，有个男生专门送来，嘱咐我必须亲自交到您手上。"

宁宥看看箱子上面的记号笔手书大字：一箱书。不禁一笑，觉得有点儿此地无银三百两的意思。她位置越坐越高，自然送来的礼物越来越多，但明目张胆地送到公司里的基本上不会太贵重，不过也不大可能是书。她招呼保安帮忙搬去办公室。

一路上，宁宥身边不时有同事招呼："宁总还来上班？""宁总，有个设计问题一直定不下来，能不能请你参加讨论？"……宁宥一边一路应付着过来，一边看着保安抱着的箱子，猜测是谁寄来的。

她坐下先拆快递，一看，果真是几本新书，取出来时掉出来一封信，再往下，却只有一个纸包，不知纸包里又是什么。宁宥先拆信。信只有一张纸，纸上面也只有寥寥几笔字，但那字笔画刚毅，写在普通的

A4 纸上竟很简洁漂亮："宁宥：送你几本我喜欢的书，带去路上看，虽薄，却相当有料。还有几张美元现钞，路上用。简宏成。"

几张？宁宥掏出那个纸包，不肯拆开，只抠出一个洞来看，里面结结实实的都是美元。宁宥惊呆了，两根手指扒着那洞口，好一会儿没动弹一下，等回过神来，立即拿起电话打给简宏成："收到你寄来的……怎么回事？"

简宏成愣了一下："怎么回事？噢，我写了一份书单给助理，让她买了寄给你，都是薄但内容很不错的书，我很喜欢的，适合路上带着看。"

"噢……"

"有没有你看过的？"简宏成不等宁宥说下去，忙着打断，急切地想知道答案。

"有两本，《集体行动的逻辑》和《自然宗教对话录》……"

简宏成跟小年轻一样地欢呼道："六本里面有两本，撞书的概率很高了。这些都是我喜欢看的书，我相信你也肯定会喜欢，果然。是不是看的时候特别烧脑，但看完豁然开朗，似乎一下子认识了许多规律的样子？"

宁宥不愿承认："谁说我喜欢了，我只是看过，看过而已。"

简宏成嘻嘻笑道："你看书的品位基本上与我的相似，你以为以前田景野抽屉里那些书都是他爱看的吗？不，有些是我特意放他那儿，给你看的，我爱看的也想让你看。另外四本你也一定要看，很不错。回头让我看看你的书架。"

宁宥想笑，又不敢笑。其实她何尝不知从田景野那儿借书看，就等于问简宏成借，可高中时候她坚壁清野呢，假装不知那书是简宏成的，没想到原来简宏成门儿清。可她一想到当时俨然一本正经地与田景野讨论哪本书好看，还是忍不住扑哧笑了。

"现在谁还带书出门啊，都带 kindle，或者就下载在手机里。书我留着，谢谢。其他我不要，你来拿走吧。"

"拿着吧，带着孩子，一路上别太辛苦。"

"不行，非亲非故的，不能拿你的钱。你不来拿，我只好找时间送去你公司了。"

"别，我现在带着小地瓜出差，也不知什么时候回上海，你送还给谁去啊？你就替我用了吧。我好不容易才找到一个借口，能送你一些什么有用的、恰当的，别一口拒绝，凡事留一线，日后好相见。说定了，拒绝就是说明我前阵子在两家之间的斡旋完全不获你认可，你还是把我当外人。"

"这不是一回事好吧？"

"就是一回事。我挂了，要上飞机了，两只手还要抱小地瓜呢。"

"唉简宏成，你这是逼我说出难以启齿的理由。郝青林昨天又找检察院交代新问题了，恰巧你在这当口，给我这么一大沓现金，你知道的，携带大额现金出关不易，要使用必然得存到我卡上。账上一下子来了这么一大笔来路不明的收入，我瓜田李下，说不清。我不想惹麻烦。"

简宏成一听，只得妥协，知道宁宥收了得惹麻烦："这样吧，我等一下发个我的账号给你，你存进去就行。郝青林算是什么意思？为什么凑巧在你出国之前做这种事？是真有其事，还是无中生有，没事找事，找你麻烦？"

"恶心我呗。"

"别不当回事。立刻拿上出国邀请函之类的所有文件，主动找检察院经办人去，把去向和原因说清楚，省得被人当携款、携子潜逃，也省得万一要找你配合调查，正好与你出国时间有冲撞，届时被动。"

"嗯，我也正犹豫要不要自己找上去。让你这一说，我下午就去。

唉，本来出差前就有一大堆的活儿。"

"还有没有其他问题？别怕不好意思，跟我商量商量，就算出口气也好。"

"找谁说都行，唯独找你说不行。刚才那些要不是你逼着，我也不会跟你说。你登机去吧，还抱着小地瓜呢。"

简宏成郁闷地道："我回来找你谈。我争取在你起飞前回上海。"

"不要。我知道你要谈什么，你我已经活得废弃公序良俗，不用谈了。孩子还不能接受太多。我儿子近段时间已经承受了太多，我不想让他再纠结。"

简宏成一时没回答，低头想了会儿，笑了："好吧，我都等了这么多年，不怕再多等几天。何况已经拨云见日了。说到你儿子，初中考第一的奖金有没有必要这么高？"

宁宥被问中心事，叹道："家里出事，孩子在学校很没面子。他虽然说能承受，坚持不愿转学，可……我很卑鄙地经常偷翻他书包，出事后他的花销大了不少，大概多了点儿金钱外交方面的开销。因为只要花得不是很离谱，我觉得应该正视并暗中支持，现阶段他需要得到朋友的承认。我总不好平白无故地拿钱给他，同时我也觉得不能开那种乱给钱的口子，只好想出个艰难时刻依然考第一，非常不容易，奖金理当翻番的借口，特殊化一回，下不为例。你还责问呢。"

"不是责问，不是责问，你看我们都是钱多得没处花，绞尽脑汁找借口送钱，一样一样的，哈哈。我登机了。我第一次不想出差，只想回家。"

宁宥无语，不敢接茬，等着简宏成自己匆忙地说再见、挂断电话，才舒口气，放下手机。一通电话下来，她的眉头舒展了。简宏成很快发短信过来，告诉她银行账号。她回复的时候忍不住打出一行"多年来你是我的心理支撑"，想想删了，又打上"我打电话前已经烦躁了一天，现在……”，但还是删了，最终只回复两个字“收到”。放下手机，她的手按在桌上的六本书上，微笑了。

宁恕急匆匆地赶往赵雅娟的办公室。刚才赵雅娟秘书来电让他立刻去见，他赶紧从工地现场出来。他不知道赵雅娟找他有什么事。他与赵雅娟才刚开始试探着接触、磨合，彼此不知对方性格，因此他特别担心这种紧急电召，一般没好事。

宁恕一到董事长楼层，看见等候的大佬不止他一个，才放下心来。孰料，一个大佬刚从赵雅娟办公室里出来，宁恕就被叫了进去。他连忙整理一下衬衫再进去。

赵雅娟见了他就微笑道：“大热天的，把你们都叫过来，耽误你们工作啊，呵呵。你最远，我跟秘书说，你一来就插队。你刚从哪儿来？”

宁恕忙道：“谢谢赵总。我在拆迁现场，那些旧设备该卖废品，还是卖二手，部分卖还是整体打包卖，先接触几个下家看看。”

赵雅娟道：“行，这事你抓紧。我在缅甸投了个矿，最近项目开始有眉目，得立刻飞过去，采取下一步措施。明天飞机走。我可能会出去十天半个月，正好唯中也在北京跑批文。别人已经习惯了我经常不在，但你刚来，我目前最不放心的是你这一块，万事起头难。幸好你是熟手，但是，你在本市的人际关系是弱项。为此，我今晚特意安排两场饭局，第一场与刘局，我相信你已经接触过不少他的手下，我晚餐带你抄近路，以后关键事情直接找他；另一场是刘局的分管领导，他晚餐时间没空，我们找他餐后喝茶。以后的工作就是师父领进门，修行在个人了，你自己尽力发挥。”

宁恕大喜：“赵总行前这么忙，竟然还……”

赵雅娟挥挥手，阻止宁恕说下去，笑道：“你晚上先回家换套衣服，直接去饭局，不用与我会合。"

"是。还有个问题，刘局那儿是不是该……"

"今晚纯吃饭。以后怎么谈，就靠你今晚观察试探了。时间很紧，我出差时你自由发挥。我早已说过，我全权委托你。"

"谢谢赵总，谢谢。"

"你忙去吧，顺便叫老樊进来。"

宁恕欣喜地出门。创立偌大江山的赵雅娟果然是魄力与才智兼具，跟着她做事，真叫一个爽快。

宁恕走后，赵雅娟当着老樊的面，将录音笔里的文件存到电脑里。一再地做，她已经做得顺手。她很清楚老樊是看不懂她在做什么的。果然老樊笑问："又是什么新式武器？赵总真是先进。"

赵雅娟笑道："唯中给我买的U盘，存电脑文件的。我以前的U盘太小，放包里总找不到，他给我买来这种大点儿的。你会不会也不知道U盘是啥？"

老樊果然不知，两人一起大笑。一个老上级，一个老部下，气氛自然非宁恕在时可比。

宁宥听简宏成的，立刻约了给过她名片的检察院同志，下午就赶过去见面。谈话很快结束，基本上只有她说明去向，留下各种联络方式。从检察院出来，即使还晒在太阳底下，宁宥都忍不住站着深呼吸了两下。不来之前，谁知道郝青林在里面说了什么呢？以郝青林对她的恨，即使灰灰再乖，估计也化解不了，总得一箭双雕，恶心她几下，幸好，看样子没把她牵涉进去。而且寻常人家还是忌惮来这种公检法机关的，让他们兜来兜去地问几句，就会怀疑自己过去或许真有可能一个不小心，做过郝青林的同案犯，宁宥本来就胆小，要不是简宏成提醒，她是恨不得赖掉不来的。可现在好好地、囫囵地出来了，从昨天开始的担心就放下了好多。让太阳多晒几秒就几秒吧，她心情大好。

她打开车门，开上空调，走出来到树荫下，等车子凉下去，思虑再三，给郝青林的律师打了个电话，告知进检察院面谈之事。律师听完了后，问她还要不要起诉离婚。宁宥一时被问住，忽然觉得拿不出早上拍着桌子也要离婚的气概，只能再考虑了。

宁恕站在赵雅娟身后半步，一起站在会所门口，送刘局与刘局的领导上车离开。等两辆车的车尾灯消失不见，赵雅娟依然有些失神地站着，想了好一会儿，才回头对宁恕道："回家吧，不早了。"她说着，跳上司机开过来的车子。

宁恕殷勤地站在原地，送赵雅娟离开后，转身去停车场取车。他都没走几步呢，赵雅娟的车子忽然掉头又回来，追上了他。赵雅娟从车窗里伸出脑袋问："你家就在对面马路吧，搬家了？"

"没啊。"宁恕忙又站住，俯下身说话。

"那怎么还到停车场取车？走过去就到了。"

宁恕忙道："最近工作结束得很晚，怕影响到我妈休息，我大多在酒店开房。老太太睡眠不大好。"这个理由早在宁恕决定住店，以避开简敏敏的袭击时已经想好了。

赵雅娟惊讶了一下，点点头，看着脸上带有明显疲惫的宁恕，一时心里有些复杂："你早点休息，身体第一。"但是车子离开后，赵雅娟心里疑问重重，宁恕到底还想从她手上图些什么，以致如此拼命，如此狡计百出？

宁恕看着赵雅娟的车尾，不禁一笑。他觉得这是意料之外的加分，一时都有些忘了昨晚的风声鹤唳，脚步轻松地找到他的车子，开车去昨晚住过的宾馆，等进入宾馆车库，才忽然想起早上在餐厅遇见阿才哥的一幕。他今天真是疲劳过度，脑袋当机。这下可怎么办？

宁恕只好找个靠近灯光亮堂的电梯厅的位置停车，不敢下车，不敢推测一辆辆静静趴着的车子背后是不是隐藏着危机，不敢拿自己的安危在这个关键时刻冒险。他最近有很多事要做，出不得任何意外。他等待其他人来，不管是进电梯的，还是出电梯的，只要有其他人在，他就会觉得安全。他相信这么大的宾馆，即使再晚，总该有人进出，届时他再下车。

这几乎是宁恕与假想敌的一场比谁先眨眼的游戏。可是宁恕太困了，他的眼皮子一个劲儿地下坠，叫嚣着让他认输。

幸好有电话进来了。宁恕一看，居然是姐姐宁宥的，此时，接一下她的电话也好，就算是为了消除瞌睡吧。宁恕接通电话，道："这么晚，什么事？"

宁宥也没指望宁恕给她好脸色。她也没好脸色，公事公办地道："我三天后去美国学习两个月，你明天方便时当面跟妈说一声，注意化解她的情绪，一定要当面说。"

宁恕心头有十万个为什么蜂拥而过，为什么出国前三天才告诉他？为什么要他当面跟妈妈说？但他只是简短地回答一句："知道了。"

宁宥追问一句："三天内能跟妈妈说好吗？说完能告诉我一下妈妈的态度吗？"

宁恕道："没意外我就不打电话了，我忙。如果没其他事我就挂了，在加班。"

"慢着。"宁宥沉吟了一下，问，"你前面一个工作，如果我没记错，是被你上司辞退的吧？"

"什么意思？"失去工作，被服务十来年的公司辞退，是宁恕最引以为恨的事之一，即使很快顺利高就，可依然耿耿于怀，因此一听宁宥提起，立刻奓毛。

"你别多心，我不会拿这件事做文章。我只是今晚想到一件事，想问问你，被辞退时有没有想杀了你上司？为什么想，或者为什么不想？再或者为什么不可以想？"

"什么意思？"宁恕被问得一愣。没等他回过神来，宁宥早将电话挂了。可正好电梯门开，一名男子从电梯里走出来，宁恕一看，条件反射似的冲出车门，与那男子遭遇。手忙脚乱间，宁恕试图把车钥匙放进口袋，手中的手机却差点儿滑落，宁恕又累又烦，不禁又大喝一声："什么意思！"吓得刚出电梯的男子一个趔趄，惊恐地看了眼宁恕，拔脚就跑。宁恕完全没时间管他，冲在电梯关门之前，险险地一脚踏入电梯，进去后就死死地按住关门键，希望后面没人进来。终于，电梯平安地关门上升了，宁恕松了一口气。

这时候，宁恕才有时间回想宁宥刚才在电话里问的问题，立刻，一对眉毛竖了起来。他拿起刚才差点儿滑落的手机，打给宁宥，愤怒地责问："你到底姓宁，还是姓简？"

宁宥早等着宁恕来电。她挥手让郝聿怀进书房去，一边让他别听，一边冷静地道："我姓宁。显然你也想到了，那我解说起来更方便。我以前脑袋里一直理所当然地以为简家毫无人性地剥夺爸爸的工作是罪大恶极，才会引起爸爸的反抗，这都是从小听妈妈说的。但今天才忽然想到，咦，你不是也被辞退了吗？而且是连预兆都没有地辞退，但似乎你没那么大反应啊？这么一对比，我才猛然意识到我对这件事的认识停留在一个误区，不禁自问当年爸爸的反应是不是对的，哪怕有一点点的道理……"

宁恕听到这儿，烦躁地将电话挂断，都忘了是他主动打电话去责问宁宥的。他打开门进屋，将手机扔在床上，转身进去洗手间。

宁宥无奈地看看哑掉的电话，扭头对不肯走开倚门听着的儿子道："无论有多少委屈，都不可以杀人，杀人没有任何道理可言。"

郝聿怀觉得不可思议："这还用说？"

宁宥不禁汗颜起来，愣愣地看着儿子道："思维定式有多可怕。"她从手机里搜出这四个字，拿给儿子看："我上个月还在被杀的那家的儿子面前振振有词，幸好人家没骂我。"

郝聿怀给个白眼，继续低头研究"思维定式"这个词。宁宥只好拿了郝聿怀的手机，给宁恕发去一条短信："我没恶意，纯学术交流，有空请你研究一下思维定式，欢迎切磋对过往看法改变的问题。你姐。"

宁恕从洗手间出来时还是咬牙切齿，看到宁宥的短信披着陌生号码的皮乘虚而入，不依不饶，揪着他被辞职的痛处乘胜追击，宁恕不禁暴跳如雷。他眼前都能看见远处的宁宥撇着小嘴，轻蔑地拿手指戳着他，伶牙俐齿地讥笑：来，我们就事论事，只做学术交流。你自己被开除，却想都没想去杀你老板，因为你知道这事荒唐，这事不对，那么用你从中学到大学的逻辑来思考问题，爸爸被劝退，固然有当时社会的原因，但是……

就在臆想中的宁宥说出"但是"后面的话之前，宁恕一声爆吼，喝止了她。宁恕对着墙壁，对着空气，仿佛对着宁宥跳脚怒骂："你脑袋又犯病了？让简敏敏敲坏了还没好，还是你没脑子？……"可骂到这儿，宁恕一下刹住了。他不愿多想爸爸那件事，那是一件在他心中早已定性了的事，他不能对不起自己的良心。

宁恕闷了会儿，拍案又是怒骂："昨天是简家人不让我睡，今天是你变着法子不让我睡，你算什么意思？你还姓宁吗？你跟简家合伙来害我，一个阴，一个阳，你以为我不知道？你们就是合着伙儿不让我睡觉。你想逼死我，给简宏成交投名状啊。你还有没有人性？"

宁恕越骂越激动，睡意？早抛脑后去了。又是一个不眠之夜。

第十章
心 结

　　天才蒙蒙亮，简敏敏就被手机叫醒了。她嘴里嘀咕着，拿起手机一看，才五点呢。可来电显示让她不敢不接那电话，那电话显然是从国外打来的。她接起就听到她儿子不耐烦地道："呃，才接？"

　　简敏敏连忙柔声柔气地道："哎呀，是宝宝啊。这边才早上五点，妈妈还在睡……"

　　儿子不耐烦地打断："你为什么把我爸抓进去坐牢？"

　　简敏敏一听，立刻浑身上下都清醒了，悄悄坐直了道："这事是你们舅舅干的，我要有那本事，早年也不会让你爸欺负得那么狠。"

　　"得了吧，不是你支持，别人能动得了集团公司的印章？"

　　简敏敏将所有可能影响母子关系的敏感问题推得干干净净："别的事或许说不清楚，这件事我绝对能说清楚。我去澳大利亚看你们，回国后的第二天就坐牢了，现在还取保候审呢，这个月 23 日审。你舅舅就趁我坐牢那几天把你爸爸发落了，全部手脚做清爽后，才把我保出来。我现在跟你爸差不离，一样，也进不去公司大门，公司现在全是你舅舅的人把持着。我本来不打算跟你说的，省得你们担心。"

　　儿子到底是年轻，一时不知怎么应对，可好歹还是关心了一句：

"你怎么会坐牢？你没事吧？"

"你们外公以前不是让个疯子给刺伤过吗？现在那个疯子的后代不知打哪儿冒出来了，那疯子的儿子都已经改名换姓了，要不是你舅舅简宏成告诉我，我还不会知道。哎哟不对，会不会是简宏成算准时机，挑我去找疯子儿子打架，先把我打进牢里关起来，他再趁机找你爸算账……我说时机怎么这么凑巧呢？原来我中他圈套了。我还说呢，他什么时候变良心了，原来是装好人埋伏在我身边，方便他更容易算计我啊。"简敏敏一边说，一边满脸的恍然大悟，会不会真是简宏成的圈套？简宏图这么听简宏成的话，为什么那次忽然瞒着简宏成，告诉她宁恕是崔家后人、宁恕家地址是哪里呢？但简敏敏的念头只是一闪而过，眼下她要应付儿子。

简敏敏的儿子这下是真的蒙了，按住电话与旁边的妹妹商量了好久，都商量不出花头来，这下，唯一的至亲妈妈终于成了他们的亲人。他和缓了口气，问："那我们家的公司是不是都让你弟弟夺走了？"

简敏敏道："公司本来就姓简，不姓张，现在你爸签名，把他名下股份全还给简家。你外婆和两个舅舅平分那部分股份。我还是老样子，占股没变，而且待遇也跟你爸给我的一样：我进不去公司，分红也不知道猴年马月会给。要这么说起来，我还真没什么可怨的。"

简敏敏儿子一连串的问题弹了出来："妈妈，那我们怎么办？我们还寒假呢，你庭审后我们就要开学了。你会不会也坐牢啊？我们是不是该打包回家了？我们家是不是破产了？要我找你弟弟去吗？我回国吧，我们家只有我一个男人了，我来帮你。"

简敏敏惊得一下捂住了自己的嘴，什么，儿子竟然叫她妈妈了？认她了？她怕自己激动得喊出来，只好捂着嘴巴不说，听着儿子在那边大喊，跟着，女儿的声音也加入了进来。她拿起床头柜上的水喝了一口，才敢道："不用，你们好好读书。你爸以前一分钱都不给我的时候，我好歹靠自己赚了点儿，养活你们够用。"

电话那端儿女俩都说"真的吗"，可他们两个没让简敏敏一厢情愿地乐上多久，就道："妈，再半个月多点儿要开学了，你寄点儿钱来，我们要交费。"

"上次你们爸刚卷款逃跑时，我不是刚拿给你们五万澳元吗？"简敏敏警惕起来。

"怎么够用啊？吃饭以外，还得交学杂费呢。我们是两个人。"

"要这么多？"简敏敏眉头一皱，计上心来，"这样吧，我给你们舅舅的电话，1390755××××，你们找他要。我钱就那么多了，以前赚的都被你们爸收着了，没给我，现在的都你们舅舅在收着，计划外的得问他要。"

儿子道："我们又不认识他，他也不认识我们，我们打电话过去，他还以为我们是骗子呢，要打也是你打啊。"

旁边女儿大声道："姑姑来电话说爸爸没钱了，要我们找你要。要不然就把爸爸放出来。我们要爸爸。"

简敏敏潇洒地打了一个无声的响指，真相来了。她激动地道："张家那个三妖精，哈，不要脸到给你爸介绍二奶、三奶，我怕你们知道了，影响你们成长，只好忍痛把你们送去国外读书。结果呢，三妖精怂恿你爸插横杠，破坏我们母子关系，不让我们通话见面，你爸还不给我钱，让我买不起机票去看你们。他们是不是跟你们说我不要你们了？他们骗你们的。现在三妖精靠山倒了，坐牢了，她是不是骗你们找我要钱，再让你们寄钱给她，她替你爸打官司，是不是？我呸。你爸的官司是刑事案，是检察院起诉，还轮不到她花钱请律师。她就是个妖精，以前不要脸地吸你爸的血，现在找你们伸手，你们当心！"

女儿更小，惊得大叫："真这样？"儿子却不吱声。

"当然这样！要不是我在家苦苦盯着你爸，你们下面早有弟弟妹妹了，你爸的家产还轮得到你们啊。你们倒是给我说个真话，是不是三妖精骗你们找我要钱？张家的人挖我们简家墙脚还有完没完啊？你们到底还有多少存款，以前你们爸每月给你们寄多少？我好有打算，提前准备起来。你们哪天回家？我带你们去派出所改姓，咱不姓那姓张的烂姓……"

"够了！"刚才闷了好久的儿子忽然一声大吼，打断简敏敏的话，"你们都一样，我谁都不信。够了！"儿子说完，就挂断了电话。

简敏敏只听见女儿在电话那端尖叫，而后听筒里就没声音了。她愣了一下，后悔地自言自语："一提张立新又激动了，唉，这时候不该说他们爸爸的坏话，要说也要等收服他们后再说。唉，怎么办？"

宁恕一夜无眠，很早就起床，试图泡个热水澡，结果反而泡在浴缸里睡着了。他都不知睡了多久，直到被重重的敲门声吵醒。他茫然地看看四周，听到敲门声还在响，惊得一下坐直了，瞪眼看着浴室门，想了会儿，悄悄起身，裹上浴巾，却没去门镜那儿张望，直接打电话给服务台，投诉陌生人敲门。

门板隔音不差，可门外的人说话声音更重。宁恕听到敲门声暂时没了，却有人大嗓门在说："什么敲错门？不会错的，里面住的人叫宁恕，你们去查，是不是？他欠我钱，别想躲着不出来。"

宁恕等听清楚，寒毛都竖起来了，连忙回转身，找衣服穿上。他扣衬衫的扣子扣得异常艰难，手指发抖。

外面正是阿才哥。阿才哥再度敲门，大声喊："宁恕，我那钱是千辛万苦地总算要回来了，我现在要找你算账。你给我滚出来，给我一个说法。"

宁恕听得在里面大口呼吸，不敢动弹。他仿佛又看见昨天早上在餐厅里的一幕，原来阿才哥等的正是他。看来简家已经将钱全还上了，连本带利，一刀子好大的肉，必然全数割在了简宏成身上，真是鲜血淋漓的一刀肉啊。想到这儿，宁恕僵硬的脸抽动着笑了。他索性坐在床上，不理外面的阿才哥，让宾馆去处理好了。天还早，上班也还早，看阿才哥能折腾多久。

果然，外面的人没耐性，再敲十几下后，嘟哝着走了。宁恕坐在床上，眼睛贼亮地笑了，可很快就笑不出来了。就这时候阿才哥来找他，那真是雪上加霜，是不是简宏成有意为之？阿才哥找他，会不会是简宏成还钱的一个条件？按说以前阿才哥要不到钱的时候只有心更急，找几个小时来对付他宁恕，不会找不出，怎么会现在才来找？正好凑在简宏成对着他吹响喇叭，反攻开始的时候？再想想昨天早上阿才哥摆足架势，在饭厅等他，却看着他转身溜走，再刚才在门口虎头蛇尾地闹腾了几下就走，明摆着是敷衍简宏成呢。若真如此，那倒是没什么可怕的了。

可宁恕虽然这么安慰自己，心里依旧是慌慌的。再说大清早的被阿才哥这么一闹，他又给闹得精神亢奋了。他收拾好行李箱，候着走廊有其他客人经过时，才眼睛亮亮地出门，虽然，头有点儿沉。

总台结账时，宁恕才想到要给妈妈打电话提醒一下，阿才哥也知道他家地址。

宁蕙儿这一觉睡得倒是挺好。她年纪大了，早早起了，收到电话时早已吃完了早餐。她才接起电话，就听大门被砰砰敲响。她一愣，而宁恕也在手机里听见了，警觉地问："妈，谁在敲门？如果是不熟悉的，你报警。"

宁蕙儿心惊胆战地看着被油瓶盖挡住的门镜，虽然不敢去看，但她又想知道是谁。她想了会儿，用左手捂住油瓶盖，一张脸凑上去遮住了光线时，才用右手轻轻掀开瓶盖。她立刻看清门外站的是谁，正是带了两三个男人的简敏敏。她吓得心惊肉跳，赶紧又用同样办法先将油瓶盖盖住，再慢慢脱身，走进卧室，关上门，道："是简敏敏。"

"报警！"

宁蕙儿叹声气："算了，让她敲吧。"

宁恕道："你不报，我报。"

宁蕙儿听到外面简敏敏在大叫。她让宁恕等等，打开卧室门去听，只听外面简敏敏大声在问："宁蕙儿，我问你，你女儿当年说被我摔得头破血流，差点儿死掉，有没有这事？你敢不敢说实话？"

外面简敏敏反反复复地问，里面宁蕙儿把这话传达给了儿子，完了后补充道："还好，我今天不是很怕，有心理准备了。"

宁恕道："你大声回答她，有这事，你不会放过她的。"

宁蕙儿道："哦哟，别理她。当她疯子好了。"

宁恕道："哦，那你别理她，早点休息。"

宁蕙儿纳闷了："我才起床呢，昨晚睡得挺好，干吗休息？你在忙是吧？忙你的吧。我这儿没事。"

宁恕才惊觉自己昏头昏脑，说错话了，忙道："简敏敏不走，我怎么放心挂电话？你回她一下。要不然我立刻报警，立刻赶回家。"

宁蕙儿怕儿子不放心，只好又走出卧室，大声道："有这事。刚刚我报警了。"

简敏敏狠狠拍一声门："报个鬼，我又不是来害你的，问你个事罢了。好了，鬼叫听到了，我走了。"

简敏敏走下楼梯，才对跟来的两个男子道："谢谢你们帮忙，看来我弟没骗我，是真有这事。"

"哟，大姐，看不出你出手这么厉害。"

简敏敏脸上抽了两下："快走。那家人还真是恨我恨得牙痒痒的，居然报警了。我不能让警察抓到。"

简敏敏对简宏成本来就很怀疑，从未相信过，只是自己身处险境，动不动就会再回大牢，才妥协一下，装作温顺的样子。现在她一想到她

240

的处境可能是简宏成设圈套害的，顿时心急火燎地试图搞清楚是不是上了简宏成的当。这个问题非常严重，关系到她在简明集团股份的安危。而简敏敏更是想到，她当年如果真的摔得那崔家老大差点儿死掉，那一家人该多恨她啊，宁恕还会想什么招儿对付她呢？能轻易放她取保候审，在外面自由自在吗？能轻易看她不伤皮肉地被轻判吗？对了，那宁恕好几天没动静了，在干什么？简敏敏想到这儿，心里有些寒意袭来。她有点儿怕了。

虽然宁恕知道妈妈已脱离危险，但他一大早到现在已经积累了无数情绪，此时愤怒得按捺不住，当即驱车直奔公安局，去找当初处理他和简敏敏案子的民警要说法。

话说能者多劳，早上发生的两起事件，两家人的事儿，最终不约而同地都汇总到了简宏成那儿。

简宏成一早起床，才打开手机，都还没来得及从被窝里揪出小地瓜，一个电话立刻飞奔前来报到。这个手机的号码是简宏成私用中的私用，有限的几个家人至交才知道，连陈昕儿都没这个号。大清早踩着点儿地来电，一准是大事。简宏成看看，显然是国外号的来电显示，赶紧接起，幸好旁边的小地瓜被吵醒后拱了几下，又安稳了。

一个年轻男生的声音："你好，请问是简宏成吗？我叫张至清，你大姐简敏敏的儿子。"

"噢，有听说过。你等一下，我记一笔。哪个 zhi，哪个 qing？"

"至善至美的至，清汤挂面的清。"

简宏成记录下来一看，不禁笑了："我记得你还有一个妹妹，她是不是叫张至察？"

张至清作为一个二鬼子，显然没往"水至清则无鱼，人至察则无徒"上想，简单地回答："我妹妹叫张至仪。我们早上与妈妈通话后，决定与你对话。我们已经买好了回国机票，并准备出发，今晚到广州。航班号是××××，我和妹妹两个。"

"我正好在深圳，会派人去机场接你们的。"

张至清礼貌而疏远地道："谢谢，不麻烦了。我们会自己赶到深圳的，明早七点准时发约见地址给你。"

简宏成哑然失笑，道："亲戚之间二十余年从无相见，见面又各持戒心，呵呵。我等候明天约见。"

第二个电话几乎是接着第一个电话赶来。唐在电话里平静地道："早上好，简总，很抱歉一大早打搅你。"

简宏成马上客气地道："早上好，唐处。"

唐道："谢谢你前天拨冗，去医院探望我爸妈，一直没来得及当面致谢。倒是有件小事又要麻烦你，请你约束令姐，不要再去骚扰宁家。"

简宏成一头雾水，小心地道："我一直在威胁利诱我姐，试图压制住她的火暴脾气。"

唐道："看来效果欠佳。宁恕今早直接找到局里吵闹，说是令姐清早去他家骚扰，要求取缔令姐的取保候审。这事让我很为难。"

简宏成几乎哑了，哑了好一会儿才道："我去处理。对不起唐处，非常对不起。"

唐依然平静地道："宁家人做事无底线，你们需要有更多的自我约束。请你谨慎解决，别让我为难。"

简宏成真想让唐把简敏敏再捉回拘留所待着，省得出来闹事，一早上闹出儿女回国来找他算账，又闹出宁恕去公安局大闹，简敏敏这人就是个社会不安定分子。可那么一说，又几乎是讽刺了唐当初的美意。简宏成真是憋了一肚子气。可他只有一个人能说，也只能向一个人通风报信。

"宁宥，我不知道唐跟你们家是什么关系。他今早打来一个电话，我把原话一字不漏传达给你，你看着办。"

宁宥听完，根本就不敢解释那个唐是谁。她心烦得五官皱成一团，手机扔在一边，抱头无语。

简宏成还在手机里问："你没事吧？"

宁宥烦恼地睁一只眼盯着手机，没好气地道："我会看着办的。"

简宏成笑道："我收回那句话不行吗？你小心避开雷区，照顾好自己，其余的交给我来处理。我那句'你看着办'是这个意思。"

"你这什么意思啊？好像我在无理取闹。"

"哈哈，没有，绝对没有。"

"能痛快点儿，你把宁恕、简敏敏都吊起来揍一顿吗？"

"理论上可行。实际上撩拨他俩捉对厮杀，可能既容易，又绝后患，只是……咱们是有理想、有道德、有情操的三有中年啊。"

宁宥哭笑不得："算了，你也是左右为难。请告诉我唐的所有联络方式，发我邮箱。我下午出发。唉，我都忙死了，他们还添乱。"

简宏成急了："那个唐又高又帅，不行，你有什么话，我替你转达。"

"嘿！"

"好好好，我委曲求全。"

宁宥只能刹车，免得简宏成死皮赖脸。

大四的最后一个学期，宁宥坐郝青林的自行车下课回宿舍。她虽然似乎永远学不会骑车，可却能神奇地在自行车后座保持平衡，无须抱住前面骑行者的腰。就在自行车慢下来，快到宿舍大楼门前时，宁宥一眼看见了树荫下在百无聊赖地看天的简宏成。她惊得哧溜一下跳下车，都忘了自行车还在前行，自然是一屁股重重地摔在了地上。宁宥只觉得非常害怕、非常担心，虽然并未摔伤皮肉，可腿软得起不来。

郝青林吓得自行车一扔，赶紧跳下来扶宁宥。自行车摔到地上的动静大了，引得简宏成扭头看向这边。简宏成在学校里见多了小情侣拉拉扯扯，没想到今天拉拉扯扯的女主居然是他的宁宥。他毫不犹豫地冲上前去，一把扯开郝青林，一手扶住刚站稳的宁宥，对郝青林义正词严地道："宁宥我来接手，你可以走了。谢谢。"

郝青林完全没反应过来，这哪儿来的傻帽？

从来连坐车都不肯扯一下郝青林衣襟的宁宥，这回破天荒地一把拉住郝青林手臂，焦急地道："郝青林，别走。"

简宏成两眼紧盯着宁宥抓住郝青林的那只手，盯了会儿，又看向宁宥，平生第一次心如撕裂般的痛。

看见这样的简宏成，宁宥不由得松了手，不忍加码，也不忍看，逃一样地转身进了女生楼。

于是简宏成立即活了过来，对郝青林道："你车倒了，起码扶起来锁好。再见。"他拔腿跟着宁宥跑去，在后面殷勤地问："伤着没有，要不要去看校医？我陪你去。"

宁宥看看同学们好奇八卦的眼光，只得黑着脸，扭身朝运动场走去。郝青林不傻，扶起车，也跟了上来，一路上对简宏成虎视眈眈。

宁宥完全无计可施，走得离寝室远了，就停住，皱着眉头看着简宏成，任凭简宏成怎么嘘寒问暖，都不言不语。宁宥天然有一副怯生生的姿态，即使皱眉，也是受了天大委屈的样子，在别人看来倒也罢了，简宏成最吃这套，很快便投降，将来意说了出来。

"我知道你的分配已经定在了上海。我因为各种原因，与公司签了卖身契，三年，在北京。我特意过来跟你谈谈……"

高大英俊的郝青林插嘴："朋友，我们大学四年都见得多了，学长和学妹谈恋爱，学长毕业一走，学妹立刻另起炉灶。两人在一起才是关键，你何必假装不知呢？认清现实吧。我家在上海，可以与宁宥相互护持，度过最困难的毕业适应期，宁宥有困难，可以随时叫上我：有快乐，也可以随时找我分享。在一起，就是这么简单。"

宁宥低着头，一厘米一厘米地挪过去，等郝青林说完时，几乎正好挪到郝青林身边。

简宏成看着这两个，一个高大帅气，一个美丽娇柔，简直是珠联璧合，更是被郝青林的话气得差点儿一口老血喷出来，谁让他当时一腔热血地签了卖身契呢？他无法不粗暴地对郝青林道："对不起，你只是宁宥随手拉来的道具，请忠于职守。宁宥，你的意见？"

宁宥知道应该拒绝，而且有异常充足的理由，一说出来，准保简宏成回头就走，可她怎么都说不出口，与其说是不敢说，倒不如说在私心里她不愿将两家的这种关系告诉简宏成，仿佛一说出来，她会失去什么。可是她不说出来，又如何拒绝简宏成？或者找借口呢？宁宥脑子乱成一团麻，完全不知找什么借口才好。她低下头去，乌黑的长发跟着滑下来，遮住她半张脸。她忽然开口了："郝青林，还是你买菜、我买饭，我们快去吧，晚了又要打架一样地抢了。"

郝青林也机灵，立刻接上了，道："走吧。简同学，你请自便。"两人说着，果然肩并肩地走了，都是瘦高的身材，无比匹配。

简宏成给这奇特的答案打得摸不着头脑，此时也不顾了，厚着脸皮道："宁宥，我好不容易从北京过来，你就这样扔下我不管？"

宁宥回头，轻轻巧巧地扔下一句："我不方便招呼你，请你找孟浩杰。"

简宏成不信邪，坚决跟在两人身后，打都打不走的样子。回到女生宿舍门口，宁宥上去了，郝青林等在楼下。郝青林儒雅地对简宏成解释道："我饭碗都放在宁宥那儿。"

宁宥跑进寝室，拿出自己的饭碗，又满寝室地翻来同学们砸得最破的两只搪瓷碗，随便找来一双筷子，赶紧拎一个热水瓶下楼。等走到一楼，她镇定下来，如若寻常地走到郝青林身边，又很随意地将两只最破的搪瓷碗递给郝青林。见简宏成盯着那两只碗找破绽，宁宥不以为然地道："你们男生的碗不都这么破吗？有什么好瞧的。快去找孟浩杰，晚了就没饭吃了。"

简宏成无言以对，眼睁睁看着宁宥与郝青林两人离去，将他如孤鸟一样地扔下。简宏成气得暴跳如雷，冲上去拦在两人面前，盯住郝青林道："我记住你这张脸了，你叫郝青林？"但他没等郝青林回答，立刻目光炯炯地看向宁宥："我等着看你们这场戏怎么演下去。"

宁宥干脆利落地回答："你让我下了决心。"

简宏成至今想起来，还后悔当年咬牙切齿地说出的那句话，觉得是他那句话将两人逼到一起的。他当时就眼看着两人的手仪式性地牵到一起，手牵手，走向食堂。尤其是，两人的背影都如此美好，他有生以来难得地自惭形秽起来。

现在想到宁宥下午就要去见唐，那位英挺的美男子，而显然宁宥向来喜欢美男子，简宏成简直是坐立不安，将儿子安排到办公室边的活动室后，立刻又给宁宥打电话："宁宥，我问问田景野有没有空陪你一起去见唐处，我……"

"别闹。"

"我没闹。我们已经错过十几年，我们还有几个十几年啊？错不起了。你如果不想让田景野知道家里的事，我看看时间，看能不能飞过去。"

宁宥只得道："你不要胡搅蛮缠好不好？"

简宏成忙道："没胡搅蛮缠。我只是……宁宥，给我个保证吧，口头的，随便怎么说都行，我太不安了。我很怕哪一天田景野又来找我，缠着我答应下来永不主动去找你。你别把话藏心里，你跟我明说，明说。"

宁宥想来想去，还是挂电话最方便。简宏成再来电话，她直接按掉，急得简宏成团团乱转，可又脱不开身，没办法像个无法无天的年轻人，什么都可以扔掉，眼里只有一个爱人。他身上背负着太多的责任，无法扔下。

只是简宏成一直没发唐的联系方式给宁宥。宁宥却一点儿都不急，按部就班地做好自己的工作，提前下班去接上儿子，两人一起开车回老家。到红灯处，她发了一条短信给简宏成："我带儿子一起开车回老家了。"

很快，简宏成的短信回了过来，除了唐的联系方式，还有一个"哼"。宁宥看得笑了，即使心里再紧张，还是笑了。

宁恕虽然脑袋吱吱地、针刺一样地痛，静下来时耳边也是吱吱地耳鸣不断，可他凭着极大的毅力，一件一件地收拾手头的工作，如坦克一般地将阵地次第压过。他谈完了一个合同，亲自送这一批客户出门时，不经意地看到走廊上站着的宁宥。他惊呆了，宁宥怎么会来？

而宁宥看着宁恕也是惊呆了，即使宁恕现在与客人谈笑风生，一愣之后即装作若无其事，可她是拉扯宁恕长大的人，看得出宁恕现在的身体状况很差，极度疲惫，又极度亢奋，仿佛橡皮筋已经拉到极限，可宁恕依然不管不顾地挣扎，不怕橡皮筋断裂。

宁恕在电梯口送走客户回来，站到宁宥面前，冷着脸道："你来干什么？哈，又是问简宏成要的地址？连妈都还不知道呢。我忙，里面还有一个合同要谈。你长话短说。"

宁宥在来的路上早想好了要跟宁恕说的话，多的是一刀见血的话，可看见这样的弟弟，怎么都不忍心说出来给骆驼身上添一根稻草。她忍了又忍，道："你看上去很疲倦，我很快说完就走，不占你时间，灰灰还在下面的车上等着呢。你也早点儿忙完，早点回家歇息。"

宁恕意外宁宥说的是这些，他点点头："说吧。"但人还站在两米开外，态度异常冷漠。

宁宥无奈，言归正传："拜托你一件事，你做事避开唐家。不为任何其他人，只为妈妈。"

宁恕听第一句，先是一愣，而后勃然大怒："你什么意思？妈妈怎么了？你想说妈妈什么？你倒是拿出证据来？"

宁宥被轰得不由自主地往后退了一步，不知这个以往说过的话题怎么就忽然惹怒了宁恕。她还是好言好语地道："妈妈不会愿意看到你做的事对唐家不利。"

宁恕冷笑道："倒是见过对强权卑躬屈膝的，从没见过对耻辱卑躬屈膝的。你让妈妈亲自跟我说，你不要假传圣旨。当然，这是你从小到大一贯的伎俩。"

宁宥看着眼圈墨黑的弟弟只会心痛。她尽力平和自己的脾气，道："昨晚好好跟你讨论思维定式，你也是一触即发；今天跟你讨论唐家，你依然一触即发。现在的脾气怎么这么暴？是不是该好好休息一天了？工作再要紧，毕竟身体是自己的。"

宁恕冷笑："别装了。我从小看你到大，你这一脸胆小可怜相骗过多少人？你从来最无辜、最正确，别人只要与你不协调，就是欺负你，就是千夫所指的坏。对不起，没空陪你废话。你请吧。"

宁宥被说得一条眉毛高、一条眉毛低的，宁恕这话她熟悉，小时候平时姐弟俩吵吵闹闹，宁恕经常这么说，说她总是骗取大人信任，弄得他总浑身是错。她以为也就小狗小猫，你抓一把毛，我咬一口毛罢了，可现在看样子宁恕是当真的？宁宥愣愣地看着宁恕转身进了公司，一句话都说不上来，又发了会儿愣，才下楼去找儿子。她一路不明白着，怎么会这样？她对宁恕还不够好？好吃的、好用的都让给了宁恕，辛苦的家务活儿都她担着，什么时候让宁恕受过委屈？宁恕怎么满肚子委屈呢？

车里辛苦地打电游的郝聿怀忙里偷闲，看回来的妈妈一眼，道："你弟又让你受气了？"

宁宥摇头："他现在好像强弩之末，状态真差。"

郝聿怀道："'强弩之末，势不能穿鲁缟也。'耶！我语文很好。"

"谁说的？"

"《三国演义》，诸葛亮说的。耶！"

"No，司马迁的《史记》里韩安国说的。《史记》更早。"

郝聿怀闷声不响地将电游一停，上网查询，一看果然如此，不禁"哼"了一声。

宁宥将车开出去，忍不住问："老是妈妈对，你会不会生气啊？"

"我会超过你，很快的。"

宁宥想到刚才宁恕说的那些，不禁也"哼"了一声，又忍不住一拍方向盘，赞了一个"Wonderful"。原来与她无关，而是宁恕心胸有问题。她不经意地抿嘴一笑，放下心来。

晚上的医院停车场依然满满当当，可到底是有了几个空位。宁宥下车后，又探入一个脑袋，很不放心地对儿子道："你还是在车里待着，哪儿都别去哦。"

"知道。"

"我把车钥匙留给你，要是觉得热，就关上车窗，开空调。要是有蚊子咬，你再喷点儿驱蚊水。"

郝聿怀翻了个白眼给她。

宁宥笑了，自言自语："我这是怕上楼见那家人，只好装拖延症。"

"那我陪你去好了。"

"你陪着我更没面子。我走啦。"她背好包，整理好衣服，干咳两声，清清喉咙，可走出几步，又旋回来钻进车里，打开顶灯，拉下化妆镜，看看自己的脸，又喝了两口矿泉水，才讪笑着离开。郝聿怀看得快笑死。

住院部走廊里此时倒是人来人往，有病人出来遛弯的，有家属过来探望的。唐太太的病房是二人间，站在门口，一眼便可看见里面两张床的情况。宁宥只在门口一站，就看见唐太太躺在里面的那张床上。而她也就多站了一小下，从卫生间出来、端着洗好的饭碗的唐的眼睛便唰地扫了过来，很职业地将宁宥打量了一下。宁宥给看得浑身都是心虚，赔着笑挪进屋，走到唐太太床尾，将水果篮提了提，又放到地上。

"阿姨，我来看看您。好点儿了吗？"

唐不知道宁宥是谁，来者是客，就客气地端凳子给宁宥坐。

唐太太看清宁宥，不忙着搭话，立刻命令儿子："你帮我把床头升高，我要跟她平视着说话。"唐太太声音虽然虚弱不堪，可力度一丝不减。

唐闻言，警惕地再扫宁宥一眼。宁宥吓得心里颤颤的，可只能赔笑坐下，心说是真的没好果子吃了，不过也在意料之中。

等唐将床摇起来，宁宥见一个月不见的唐太太手术后更加消瘦，瘦得跟一张纸似的，但眼睛还是犀利的，原来唐的眼睛随他妈。

"你不是在上海吗？来干什么？看我好看？"唐太太的脸上全无一丝笑容。

宁宥忙道："我下午提前下班，赶紧过来看看您。其实早就想来的，一直没有勇气。后天要培训去了，会去两个来月，想想不能再拖了，一定要来。"

"来干什么？看我死得怎么样了？"

"道歉。为我从小占的那些不应得的好处向您道歉。"宁宥说着起身，鞠躬一下，才坐下。

唐太太斜睨着她，但终于这回没说出没好气的话，只鼓鼓腮帮子便罢了。旁边的唐猜到了宁宥是谁，对宁宥也冷淡了下来，抱臂站一边监视。

唐太太过了会儿，才抬起眼，看着宁宥道："我不原谅你妈，但跟你没关系。"

"还有，谢谢阿姨那次给我的教诲。"

唐太太深深地看着宁宥，道："可怜，长得比你妈还好，可惜。你现在做什么的？"

"我做技术。"

"女孩子做技术？"

"我做得还可以，目前是副总工。"

唐太太冷冷地问："上司是男的？"

知道唐太太话中有话的宁宥不由得笑了。幸好她底子扎实，不怕人问，不会将这问题当作是侮辱："上司是男的。重工业企业一到上层，几乎清一色男性。我一个月前推掉了总工竞聘，就是因为总工的工作偏管理统筹，这行业里如果是女性做同样的管理工作，在行政上需要花更多精力，男性不服管啊。我不想耗费精力在行政上，还是继续做我的技术，专管我这一专业的技术。领先是硬碰硬的存在，只要遥遥领先，就不存在性别歧视。但是现在技术更新很快，要想保持领先，必须不断学习。带着孩子的中年妇女这么做，很辛苦。"

"人靠自己本事吃饭，底气总是很足的。我病得脾气不大好，请你原谅。"

"阿姨不知道以前您隔着门的那顿教诲，对我影响有多大。也幸好我运气，赶上好时代，能靠本事吃饭。阿姨您休息，不打搅了。"

"到底还是替你妈说话。"

宁宥一笑，从包里摸出一个信封，放到唐太太枕头下："阿姨，这是我的一点儿心意，您买些补品养身体。您一定会很快好起来的，好人有好报。"

"唉，钱不能收，我们教师有劳保、有医保，不缺钱。你妈上次拿来的让我退回去了，你的更不能收，我们不能随随便便地占别人便宜。你……"唐太太抬起手示意，宁宥忙起身，用双手握住她的手。唐太太道："你不用道歉。你不需要我原谅，跟你无关。你是好孩子，你回家吧，别太晚了。"

宁宥一听，眼泪哗地下来了。这辈子、这耻辱，她一直藏在心里不敢提起，时时刻刻严厉地提醒自己不能靠美色走歪路，甚至郝青林有外遇时，她都忍不住想到唐太太当年对她家高抬贵手，直到她家混到略有起色时，才手起刀落，将唐叔叔与妈妈的关系斩断，依然坚强地维持唐家的完整。她也试图学习。这些心事她从未跟人提起，今天忍不住捧着唐太太的手，哽咽着全说了出来。

唐太太听得连连叹息，泪眼蒙眬地问宁宥："你看看我现在，还觉得我这榜样有意思吗？"

"有。"

"好吧。你回吧，别太晚了。好好待自己，好好待孩子，别学我太委屈自己。人不能太憋屈，会憋出病来的。这话你也要牢牢记住。"

唐太太让儿子务必将钱还给宁宥。宁宥无奈，只好收回。

唐原本一直默默听着，此时起身送宁宥出门，但出门就警惕地问："你怎么打听到我妈病房的？"

宁宥还在抹眼泪，抹了半天才道："简宏成告诉我的。一个简敏敏，一个宁恕，为了提防这两个人胡闹，简宏成只好跟我沟通交流。再说我们是高中同学。"

唐点头："这样。宁恕今天的作为显然你也听说了？"

"是啊，我今天来先去的宁恕那儿，但我没能说服他，只能来提醒你必须做出自我防护。你得相信遗传，我在宁恕身上看到我爸的极端性格，我怕他对你做出不利举动。他恨你放走简敏敏。我没把阿姨的病房告诉宁恕，那么靶子只会是你了。"

唐一直陪宁宥等电梯，道："知道了。宁恕跟你不一样，宁恕多不实之言，我对他一直有所防备。"

"宁恕能力不弱，又是……"宁宥迟疑好久，终于还是咬牙说出来，"宁恕可能成为亡命之徒。你千万不要大意。"

唐听得大惊，一边是想不到宁宥这么说从小相依为命的弟弟，一边是想不到宁恕这么个翩翩白领会与亡命之徒联系到一起。他悚然动容了。

电梯来了，宁宥与唐告别。唐看着宁宥神情复杂，可终究没说出来，直到回到病房，才跟妈妈说："宁家倒是有个好人。"

唐太太道："那女孩子已经活通透了，做人不会变啦。她来一趟，我心里舒服许多。唉，我不是因为她也遇到家庭问题才舒服的，真不是啊，我没坏心眼。我也不知道为什么气顺了好多。"

"那就让我替你擦个身？"

唐太太不禁笑了。

与唐在电梯里分手后，宁宥只觉得无比轻松，从电梯里走出来，走出住院大楼，从空调房间走入依然热气蒸腾的夏夜，却觉得如沐春风，步履轻快，人就像要飞起来一样。

她才走出十几步，就被旁边抱臂站着的田景野大声叫住："宁宥，你倒是看我一眼啊。"

宁宥扭头一看，田景野就站在她刚才经过的阶梯边。她居然没看到："你怎么也在这儿？"

田景野走过来笑道："想什么好玩的心事啊？我拼命跟你招手，你都没看见，我只好破坏这儿的宁静了。"

宁宥肿着眼皮笑道："解开了一个多年前的心结。"

田景野点头："难怪某些人急得发疯，说你手机都关了，非要我过来看看。原来如此，呵呵。"

宁宥惊愕："某些人还能再无聊些吗？"她拿出手机打开一看，果然有好几通简宏成的来电。原先是简宏成来一个电话，她按掉一个，等她去见宁恕与唐太太时，不想被打断，就关了手机，想不到简宏成就给急成这样了。

"你也笑得诡异。"她接通简宏成的电话。

田景野大呼冤枉："我正忙呢，硬是让简宏成逼过来的，还让你说诡异。快解决问题，好让简宏成放过我。"

接通电话的简宏成劈头就怒道："是人吗？不接电话也罢，干吗关手机。"

宁宥笑道："抱歉，抱歉。我解开了一个心结，跟唐处妈妈的。顺便跟唐处提醒了一下宁恕的危险状态。你矜持一点儿，我开着免提呢，田景野也听着。"田景野乱笑。

简宏成疑惑地道："你以前跟唐处认识到跟他妈有心结了？"

宁宥顿足："你胡说八道，唐处妈以前是老师，明白了吧？我这种问题家庭出来的孩子问题很多。不想说了。"

宁宥说的不能说不是实话，只是删繁就简了太多，听到简宏成与田景野耳朵里，就理解成另一种状况。宁宥也是有意误导，事关妈妈，又与两人无关，她不想透露细节。

果然简宏成放心地道："早说嘛，省得我担心一天。"

"我又不知道会面结果会怎样，万一给打出来了呢？行了吗？可以放田景野走了吗？他忙着呢。"

"慢点，再说会儿话。田景野，多谢多谢，你去忙吧，我回头找你。"

田景野笑骂："是人吗？过河拆桥。"

宁宥虽然有些尴尬，可忍不住笑了。简宏成只得悻悻地道："最关键的问题还没说，说了就放你走。"

宁宥只得道："唐处的眼神像他妈妈，很犀利，其余没留意，顾不过来。估计以后不可能有接触了，我名片都没留。"

简宏成这才放心，他最在意的是宁宥的态度，因此必须问出宁宥的明确表态。他不会再像年轻时一样自作聪明，结果聪明反被聪明误。

田景野与宁宥一起走向门诊楼前的停车场。他见宁宥满脸尴尬，就转移话题，道："我在跟陈昕儿现在的老板吃饭。别误会，陈昕儿的事不大，我不用为她的事专门请客。"

"她怎么样了？"

"不知道，反正还在安心工作。我就是决定不下来，是让她老板给她跟前出纳一样的工资，还是根据她老板说的，视她工作能力，给她稍高的工资。"两个人说着，已经走到了宁宥的车边。郝聿怀见妈妈与田叔叔在说话，就摆手打了个招呼，继续自己玩儿。田景野摸摸郝聿怀的脑袋，继续道："过几天就发薪，这事得定下来。"

宁宥问："两者差多少？"

田景野道："将近一千元。"

郝聿怀钻出脑袋道："才差一千元，你们又不是给不起，那就多给点儿好了，省得陈阿姨总过得乱糟糟的。"

宁宥笑道："不赚钱的人反而最大方。"

田景野倒对郝聿怀耐心解释道："如果给多能让陈昕儿的生活步入正轨，我倒是愿意给，也给得起。"

宁宥也对儿子解释道："就怕她周围的人从她不同寻常的高收入上

255

感觉到她的特殊性，背着她指指点点，猜测各种八卦。公司里猜测女性的八卦大多很下流不堪，人言可畏，口水淹死人，说的都是这种情况，一般女人都禁不起呢，何况陈阿姨现在精神状态不大好，更禁不起了，那陈阿姨就会更孤立了。所以田叔叔才在这么一件看似不起眼的小事上慎之又慎。"

郝聿怀真想不到工资多拿一千元还能惹出那么多麻烦，愣愣地道："你们大人真烦。不是说多劳多得吗？"

宁宥想了想，道："还是正常工资吧，方便她定位。你跟她爸妈的关系处得怎么样了？"

田景野道："我现在接触陈昕儿爸妈只有一个借口，那就是定期汇报陈昕儿在工厂工作的状况。所以虽然取得了一些好感，可就是感觉无法深入，这关系禁不起风吹草动。"

宁宥道："差不多了，细水长流才好。太心急了，反而会让陈昕儿爸妈怀疑你有什么企图。我们耐心等时机。"

田景野低头想了会儿，点点头，笑道："就这么定吧，我有底了。其实你有时候解决问题比我和简宏成都干脆，对现实的认识非常彻底，对社会有非常强大的承受力。"

宁宥一愣："我有吗？"

田景野看看手表："外柔内刚。很多人会上当。我走了，还得赶下一个饭局，哈哈。那家灯光像皇冠一样的宾馆，报我名字有 VIP 价。"

郝聿怀道："我们还得连夜赶回上海。田叔叔再见。"

田景野都已经提脚开路了，又止步回来："这么赶？"

"后天得出差了啊，没办法。田景野，我妈托你了。"

"你放心。"

郝聿怀还是趴在车窗上道："我会一路上提醒妈妈不要睡觉的。"

田景野走后，宁宥嘀咕着上车："解决问题很干脆？外柔内刚很多人会上当？那不就是披着羊皮的狼吗？"

郝聿怀哈哈大笑："还干脆呢，刚才上楼见个人就这么磨蹭。"

"就是，我多优柔寡断啊。"宁宥坐稳了，发动车子。她想起郝青林被检察院的同志带来家里搜查罪证，那是她最后一次见郝青林，郝青林一怒之下骂她是披着羊皮的狼，宁宥耿耿于怀至今。她郁闷地道："披着羊皮的狼多贬义啊，不是骂人是什么？"

郝聿怀道："可外柔内刚是个好词啊，好多人这么形容你，爷爷奶奶都说过。就爸爸有一次开玩笑跟我说，你是披着羊皮的狼。"

宁宥吃惊，车子都已经倒出半个身子，一下子刹住："你爸这么在背后说我？"

郝聿怀理直气壮地道："我那次做作业，粗心大意错得多，谁让你凶我？爸爸一说，嘿，我觉得真对。"

"我凶你，是为你好。"

"我说你是狼，是跟你开玩笑。"

"嘿，我是狼，你不是狼崽子了吗？"

郝聿怀特陶醉地道："我一定是长得特英俊的北极狼，高大威猛……"

"犬牙交错！"宁宥冷不丁地插了一句。

"嗷，披着羊皮的狼，披着羊皮的狼……"

母子两个哈哈笑着上路了。宁宥终于忍住，没有跟儿子说，郝青林也曾黑着脸骂她是披着羊皮的狼。她这母亲的高大不需要用父亲的卑劣来衬托。

第十一章
跟 班

　　宁恕终于下班了，他快累成一摊稀泥了。他与爱喝茶的刘局谈得很好，刘局是个技术型干部，而他则对全国的房地产很有研究，他们谈的都是现在最先进的规划。宁恕说起翱翔地块可以改动一下原先的规划，变得更舒适、宜居、高端、前卫，刘局让宁恕拿出个计划来，他后天出差，跑高速的长途路上可以谈。宁恕知道，刘局对他开门了。

　　宁恕很是兴奋，虽然很累，而且已经接连两个晚上无法睡好，对今晚会出什么状况也心怀忧虑，可他看到了曙光。他今天换了一家宾馆。他是兜了一大圈后，才找到的这家宾馆，离公司远，离家也远，希望借此避开阿才哥。

　　可宁恕才在地下车库停车，前风挡玻璃处一道雪亮的手电光就肆无忌惮地照进了他的车里。即使他的车子贴了膜，手电光仍然照得他睁不开眼，他都看不清外面的人是谁。他摸索着，将车窗凭感觉降下一些，大声问："谁？你什么意思？"

　　"你是宁恕？"外面那人问。

　　宁恕立刻醒悟，对方是冲着他来的。他将车窗升上，再度点火启动，然后按亮大灯。隐隐约约，他看见有人站在车头。宁恕只觉得心头里腾腾烈火蹿了上来，他咬牙切齿，一脚油门，一脚刹车，同时狠狠踩了下去，车子顿时轰鸣大作，状若疯牛奋蹄，前面的人吓坏了，手电筒一扔就跑了。宁恕趁机松开刹车，也收回油门，可车子还是弹射一样地冲了出去，若不是他反应快，方向盘转得满，早车祸了。可他怎么都不敢停，即使惊魂未定，手脚发麻，都不敢慢下车速，直直地冲出地下车库，冲回大街。他开出好长一段路之后才想到，莫非车上被人偷装了传说中的定位器？

宁恕满大街地找到一家这么晚还开着的修车铺，冲进去，将车子扔给店铺，气急败坏地道："拆，帮我拆，有没有让人装了定位器？"

小工对着气喘吁吁的宁恕反应不过来，过了会儿才扭头冲里面大叫："师父，拆车。"

一个师傅不紧不慢地出来，客气地道："这么晚了，灯光也不亮，拆车风险很大啊。何况犄角旮旯的地方灯光照不到，万一漏查了就不好了。要不您把车放这儿，我明天一早等太阳一出，立刻给你查？六点就能查了，很快，不耽误你事。"

宁恕直勾勾地盯着师傅，从包里摸出一沓钱拍在桌上，只一个字："拆！"

师傅二话不说，立刻找来雪亮手电，开始动手。

宁恕疲倦又亢奋地看一会儿拆车，又看一会儿门外，想坐着打盹，又睡不着，仿佛门外的黑暗中随时有危险袭来，不能闭上眼睛全无防备。

也不知过了多久，宁恕终于睡着了。师傅把他摇醒时，他吓得跳了起来，一屁股坐在脏污的地上。师傅扶起他，疲倦地汇报："我把能装的地方全摸遍了，没有。你这车没问题。"

宁恕睡眼惺忪地问："要是没装，为什么我住哪家宾馆都能被盯上？"

师傅愣了半天，摇头："可你在这儿待半天了，也没人找你，说明车上真没有，是吧？而且装那玩意儿犯法，要真装了，没那么容易放过你的，能容你在这儿待半夜？"

宁恕无语，看了师傅半天，留下钱，开车走人，开到外面才警觉，天已经快要亮了，天际已经出现了淡淡的青灰色。又一夜快过去了，又是一夜无眠。宁恕将车开到空荡荡的大街上，只觉得整个人就像个已经点了火的炸药桶，暴躁万分。但今晚找他的是谁？宁恕怎么也想不出来。可能，也找不到答案了。

简宏成倒是睡得很好，一觉醒来，见手机上有张至清的短信，约定一个小时后在福田香格里拉一楼见面。简宏成心说这俩孩子说飞就飞，来了就住香格里拉，倒是真能花钱。他赶紧将小地瓜拎出来，交给保姆，又给助理打电话，订下午飞上海的机票。明天宁宥就要起飞去美国了，他得赶去见她一面。

简宏成等见到张家兄妹俩，看两人各背一个硕大的双肩包，坐在等候区的沙发上，才知两人不住香格里拉。他走过去，只有妹妹迟疑地站起来，但妹妹见哥哥坐着不动，忙又坐回沙发。简宏成只好走到他们面前，弯腰道："第一次见。早饭吃了没？要不我们边吃边聊？"

哥哥紧盯着简宏成，妹妹则东张西望。简宏成道："不用看啦，只有我一个人来，司机等在外面。"

哥哥道："就在这里吃，就在这里谈，我们不跟你去别的地方。"

"正确。跟我去餐厅，还是我跟你们去餐厅？"

哥哥道："你跟我们来。这边。"

简宏成不禁又笑，他一个大人，一大早地跟小孩子玩小把戏，真是滑稽之极，可不玩又会惹恼他们。他得表现出对这两人的尊重。而兄妹两人显然对他只持着陌生人间的礼貌，尊重全无，敌意倒是十足。简宏成还不能表现出在意，因为他是有节操的成年人。

他终于坐下，问两个外甥："我跟你们爸妈的关系，你们想从二十几年前听起，还是只讲刚刚发生的事？我有一个半小时的时间。然后我要回公司处理些工作，得飞上海。"

姐弟俩都没想到是这个开始，哥哥试图显得冷静老练，抢着道："原原本本的最好。"

简宏成道："好。这个故事要从我爸爸——你们外公被人刺了一刀，差点丧命说起。你们去拿吃的，顺便想想以此开篇是不是妥当。"

两个小孩子哪里是简宏成的对手，三言两语地就被简宏成掌握了主动，他们乖乖起身去拿吃的。简宏成喝了口咖啡，端起手机，拍张两人的侧影，传给简敏敏。果然，很快简敏敏就来了电话："怎么回事？你在哪儿？"

简宏成笑道："不是我在哪儿的问题，而是你儿女找来我这儿。看来你还不知情，我向你汇报一下。你看，我做事多上路。"

"他们找你干吗？"

"兴师问罪。还能干吗？想跟他们说话吗？"

简敏敏纠结良久："算了，你跟他们谈了再说。"

简宏成笑道："这么没用。我见过跟儿子无话不谈的，没见过你这种不敢跟儿子谈话的。"

"你懂个屁。"简敏敏悍然地挂断电话。

简宏成又笑了，看着两个孩子拿了满满的食物走回来。他依旧喝咖啡。他来时已吃过减肥早餐，在这儿只能咽着口水，做吃饱状。

宁宥在家与儿子一起打包行李，各打各的。宁宥必须拿出十二分的克制，才能制止自己去纠正儿子打包整理时的非实质性错误，比如衣服不能这么放，占地儿，鞋子要怎么更好地打包，才不会弄脏别的行李等。可等再看到儿子将一双篮球鞋塞进塑料袋，认真地放进行李箱时，宁宥实在忍不住了。但她现在得绕着大圈子说话。

"灰灰，看你打包，我想起你刚三岁那年，特别皮，一转身就找不到又去哪儿闯祸了，所以必须有一个人盯着你。可我那时候特别忙，一边读研究生，一边拼命工作，挣出头的机会，以为挣到科级干部，或者工程师职称，就能拿到年底的分房机会……"

"分房？你们还能分房子？"

"是啊，公司以前还给结婚员工分房子，就是我前几天跟你一起打扫出来，准备给外婆住的那套。级别越高，分到的房子面积越大。你想，现在那地方的二手房一平方米得三万元呢，做了科长能多分到二十多平方米，大约有现在的六十万元，谁能不拼命啊？我当时特别需要你爸爸的后勤支持，可你爸爸大概被每天密不透风的家务活儿消磨烦了，坚决要参与一个名为考察、实为旅游的出差。我劝不住，心里很火，就冷眼看他自己收拾行李……"

宁宥说到这儿的时候，顺手状若不经意地拿起郝聿怀刚放入行李箱的篮球鞋，取出来重新放置："你爸的一双新皮鞋也是这么放的。我当时急躁地告诉他，一只鞋面对一只鞋底，这么放会弄脏其中一只鞋，这么背对背，或者面对面地放才好。而且好好的皮鞋让行李一挤，皮子就走样了，一双鞋就毁了。必须把袜子等用塑料包起来，塞进鞋子里撑着，这样既节省行李箱空间，又保护了鞋子……"

因为宁宥借着郝青林的过往说事儿，郝聿怀很容易就听了进去，立刻将鞋子拿回来，打断道："我自己来。说好我的行李，我自己整理。"

宁宥将鞋子交给儿子，继续道："可那时候我可没那么好脾气，家里这么忙，你爸还一个人出门玩，既然出去玩，就自己打包，却又打得乱七八糟，我说话时肯定是夹枪带棒的。你爸听了，就憋一肚子气。正好，他用一只鞋子将所有袜子都装完了，他就自作聪明，将内裤塞进另一只鞋子里，却没在内裤外面裹上任何包装物，那不是很脏吗？我看见，又夹枪带棒地指出了。可这回你爸爆了，跳起来跟我吵了一架，却又吵不过我，因为他不占理。"

郝聿怀正拿塑料袋装棉袜，塞进鞋子里，听了毫不犹豫地道："可爸爸就是错了啊，错了就该批评。他怎么还好意思吵架呢？"

"可即使批评，也要讲究方式方法，不能急躁，不能得理不让人。比如你做错作业被我严厉批评，心里很不痛快，直到爸爸说我是披着羊皮的狼，才高兴起来，是吧？可那时我没时间、没精力顾那么多，爸爸那次就被我批得生气了。以后这样的次数多了，他就对我越来越不满。灰灰，爸爸妈妈之间的爱就这么消失了。"

郝聿怀张口结舌，不知怎么回答才好。他一直在问爸爸妈妈之间到底怎么了，可答案摆到他面前时，又猝不及防了。

宁宥没打搅儿子的思考。她刚整理好一个快件，里面放的是她准备给妈妈住的房子的钥匙和各种备忘。但她在快递单上填写的却是田景野的名字，可又想到田景野的房子现在给了陈昕儿住，难道把快递发到西三店里去？西三店的确切地址又是什么呢，宁宥只能给田景野打电话。

田景野接起就道："也正准备找你。我在陈昕儿老板办公室里看他们全体员工的工资单，等了解得透彻一些，再确定陈昕儿的月薪。其实我还有个难以启齿的理由，昨晚你儿子在，没脸说出来。如果给陈昕儿的工资过高的话，手头钱一多，她会扔下工作，立刻去上海找儿子，都不会顾忌找不到儿子没钱买回程车票，流落上海街头的可能。你没见过前两天她恨不得撕了我这个所谓恩人的样子，完全没理智可言。可我心里又很说不过去，不让她找儿子，我会不会太没人性？"

"唉，我昨晚也想到了。上回她不是为了找儿子而到我家楼顶闹跳楼吗？那么大的风，我腿都吓软了，可她为了儿子什么都不怕。你说的这些，她做得出来。"

田景野道："所以我只好安慰自己，我是在凭良心做事，在陈昕儿走出病态前，替她做出我认为最合适的选择。妈的，我比她爸妈还操心。"

宁宥道："还得提前做好思想准备，以后必然落下个不是，被陈昕儿怨恨不说，还得挨不知情者的骂，且朋友必然做不成了。反正凭良心做事吧。"

宁宥放下电话，才想起是她打的这个电话找田景野，可她想说的事忘了说。她看看已经写了田景野名字的快递单，撕了。田景野也够忙的，不给他添乱了。她重新写了一张快递单，收件人是妈妈。

郝聿怀照着妈妈说的法子将鞋子重新整理好后，得意地左看右看，见妈妈终于忙完，就拉妈妈来瞧："你看，行吧？我把鞋子都重新整理了，省出一本牛津字典的体积。"

"真不错啊。我瞧瞧，啊，原来你把沙滩鞋和帆布鞋也重新整理了。"

宁宥自然表扬得夸张了点儿。郝聿怀很开心，扭来扭去地跳着道："其实爸爸只要知错就改，举一反三，以后就能做对事情了，你们就不会吵架了，你也不会常批评他了，是吧？所以还是爸爸的错，他自己不求上进，还怪妈妈责备他。而且他错了，还找外遇，是错上加错。"

"有时候夫妻两个人谁对谁错，很难判定，只是他和我捆在一起生活，一定不合适。当时读大学时和刚毕业没生活压力时还看不出来，后来我越来越发现，我的追求是这个方向，你爸的追求是那个方向。"宁宥左右手各比画了一条不同方向的直线，"我举个例子：我们刚结婚时住集体宿舍，比你房间还小。后来有了你，我提出租大点儿的房子，你爸总说无所谓，将就着过，但最终还是听了我的话，出去租了房子住……"

"然后你为了分房拼命干活儿，爸爸又说无所谓，租房子也过得挺好，是吗？"

"是啊。可是租房子就没户口啊，我们都是集体户口，你也跟着我们是集体户口，那以后你上学怎么办呢？总不能去公司集体户口对应的郊区学校吧。为了让你上好学校，我怎么能不拼命奋斗呢？所以我就对你爸很不满。你爸也觉得不满，因为他觉得那些都无所谓。他会说没空调无所谓，心静自然凉；他也会说'斯是陋室，惟吾德馨'。反而他被我拖着跑，很累，累得静不下心来看书。工作上也一样，我在技术上追求高精尖，他在机关里混日子。反映到收拾行李的那件小事上，我觉得他收拾得太马虎，他觉得我太细致。你看，这都能吵起来。我越来越觉得拖着他跑很累，他也越来越觉得被我拖得快要累死。我们的矛盾越来越深。"

郝聿怀静静听着，听完道："我明白了。但爸爸不求上进还是错误。你还记得我四年级的同桌吗？老师让我带她学习，可是她总是不要上进，跟她多说几句，她就趴在桌上装死，气死我了，只好不带她玩了。反正爸爸错了，他懒。"

宁宥只得耐心解释道："成年人有选择不求上进的自由。你爸如果觉得散漫的生活适合他，那么他可以这么过。"

"可是爸爸经常喜欢泡一杯茶到阳台上，晒太阳，听音乐，都不管你打扫卫生有多累。"

"因为他觉得可以不用这么讲究物质生活，所以他不配合，甚至反感。"

"妈妈，你是不是专门讲爸爸好话，省得我恨他？"

"对成年人而言，不求上进真不是错，但不适合跟上进的人绑在一起。所以爸爸妈妈在一起是错误。如果你爸的妻子跟他差不多，可能两人房子漏雨不能住了，也能赋诗一首，相视一笑，日子还是快快乐乐地过。就像一辆车子，发动机是跑车的，外面的车壳是博物馆里雕刻得很精美的木壳子，跑得快时，就会整车散架。不是爸爸和妈妈不好，而是爸爸和妈妈不适合在一起。"

可郝聿怀完全不能接受这些，几次三番地试图打断，都被宁宥按住。直到宁宥说完，他才激烈地道："妈妈是不是还想替爸爸找小三和受贿的行为辩解？"

宁宥只得无奈地承认儿子还小，不能懂得"只是不适合，但不一定是错的"这个道理。她试图解释爸爸妈妈为何婚姻失败。她只得道："好吧，这两件事绝对是错的。"

门被敲响了，郝聿怀跳起身去看，见是快递，就自说自话地签收了："但是，寄给你的快递怎么不寄到你公司呢？寄的人怎么知道今天家里有人？一定是田叔叔。"郝聿怀显然还在反感妈妈替爸爸辩解，说话还是很拧巴，把快递放到妈妈面前，就走开，似乎一点不感兴趣的样子。但平日里最爱拆包、最先拆包的总是郝聿怀。

宁宥奇道："为什么是田叔叔？"她一边说，一边拆。

郝聿怀做个鬼脸："别以为我看不出来。"

"你看出了什么？"宁宥从快递里挖出一包剥好的瓜子，都不用看信，就知道快件来自谁了，她将瓜子扔给郝聿怀，道，"你爷爷奶奶寄给你吃的。难怪寄到家里。信也是给你的吧，你自己看。但你看出田叔叔什么了？"

"现在哪儿都能看见田叔叔，这不明摆的吗？昨天我们只是去医院转一圈，都能撞见田叔叔，你以为我真看不出来吗？"

"你误会了。小孩子思想这么不纯洁？"宁宥哭笑不得，探头探脑地看爷爷奶奶写给郝聿怀的信，一看是张表格，表格里填的都是时间。宁宥脑子一转，便想到这是法院门口囚车进出的时间。原来二老这几天去做了这事。

郝聿怀也猜到了，都不高兴再往下看，将信塞给妈妈，激动地道："为什么都为他辩解？为什么都提醒我去看他？为什么没人告诉我他有多坏？他凭什么？妈妈，我原本又心软，又想原谅他，可他又做了坏事，我不会再原谅他了。他凭什么？"

"拜托，我没为你爸辩解……"

"不要'你爸''你爸'的，你称呼他，就直接叫名字好了，跟我无关。"

"好吧，我没为郝青林辩解，我只是在跟你解释我跟郝青林离婚的原因。"

"因为他坏，没别的原因。"

"为什么忽然非常厌恶他？"

郝聿怀先是不语，沉默了会儿，忍不住道："连跆拳道教练都知道了。教练一次又一次地当着大家的面，特别提醒我，要我以后千万不能用学的跆拳道做坏事。这是耻辱，我受够了。"

宁宥听了好生郁闷。她自己为了那么个爸爸，从小逃避小伙伴，难道儿子也得重蹈覆辙？

简宏成看着两个外甥拿了满满两盘吃的回饭桌，正要说话，桌上的手机提示有短信。他刚拿起手机，张至清就坐下道："大清早的真忙碌，又是电话，又是短信。"

简宏成笑眯眯地摸出另一只手机放到桌上，道："要是我把这个电话打开，你们连见缝插针，跟我说句话的时间可能都没有。刚才我向你们妈报告了一下你们的行踪。不知道这条短信是谁发来的。"他说着点开手机，一看显示就笑了，笑得异常开心，因为上面显示的是宁宥的一条短信，才三个字：是人吗？这三个字正是他昨天与宁宥失联后气急败坏说的。他完全不顾两个外甥正看着他，笨拙地打出一条回复：我已经订好了飞上海的机票。

然后，简宏成才来对付充满敌意地坐他正对面的兄妹俩。他在一张白纸上写下"我爸""我妈""简敏敏""张立新""简宏成""简宏图""崔家",这几个字杂乱无章地散落在纸面上,隐隐约约,"简敏敏"似乎是这些字的中心。"整件事要从二十几年前说起。那时候你们妈才虚岁十八,正上高中。"简宏成将笔尖指向"简敏敏",抬眼看向丝毫不掩饰疑惑与警惕的张至仪,"大概是你现在的年龄吧?那就更容易理解当年发生的那些事。那一年,崔家的男主人因为工作失意,刺杀了当时身为工厂承包人的我爸,我爸重伤。我爸考虑到他进手术室后可能会出不来,就让简敏敏停止上学,与大她十一岁、在农村家里还有未婚妻的徒弟张立新结婚。把工厂委托给张立新后,我爸才肯进手术室。你们可以动用一切无底线的想象,设想当时是张至仪正当年龄,学习成绩优秀。性格更刚烈的你们妈为什么会放弃学业?然而,这正是所有矛盾的根源,今天你们见到的冲突只是多年矛盾积累后的集中爆发。你们……听得懂有点儿复杂的中文吗?"

张至清看看妹妹,等妹妹慢慢地点头,确认大致听懂后,也点头表示欣慰,旋即扭头严肃地对简宏成道:"这件事我知道。当时你们用嫁女儿捆绑住我爸,利用我爸稳住工厂,但最后试图过河拆桥,被我爸抵制。现在终于让你们得逞了。我爸显然是孤身一个人地与你们一个家族在争斗。"

简宏成道:"这是其中一个角度。但我看问题一向最终必须通过我自己的思考这一关。在我今年上半年听到你妈讲述这段历史的时候,不敢当场下结论。我的动作是开始调查,调查每一个当事人看这个问题的角度,然后再凭我的判断,来解读这些角度,哪些可靠?哪些不可靠?比如说这段婚姻中,你妈妈当年相当于张至仪,一个白富美,生活优裕,眼界甚高。张至仪,如果是你,当对方是个大你十一岁的农民工,文化教育不高,又有众所周知的未婚妻,而且两人之前从无交集,你会因为什么嫁给他?"

张至仪扭头郁闷地问哥哥："我没听错？"

张至清在张至仪耳边低声翻译了一遍。张至仪拧着眉头，想了半天，对简宏成道："我也不会当场下结论。"

简宏成像对待大人一样地点头赞许："做得对。然后我们把焦点集中到你们爸身上。他当时二十九岁，已经工作十多年，有四年营销经历，无论从年龄，还是经历上，还是从他被我爸火线选中，当女婿上来判断，他当时都应该是个有较强判断力的成年人，对不对？"

张至仪觉得这是毫无疑问的，刚想点头，就被哥哥踢了一脚。她赶紧止住。张至清便问："你想说明什么？"

简宏成道："一个有不错判断力的成年人在天上掉馅饼的时候，应该清楚，他接了馅饼将得到什么，失去什么。他当即抛弃未婚妻……"简宏成伸出笔，用一个不规则圈将"我爸""我妈""张立新"圈到一起，"他们为了各自的目的结成利益共同体。当时他们面对的第一个障碍是你们妈简敏敏不愿退学结婚，不甘心成为他们利益共同体的纽带。但他们很快克服了。连我都是在今年上半年才第一次听你们妈说起他们克服的办法，连我这种自以为什么都见过的人也非常震惊。具体是什么，你们自己去问你们爸妈，因为我不知道他们愿不愿意向你们公布那段隐私。我在这儿只是提供你们一个思考问题的方式，提供你们一个新的观察角度。我的判断是，在整个事件的最初，唯有你妈是小白兔，其余都……"他摇了摇头，说不出口。

张至清将信将疑，但凭他的判断，不得不认同简宏成所说的有道理。但他还是态度强硬地问："这与现在你把我爸投入监狱有关吗？"

简宏成道："我之所以平等友好地跟你们解释前因后果，是因为我在你爸坐牢这件事上没做亏心事。你爸回国后，我并没暴力约束他，他所签的每一份法律文件，都不是被逼的，完成所有交接后，我助理亲自送他回家处理他的家务事。我早上回上海，他一天后投案自首。回到原话题。我刚才跟你们说的是，你们爸妈的婚姻基础就是这样，这就奠定了他们未来的相处模式。"简宏成又用一个不规则圈将"简敏敏""张立新"圈到一起，"你们可以就此重新审视一下你们爸妈的婚姻关系，但必须在了解这三人共同体如何逼迫你妈低头之后，才能下结论。"

还是张至仪终于问了出来："为什么？"

简宏成一脸真诚地回答："你们妈原本是个爱家、爱弟弟们、爱学习、热情开朗的好女孩，现在变得凶蛮多疑，谁都不信，只爱有限的几个人，其中包括你俩，但不包括我，起因都在这儿。尔后她联手你爸瞒天过海，将公司所有权转移到他们两个手中，然后气死我爸，再然后设陷阱将刚大学毕业的我逼得远走他乡，不敢回家，再然后你爸将公司几乎占为己有，你妈无权染指，也拿不到分红，他们的婚姻因利益结束而基本停摆。同时你妈千方百计地试图夺回控制权。现象的背后是什么？我的时间到了，要去赶飞机。你们两个有什么需要我安排的吗？"

张至清道："慢着，你还没说到这个。"他指着"崔家"。

简宏成看着"崔家"两个字有一会儿，道："这家人。以前，你们妈被你们爸引导着，将所有情绪发泄到了这家人头上。如今，你们爸卷巨款潜逃的这个案子里，有这家人做的手脚。看，所有的事都因有果。现在我一半时间都花在收拾这几个人留下的烂摊子上。你们有其他问题打我手机吧，今天最主要是见个面，建立一个印象，以后来日方长。"

张至清道："可是你还没解释为什么剥夺我爸在公司的股权。"

简宏成一边结账，一边道："不是剥夺，是你们爸归还，而我收下的同时，给他留下了多年的经营所得，也就是说，我不追究他从公司非法转移的资产，让他继续保留。"

"不，姑姑说你全抢走了。"

简宏成将纸笔递给张至清："我不知道你们姑姑的原话是什么，你留下电邮，我回头把我留给你爸的固定资产的清单发给你们，你们可以找相关资产登记部门查验。等法庭宣判后，你们可以在见到你们爸爸时具体再问。我对你们有两点希望，如果你们行程不急，现在可以考虑去看看你们妈，她与崔家后人矛盾升级，触及了刑法，最终不知会不会被判入狱，趁她还能自由，去看看她。等各方验证之后，还希望你们以后见到我，能保证起码的陌生人之间的礼貌。你们慢吃，我先走一步。"

两个孩子继续将信将疑，但疑的成分在渐渐减少。简宏成起身，张至清也站起来，但他不是起立送客，而是责问道："你说的是一个半小时。"

简宏成冲着张至清微微一笑，不语而走。

张至清郁闷地坐下，道："连一个会面时间都能出尔反尔，还怎么让人相信他说的话？"

张至仪犹豫着道："可为什么我觉得他说的那些都有道理呢？"

"当面说的都能赖，可真不要脸。你还信他呢？"

"可是他说的那些都是可以查到的啊，撒谎不是很快会被戳穿吗？"

"你不要上当。坏人不是额头上写着坏人两个字那么简单，坏人需要我们通过他们的言行去辨别。"张至清显然不愿意相信简宏成，"你想，你更相信姑姑，还是他？"

张至仪干脆地道："都不信。"

张至清更郁闷了。可他郁闷不了多久，手机提示有新邮件。幸好餐厅有免费 Wi-Fi，张至清下载了邮件，与妹妹一起看，见果然是爸爸的资产清单。上面不仅有地址明细，还有租赁使用明细。张至清忽然想到："简宏成与爸爸的关系早木已成舟，有必要为了骗我们，费那么大劲儿？他完全可以见都不见我们。"

"他怕我们找他报仇。"

"他要是怕我们找他报仇，就不敢一个人来了。你再吃点儿，我买机票，我们回家查清楚。"

简宏成走出餐厅，就掏出手机看宁宥发来的三个字的短信，"是人吗"，一边看，一边笑。简宏成一直觉得宁宥在他面前画出了一道冷冰冰的玻璃墙，在玻璃墙后的宁宥始终有些不真实。今天这三个字的短信简直是里程碑，是突破，是两人真正的交流。因此简宏成不惜当场违约，也要改签机票，提前去上海。

宁宥很快收拾完行李箱，坐在一边，看着儿子闷闷不乐地继续整理。虽然有空调，可郝聿怀依然汗水沾湿了头发，一缕缕黏在额头。宁宥拿把扇子，走到儿子身后，替他扇风："要我帮你吗？"

郝聿怀嘀咕一声："不用。"

宁宥故作自言自语地道："怎么办呢？知道你在生气，我要是不管你呢，你会不会更生气？说妈妈连这种时候都不支持你。我要是管你呢，又怕你嫌我烦。我是强行帮你好呢，还是滚远一点儿好呢？"

宁宥从来就是唱作俱佳，听得郝聿怀嘴巴一曝，忍不住想笑，又想到一笑就得破功，只好苦苦忍着，可是回头一看妈妈拧着眉头一筹莫展的样子又非常卡通好笑，他实在忍不住了，可坚决不肯笑出来，只好又施展铁头神功，将后面蹲着的妈妈顶翻在地，才能埋头在妈妈背后偷笑。

宁宥知道儿子没问题了，就笑道："哎哟，你妈的老腰，你能不能别这么野蛮？"

郝聿怀偏在妈妈的背后乱拱："我又不是生你的气，我才不要你滚远呢。"

宁宥让郝聿怀拱得痒死，大笑着避开："你妈的老骨头都让你拱散了，还说不让我滚远，再不滚都散架了。"

郝聿怀笑着继续拱，追着拱。宁宥也只好使出撒手锏，回头将儿子的头抱住，知道这孩子现在自以为长大了，不让抱了，一抱就僵了。果然，郝聿怀僵在那儿了，而后赶紧挣扎着试图逃走。宁宥又是闷笑，抱着儿子道："你妈才不肯滚远呢。不过你妈下午得见一个老同学。你是跟去呢，还是自己找你的同学玩？"

郝聿怀拼命挣扎出来，嘟哝着"热死了"，但还是等妈妈说完才道："田叔叔来送你吗？"

"是班长叔叔找我谈事儿。"

"噢，我挺喜欢跟班长叔叔说话的，那就跟去呗。"

宁宥后悔已经来不及，只能背转身子，咬自己舌头。

简宏成回公司处理一些公务，让工作羁绊了好长时间，看时间不对，赶紧抱起儿子，饭都来不及吃，奔赴机场。很巧，他看见在机场大厅里徘徊的张至清兄妹。他想当作没看见，他忙，没时间搭理。可他心里的身为当下简家家长的意识作祟了，只能抱起刚放下的小地瓜，把他放上行李车，推去找兄妹俩。

张至仪跟在办理自助登机的哥哥后面东张西望，最早看到简宏成。她赶紧推推哥哥："哥，那个胖子也来了。还带着孩子。"

"什么胖子？"张至清扭头一看，也看到已经快走近的简宏成。他不知该说什么好，闷闷地呼出一口气，继续办理登机。

简宏成走过来，笑道："该怎么称呼呢？小地瓜，这两位是爸爸的姐姐的儿子和女儿，你该叫他们什么？"

小地瓜毫不犹豫地回答："叔叔、阿姨。"

"错了，叫哥哥、姐姐。"

小地瓜惊道："这么大啊。"

"对啊，这么大，可还是哥哥、姐姐。"简宏成调理好孩子，对张至清道，"买好回家的票了？"

"今天没有直接回家的，我们买了飞上海的，然后乘车回家。"

简宏成不由得拿出自己手机来看，对照电脑屏，笑道："巧，同一班。帮我也办一下。"

张至仪与小地瓜眉来眼去了好一会儿，此时小心地问："你带着孩子出差？"

简宏成道："嗯，算不得出差，上海是我另一个基地。小地瓜跟着我跑来跑去，虽然辛苦，总好过一个人跟着毫无血缘关系的保姆过。"

张至仪触景生情，轻声道："可是你把我爸送去坐牢了，我们都没人可跟了。"

简宏成听了一愣，大概是对他们不亲近、非常陌生的缘故，看到兄妹俩时，都没想到这一层，此时被提醒，才想起这两个孩子目前处境的恓惶：爸爸被刑拘了，妈妈看来也难逃刑罚，此刻回国，身边又都是虎视眈眈的亲戚。两个人都还在读书，怎能应付得来？

正帮简宏成办理的张至清嘲讽道："商务舱？真奢侈。赶走我爸后吃得很饱吧。"

简宏成只是一笑，俯身摸摸小地瓜的脸，不语。张至清见此，不好多说，办完手续，就将资料都交给了简宏成，拎起地上的双肩包背上，招呼妹妹去安检。简宏成也跟上，到了行人稀少处，才道："我记得你们妈在你们爸出走国外后去找过你们，不知道她跟你们说了没有。最初是你们妈用一些你们爸经济方面的问题，捕风捉影，但绘声绘色地威胁你们爸，可你们爸竟然正巧被戳到痛处。他大概知道你们妈的强悍，担心你们妈会不知怎么发落他，就从私人处，用公司名义高息借贷了一大笔钱，携款潜逃出国。当时你们妈就报了警，公安局立案调查。虽然你们爸最后回来了，而且交回了部分款项，但这种刑事案立了，就不可能撤销，不想做逃犯的话，只能自首，凭良好表现争取轻判。再说财产方面，你们爸的股份归还简家后，你们妈依然持有 40%，其余的 60% 由我妈、我弟和我平分，我拿到 20%。但是公司因为你们爸一直非法侵占，资产状况极差，资债抵销一下的话，这20%不知能折合成多少钱，我估计一两百万元最多了。但公司被你们爸妈一折腾，银行担心得不肯贷款，目前只能由我注入六千万元的流动资金。你们爸杀鸡取卵式地借的高息贷款，需要连本带利归还，也只能是我掏腰包还上那些利息，又是一千多万元。如果不归还那些高息贷款，你们爸妈都只能，也宁可大牢里待着，不敢出来，因为怕被追杀。"

说到这儿，简宏成笑道："你们没留意到我早上没吃早饭吗？我不得不节衣缩食啊，呵呵。你们回家后立刻找你们爸的律师谈谈，一方面了解真相，一方面与律师一起努力，设法帮你们爸轻判。我估计律师是你们爸自首前自己找的，但从你们两个的表现来看，在外面与律师接触的你们姑姑可能不大靠谱，存私心，还需要你们努力。"

张家兄妹最先一边听，一边还试图反驳，可是越听越无言以对，只一个劲傻傻地跟着简宏成排队，往前挪，因为简宏成说的这些都是他们想都想不到的，但可信度又显得很高。听到最后，张至清索性拿出手机，记录要点。

张至仪索性问简宏成："可是我们不认识律师，都不知道是谁，我们该怎么办？"

张至清补充说明："姑姑不可信，妈妈肯定对爸爸恨之入骨，不肯帮忙。我们回去该找谁？"

简宏成没回答，先岔开手，让自己和小地瓜过安检，过了后等兄妹俩过来。等兄妹俩也过了安检，他领着三个孩子一边走，一边道："这件事我挺不情愿给你们出主意的。以前你们爸妈用他们做好的抽逃出资和偷税陷阱来陷害刚大学毕业没多久的我，害得我逃离家乡好几年，等赚了钱回来补缴税款，并认重罚后，才敢回家。你们爸妈趁此机会，全面霸占了公司。我们有仇。"

张至清终于能问出一个问题："那个陷阱，你已经说第二遍了，到底怎么回事？"

"我毕业工作在北京和深圳，很快存了笔小钱。我当时有项目，出公司后打算自己发展。但当年注册公司需要注册资金验资，还得走很麻烦的程序，最关键的是第一年经营，没法开增值税发票。当时你们爸找上门来，把他手里的一家公司转让给我。虽然是高价转让，但我考虑到很快就能运作，就认了。但我只经营那公司一个月，你们爸妈就以抽逃出资和偷税，分别向工商局和税务局举报我。而其实，抽逃出资和偷税都是他们在经营期间做下的，偷税更是他们在转让公司前两星期内做出的。他们故意抽走发票，重新记账，让我查不到有这么一笔需要纳税的收入，然后再举报我。因为我当时已经是公司的法人代表，税务稽查都是不管如何，先找法人代表罚款，我当时拿不出钱，只能背着黑锅逃走，几年时间不敢回家。他们的目的是取消我这个简家唯一有能力与他们争夺公司的人的竞争资格，他们做到了，简家的公司于是全部落入他们两人手里。我这回跟你们爸妈都是开诚布公地明说，我要拿回属于我的那部分。如果我真是你们以为的那种人，依照我当前的实力和我手中掌握的某些资源，我可以一分钱都不留给你们爸妈。但事实，我只拿了20%。所以于情于理，我只能帮你们到这儿了。"

小地瓜到了开阔地带，就到处乱窜，简宏成只得一边说，一边随时发动，将儿子捉回身边。他觉得这简直是最佳减肥方法。

张家兄妹听得将信将疑，张至仪更是直接道："如果……肯定是妈妈干的。"

简宏成笑了："忘了说他们那么做的原因。我家重男轻女，我爸确实打算将公司传给我，你们爸妈如你们姑姑所说，只是桥梁。他们当然不甘心。尤其是你们妈觉得自己在婚姻上做出这么大牺牲后，却只能当桥梁，更不甘心。他们的心情我能理解，但在我什么都没做的时候，对我先下手为强，而且是直接栽赃，把我往监狱里送，太说不过去了。至

276

于是谁干的，我想应该是两人合作，你们妈一个人还没这种策划水平。但我还是建议你们回家听听你们妈怎么说她的那段婚姻。"

张至清问："为什么你不跟我们说那段婚姻呢？你几乎把别的好的坏的都说了。"

简宏成笑道："那一段毕竟不是我亲历，我能告诉你们的只是我的调查、我的猜测、我的理解。由当事人跟你们说，更妥当。"

张至仪道："但重男轻女本来就是错，你爸爸，哦，我外公，他最先犯错。"

简宏成道："对的，他先错，然后是我妈，你们外婆错，再然后是你们爸妈错。往头顶一看，我上面的亲人都在不顾亲情地彼此仇恨，很是令人心寒。所以我一直在处理那些老问题时，坚持要求自己尽量将仇恨截断在我这儿，尽量化解矛盾，尽量原谅，尽量弥补。而不是追究，追究，追究到赶尽杀绝。可我还做不到完全原谅，人非草木嘛。我没法替你们出主意帮你们爸，抱歉。"

简宏成话说到这地步，张家兄妹都只好放过他。再说，也登机了。

前后舱隔绝，简宏成终于耳根清净了两个小时，有时间应付自己的儿子，回答儿子大哥哥、大姐姐那两个人究竟是怎么回事。但简宏成发现，回答儿子无厘头式的问题更痛苦。

终于下飞机了，简宏成等到后面出来的兄妹俩。张至清见面就道："舅舅，你不能不帮两个外甥。"

简宏成笑道："舅舅帮两个外甥做什么？救你们的父亲？不！"

张至仪开始耍赖："你不帮，我们就跟着你，直到你答应为止。"

张至清脸一红，虽然做不出耍赖状，可觉得妹妹的主意不错，就默默跟着。

简宏成最先以为兄妹俩说说而已，归心似箭的，能跟多久。结果，兄妹俩居然不屈不挠地一直跟他跟到了与宁宥见面的咖啡店。

而宁宥，同样地，身边也有个小跟班，乃很想见班长叔叔的儿子。宁宥看到简宏成率领众小孩进门时，惊呆了，忍不住扭头看向自己的小跟班，瞬间觉得让儿子跟着是非常合理的事情了。

郝聿怀看见简宏成有些失望，飞快地跟妈妈轻语："班长叔叔长得不好看，可比田叔叔稍微好看点儿。噢，虽然胖点儿，但一白遮百丑。"

宁宥终于忍不住，扑哧笑了出来。

见此，简宏成也忍不住地笑。这算怎么回事？两人还怎么说话？想好要说的一句都没法说，还得假装正大光明。实在太荒诞，令人无法不笑。

坐下前场面很乱。小地瓜一看见郝聿怀，就从爸爸手里挣了出来，扑到郝聿怀面前，讨好地说："哥哥，哥哥，我今天不哭了，你陪我玩游戏吧。"

目测是全场倒数第二大的郝聿怀试图尽力撇清，表明自己是大人，连忙道："可今天我是大人，不能玩游戏了。而且我没带 iPad，没法玩啊。"

宁宥一直坐着没挪窝，只是在简宏成走近时，稍微欠了欠身，见两个孩子扯在了一起，微笑解释道："灰灰喜欢跟班长叔叔说话，今天是以成年人的姿态来面对班长叔叔的。"

简宏成只觉得眼前这电灯泡柔和美丽之极，笑着伸手，要与郝聿怀握手，郝聿怀忙站着，郑重其事地与简宏成有力握手。简宏成很随意地问郝聿怀："明天出行的准备工作做得怎么样了？"

郝聿怀干脆利落地回答："我的行李我自己打包、自己扛。明天出发时间与路线都是我定的。我还确定了在美国需要参观的地方。"他胸口一挺一挺的，仿佛胸口红领巾更鲜艳了的样子。

另一边，宁宥客气地招呼跟着简宏成来的两个青年随意点吃的喝的："飞机上吃中饭了吗？这边的日式套餐不错。这儿有菜单。"

简宏成看了宁宥一眼，又看向郝聿怀，目光真诚地表扬道："不错，有行动，而且行动迅速有力。明天去机场的车子落实了吗？"他随即扭头对宁宥道："介绍一下，这两位是简敏敏与张立新的孩子。"他说完，忍不住嘴巴一抿，似笑非笑地看宁宥的反应。

郝聿怀笑道："妈妈有司机，明天早上会来接我们的。"他言语间颇为妈妈骄傲的样子。

宁宥听到简宏成的介绍，心里本能地一紧，心脏狠狠地抽了几下。可她终究是修炼得道，脸上不会露出来，只横了简宏成一眼，看到简宏成的脸色，心里揣测了一下，便也似笑非笑起来，仔细打量对面的两个孩子。

张至清很快觉察出有异，问宁宥："你认识我爸妈？"

宁宥冷淡地道："不认识。"她说完就拿那兄妹俩当空气，摸出手机，招呼小地瓜玩。

简宏成忙与郝聿怀说一句"你妈妈很厉害"，他立刻扭头跟宁宥解释道："两个孩子希望我帮忙救他们爸爸，我什么时候答应，他们什么时候放过我。呵呵，这一招很厉害。"

宁宥轻声细语地冲兄妹俩道："从年龄上看，你们已是成年人，不再是可以胡闹的孩子。这么为难一个人不好。简宏成当年被你们爸妈迫害到口袋空空，有家无法归。他如今没把你们爸妈好好发落了，是他做人有气度。但若利用他的气度而厮缠不休，就是用心不良了。"

张至清的脸一下子红了，可又不能同轻声细语的宁宥爆粗，爆不起来，人家态度太轻柔。他只好把宁宥的话全吞下去吃了，憋出一额头的汗。而张至仪一下子哭了出来，道："可我们怎么办呢？姑姑还在骗我们，说什么都没了。我们能找谁呢？爸爸又见不到，我们会不会一回家就被关起来啊？"

郝聿怀被张至仪哭得不知所措，看看妈妈，再看看班长叔叔，想说什么，又忍住了。他身边的简宏成也轻轻踢了他一脚，又微微摆手，提示他不要插手。

宁宥也看着张家兄妹不语了，心里明白简宏成这是对两个看似成年、实则还是孩子的外甥狠不下心来，可又非常不甘心，关键是不甘心救张立新那个当年害他的罪魁祸首。可却又是那个张立新，当年从简敏敏手底下救了她。宁宥看向简宏成，见简宏成皱眉，看向别处，显然有万般不情愿在心中挣扎。她想了会儿，道："找你们妈，通过她，找她的律师。那律师来头很大、能力很强，是你们舅舅托人情找来的。那位律师是唯一可以通过正当法律渠道，强有力地帮到你们的人。"

简宏成不禁扭过头来："你怎么知道？哦，田景野怎么什么都跟你说？"

张至仪止住哭，看看宁宥，再看看简宏成，最后看向哥哥。张至清则是最后看向妹妹。他从简宏成与宁宥的互动中，看出确有其事，宁宥的话可信。可是，找妈妈？那个他们都厌恶的妈妈？兄妹俩的眼睛里都是疑问和犹豫。

简宏成只得推了一把："去吧，停车场找司机送你们一程。现在出发，回到家已经很晚了。"

张至清站起来，拉起妹妹，终于对着简宏成说了声"谢谢"，又冲宁宥说了声"谢谢"。张至仪也跟着一起说，说完，才一起出去找简宏成的司机。

简宏成闷着一张脸，看兄妹俩离去，才回头对宁宥道："这两人还好，没太长歪。谢谢你帮我说出来，我是真不愿意。"

宁宥道："我是想到唐处的妈妈。要不然，我比你更不愿意，他们

280

是简敏敏的儿女。"

郝聿怀在旁边看着纳闷："你们高中同学怎么都这么要好？我们小学同学如果不是进了同一所初中，最先还在网上聊聊，才一年就不大说话了。"

简宏成不由得微笑道："随着人的成长，你会变得越来越有思想。这时候看见同样也很有思想，而且想法差不多的同学，就非常喜欢，随着经常交流，分享思想，好友间的感情会越来越深，思想会越来越默契。高中时期正是一个人思想发展的大爆发时期，很多思想在那时候萌芽，那时候一起交流的朋友便扎根在脑子里了。当时我家境最好，我买来很多书与同学们分享，慢慢发现田叔叔和你妈看的书跟我最合拍，虽然你妈当时是老封建，不肯跟我们男生说话，可是只要知道她借的什么书，看了多久，分析一下，就能知道她喜欢哪一本，是吧？"

郝聿怀听得连连点头，很是憧憬自己高中时期可能交到的朋友。他看向小地瓜，道："小地瓜妈妈，陈阿姨跟你们不合拍吧？"

已经很久没被温柔对待的小地瓜本来正乖乖地倚着宁宥喝酸奶，听到这儿，头一抬，迷茫地看着大人们，问："妈妈？我妈妈呢？"

宁宥忙道："是哥哥在喊我呢。"

"可是我妈妈呢？"小地瓜不肯放弃。

郝聿怀摸摸坐在旁边的小地瓜的头，道："爸爸跟妈妈分开了，孩子只能跟一个过。我跟妈妈。你爸爸挺好的，比妈妈好，你乖乖跟你爸爸吧。"

小地瓜点点头，可还是坚持："可是我想妈妈。我要见她。"

郝聿怀道："甭想啦，你才这么点点儿大，你想没用的。你妈妈要是想你，她会很努力地变得更好，很努力地来看你。要不然啊，你妈妈说什么都白搭，都是嘴皮子。"

小地瓜不解："为什么啊？可是爸爸可以带我去看妈妈呀。我爸爸可能干了。"

郝聿怀道："不为什么，反正别想了。"

小地瓜依然不解，可乖乖点点头，竟然答应了。两个大人都没想到这事能这么解决。

宁宥听得伤心，看向简宏成，见简宏成也惊愕地看着她。两人都不敢吱声，几乎是屏住呼吸，听两个小的交流，等两个小的不说了，才敢挪走眼光。小地瓜依然在喝酸奶，郝聿怀则疑惑地看着他们两个大的。郝聿怀问："你们怎么了？"

宁宥忙道："我们大人没尽责，害你们孩子们……这样。"

郝聿怀撇嘴："总是干坏事的从来不反省，做对事的却来不及地先检讨起来了。大人其实跟我们初中生一样，我们班有些同学反正做错事都是赖别人。我同桌考试考不好，赖我答题太快，翻试卷声音吓得她脑袋空白，其实是她这学期不用功。"旁边小地瓜不知是不是听懂了，但满脸敬佩地拼命点头，表示赞同。

宁宥哭笑不得："你看，做妈真难。小时候还能哄吓骗拐，现在还是他们看得清楚。"

简宏成笑笑，没说话，满意地看着对座长沙发上的三个人，宁宥坐右边，郝聿怀坐左边，小地瓜坐中间。他觉得很满足，满足得懒洋洋地不愿动弹，只想这种时光能持久。

可是，郝聿怀不让他歇着，热情地问："班长叔叔，你要跟妈妈商量什么？"

简宏成一愣，赶紧将脑袋运转起来，道："商量你妈弟弟的事儿。只是不大方便在你们面前讲。"

郝聿怀一听，就没劲了："啊，没兴趣，你们讲，我们去隔壁店吃甜品。妈妈，这个费用得你出。"他手一伸，问妈妈要钱。

简宏成飞快摸出百元大钞，交给郝聿怀。但郝聿怀一把将钱退回去："我比小地瓜大，该我请小地瓜客。既然我请妈妈的客人的客，就得妈妈掏钱。"

宁宥本来见简宏成掏钱了，就把包放了回去，闻言，只得又拿了出来，将钱交给郝聿怀，又是哭笑不得地道："每天算计我的钱。"

简宏成笑道："逻辑相当清楚。"他看着郝聿怀领小地瓜出去，笑得看不见眼睛。

宁宥这才霸道地道："我弟又怎么了？"

"宁恕三天没好好睡觉了。他不敢回家住吧，大概怕连累你们妈，这几天都住在宾馆。他得罪的人到各个宾馆放话，发现他的车，报上来就给五百块。那些保安工资才多少啊，踊跃得不行。他得罪的人就每天每夜地跟他装神弄鬼，吓他。"

宁宥听得脸颊一抽一抽的，眼睛早转了开去，无法直视简宏成。

简宏成看得清楚，沉默了一小会儿，道："我有分寸。"

宁宥听了，抬眼看向简宏成，叹道："宁恕其实很会办事，脑筋很好，我从小就佩服他的机智。"

简宏成完全是看在宁宥的面上，言不由衷地道："是啊，他智商挺高。"

宁宥只得给个白眼："不要假惺惺的。"

简宏成笑道："明明不是假惺惺，而是功利。"

宁宥想笑，又不想让简宏成得逞，鼓了鼓腮帮子，硬是忍下了，而忍下了，就很快笑不起来了，这话题之下，她心里怎么都轻松不起来。

"可是宁恕做出决定，干出事之后，却不愿承担责任。可能承担责任又琐碎又无聊，还很辛苦、很不好玩，反正从小都是我扫尾，谁让我是姐姐呢？可现在大家都是成年人了，连我都不肯再帮他承担了，你又'有分寸'个啥？还是管好你自己，宁恕穷途末路时的破坏力有二十多年前的事做参考。"

简宏成依然笑容可掬地道："承担责任这东西，向来是虱多不痒。我有分寸。"

宁宥无奈地看着简宏成，拿出手机，点开刚刚与小地瓜、郝聿怀一起拍的照片，摊在桌上，给简宏成看。

简宏成一看，就由衷地道："现场明明还有一个我，这么好的照片，怎么可以把我漏拍？"

宁宥不理会简宏成的话中有话，盯着简宏成，将照片放大，移位，很快屏幕上只留下小地瓜的大头像："承担责任这东西，向来是虱多不痒？"

简宏成看着手机不语，但从进门起一直轻松愉快的笑容隐退了，代之以娴熟的、职业的笑，虽然都是笑，可瞒不过心细如发的宁宥。简宏成笑道："是啊，又当爹，又当妈，才知道养个孩子，比上班还累。"

宁宥嘴角噙笑，款款地道："陈规矩整个高中三年都在试图改造我，为此她利用职权跟我搬到一起，利用职权跟我上下铺了三年，利用职权试图约束我，不让我使坏。我从来都心里讥笑她不自量力，一直烦她，也一直调戏她。可我这阵子经历很多事，很多感慨，再回想起来，她总是为我好吧，尤其是她得克服多少心理障碍，才能试图为我好。我已经越来越甘愿帮她恢复正常。"宁宥按了一下手机，小地瓜的头像从屏幕消失，屏幕又恢复黑漆漆的一块。尔后，她笑眯眯地看着简宏成："而你，跟陈规矩男主外女主内，默契了整整三年。"

简宏成想了会儿，道："不如，你直接就骂我禽兽。田景野见面就骂我臭渣男。"

宁宥收起笑容，果断指出："直到我亲眼看见小地瓜。"

一向脑子活络的简宏成愣是又想了会儿，才道："你那条'是人吗'短信……讲的是这事？不是我猜的其他意思？"

宁宥冷静地道："别试图打岔。"

"但这条短信在我眼里非同小可，我必须弄清楚。"

宁宥的脸一下子红了，伸手按下手机，打开页面，又调出小地瓜的头像："事关人品，我也必须弄清楚。"

简宏成问："事关谁的人品？为什么不问我猜的其他意思是什么？"

宁宥被问住。她可没简宏成脸皮的厚度，迅速将手机收回包里，而后对着简宏成微微一笑："拜托你，我妈的安全。"

简宏成忙弹起身，坐直了："别一言不合就打算走。你我都是一脸笑嘻嘻、一肚子小坏水，好不容易都有时间能坐一起说说话，我珍惜万分呢。别走。"

郝聿怀老远地隔着玻璃看见这边两人的肢体语言，不由得道："我妈和你爸吵起来了。"

小地瓜头都不抬，继续吃他的甜品："我爸爸肯定赢。"

郝聿怀看一眼小地瓜，嘿嘿一笑。他还没见他妈妈输过。他在心里给那边的局面下了赌注。

宁宥道："我又没走，等灰灰他们吃完回来。"

简宏成只得摊开手道："我这人不喜欢藏秘密，但对秘密守口如瓶。你只要相信我的人品，OK？"

郝聿怀在远处一敲桌子，笑道："我妈赢了。吃完了吗？结账，可以回去了。"

宁宥拿正眼看了简宏成会儿，点头，又郑重点了一下头。

郝聿怀大感不解："和解？"

小地瓜趁机大声声明："肯定我爸爸赢。"

郝聿怀睥睨着小地瓜道："不可能。但你是小孩子，我不跟你争。"

简宏成松口气："这多好。再解决下一个问题，你的'是人吗'短信究竟针对什么？"

宁宥扭过脸去，一脸厌倦地道："人这玩意儿最大的罪过是没情趣。"

简宏成想了半天，才媚笑道："那当然，跟你怎么比呢？"

宁宥不禁拍案而起："争点儿气好不好？"

简宏成道："我在争取明天送你去机场，我敢得罪你吗，宁总？赶紧打电话，让你公司的司机明天别来了。"

宁宥笑了笑："你不是赞许我儿子教得好吗？"

"是啊，很多人到二十岁参加工作了，都分不清产权归属，那种人做事必然一团糟，你儿子跟你算账，那责任、权利分得多清爽……"

宁宥轻声细语，却不容置疑地道："那都是我一刻不敢懈怠，循序渐进地教出来的！明天你若再出现，会影响他建立正确的三观。"

"你不可以这样，你儿子能理解的。"

"宁恕已经被我教坏了，交给你，你给我修理。"

"让我干脏活儿之前得给我块糖，我只要你哪怕明确地说出一句话：你心里非常希望我送，但是儿子在，不方便，他还不能接受什么什么的。"

"再逼，我翻脸了。"

简宏成审时度势，只得烦躁地将脸埋进手掌里，忍了会儿，才问："高考前我从二楼摔下来，你是不是哭了？"

"没哭。"

"明明有一滴眼泪掉在了我脸上。"

"啊，那肯定是喜极而泣。"

简宏成认真地问："对了，那时候你很恨姓简的人，是不是？"

宁宥原本只是磨嘴皮子，闻言一愣，知道自己失言了，忙端正了姿势，想了半天，道："简宏成，你……不可以胡说。"

简宏成松了口气："按说到了高三，你不应该再恨我。那是真哭？"

"麻烦你还有多少问题？能不能写在一张纸上，我回头一齐答复你？"

简宏成肯定地道："不肯回答，肯定是真哭！"

"我现在让你气哭！"

简宏成笑道："也是，多大的人了，对答这么幼稚，你不气哭才怪。"

宁宥哭笑不得："简宏成，你真的没一肚子小坏水，你不风趣。你别使劲了好不好？我宁可你俗气地拿钱砸我。"

简宏成尴尬地笑道："田景野自己长得又黑又瘦，还每天打击我的长相，你也来这一脚，可别人都说我……"

"刚才我家灰灰说你长得比田景野好。"

"就是说嘛。两个孩子怎么不多吃会儿？这么快回来。抓紧时间再说一句，跟你吵架也高兴。"

简宏成话音一落，郝聿怀领着小地瓜进门了，简直是无缝对接，两个大人一下子连吵架的机会都没了。简宏成只得言归正传："你弟那儿……田景野也跟我说起过，你几乎是你弟的半个妈。"

宁宥轻柔地起身，道："你不用投鼠忌器。"

正好俩小孩也过来了。小地瓜追着问："爸爸，你们谁赢了？"

简宏成被问得摸不着头脑，但毫不犹豫地道："宁阿姨赢。"他抬眼见宁宥的眼睛在他父子的两张脸之间打转，忙一把将小地瓜抱进怀里，让小地瓜背对着宁宥。

宁宥一笑，领儿子道了再见后走了。

简宏成看着那母子的背影走出店门，再仔细看小地瓜的脸，皱皱眉头，又抱进怀里。

第十二章
反　目

　　宁宥领着郝聿怀，刚走出购物广场没几步，一直离得有一米多远的郝聿怀忽然一个箭步冲过来，将宁宥顶得踉跄了好几步才站稳。宁宥昏头昏脑间，只见一辆助动车擦身，呼啸而过，差点儿撞到她。她惊魂未定地看向儿子，道："我刚才没看路。幸好你在。"

　　郝聿怀点点头："你跟班长叔叔分手后，一直在想心事。"

　　宁宥强笑了一下："你忘戴墨镜了，太阳太晃眼。"

　　郝聿怀不以为然："戴上太酷了，万一被人偷拍了，偷传上网：哇，今天撞见一个帅哥，酷毙了。然后大家人肉，最后有人发言：他爸是贪官。轰……"

　　宁宥只得假装若无其事地道："可不，尤其旁边还有个辣妈。出门太招摇很影响社会治安的，是吧？"

　　郝聿怀到底还是个孩子，没那么多愁善感，闻言，装作不屑地笑了出来，赶紧与自称辣妈的妈妈拉开距离，道："可是我把心事都跟你说了，你有心事却什么都不说，还得我救你，这不公平。"

　　宁宥道："你妈那心事太离谱了，说出来你都不信。那位班长叔叔吧……你还记得我跟你说过的，我爸爸刺伤他厂长那事吗？班长叔叔就是那厂长的儿子。你看你嘴巴都变成'O'了吧。"

郝聿怀足足"O"了好几分钟，然后爆发了，追着宁宥问出了无数问题。他真的无法想象刚才还有说有笑的两个大人竟然是世仇。

宁宥被好奇的郝聿怀问得头痛，可回到家，刚走出电梯，发现更大的头痛在等着她：郝青林父母挂着笑脸在门口等他们。

有备而来的郝父、郝母笑着招呼："你们回来啦？"

话音未落，郝聿怀就一步退回徐徐关门的电梯里，人影消失处，电梯门合上，又往上爬行了。走廊里的三个大人都惊住了，郝父、郝母的笑容凝固在脸上，一时无比尴尬。

宁宥一只手试图抓住郝聿怀，却没抓住，那只手在半空凝滞了会儿，才放下来，转身对郝父、郝母微笑道："我们刚刚出去了会儿。这么热天，爷爷奶奶还特意过来，打个电话我会过去的啊。"

郝父、郝母却相顾无语，郝母的眼泪早落了下来。

宁宥忙道："快到里面坐，我来开门。"

宁宥打开门，迎面就是两个硕大结实的行李箱："我们早上刚打完包，灰灰跟着我忙碌半天。我开空调。爷爷奶奶是什么时候来的？要是打个电话，我们就早点儿赶回来了。"

郝父满脸唏嘘："我们担心灰灰不见我们，才不敢预先打电话，结果还是见不到。快递收到了吗？"

"收到了，辛苦爷爷奶奶了。"宁宥奉上茶水，也跟着坐下。

郝母一听说到快递，连忙抬起头，泪眼巴巴地看着宁宥，却没等来下文，又垂泪低下头去。

郝父虽然明知答案必然如此，可还是忍不住充满希望地问："灰灰不喜欢？"

宁宥道："灰灰还不容易接受大人们行为中的灰度。尤其他正生气爸爸明知已经犯法，为什么还藏着掖着，到现在才报新材料给司法机关？"

郝父叹气，又拿了两张面纸给老伴儿，道："我们后来猜测，青林可能是有感于灰灰的好，试图举报立功，改善自身形象，尽早出狱。同时……他大概希望拖延时间，希望你看在灰灰爱爸爸的分上，回心转意，维护婚姻完整吧。你别见怪，这只是我们的猜测。"

宁宥微笑道："猜测我就不说啦，只说灰灰爸爸这一折腾，导致的第一个风波：若不是我听老江湖指点，去检察院主动说明问题，报告行踪，而是消极坐等的话，我明天出国，就出不成了，检察院原定的召我配合调查的时间就是这几天。灰灰爸爸在看守所自学成才，将打击我们的时机掌握得正好。后续还有什么风波，我们只好坐等吧。我这两个月算是带着灰灰逃难去。"

郝父、郝母大惊，本来还试图在宁宥出国前，趁她开心，来劝个和，没想到听到这事，一时原先准备好的婉转措辞全部作废。郝母也忘了流泪，怔怔地看着宁宥。

宁宥顿了会儿，又补充道："这事，我都没法跟灰灰说，要不然他三观尽毁。"

郝父、郝母就此也想到儿子拖延时间，并非如他们美好想象的那样，是试图重修旧好，而只不过是为了恶心宁宥。他们只得连声说对不起。郝父摸出包里的一只信封，交给宁宥："我们对不起你和灰灰，又帮不上你们什么，这些钱送给灰灰路上零花，希望能给他减轻一些烦恼。"

宁宥把钱推回去，道："灰灰会跟我翻脸的。"

"你先收着，回头再慢慢告诉灰灰。"

宁宥摇头："灰灰正处于信任危机，眼下只相信我，我不能自砸招牌。我必须自我约束，跟他言行如一。为了灰灰的长远，我不能收。"

郝父颤抖着问："我们会不会以后都亲近不到灰灰了？"

"总有个过程。"

郝父、郝母叹息，儿子已经这样了，孙子居然看见他们，扭头就走，这让他们做人还有什么意思？两人摇头，叹息着坐了很久，才起身告辞。宁宥将钱塞还给他们。

她打电话让郝聿怀回家，郝聿怀却提条件："妈妈，你不能责怪我。"

"你妈早虱多不痒了，神仙一样，一点儿脾气都没有。或者你跟小伙伴们去道个别也好。"

"那行。我在阿宝家再多待会儿。妈咪，你好赞。"

宁宥愣了一下，看看手机，笑了。但她还是给儿子发去一条短信：今天情况特殊，我体谅你。下不为例。

做妈的就得时时刻刻、全天候无歇息地运转。

宁恕困倦之极，还不到下班时间，已经累得眼睛睁不开了，跟人说着说着，就眼睛直了，接着眼睛闭上了，直到头一歪，才惊醒过来。公司财务经理老周看不过去，劝道："宁总，快找地方去睡一觉。这样下去不是办法。"

"去哪儿睡？"宁恕本能地说出心里话，但立即伴笑，掩饰过去，"是该找地方打个盹儿，晚上还有饭局。你们去银行的车子在哪儿？借我用一下，你们那辆的座椅可以平躺。换吧，换吧。"

宁恕把自己的车钥匙拍在老周面前，接过老周递来的车钥匙，忍不住打了个哈欠。即使昨晚连夜拆车没找到跟踪器，可他依然不信他的车子上面没猫腻。他太需要睡觉了，不敢开自己的车出门，只好找借口换车。

宁恕上车后，迟迟想不出该去哪儿打个盹，去宾馆开个钟点房？白

291

天车子众多，根本不可能发现盯梢的车子。即便他只是在停放于车库的车子里坐着想几分钟，就有两辆车从他面前驰过，谁知道哪辆车里藏着猫腻？他想得头昏脑涨，恨不得一头栽倒在车里，就这么睡着，可他又想起昨晚在宾馆车库里被雪亮的手电乱照。这是他的大本营，即使换车，他们也找得到他。他必须离开此地。

宁恕的车子慢慢滑行出去，他才开几步，忽然脑中灵光一闪：对，简敏敏家，他打听到的简敏敏家。所谓"不入虎穴，焉得虎子"，就去简敏敏家门口睡觉，让简敏敏看见，也不敢动弹，一动就得坐牢，即使简敏敏叫别人动，也与简敏敏脱不了干系。

简敏敏看太阳下山，暑气渐消，决定出门活动活动身子，遛她的两只宝贝狗。保姆送简敏敏出门。简敏敏站门口，想起要吃凉拌萝卜丝，便吩咐了两句。

宁恕正好赶来，正正地停在了简敏敏家对面的马路上。他一眼就看见了简敏敏，真有冲出车门，豁出去的冲动，可也同时看见简敏敏手里牵着的两条大狗，他的冲动一下灭了。可他忍不住要贴着窗玻璃，盯着简敏敏看，什么都不为，就是盯着看。

简敏敏吩咐完，就冲着车子走过来了。她怎么都不会想到，面前这辆不起眼车子的深黑色贴膜后面，是两只布满血丝的眼睛，而且那两只眼睛充满疯狂的仇恨。但是两只狗似乎嗅出了什么，冲着车子狂吠。简敏敏疑惑地看着车子，忽然想起这车子是她出门时才来的，似乎没看见有人从车子里出来。她又打量了两眼车子，回头吩咐保姆关门进屋，小心守门，才拉着活跃的两条狗走了。

简敏敏走得很坦然，因为身边有两条狗忠心护卫。可宁恕憋了一肚子的气，没想到死对头当前，却不敢走出车门一步。他气得又睡不着了，恨得咬牙切齿，当然，恨的是简敏敏。

宁恕的气还没消，一男一女，两个大孩子背着双肩包来到他的车前，一个显然是妹妹，嘀咕着道："是这儿了吗？热死我了。出租车真不靠谱，还说进不来大门，可明明别人的出租车随便进。"

大男孩看着手机上的地址，道："是这儿。我……"

宁恕听到这儿，飞快地降下车窗，道："你们找简敏敏？她刚遛狗去了，我正好看到她一个背影。要不要到车上坐等？我开着空调。"

两人正是刚从上海赶来的张至清与张至仪。张至清小心地问："你也找她？"

宁恕道："是啊，她那两条大狗恐怕得遛好一会儿。想上来，自己开门。"

张至清听着觉得可信，而且这车子一看就是公务用车，整洁。张志清就拉开车门，往里看了一眼，见只有一个人，就招呼妹妹一起上车。车里空调打得很舒服，两人不禁一声欢呼。

宁恕扭头看他们坐下，又转回头去，朝前面坐。他觉得这俩大孩子长得像简敏敏，难道是简敏敏的孩子？简敏敏的孩子会不认识简敏敏的家？宁恕假装漫不经心地道："我来替我们老板送份资料给简敏敏，看来又得耽误下班了。你们呢？"

张至清客气地道："我们也是替熟人带一份化妆品给她，不过我们不怕太晚，可能还能混一顿饭吃呢。"

宁恕呵呵一笑："想得美，你们也不看看简敏敏是谁。这女人公认的无恶不作。一般成年人别说打小孩了，连小狗、小猫都不会动一下，而她能把一个小姑娘打得留后遗症。她那么对她老公，我们都说也只有她这种人做得出来，那是把老公往死里整啊，逼得她老公只好出逃。可谁都拿她没办法，她有钱，很多钱，有钱能使鬼推磨啊，呵呵。我还得加班送文件给她，我老板还得巴结她。你们啊，能别进门，就别进门，能少说话，就少说话，谁知道万一怎么得罪了她，她一不高兴，正好关门放狗。"

张家兄妹听得面面相觑。张至清问："她怎么整她老公？"

宁恕漫不经心地道："还能怎么整，开公司的人浑身都是小辫子，何况整他的是他老婆。别的我不大清楚，税务什么方面的手脚我不懂，我只听说简敏敏花钱找了几个流氓，隔三岔五地去骚扰一下，门口翻斗车倒了几车土石方，堵住了大门，愣是把厂子整垮了，把客户都吓走了。她老公啊，听说走之前那几天，人都走样了，吓得跟鬼一样。"宁恕大大地打了个哈欠，自己都没想到编了个八九不离十。

张家兄妹在后面黑黑的车座里听得哑口无言，低头疑惑，又紧张地对视，不便亮明身份。

宁恕又是接连打了两个哈欠。他是真困了，也正好以此做个借口："算了，不等了，明天再来。上一天班困也困死了。你们……呵呵，不好意思，只好请你们下车了。"

张家兄妹道谢了，下车，宁恕方向盘一扭，却只是将车开到了小区的地下车库。车子已经让空调打得凉凉的，上面也没太阳晒，何况又取得伤害简敏敏的成就，心里舒坦，这下他安安稳稳地睡着了。

留下张家兄妹看着简敏敏的家门小声议论。

"我就说爸爸不会这么轻易逃亡，肯定是被谁逼的，姑姑也说是她，不相干外人也说是她，不是她，还能是谁？"

"她到底做什么了？怎么连流氓都用上了？"

"不奇怪啊，她又不是反叛青年，正常像她这种人，都养吉娃娃什么的宠物狗，她干吗养两条大狗？还不是坏事做多，怕人寻仇呗。"

"我们还要不要等她？要不要问她那些过去的事？"

张家兄妹有些迷惘了。

宁宥一个人在家里按计划，按部就班地继续准备出门前的工作。她看看时间已过了下午四点，就拿着快递，去小区边上的投递站投递。她算准了快递站下午四点结束收件，即使收件，也要等明天才发件。不料等她前脚刚走，投递站那辆延误了的小面包车从修理店开来，急急忙忙地收了站里的一堆快递，赶紧奔向下一站。宁宥低着头回家，都没想到隔着人行道开走的那辆小面包车里静静地躺着她刚寄出的快递。她千算万算，却没算到快递车因故障延误，反而将她的快递提早一天投递出去了。

走到僻静处，汽车什么的声音不响了，宁宥找出宁恕的号码打了过去。她不放心宁恕，只好硬着头皮，不怕看宁恕脸色，再打电话。

正好宁恕刚刚入眠。这是他最近这几天最踏实的睡眠，即使只睡在放倒的车椅上，而且为免一氧化碳中毒，他不敢让车子发动机一直转着，车厢里挺闷热的，睡眠环境着实不佳，可宁恕睡得那么香甜。他被手机叫醒时心里不痛快，等手忙脚乱摸出手机，看清这个不屈不挠的，即使没人接，停了又打的电话来自宁宥时，脾气一下子炸了。又是宁宥，这几天第二次打搅他的睡眠了，时间找得太准，简直跟克星一样。

"我在睡觉！"

即使周围有点嘈杂，宁宥还是不得不将手机挪开一点，省得被弟弟的声音震破耳膜。即便如此，她也听得出宁恕说话声音里的嘶哑，想到刚刚不久前简宏成说的，宁恕连着好几天没有睡好，忙道："对不起，对不起。只说一件事，我明天出发了，刚刚把打算给妈妈住的房间钥匙交给快递，大概明天快递能送给妈妈。如果方便，你后面几天找时间去小区门卫那儿看看，有时快递偷懒，会把包裹放在门卫。"宁宥不得不将快递送到的时间提前一天，算是以防万一，打个余量。

"知道了。"宁恕不耐烦地道。他恨不得将电话掐了，可这几天他事儿多，必须开着手机，知道要是掐了这个电话，宁宥还会继续打。

"好。前几天拜托你当面跟妈妈说一下我去美国的事，不知道你通知到没有。"

"说了。"宁恕一愣，才想起这几天又忙又累，把这事给忘了。

但宁宥多了解这个弟弟啊。她从这两个字的回答里听出不对劲，密密地再问一句："妈怎么说？"

宁恕睡得脑袋有些迟钝，一时编不出来，恼火地道："你以为你是去太空啊？"

宁宥只得道："以我对妈妈的了解，拜托你一定要跟妈妈当面说。非常要紧。"

"什么意思？"宁恕恼羞成怒。

宁宥不动声色地复述一遍："以我对妈妈的了解，拜托你一定要跟妈妈当面说。非常要紧。"她又补充道："希望你暂时把对我的不满抛到一边，这件事是为妈妈做的，不是为我。"

宁恕怒道："有必要狗腿成这样吗？为了配合简宏成、献媚简宏成，你竟能拿妈妈来吵我、烦我？"

宁宥不得不大声道："宁恕，看来我只能撕破脸皮，把话说开。妈妈跟我承认，她因为爱你，不顾危险，心甘情愿与你捆绑在一起。但她心里害怕。我们家没其他信得过的亲戚，我这儿是她唯一的退路。所以我才求你把情况当面跟她说清楚，即使我出国学习，这条退路依然在，我还管着她，她有依靠。一定要当面说，妈妈最近身体欠佳，需要有人面对面地跟她说明情况，保证退路，如果她身体出现什么状况，可以及时抢救。这是我再三委托你当面跟她说的原因。"

宁恕在"但她心里害怕"时一个鲤鱼打挺，坐了起来，激愤地开始反驳："你胡说！你知道我这几天为妈妈做了什么吗？你听到妈妈怎么夸我了吗？你看见妈妈对我的依赖了吗？你怎么能信口雌黄、胡说八道呢？要不是这几天我一直跟妈妈交流密切，我又得上你的当。你从小假传圣旨，拿妈妈的话压我、骗我，我一直信以为真，拼命试图让你满意，实际呢？你待在上海，离妈远远的，妈在这儿做什么你都不知道，你依然敢假传圣旨。你做贼做顺手了，随口一掰，又想骗我。你知道妈怎么说吗？妈说，幸亏我在家陪她，听见没有，我在，随时可以见到，一个电话一个小时内赶到。不像你跑到美国过暑假，却来冲我指手画脚。你没资格，你看清你自己，你没资格。我也跟你说句实话，听着，也只有自家人会对你说实话了。你好好检讨你自己，为什么你老公混成这样？为什么你弟弟不信任你？为什么你亲妈不愿跟你去上海？为什么不好的事都围着你？原因就在你自身。为什么在你眼里，你身边的人个个都不好？小概率事件？哈哈，你！"

宁宥讲了自己的原因后，就一直闷声不响，听宁恕指责她。即使她早已对宁恕失望，此刻还是气得全身发抖。她强行忍耐着听宁恕说心里话和大实话，听完长呼一口气，道："看来你我关系连路人都不如了……"

宁恕麻利地应一声："对！"

宁宥被打断得一愣："伤害我，你很愉快？"

宁恕略微迟疑了一下，但立刻扬眉道："谁伤害谁？你为什么从来不反省？你在别人面前装良善，别人不认识你，你还有脸在我面前装？"

宁宥干脆利落地道："我早反省过了。从你出生起，只比你大三岁的我就带着你。你心智还没发育好的时候，我也没比你发育多多少，当然不可能事事完美。我不懂揣摩你的青春期心理，还逼你做力所不能及的锻炼，不懂你胆小怕事，需要的是循序渐进地引导，却硬把你往人堆里扔，试图锻炼出你强大的内心。还有你作业不做好，就别想玩，你初三英语考试成绩退步，我逼你从初一英语书开始，从头背单词。在你长身体的时候，我从小身体弱，从没比你力气大过，但大小家务事都我来做，我累死累活，总不免埋怨几句，正好只有你挨着。但我对你有任何的坏心眼吗？没有！我们家情况特殊，妈妈分身乏术，只能由我一边摸索着长大，一边摸索着带你长大。我每天筋疲力尽地幻想，你到我年龄的时候会不会帮我承担家务，即使不承担家务，哪怕独立自觉，不用我盯着你也好，可一年又一年，直到我大学分配工作，都要求留在上海，只为照顾在上海读书的你。我现在一边做妈，教育灰灰，一边反省，自认早年错误不少，但我也自认仁至义尽。我不会为过去因年龄见识局限而犯下的错误道歉，我也不敢要求你良心发现，想到我只是你姐，你不是我生的，我没有天然的责任和义务照顾你。以后做路人吧，我不会再找你了，即使为妈妈的事，也不会再麻烦你了，你也别找我，尤其，别再利用我。"

宁恕不断暴躁地插话，打断她，甚至一度掐断通话。宁宥不得不不断拨号，烦得宁恕只能再度接起电话，宁宥才能将心里的话都讲完整。说完，她也脱力了，叹声气，主动收线，放宁恕自在。她还有很多话没说，她不想说了。

与宁宥一顿吵，吵得宁恕浑身燥热，原本就热的小小空间一时如蒸笼一样，烘得宁恕再也待不住了。他想走出车门，稍微透一口气，放松放松，再回来睡觉，可手才握到门把手，忽然想起，宁宥的电话为什么来得这么巧，正好就在他刚刚入眠的时候？难道……

宁恕迅速向四周张望。暗沉沉的地下车库里泊满各式各样的车子，可他刚才太想睡了，疏忽大意，竟忘了留意周边车位的动态。现在完全不知道哪辆车的风挡玻璃后面有一双警惕的眼睛在盯着他。宁恕猜到了，他即使换了车，可肯定还是被跟踪了，要不然宁宥不会这么巧地给他一个电话，完全没有理由在这个时间打电话。再想想宁宥刚才长篇大论的那一段话，他脑袋昏昏沉沉，听得很生气，很多听了忘了，可没忘记最后一句，"你也别找我"，明摆着，亮出立场了，宁宥是帮定了简宏成，来跟他作对了。

宁恕一边想，一边警惕地观察四周的动静，再也不敢大意。他好不容易培养出来的睡意又消失了，无奈地叹息一声，扭动车钥匙，又疲倦地上路。

只是，简宏成方面怎么知道他换了车？怎么可能在他才刚拿到车没多久时，就盯上他？简敏敏知道这辆车属于他吗？宁恕想到，只有财务老周知道他换了车，没别人看见。简敏敏显然刚才不知道车里有他，要不然没那么容易轻易放过他，起码也得让两条狗围着他多转几圈。他从公司出来到停车位取车，也不可能有人跟踪，那是荒僻角落，有人跟踪，一目了然。难道……财务老周被简宏成收买了？宁恕早就猜测到前公司的小童与简宏成有勾结，暂时没精力料理小童，但现公司的老周也被简宏成收买了？老周是财务啊，拿钱都要通过老周，收买老周不是卡了他的脖子吗？

宁恕想着想着，就停了车出神，试图理清思路，后面的汽车被他堵住，按喇叭他都没在意，直到后车的人等急了，跳下车，火爆地敲窗。宁恕以为又被简宏成或者阿才哥的人追杀上来了，吓得两脚不听使唤，一脚油门、一脚刹车地乱踩，方向盘也乱了套，转眼轰隆一声，撞到水泥柱上，宁恕都不知道怎么撞上去的，撞的是啥，因为车子的气囊一下子弹了出来，他被砸得晕头转向，好不容易清醒过来，立刻闻到了浓烈刺激的烟味。难道车子着火了？宁恕想都不想，就冲出车子，等站稳了才想到，追杀他的人呢？

宁恕连忙向四周查看，果然看见一个男人站在不远处，但那人戴着眼镜，惊慌得很，一点儿没有江湖气。后面被堵的几辆车里也都钻出人头来张望。宁恕脑袋里全是炸药，怒气冲冲地赶过去，大声问："你敲我车窗？"

那眼镜人士看着他，连连后退，忙道："你车子冒烟着火了。"

宁恕大惊，连忙回头去看。那眼镜人士赶紧趁机钻回自己车里，关门落锁，说什么都不敢出来。宁恕才想起刚才自己是被烟味熏出来的，难道真是撞车起火？这可是公司的车。他暂时放下这边，去查看车子，见里面只是冒烟，没有大碍，再往回看时，只见原本跟着的三辆车纷纷倒车，另寻出路。宁恕火大，又冲过去，一把抓住眼镜人士的车后视镜，猛敲车头大喊："出来，赔我车子。"

眼镜人士不得不停车，稍降玻璃，解释："先生，你车子堵了大家的路，我按喇叭你不理，只好敲你窗。没人撞你，你自己撞上去的。赶快放手，我有事。"

宁恕茫然地回头，看看撞得拱起的车前盖，忍不住火大地一脚踢在眼镜人士的车门上："没事你敲什么窗啊？等一分钟会死啊，赶着投胎去啊。"

里面眼镜人士火了，猛然推门而出，眼看爱车镜面一样的车门给踢出一个凹形，气得挥拳冲宁恕的面门打过去。宁恕一看拳头过来，好生激动，也挥拳打了过去。两人你来我往，厮打成一团，其他被堵车的看见了，早报了警。

十分钟后，赶来的警察惊讶地看到，坐进警车的宁恕虽然左颧骨挂了彩，却四仰八叉地睡得人事不知，怎么叫都叫不醒。眼镜人士看着，只好嘀咕了一声"疯了"，接受警察的调解处理，开车走了。原本也可以离开的宁恕睡得实在太死，跟着警车去了派出所。

警察费了九牛二虎之力，才将宁恕叫醒。宁恕睁开眼睛睡眼蒙眬地搞清楚这儿是派出所，心里"安全"的感觉喷涌而出，完全懒得多想，直着眼睛朝着警察指的反方向走去，快步走进派出所，逮住一个木制三人沙发，又躺倒就睡，谁叫谁摇都不理。他太想睡觉了，今天死活都不肯挪窝了，这儿太安全了。

宁宥沉着脸，心不在焉地回到家，正拿钥匙开门，门却自动开了。

她吓了一跳，愣了会儿，才醒过神来，这是儿子在捣鬼呢。

郝聿怀等着妈妈的反应，等了好一会儿，没见动静，就忍不住探出脑袋来看，见到神不守舍的妈妈："怎么啦？跟谁吵架了？"

"跟我弟。我手机没电了，得赶紧给田叔叔打个电话，拜托他点儿事。"

"我能旁听吗？"

宁宥哭笑不得："跟你说了，我跟田叔叔只是同学加好朋友，还在疑神疑鬼。你怎么这么在意？"

"真的？"郝聿怀松口气。

"真的。你旁听好了。"宁宥看看儿子的脸色，小脸儿绷得紧紧的，显然是进入了战备状态的样子，可见其在意程度。

接通田景野的电话，背后是嘈杂的声音。宁宥按下免提，道："田景野，又应酬啊？"

田景野道："哎哟，宁宥。要不要跟我孩子妈说几句？"

"啊，你忙，那就不打扰了。你等有空了，千万给我个电话，今晚，一定。"

"你说吧，我这儿又没大事。嘿嘿，我儿子狼吞虎咽的，可爱吃牛排了。"

听到这儿，郝聿怀更是松了口气，原本在电话机前趴着的身子也坐直了。

"我有件事得拜托你。我刚刚把我这边的钥匙交快递了，大概后天能到我妈手里。快递里我把该注意的事项都写齐了，我妈看了，就会知道怎么做的。问题是，宁恕最近闹得家里很……"

"我知道。阿才哥当打胜仗一样跟我说过。"

"唉，我妈心里非常害怕，可又心疼儿子，宁恕是她的命根子，她那意思几乎是死也要保护好儿子，绝不肯在危险时抛下儿子独活。可她心里又认定我跟以往二十年来一样，是她最强有力的后援，认定我是她唯一的退路，而且必然是安全的退路。我怕她收到钥匙时受刺激，以为我抛下她不管。我请宁恕替我去跟妈妈面对面地说明，可跟宁恕说了两次，两次都不欢而散。只能，又麻烦你了。请你务必上门，面对面地跟我妈解释，我前几天跟你说的那些安排，告诉她后顾无忧，也请你务必看着她，等她情绪稳定下来再走。拜托，拜托。"

"嗯，我知道怎么做。今晚可能来不及了，明早就去。"

"不急，明天有一天时间呢。"

"知道。我现在在餐厅外面。这事说起来尴尬，我前妻忽然主动邀请我吃饭，对我的态度有点暧昧。此前她可是连我想见孩子都要千方百计阻挠的。我一直在琢磨是什么原因。"

宁宥一看见儿子跃跃欲试的八卦神色，连忙伸手，捂住儿子的嘴，对着电话机道："你们还是一个系统的吧？"

田景野道："你看，我也是这么想的。圈子就这么小，都看得见我东山再起了，孩儿妈肯定也听说了。呵呵，我全身上下大约只有事业能闪闪发光。"田景野顿了顿，冷不丁地道："孩子特别开心。"

宁宥道："孩子自然摆在第一位。"

田景野道："孩子妈也保养得当，风韵犹存，呵呵。"

宁宥不容置疑地道："当年孩子妈不容易，非常不容易。"

田景野道："可她当年往我心口捅刀子。要不是你和简宏成两个朋友，我会死在里面。可我多傻，依然认为是我对不起她，所以我出来，先到她那儿报到，向她保证，依然希望挽回她，但她……索性留男人在家过夜给我看。"

宁宥想不到还有这一出，愣了好一会儿才道："如果不行，就别给她希望了。"

田景野忽然大声道："他妈的可她终于让我见儿子了，我不用再远远偷看儿子了。儿子跟我很好，我很感动，我情绪很激动。"

宁宥说不出话来。一个家庭，有没有孩子，完全是不一样的过法。

结束电话后，郝聿怀终于能够开口说话了："妈妈，田叔叔会不会为了他儿子，跟他儿子妈复婚？可他儿子妈太不要 face 了。"

宁宥起身去厨房："中文环境里，中文词汇够表达的话，尽量不要夹杂英语。"

郝聿怀长长地"噢"了一声，道："好吧，不要脸，行了吧？田叔叔会不会？我怎么觉得他会呢？"

宁宥想了会儿，才回答："我也不知道呢。"她忍不住想了想，又补充道："难说得很，我真担心。"

郝聿怀道："你刚才说了，孩子自然摆在第一位。田叔叔很在乎他儿子呢。"

"我弟刚回老家工作时，田叔叔见我弟长得像精英，特意请求我弟以他朋友的名义，买好吃的，送给他儿子去，试图用他朋友的高大形象，来曲线救国地说明他也是好人。他对儿子可在乎了。"

郝聿怀若有所悟地点头，一个人在客厅里待了会儿，跑进厨房道："那万一田叔叔儿子哭着求他回家，到家又哭着把田叔叔和他儿子妈关在一起……"

那是郝聿怀在郝青林出轨被发现时对自家爸妈做的事，他一直不愿提起，可此时借着田景野的事提了出来。宁宥当然知道儿子心里想什么，忙扔下手里的活计，转身认认真真地道："大人对自己生养的孩子，有天然的责任和义务让孩子快乐。大人基于此，在日后的生活中不断做出有利于孩子的选择，这是大人应该做的，小孩子不用有心理负担。但人性自私，大人再怎么为孩子，也不会忘记兼顾自己的好恶。相信田叔叔，他与过去的热情、爱冲动、讲义气的小伙子不一样啦。他会做出最合适的安排。"

郝聿怀一边听，一边点头，心中释然，"妈妈，以后你不用替我想太多了。我已经是大人了，力气很大。"他说着，拎起料理台上一桶五升装的油，"以后体力活儿让我做就行，我替你拎到储藏室去。"

"哎哟，我刚拎出来的，还没往油壶里灌呢。"

郝聿怀忙转身回来，打开油壶，帮忙灌油。但他下手轻重掌握得不好，不小心倒出了一点。他见妈妈没在意，就吐吐舌头，拿手指一抹，将油迹抹去，又放嘴里一尝，发觉并不好吃。但是油炸的东西这么香，怎么可能油不好吃呢？郝聿怀觉得一定是手指污染了油的味道。他就着油壶嘴又舔了一口，只是力气使大了，嘴里倒入了好多油，一下子满嘴不舒服，赶紧撕下一张厨房用纸，将嘴里的油处理掉。一边处理，一边偷看妈妈的动静，发现平日里鬼精鬼精的妈妈居然一直没发现他，郝聿怀觉得奇怪了，想了想，伸长脖子，探过脑袋去观察妈妈的脸色，果然是满脸不愉快。他就轻轻撞了妈妈一下，问："是不是爷爷奶奶又跟你说什么了？"

"还好，在承受范围之内。明天就天高皇帝远啦。"

"跟我说说吧，你会好过点儿的。"

宁宥听儿子老三老四地说话，心里一乐，扭头看向儿子，却看见儿子油汪汪的像涂了唇釉的嘴，不禁扑哧一下笑出来："没什么，无非爷爷奶奶和弟弟希望我继续无私，但我不乐意了。"

"对，我支持你。"

宁宥见儿子伸掌过来，不得不也伸掌相迎，以示母子取得了共识，但是，被儿子重重一掌打得手心热辣辣的："哎哟，你小子现在力气比你妈大，你忘了吗……手掌里有什么？你到底偷吃了多少油？"

郝聿怀赶紧大笑着逃走。

简敏敏拉着两条健壮好动的狗，在公园好好地、深入地溜了一圈，并留下好几泡狗粪。简敏敏显然没有捡起来扔垃圾箱的自觉。狗还觉得不够尽兴，但简敏敏已经筋疲力尽了，强行将两条狗牵回家去，走进小区，见旁边高层区域的地下车库里开出一辆警车。简敏敏怎么都想不到，那警车后座上躺着睡得人事不知的宁恕。她都没停下来看，牵着两条狗，不屑地从一帮看热闹的闲人旁边走过，顿时觉得自己高大上起来。

简敏敏才走出没几步，简宏成电话打来："你不在家里？"

"谁规定取保候审不能出门溜达？我遛狗呢。"

"噢，立刻回家，时间差不多了，你两个孩子该到你家了。"

"什么？这话什么意思？怎么不早告诉我？他们来找我干什么？啊，你跟他们说了什么？你快想想他们会跟我说什么，跟我对个口风。哎哟，我得找个地方避避，先想好怎么见他们。"

"你看你，我担心你方寸大乱，才没提前告诉你，省得你缠住我不放。你记住，他们问什么，你只要如实回答就行。你不要自作聪明，去想这是好事，还是坏事，对你有利，还是不利。你只要想，你跟你两个孩子的关系已经够差了，再差也差不到哪儿去了，你把你这些年被迫结的婚、干的坏事，还有你的不得已都实话实说出来，起码，说白了，死也死个明白。"

"你到底跟我两个孩子说了什么？慢着，等我找个僻静地方，慢慢盘问你的用心。"

简宏成哈哈一笑："赶紧回，小孩子没耐心等你太久。"

"保姆都没给我打电话，你撒谎。"简敏敏说到一半，就发现简宏成将电话挂了。她看看手机，再看看不远处的家，天已昏暗，看不清家里有什么异常，似乎客厅灯光不是那种有客人在的时候的亮堂。她想，骗人，一定是简宏成骗人。

这么一想，简敏敏才敢多着胆子往家里走，一边走，一边密切地观察自家房子里面的动静，等走到家门前，都不急着拐进去，全神贯注地悄悄挪进小庭院里，踮起脚跟，往里面张望，只见客厅里空空如也，什么人都没有，显然她俩孩子没来，而保姆正在厨房忙碌。她顿时如释重负，轻骂了一声"骗子"。简宏成撒谎终于让她捉住了。

可是，身后忽然传来了犹犹豫豫的一声"嘿"，简敏敏回头一看，竟然是她的宝贝儿女。她一时惊住，果然来了？简宏成居然没撒谎？

张至仪拧着眉头问："你在干什么？这儿不是你家吗？"

大概因为张至仪态度不是很友好，简敏敏的两条狗立刻对张至仪虎视眈眈，吓得张至仪连忙躲到哥哥身后。

简敏敏连忙解释："简宏成打电话来，说你们过来了，让我立刻回家。我看看客厅没人，还以为他骗我。"

张至清道："你这么鬼鬼祟祟，是不是如果看见我们在客厅，你就溜走？"

简敏敏忙道："怎么会？你们进屋坐，吃饭了没？我让保姆多做些。啊，你怕狗，那我拴外面。"

张至清道："你别回避我们的问题。"

简敏敏一愣，要别人这么说，她早骂过去了，可面前是她自己生的孩子，只得硬着头皮道："你看我这一身，像个大妈，还满身狗毛，本来想你们要是坐在客厅，我就从后门悄悄溜进去，换件衣服再见你们。里面坐，外面太热了。"

张至清看着简敏敏为出门精致打扮过的行头，道："既然你连这种小事都能骗我们，那我们不跟你谈了。我们另外找人解决吃住。"

两小儿拔脚欲走，简敏敏慌了，忙低声下气地道："唉，你们看我手机，简宏成刚刚五分钟前才打电话通知我，我都没准备，担心说错话，你们又不肯理我了。我就来偷看一下简宏成是不是骗我，要是你们真的在，我打算在外面先想好词，再进来见你们。"

张至清接了简敏敏递来的手机查看，果然最新通话来自简宏成，而且还不到五分钟。他将手机递还给简敏敏，道："我们不进去，就站这儿问你几个问题。"

简敏敏道："别墅区安静，小声说话，旁人都能听得见，还是进门说。你们要是不想坐下，就在门边说好了。你们敲门，我去拴狗。"

兄妹俩低声商量一下，依言而行，回头再看一眼简敏敏，见她一直看着他们，冲他们赔笑。张至仪轻道："我怎么让她笑得寒毛都竖起来了啊？她会不会有阴谋？她名声那么不好，我们还是去外面找地方谈话吧。但现在是晚上，我怕。"

张至清的心也寒了起来，忙拉妹妹倒退回来，对简敏敏道："我们不进去了。你要是有空跟我们出去，就在门外找家安静的店说话。"

简敏敏刚在心里庆祝，果然如简宏成所言，说实话有用，却又被打了一闷棍，她哪知道兄妹俩被宁恕洗脑了一遭。她愣了好一会儿，道："行，走，门外就有一家日本餐厅，我们边说边吃。"

张至仪这才放心，见简敏敏拴好了狗，才敢问："好好的，你养这么霸道的两只狗干吗？做你打手吗？"

简敏敏又愣住，不知怎么回答才好，担心说出来会气走儿子女儿。

简敏敏的表情让兄妹不以为然，张至清道："不做亏心事，不怕鬼敲门。人做得好点儿，就不用养狗防人家砸闷棍啦。"

简敏敏本来就是急性子，被儿子一句话激得血压飙涨，可她不知道说出来有没有人信，会不会惹恼儿女。但她此时又想到简宏成的叮嘱，"如实回答"。她不知道简宏成是不是在设圈套害她，难以下决心将实话说出来，憋得在兄妹两个后面左拳敲右掌，无比焦虑。

简敏敏到处装霸道，如今养出满脸横肉，如简宏成所言的泼妇，一纠结，这张脸在黑暗中就狰狞了起来。兄妹两个虽然走前面，却一刻不敢放松地盯着她，见她满脸凶煞，张至仪紧张得抱住哥哥手臂，大声叱问："你想干什么？"

简敏敏再一愣："怎么了？"

张至清伸过一只手，道："你把手机给我。"

简敏敏警惕了，退后一步问："干吗？"

张至仪觉得哥哥这一临时决定英明之极，帮忙解释道："省得你叫同伙。"

简敏敏再小退一步，看看黑暗的天色，心中警钟长鸣："是不是张家人派你们来？"

"张家人？爸爸都让你们关进牢里了，还有谁找你？"

张至清一说到爸爸坐牢，就激动起来，简敏敏看着更加风声鹤唳，一步步地倒退着，往家里疾步而行："不是张家人还有谁？你们把我骗到门外，是不是方便下手？张家人是不是在门外埋伏？没收我手机不让我报警？你们竟然帮着张家人来害我。"

简敏敏边说边退，很快就退到两条狗身边，才缓一口气，站住了，看向不远处窃窃私语的儿子女儿。她倒是不意外儿子女儿会帮张家人来害她，因此并无悲痛的感觉。

而张至仪吓得将哥哥抱得更紧："她这是怎么了？她会不会放狗咬我们？"

张至清看着两条猛狗，也吓得两腿弹琵琶，但硬是壮起胆子大声道："你不想谈就算了。回头你自己跟舅舅说一声，我们来过。"

简敏敏见兄妹转身要走，急着喊道："回去转告张家人，好自为之，我这两条狗不是吃素的。"

张家兄妹一听，吓得赶紧转身就逃，都不知哪儿来的体力，背着沉甸甸的双肩包，一下子跑出小区，跑出好远。他们身后，简敏敏气得在小院子里拳打脚踢地发疯，果然，他们心虚地跑了；果然，她亲生的孩子也来陷害她；果然，天下没一个人是好的。

张家兄妹跑得面无人色，看见一帮交警在路边查酒驾，才敢停下来，呼哧呼哧地喘息。他们张望四周，发现这个他们出生长大的城市如今陌生得很，他们都不知该找谁去才好，想来想去，只好打电话给目前看上去最可信的简宏成："舅舅，你姐不肯对话，还想放狗咬我们。"

简宏成完全没了头绪，这算怎么回事？他一早上白白苦口婆心地铺垫这母子仁的关系了吗？

第十三章
信 任

　　夏天的早晨，太阳早已热得轰轰烈烈。宁宥与郝聿怀似乎已经起了好久的样子，两人衣衫齐整，已经做好出门的所有准备。但是宁宥精益求精，又进了卧室，整理妆容。又要美美的，又要适应飞机上干燥的环境，还得防晒，她一向考虑周到。因此敲门声响起时，是郝聿怀前去开的门。

　　郝聿怀打开门，看见是简宏成，而非司机时，大惊。当然，他的大惊还有其他原因，在他得知这位叔叔的爸爸与妈妈的爸爸之间的往事之后，再见这位叔叔的心情就非常震撼。简宏成不知，以为小孩子对他的险恶用心洞若观火，连忙阿谀奉承地一笑。

　　宁宥也以为是司机来了，一边收拾，起身出来，一边客气地道："阿勇师傅啊，你打个电话上来就好了啊，怎么能麻烦你……"宁宥一眼看见门口站立的是简宏成，脸上的笑容立刻凝滞了，"哎，怎么是你？"

　　简宏成笑道："你打电话给你司机，让他不用来了。我送你，顺便请你帮我解决两个问题：一个是昨晚田景野跟他前妻的事，一个是我这边的事，都非常要紧。"他笑眯眯地看着宁宥，薄软的铁灰色T恤和灰白半截裤，看上去很清爽舒适，即使宁宥的装扮一点儿都不掩饰年龄，可在他眼里宁宥依然非常娇嫩。

郝聿怀疑惑地问："班长叔叔，你这边的事……会不会跟你们爸爸有关？"

宁宥听儿子发问，担心得心脏都提到嗓子眼了，听他说完，才松口气，对简宏成道："我跟灰灰说了我们两家过去的事。你到里面坐。"

简宏成开心地进了宁宥家的门，仿佛迈入了一重新的境界："我们高一开始同学，你瞒了我这么多年，直到今年我调查出来，你才肯跟我细说。可见让宁恕一顿折腾下来，你看开不少。"

宁宥拿出手机示意："我给司机打个电话，我们立刻出发。"

简宏成道："不用这么急，时间还……"

宁宥对郝聿怀道："班长叔叔是路痴。"

郝聿怀立刻道："那还是早点儿走。"

宁宥冲简宏成一笑，进去书房关门，给司机打电话。

郝聿怀一直背着手，打量简宏成，等妈妈一消失，立刻问："班长叔叔，你调查出来后，有没有想……"他挤出一脸狰狞，做出摩拳擦掌，准备揍人的样子。

简宏成道："为什么要仇恨？我们为什么不和解？童年时我们无能为力，但当我们能掌控自己生活的时候，一年才三百六十五天，你仇恨一天，就少快乐一天，何必啊？想明白点儿，不如放弃仇恨，过好自己的日子。再说，你妈妈和我都是那件事的受害者。那件事之后，我们都有了一个与众不同的坎坷童年，已经过了一大段苦日子，不要再自己为难自己，继续仇恨，继续过苦日子，你说是不是？"

宁宥很快打完电话开门，听到简宏成说话，一时站住，看着简宏成思虑万千。

简宏成看着宁宥，眉毛一挑道："我昨晚遇见一件更离奇的事，当时就想，要不和解就从你我两个明白人做起，怎么样？所以一大早来找你，省得还要等两个月后你从美国回来。"

宁宥倒吸一口冷气："这么大的事，你让我现在表态？"

简宏成道："和解的首先是态度，你只需要认可这个态度。其次是和解的行动，我来执行，我会做好。"

郝聿怀听得两眼闪闪发光，哇，多牛的一句话。他立刻嘴巴里念念有词，反反复复，将简宏成这句话背下来。

宁宥眼前闪过许多苦难的画面：她家第一次被简敏敏砸烂；他们一次次地趁夜色掩护，辛苦搬家；她被简敏敏殴打，差点儿没命；她落水，差点儿没命……可是说出"和解"两个字的简宏成呢，那件事之后，完全无辜的他的童年也颠覆了，他小小年纪被提前培训做生意技能，被姐姐姐夫狠狠算计，可他首先提出和解。宁宥看着简宏成温和的目光，忍不住点头了。

"行了，我们出发。"简宏成一拍手，开心地指挥。他老大做惯了，不想想这是别人的家，想都不想，很自然地开始发号施令。好在，大家很给面子。

田景野不负重托，一大早就踩着树叶间漏下的碎金般的阳光，找到宁蕙儿家门前。他为人精细，先站楼梯口看电表，确认屋里有人在用电之后，才上去敲响宁蕙儿的门。可是田景野好奇地观察到，那门镜黑沉沉的，一点儿不透光，难道是有什么东西遮盖着？

宁蕙儿依然是非常小心地先遮住门镜，再挪开盖在门镜上的油瓶盖。因此外面的田景野丝毫没感觉到变化，而她清清楚楚看见，外面是个满脸好奇、上下左右打量的陌生男人。她观察了会儿，再闷声不响地将瓶盖遮上，准备走开。

但是外面田景野又敲门，道："宁阿姨，我是田景野，宁宥的高中同学。宁宥有事让我转达你。"

宁蕙儿一听，站住了，心里掂量了一下，还是道："辛苦你了，麻烦你在门外说给我听。天热，不方便开门。"

田景野一愣，这又不是小女生宿舍，但还是如实道："宁宥让我务必面对面地跟你说。"

宁蕙儿起疑，又掀起油瓶盖，朝外面看田景野，观察了半天，冷漠地道："我不认识你，对不起，我不开门，你忙你的去吧。我会打电话给宁宥的。"

田景野一时郁闷了，但立刻想到阿才哥那些人这几天对宁恕的骚扰，心里了然，宁宥妈满心警惕呢。他耐心道："宁阿姨不急，我找个你认识的来证明我的身份。可能你认识女同学？苏明玉你认识吗？林惟平呢？对了，陈昕儿？"

宁蕙儿疑惑地道："我见过陈昕儿。"

田景野开心地道："阿姨等着，我去搬救兵。"他立刻打电话给陈昕儿："陈昕儿，你上班去？能帮我一个大忙吗……别管上班，我替你请假。你来玉兰小区……不认识就打车……噢，好吧，我去小区大门口等你，你反正打车过来，我会付费的。"说完，他扭头又冲门镜笑笑，道："宁阿姨，陈昕儿可能得半个多小时才到，我去小区门口等她。你放心，我不是坏人，你看我瘦瘦的，不是打架的好把式。哈哈。"

宁蕙儿见田景野言语可亲、做派大方，又数得出宁宥那些女同学的名字，真想冲动一下，开门给田景野，可是再一想，简家那小子也是宁宥同学，要是田景野是简家那小子派来的该怎么办？小心撑得万年船，她可不能给儿子添麻烦。起码多一个认识的人在场，她就安全几分。

田景野看看手表，虽然有别的事在等着他，可还是无奈地去小区门口了。

简宏成、宁宥一行将行李放上车后，郝聿怀就抢着上了副驾驶座。还在车外的简宏成冲宁宥做个鬼脸，给宁宥拉开后车门。宁宥憋着笑坐进去，对郝聿怀道："等一下你指路？班长叔叔不认路。"

郝聿怀唰地拿出手机："有免费下载的 GPS。"

简宏成乖乖地坐进驾驶室。而郝聿怀早迫不及待地问："班长叔叔，跟我舅舅怎么和解？"

简宏成道："你舅舅是最大难题。"

郝聿怀点点头，还想问，却被宁宥抢了去："别人都搞定了？"

简宏成点头："对，我慢慢跟你说。先说田景野，他昨晚与前妻和儿子吃饭了，是他重获自由后的第一次。"

"他很激动。"宁宥一边说，一边伸手压在儿子肩膀上，省得儿子插嘴。

"我提醒他不要给予他前妻丝毫的想象空间，否则陈昕儿是前车之鉴。他问我，那还有什么办法以后能多点儿机会接触儿子，我说只有花钱，你看呢？"

宁宥道："他前妻在银行工作，收入不错，我不会记错吧？花钱能行？"

"最初靠田景野坐到分行的清闲位置，等田景野一出事，她立刻被打发到营业部柜台，柜台能多少工资？何况她跟着田景野奢侈惯了，由奢入俭难。现在养一个孩子开销多大，再加一辆耗油厉害的大马力车子和那个高档小区的物业费，这就要了她命，每月都吃存款老底，三年下来，该坐吃山空了。她需要钱。"

宁宥听着，不禁探脑袋过去，看儿子的反应，果然见儿子满脸惊讶。她索性鼓励儿子说出来："灰灰，你想说就说呗，班长叔叔不会责怪的。"

郝聿怀道："这事儿能花钱买吗？换我要是知道了，宁可不见，两个人都不要见，自己去孤儿院。拿我们孩子当什么啊。"

宁宥道："田叔叔想给钱，让自己儿子改善生活，甘心给抚养费，而且多给。田叔叔没做坏事。然后他前妻开心了，愿意给他见儿子的机会。"

郝聿怀做了个恶心的鬼脸："田叔叔要把孩子抢过来，不能让那样的妈养着，会养坏的。"

简宏成道："也是个办法。我回头跟田景野谈谈，让他要有耐心。第二件事，宁宥，你可能下辈子都想不到。"简宏成发现小孩子在田景野的话题上钻了牛角尖，还是让他妈妈上了飞机，再慢慢教育为好，"昨天下午你们见到的我姐两个孩子，他们听了你的话，去找他们妈妈。记得吗，灰灰？"

郝聿怀还想与妈妈理论，可被点名问到了，只好回答："记得，说是通过他们妈妈，找到好律师。"

"对。但昨晚我手机被这一家三口打到没电。孩子来电话投诉妈妈要放两条大狗咬他们，妈妈投诉两个孩子受爸爸家里人指使做了诱饵，试图把她骗出小区，骗走手机，对付她。你们见过这样的母子关系吗？灰灰，你信不信你妈会放狗咬你？"

郝聿怀摇头，完全被这件匪夷所思的事吸引了："怎么可能？"

简宏成道："是啊，就我了解，两边都不可能。我几乎花了一晚上了解情况，然后反反复复地劝双方相信没这回事，但最终两个孩子相信我，却不相信他们亲妈，非常肯定地试图说服我，他们妈妈是无恶不作的人。他们妈妈则谁都不信，满心满肺的都是阴谋论，可又拼命要求我劝她的孩子，相信她没恶意，要我出面安排她与孩子见面，我还得在场，但我的工作是负责警戒与把俩孩子找来。孩子与妈妈之间完全没有信任。"

宁宥本不愿听简敏敏的事，可此时忍不住道："我脑子不够用了。"

郝聿怀不了解简家那些事，更是听得满脑门都是为什么，可"为什么"才出口，就被妈妈止住了，妈妈让他听班长叔叔说下去。

简宏成道："我后来一直在想，简敏敏十八岁起被父母利用，被丈夫利用，她心中对人类的信任细胞已经全部毁灭了。那么她做出什么事都不奇怪，别人怎么评价她也都不奇怪，她孩子在别人对她的评价中耳濡目染多年，不信任她也不奇怪。我追溯一下原因，都是……"他看了一眼身边的郝聿怀，想不说，但宁宥让他不妨直说，他就比较婉转地道："导火线都是你我父辈当年的那件事。我当时就想，不能再这么下去了，不能贻害了我们这一代，还影响下一代。我想到，必须和解。即使在整件事中我没有过失，但我决定做出一些退让。宁宥，你也得做出一些退让。用我们的退让，换取和解的空间。"

宁宥没什么犹豫，道："你安排，我接受。"

简宏成一拍方向盘，长吸一口气，扭头冲郝聿怀道："这就叫信任。"

郝聿怀听得脑子更不够用了。

激发个人成长

　　多年以来，千千万万有经验的读者，都会定期查看熊猫君家的最新书目，挑选满足自己成长需求的新书。

　　读客图书以"激发个人成长"为使命，在以下三个方面为您精选优质图书：

1. 精神成长
熊猫君家精彩绝伦的小说文库和人文类图书，帮助你成为永远充满梦想、勇气和爱的人！

2. 知识结构成长
熊猫君家的历史类、社科类图书，帮助你了解从宇宙诞生、文明演变直至今日世界之形成的方方面面。

3. 工作技能成长
熊猫君家的经管类、家教类图书，指引你更好地工作、更有效率地生活，减少人生中的烦恼。

每一本读客图书都轻松好读，精彩绝伦，充满无穷阅读乐趣！

认准读客熊猫

读客所有图书，在书脊、腰封、封底和前勒口都有"**读客熊猫**"标志。

两步帮你快速找到读客图书

1. 找读客熊猫君

2. 找黑白格子

马上扫二维码，关注**"熊猫君"**

和千万读者一起成长吧！

《清明上河图密码》

1-6册大全集

冶文彪 著

隐藏在千古名画中的阴谋与杀局